乌云冉冉 著

总有人在等你

中国友谊出版公司

图书在版编目（ＣＩＰ）数据

总有人在等你 / 乌云冉冉著. — 北京：中国友谊出版公司，2018.8
ISBN 978-7-5057-4429-5

Ⅰ. ①总… Ⅱ. ①乌… Ⅲ. ①长篇小说－中国－当代 Ⅳ. ①I247.5

中国版本图书馆CIP数据核字（2018）第161266号

书名	总有人在等你
作者	乌云冉冉
出版	中国友谊出版公司
发行	中国友谊出版公司
经销	新华书店
印刷	北京嘉业印刷厂
规格	880×1230毫米　32开 11印张　306千字
版次	2018年9月第1版
印次	2018年9月第1次印刷
书号	ISBN 978-7-5057-4429-5
定价	42.00元
地址	北京市朝阳区西坝河南里17号楼
邮编	100028
电话	（010）64668676

如发现图书质量问题，可联系调换。质量投诉电话：010-82069336

目录

/ 第一卷 /
心悦君兮心不知
001

/ 第二卷 /
朝阳似火燎我心原
119

/ 第三卷 /
不曾远别离，安知慕俦侣
225

/////////////// 第一卷

心悦君兮心不知

01.

"停！这一段再来一遍。"
"再来一遍。"
"再来一遍。"
……

台上女孩儿们的状态一次不如一次，一个简单的旋转动作，两个人又撞到了一起……这已经不知道是今天的第几遍了，我疲惫地叫了声"停"。

刚才撞上的两个姑娘也已经没什么耐心了，有一个胆子大的直接撂挑子往地板上一坐："彩排少个人怎么排啊？走位出错难免的咯。"

她这话一出，整个剧场突然静了片刻。

我抬眼看她，不紧不慢地说："你动作不到位，情绪不投入，怪谁？这都第几遍了你还犯如此低级的错误，怪谁？这几天晚功练了吗？排练你走心了吗？"我冷冷地扫了一眼台上的这群年轻女孩儿，一字一顿地说，"再来一遍。"

口袋里的手机在这时候振动起来，我拿出来看了一眼，立刻往礼堂外走去。

我隐约听到身后有人不满地骂了句："她更年期吧？"

另一个人说："算了算了，她一把年纪了还独身一人，脾气古怪很正常……"

快走出礼堂时，我接通了电话："联系到她了吗？"

"联系是联系到了。"电话那头的人的语气显得有点战战兢兢,"不过,她说她来不了了。"

"什么意思?那段动作是专门为她编排的,明天演出,她今天跟我说来不了了?"

"您消消气,我听说她签了芭莎舞团,不在乎咱这点违约金。事已至此,您还是想想别的办法吧。"

辛苦排了这么久的舞剧,终于要在众人面前亮相了,登台前一天,女二号却突然出走……这让我上哪儿去想办法?

这通电话刚刚结束,又有电话打了进来,我看了一眼来电显示,勉强将情绪压了压,这才接通电话。

"星辰,最近很忙吧?"我妈的声音从听筒里传了出来,被路过的汽车声盖掉了一半。

我敷衍地"嗯"了一声:"挺忙的。"

"明天就要巡演了,准备得怎么样啊?"

"准备得差不多了。"

"那就好。"她似乎欲言又止,但最终还是说道,"工作固然重要,但也别耽误了其他事。你半个月不和我通一次电话我是没意见,但是小周那边你可不能冷落了。你说你们都处了这么多年了,你今年也35岁了,该安定下来了吧?"

我手里举着手机,边听我妈说着,边想找个没人的地方:"您放心吧,我有分寸。"

"你的分寸是要等到40岁才嫁人吗?"说到这里,我妈似乎突然想到什么,不确定地问,"不会是你们之间出什么事了吧?"

我脚下一顿,静了片刻说:"您想多了。今年之内,我一定把自己嫁出去。"

我妈喜出望外:"真的?"

我说:"真的。"

挂断电话后,一阵海风迎面吹来,我抬眼望去,才发现自己竟然不知不觉地走上了山。脚下是一处断崖,崖下是翻滚的海浪,而我身后不远处，依稀可以看到剧院墨绿色的屋顶。

我又拿出手机，周海和一个年轻女孩拥吻的照片还像病毒一样留在里面。我匆匆扫了那张照片一眼，迅速点了"删除"键。

我想了想，熟练地按下一串数字。电话接通，那边的人还像没事人一样："宝宝，怎么了？你不是应该在排练吗？想我了？我……"

他的声音被风吹得支离破碎，显得滑稽又讽刺，而我只回了三个字："分手吧。"

挂上电话，我给自己几秒钟的时间悲春伤秋。我想着还得回去想办法，便整理好心情打算返回剧院，可我一回头冷不防看到身后竟然站着一个人！

我吓了一跳，条件反射地向后退，谁知一脚踩空，紧接着我整个人就失去了平衡。

我第一反应就是想抓住什么东西，一伸手却只抓住了那人的衣领。他似乎也很意外，在没有防备的情况下竟然被我拽下了山崖。

这座小山并不高，我所在的地方距离海平面也不过几十米，而就在我们加速坠海的刹那间，我看到了一张年轻英俊的脸。这张脸因为带着些微的错愕和愤怒，显得异常生动。

而在这种境况下看到这张脸，我也唯有苍凉一笑——生活总是这样出其不意，当我以为自己已经触底的时候，不想竟然还有更深的坑在前面等着我。

脸上的一片冰凉触感将我惊醒，我一睁眼，看到自己还在乌镇的小河上。

几天前我和那男人坠海以后，不知道发生了什么，我再醒来时竟然莫名其妙地到了乌镇，也是在一条这样的小船上。

当时我浑身酸痛，眼前一阵眩晕，我以为是我晕船了，可当我看到河面上倒映出的那张脸时，我吓了一跳。那哪还是叶星辰？脸上满是瘀青和红肿，几乎让人看不出这人的本来样貌，头发也是乱蓬蓬的，就连身上的衣服都有被人撕扯过的痕迹……

有些记忆浮现在脑海中，除了我早就知道的那些关于自己的过往，竟然还多了另一个女人的记忆。

晚风习习，河面上波光粼粼。可当时的我除了觉得浑身冰凉，竟毫无一点惬意感。或许这就是传说中的重生？荒诞可笑！

但事实就是这样，我抬手看了一眼时间——我作为另一个"我"，已然过去40个小时了……

我摸了一下脸上的那片冰凉。

摇船的师傅见我醒来，说："下雨啦，小姐坐到舱里去吧！"

"哦，好。"

起身前，我忍不住又看了一眼河面，仍期待着有奇迹能发生。然而，河面上倒映出来的还是那张我不熟悉的脸，只是脸上的瘀青和浮肿比昨天稍稍退去了一些，看得出那是一张知性婉约的脸。

我坠海的地方在舟山，醒来的地方却在乌镇，我不知道这两个地方有什么联系，但我始终对重生这件事没什么信任感。所以我醒来后，就在乌镇又停留了两天，企图找到这一切发生的原因。然而我一无所获，这条河我不知道逛了多少次了，但再也没有任何令人惊异的事情发生过。

想到这里，我只觉得可笑悲凉，或许老天爷都觉得我过去那35年的人生太失败了，所以才决定让我换个身份重新开始。

正在这时，我口袋里的手机响了起来，我拿出手机看了一眼，是个陌生号码。我犹豫了一下接起电话，电话那边是一个年轻男人的声音："邹小姐？"

"是我。"

没错，记忆中的这个姑娘姓邹，是一个乳腺外科医生。

"你家里没人？"

我愣了一下，想起来"我"似乎在出门前约过保洁，但是后来因为行程有变，我在乌镇多停留了两天，应该就这样和保洁公司的人错过了。

"你已经到我家了？"我问他。

"我等你一刻钟了。"

这口气还真不算客气。

我想了想说:"不好意思,我有事耽搁了,暂时回不去……这样吧,要不你明天再来?"

"那今天怎么办?"

"我给你算两个小时。"

他似乎犹豫了一下,才说:"好吧。"

还不等我再说什么,对方已经挂断了电话。

船外的雨还在下着,似乎每到这个时节,乌镇都会下雨,这是属于这里的雨,而我也知道,我并不属于这里。既然如此,那我就先回"家"吧。反正对我过去那三十几年的人生,我已经灰心至极,如果真给我一次忘掉前尘的机会,我想我会选择接受。

02.

再次回到北京,我按着记忆回到"家",那是一所高级公寓。这房子是"我"的,却并不是"我"一个人住。

放下行李,我也顾不上休息,想到我这一身伤痛的加害者,我就无法平静。房间里随处可见那渣男的痕迹,我就偏偏要把这些痕迹擦干抹净,一丝不留。

家里被我翻得乱七八糟时,门铃突然响了。

我从猫眼儿里往外望了一眼,只看到一截……脖子?

我盯着猫眼儿问:"谁啊?"

"保洁。"

那白皙的脖颈上没有任何饰物,那个人说话时,喉结微微滚动了一下。

我打开门,却并不打算立刻让他进来。

他似乎明白我的意思,问我:"您是邹小姐吗?"

"是我。"

"几天前，您用我们公司的手机软件约了保洁。"

"是，出去快一个礼拜了，家里要打扫一下才能住。"

他对这个似乎并不关心，拿出一张塑封过的卡片："这是我的工作证。"

我拿过工作证看了看，上面有张照片，照片上是张年轻、白皙、轮廓分明的脸。

他叫秦悦，挺好听的名字，可惜有点女气。

我侧身让他进门，看到家里的狼藉，他微微愣了一下，然后问我："从哪儿开始？"

我也有些犯难，想了想说："卫生间吧。哪里都可以凑合，唯独卫生间不可以。"

他看了我一眼，套上鞋套一言不发地走进了卫生间。

家里来了个男人，这让我多少有点不放心，于是我就坐在客厅里盯着他干活。

还真看不出来，他看着年纪不大，但干活真是仔细。卫生间里上上下下，甚至是淋浴房周围的死角，都被他处理得干干净净的。

最后是马桶。他的个子太高，我又太矮，所以马桶也矮，他只能跪在地上清洗。

我问："地上不脏吗？"

他头也不回："怕脏我就不干这个了。"

说的也是，他就是吃这口饭的，我真是瞎操心。

我悻悻地闭嘴，安安静静地看他打扫。

刷马桶是我最不爱干的活，可是他却似乎没有丝毫厌恶，像对待工艺品一样里里外外地擦拭着。

我的脑中突然冒出个想法，这么仔细又爱干净的男人，想必也坏不到哪儿去。

我正愣神，他已经打扫完走了出来："还需要打扫哪里？"

我觉得有点累："其他的不用打扫了。"

"您约了两个小时。"

"嗯,我算你俩小时。"

他当然没什么异议,我回房间拿钱包。

付钱时,我鬼使神差地问:"你成年了吗,就出来打工?"

他像是早就习惯了这样的问题,掏出身份证递给我。我看了一眼,他19岁,真年轻。

我把身份证还给他的同时拿了300块给他:"你这么年轻怎么不上学?很缺钱吗,还是学习不好?"

软件上明码标价,两个小时100块,算上昨天的一共200块。而对我多给的100块,他没有任何表示,安心地收了起来。对我的问题,他仿佛没听见,不答反问:"您结婚了吗?"

"这不是你该问的。"

"您老公打您?"

我这才意识到我脸上还有伤。

"你问这么多,小心我投诉你。"

他勾了勾嘴角,一副无所谓的样子,然后看了一眼地上那箱子渣男的东西:"用不用我帮您扔了?"

那箱子里面除了渣男的衣服和鞋,还有一些电子产品。

我有些犹豫,他像是看穿了我的想法,笑了:"你们女人啊,真是该聪明的时候不聪明。"

我想了一下,也是,反正都是不要的东西了,给谁或者扔掉对我来讲有什么区别呢?但是他这种没大没小的说话态度,让我很不爽。

临走前,他又递给我一张名片,名片上面只有名字和手机号码。

"下次需要保洁的话打这个电话,不用通过公司。"

我将名片随手放到一边:"我知道了。"

他走后,我一个人躺在床上发呆,脑子里满是这几天发生在邹静安身上的事,心里不禁为这个"自己"抱不平。

渣男在一家律师事务所上班,收入尚可,工作也算体面,还有一副一看就不怎么省心的皮囊。如果是旁观者,可能"我"也会看出他不靠谱,奈何人在局中,难免会有分不清好赖的时候。

渣男没房子,跟"我"住在这套"我"爸妈送给"我"的房子里,本来"我"和渣男都打算结婚了,没想到却出了事。"我"怀疑他出轨,但过去厌到爆的"我"不敢直接去问。他说要出差,其实是带着小情人去旅游。"我"不甘心,总希望奇迹发生——一切都是自己精神过敏。可是一路追到乌镇,结局显然不是"我"希望的那样。

渣男和他的小情人幸福般配、郎才女貌——当然,我肯定会说他们是祸害人间。他们挽手游古城,好得就像新婚小夫妇。小情人是艺术学院的学生,有副好嗓子,那天晚上在古城的小河上,小情人一首《女儿情》更是勾人心魄,也让尾随他们的"我"的玻璃心碎了一地。

"我"一路追到酒店,看着他们进了酒店房间,"我"不甘心,鼓起勇气去捉奸。其实"我"只是希望他能回心转意,道个歉跟"我"回家,没想到他非但不道歉,还因为"我"跟踪他,对我拳打脚踢……

这个世界上怎么会有比周海还坏的男人,比叶星辰更傻的女人?

我拿过枕边的手机看了一眼,手机没有任何动静。渣男知道我回来了,却一个电话都没有,看样子他是决定分手了。这样也好,坏掉的感情,应该早点像毒瘤一样把它割掉才对。

我不知道什么时候就这样睡着了,再醒来时已经是傍晚时分。

吃过了饭,我下楼扔垃圾。一出门,我就看到我们小区的保洁阿姨在翻垃圾桶。

"怎么好好的东西就扔这儿了?"阿姨从垃圾桶里翻出一个笔记本电脑,拂了拂沾在上面的脏东西,试着开机。

我探头看了一眼,这不是渣男的笔记本电脑吗?那小孩真没带走?

"糟糕,还有开机密码。"

"840229。"我扔垃圾时若无其事地报了渣男的电脑开机密码。

阿姨试了一下,真的成功登录了,她这才意识到我的存在,顿时醒悟道:"这是您的笔记本电脑啊?"

我摆了摆手:"之前是我的,不过现在既然是从垃圾桶里捡的,那就是垃圾。"

阿姨愣了一下笑道:"哦哦,太谢谢啦。哟,这儿还有个iPad!"

回到家,我看到那小孩给我的名片还在桌上。

我犹豫了一下,给他打了个电话。

电话接通了,但他没有立刻说话,过了片刻,应该是换了个环境,他才开口:"哪位?"

"我姓邹,你下午来我家刷过马桶。"

"……"

"明天我想再约两个小时。"

"明天不行,我有事。"

"这不是你的工作吗?"

"明天不行。"

"你这是什么服务态度?信不信我投诉你?"

"随便。"

随便?!现在的小孩都这么跩吗?

"你不是缺钱吗?我给你涨价,一小时200块,你来不来?"

果然,他似乎没有之前那么坚决了。我自信满满,觉得总不缺机会教训他。

没想到他还是说:"明天我有事,后天吧。"

"我着急,不行我找别人了。"

"那你找别人吧。"

就这样?对方竟然挂断了电话!

气死我了!

我正在气头上,电话突然响了。

我气鼓鼓地接通了电话:"你反悔了?我还反悔了呢!"

对方沉默了一下,怯生生地问:"请问是邹医生吗?我是小林,不好意思,打扰您休假了。"

我略微回忆了一下,这是医院的那个小林医生。

~ 011 ~

"哦哦，小林啊，什么事？"

"是这样的，邹医生，明天有一台手术，原本应该是李主任做，但是李主任突然去外地开会了，病人的情况又需要早点做手术，您看您能不能回来做这个手术？"

我的假期还有两天结束，我想了想，反正我也没什么心情继续休假，于是就答应了。

第二天我一到医院，小林就把病人的报告拿给我看。

李玉珍，女，52岁，超声显示右乳10A可见异常区域，范围约1.05×2.83×2.08 cm，边界欠清，形状欠规则。双侧腋下未见明显肿大的淋巴结。

"她什么时候住院的？"

"她住院一周多了吧。"

我有点奇怪："那这手术怎么不早做？"

"病人之前一直没有凑齐手术费，才刚刚凑上。"

在医院里，这种情况并不少见，我点了点头，没往心里去："去病房看看。"

小林和几个实习医生立刻跟上。

李玉珍见我们进来有点紧张。这些年乳腺病发病率高，搞不好就是要命的，她这么紧张也可以理解。

我解释道："李主任出差了，我暂时接替他的工作，我姓邹。"

"邹医生好，那我的手术今天能做吗？"

我点了点头："衣服解开，我看一下。"

她立刻配合。

我摸了一下，她这情况还真不好说。

她小心翼翼地观察着我的神情："您看这是良性的，还是恶性的？"

不管情况是好是坏，我们一般不会把话说死。

我起身："手术完等病理结果吧。你家属呢？"

"哦，他去打水了。"

我对身后的人说："准备一下，下午手术。"

我正要出门，就见一个高个子男人——准确地说，应该是个高个子大男孩，提着水壶进来了。

和他目光相触的一刹那，我愣了一下，怎么是他？他显然也认出了我，但面上不动声色。

小林介绍道："这是我们邹医生，是你母亲下午手术的主刀医生。"

他瞥了我一眼，然后问小林："主刀医生不是李主任吗？"他什么意思？不信任我？小林有点尴尬："李主任出差了，邹医生是李主任的关门弟子，能力很强的，你放心。"

他又看了我一眼，片刻后他似乎接受了这个事实，但仍没有表现出其他病人家属那样的焦虑和殷勤。

我对小林说："走吧。"

然而就在与他擦肩而过的瞬间，我听到他突然开口："下午的手术，麻烦您了。"

我看了他一眼，有点满意。

嗬，一看就是没有被生活打败过的年轻人，学着点吧，这才只是个开始。

03.

从手术室出来时，我看到秦悦坐在对面的椅子上，弓着腰、低着头，不知道在想些什么。

我走到他面前，他抬起头看我。

"手术挺顺利的，不过病理结果要三天后才能出来。"

他没有说话。

我问："你怕吗？"

这一次他的眉头微微动了一下，但他依旧没有说话。

这个小孩无敌酷霸跩的性格，真是让我烦透了。

~ 013 ~

我转身要离开，忽听他说了句"谢谢"。

我犹豫了一下回过头，明知故问道："你说今天有事，就是你母亲的手术？"

他点头。

我耸耸肩："那我原谅你了。"

下了班我开车回家，刚到小区楼下，就看到一个穿着白裙子的少女，在我家单元门前晃悠。

我停好车，走过去，假装没有看到她。

她倒是很自觉地跟了上来："你怎么不接电话？"

"手术中。"

"做完手术你不看手机吗？"

"我懒得看。"

"我说你这是什么态度？"

我停下脚步，有点生气："我还想问你这是什么态度呢？我好歹还是你的长辈。"

她得意："所以啊，我来找你就是想让你尽尽长辈的义务。"

我冷笑着看她一眼，扭头上楼。她快步跟了上来。

到了家门口，我真想把她关在门外，奈何她身手敏捷，我一开门她就像泥鳅一样地挤了进来。

我挑眉："你又要钱？"

"是。"

"我没有。"

她一脸讥讽："你怎么就没有钱？你又没什么花钱的地方，房子是我奶奶全款给你买的，你们医院福利待遇也好。怎么，宁愿拿钱养小白脸也不愿意给亲侄女呀？"

我不禁在心里感慨，以前的我真是太怯懦了，在外面被男人欺负，在家里还要被这小丫头片子吆五喝六的。

我摸出一支烟点上："所以啊，养不起小白脸，我把他扫地出门了。"

她像是不敢相信自己的耳朵,冲进卧室打开衣柜,看了一眼大叫道:"你那秀逗的脑袋怎么突然开窍了?"

"你给我说话客气点,不然请你从我家出去。"

她从卧室出来,靠在墙上看着我,态度没有之前那么张狂了。

"给我1万块。"

我差点被烟呛到:"你说多少?"

"1万块。"

"你一个学生要那么多钱干什么?"

"我看上了一个包,零头我自己出了。"

我嗤笑了一声:"你就能出个零头啊?既然买不起真的就去买个假的呗,东大街上不到100块一个。"

"你以为我是你啊,那么没品。"

"你有品你就自己去赚呗,何必跟我这没品的人伸手?"

小丫头急了:"你知不知道你这是逼良为娼?我一个年轻女孩拿什么去赚钱?你这话什么意思?信不信我把你的话转达给我奶奶?"

我顿觉有点头疼:"就算我妈重男轻女,那也是重我那没什么本事的哥,你一个丫头片子嘚瑟什么?"

"你还不是丫头片子?我奶奶还给你买房了,我妈说这房子就不该给你买,这钱相当于是我们家出的,我跟你要点钱怎么了?"

这是什么强盗逻辑?

我吐了个烟圈,把剩下的半截烟按灭在烟灰缸中。

"我看啊,咱俩无论是智商上,还是三观上,都不怎么对盘,所以跟你聊天只能引起我的生理不适。那么是你自己从我家出去,还是我请你出去?"

小丫头瞪大眼:"你赶我走?"

"渣男我都能扫地出门,赶你走有什么不行的?"

"你真不给我钱?"

"你觉得呢?"

她气鼓鼓地一跺脚:"邹静安,你给我等着!"

看着门被重重地摔上,我乐了,最近的孩子是怎么了?一个两个的都这么跩?

第二天上班,我去查房,李玉珍已经可以下床走动了。我询问了几句,她的状态还不错。可是即便如此,手术的第二天也该有家人在身边照顾。

我皱眉:"你的家属呢?"

"哦,我儿子刚走,他上课去了,我这事也耽误他好久了。"

"上课?"

保洁员上什么课?

小林说:"邹医生你不知道吧,李姐的儿子可是D大的高材生,年年都拿奖学金的。"

"你说那天那个……"

"我记得您儿子是叫秦悦吧?"小林问李玉珍。

提到儿子,李玉珍一脸自豪:"对对,是叫秦悦,林医生记性真好。我们家这情况啊,他要是拿不到奖学金,恐怕大学都读不完。幸好他每年都拿一等奖学金,免了学费还能补贴家里,我现在全靠他了。"

我有点意外,难怪那小子那么跩。

我突然想到我那可爱的大侄女邹媛媛也在D大,不过她是因为原来的三本学校被合并到D大,而有幸成为了D大学生的。

这人和人之间的差距可真是大啊!

从病房里出来,我问小林:"怎么没见李玉珍的老公?"

小林撇撇嘴:"不知道,我从一开始就没见过她老公,就她这儿子跑前跑后地照顾她。而且她自己都没工作,刚才您也听到了,生活上她全靠这个儿子。要说她也挺幸福的,养这么好一儿子,长得帅,脑子聪明,勤奋又孝顺。"

我看了小林一眼,她那一脸的仰慕遮都遮不住。

"我记得你今年22岁吧?他19岁,你比他正好大3岁,老话怎说来着？女大三抱金砖。"

"邹医生您说什么呢！"小林被我这么一说顿觉不好意思，可转瞬又想到什么似的问我，"您怎么知道他19岁？"

我不由得一愣，虽然保洁员不是什么见不得人的职业，但这纯属个人隐私，秦悦他也未必希望别人知道。

"我猜的。"

"这也行？"

第二天我再去病房的时候，护士长突然拉住我说李玉珍想要出院。

我说："那怎么能行？这才手术的第三天，而且她的创口还比较大，要多住两天。"

护士长有点为难："可是，她的住院费已经拖欠了，再不交我们要停药了。"

"她儿子呢？"

"她好像没跟她儿子说，就说想出院。"

我瞥了一眼李玉珍的病房，她似乎已经开始收拾东西了。

我皱眉："她这才做完手术，动作那么大，不怕伤口撕裂？你们赶紧去劝劝。"

护士长连忙指挥身边李玉珍的责任护士："快去看看！"然后护士长转头又问我，"那她出院的事……"

"我不同意。"

李玉珍拖欠的费用并不多，如果按照一个小时200块的保洁费给秦悦，那么他去我家干上一个礼拜，连带他母亲下个礼拜的医药费也都够了。

可是李玉珍手术的第二天，他却没有给我打电话。

这孩子真是死要面子活受罪啊！

这天晚上刚好我值班，难得一晚上没什么事，可到了十点钟，有人敲响了我办公室的门。

我没想到来人是秦悦。

我看了他一眼,继续低头写报告:"你有什么事?"

"我妈的医药费是不是你垫付的?"

我没理他,把一段话敲进电脑后才转过身来看他:"对啊,她要出院,我不同意。"

他垂下眼,半晌说了句:"谢谢。"

真难得啊,连着两次让这小孩对我说谢谢。

"不用谢,钱什么时候能还我?我也很缺钱。"

他又抬起眼,那张不怎么讨人喜欢的脸上露出了诧异的表情。

"怎么,你不想还?"

"不是,我听说这事之后,已经在凑钱了。"

"你去哪儿凑钱?"

"这不用你管。"

"如果你不是借了我的钱,我肯定不管,但现在不是那么回事了。"

他不说话。

我想了想说:"这样吧,我不用你还钱。"

他倏地挑眉:"你想干什么?"

不得不说这小孩长得的确挺好看的,除了他脸上时常带着欠揍的表情,其他任何一个表情都挺赏心悦目的。

"瞎想什么呢?我那儿缺个钟点工,你干活也还算细致,每天两个小时,直到做够我替你付的那些钱为止。"

"哦,这样……但我不是每天都有时间。"

"我也是,所以如果有谁不方便,我们提前联系。"

他似乎松了口气:"可以。"

我靠在椅背上看着他笑了:"不过,要按照市场价每小时30块。"

他微微不满:"就算是公司标的价,也是一小时50块。"

"那50块钱你不给公司提成吗?"

他冷笑一声点点头:"那就这么定吧。"

说完他便转身出了我的办公室,可刚出门他似乎又想起什么,脚步一顿折了回来。

我正诧异地看向他,就见他揣在口袋里的手拿了出来。"哗啦",几颗水果糖出现在我的桌角。

他脸色已经缓和了不少,但还是那副别别扭扭的样子。

"还是谢谢你。"他说。

这次说完,他就真的转身出了门,一刻都不多留。

我看着那几颗被彩色糖纸包好的水果糖,这还是我从医多年来收到的最寒酸的谢礼,但也是最特别的。我的心情不错,随便挑了一颗橘色的,剥开糖纸放到嘴里,我的眼泪顿时流了出来。

"呲……"真酸!也不知道那小孩到底是要谢我,还是要整我!

04.

第二天,李玉珍的病理结果出来了,是良性的。就这样,秦悦安心地成了我家的钟点工。

但当时说是每天两个小时,其实我们俩都没时间。后来就改成他每周末来一趟,四个小时,他打扫完卫生,还能给我做顿饭。

不得不说,秦悦做饭挺好吃的,我大发慈悲地赞美了一下,他还来劲了,说我买的食材不够好,如果是他自己选的,做出来的更好吃。

我本来就没什么时间去超市,索性把买菜的大权也下放了,但是他说买菜要多算他一个小时。真是精于算计的小孩,不过我同意了。

自那以后,他每次来时都会买好了菜带过来,还会买一些我要用的日用品。

周五晚上,一台临时的手术搞得我筋疲力尽。半夜我回到家,发现大姨妈来了,而且姨妈巾只剩下两片,我想到秦悦明天会来,就发短信让他一起将姨妈巾买上带过来。但编辑短信的工夫,我就靠着床头睡着了,也不知道最后信息发出去没有。

第二天,我被一阵敲门声吵醒。我迷迷糊糊地爬起来,看了一眼墙上的挂钟，九点一刻。

我以为是秦悦，打着哈欠趿拉着拖鞋就去开门。路过穿衣镜时，里面那女鬼吓了我一跳，不过无所谓了，我什么样他没见过？

我眯着眼睛打开门，也不理他，打算回房间继续睡。

"我是来拿我的东西的。"

这声音陌生又熟悉，让我瞬间清醒过来。我回头一看，竟然是渣男。

"谁让你进来的？"

渣男诧异道："你给我开的门啊。"

转念他似乎明白了什么，冷笑道："不是吧邹静安，咱俩才分开多久，你就找到人了？"

我有些无奈："打住打住，别把所有人都想得像你一样，为了下半身痛快，脸都可以不要。"

"你！"渣男气得够呛，但好歹是在我家，看样子他是极力压制着火气，"我知道跟我分手你挺痛快的，行，我不跟你计较，我就是来拿我的东西的。"

被他这么一吵，我睡意全无。

我走到茶几前，摸出一支烟点上，慢条斯理地说："第一，跟你分手我是不痛快，不过不痛快的原因是我后悔没早点跟你分手；第二，这里没有你的东西，我从乌镇回来以后打扫了一下房间，把那些破破烂烂的东西都扔出去了，所以请你赶快离开，不然我叫保安了。"

"你说你把我的东西都扔了？"渣男的耐心显然已经耗尽，我见他垂在两侧的手渐渐握成了拳。

这人有明显的暴力倾向啊，之前的"我"怎么能忍他那么多年？

"怎么，你又想动手？"

渣男的眼中凶光一闪，似乎是承认了。

我说："不要欺负老实人，你敢动我，我就报警。"

"报警？"渣男的冷笑声让我背脊发凉，"你忘了我是干什么的了？"

说着他一巴掌就挥了过来。

这个世界真不公平,体力上,女人永远不是男人的对手。如果遇到渣男这种人,任你再有理也要吃亏。

我下意识地闭上眼侧过脸,可那一巴掌却迟迟没有落下。

我再一抬头睁开眼,就发现秦悦不知道什么时候出现了。他的一只手还拎着菜和卫生巾,另一只手正抓着渣男要打我的那只手。

别看这小孩年纪不大,但身量和体形都比渣男要高大许多,胜负已见分晓。

我见到救兵来了,立刻就嚣张了起来:"打女人?垃圾!"

渣男还被秦悦狠狠地拧着手臂,站都站不直,但他一眼看到秦悦手上的购物袋,顿时又来了脾气,目眦欲裂地看着我:"你还说你没男人?"

"她有又怎么样?关你什么事?"

无波无澜的一句话却是出自秦悦之口。

我无比意外地看着秦悦。

秦悦却没有注意到我,又加大了手上的力道。

渣男疼得"嗷嗷"直叫:"好好好,不关我的事,你先放开我,你要是敢弄伤我,咱们法庭上见!"

秦悦不屑地"喊"了一声,松开了手。

渣男踉踉跄跄地直起身:"行,邹静安,算你狠!你给我等着!"

我乐呵呵地朝他挥了挥手,送他灰溜溜地离开。

渣男走后,秦悦看向我:"都这样了,你还不离婚?"

"我就没结过婚。"

"那你就是对他还没死心。"

"你什么意思?"

"不然你为什么给他开门?"

我这才反应过来,我跟他解释这些干什么?他就是一个小孩儿!

"唉,我说你不就帮了我一下吗?你就可以什么都管了?这是我的隐私知道吗?再瞎说小心我解雇你。"

他似乎冷笑了一下，点了点头，然后从购物袋里掏出两包卫生巾，还有一袋子不知道是什么的东西扔到我面前，一言不发地进了厨房。

他这是什么态度啊？！

我拿起桌上那袋子不知是什么东西的东西看了一眼，是红糖，顿时我什么气都消了。

"哟，你还知道买红糖，生活经验蛮丰富的嘛！"

"你不喝就扔了，但是买红糖的钱要从菜钱里扣。"

见他故意摆出一副公事公办的样子，我叹了口气，以一个过来人的角度语重心长道："其实啊，你这孩子什么都不错，就是有一点，不太懂得与人交往，说白了呢，就是没礼貌。上学的时候只要你成绩好，怎么着大家都觉得你是对的，但是以后可就不是这样了，你得学会友好地与人交流，嘴甜点，客气点，不然步入社会后有的是你吃亏的时候。"

回应我的依旧是一声冷笑，然后是沉默。

已经渐渐习惯他这样了，我也不跟他计较，端着手臂靠在厨房门框上看着他洗菜做饭，那动作麻利得就像年轻时的我妈。可是他还是这么小的孩子，还是男孩，让我这奔三的女人都自叹不如。我又想起他家里的情况，不禁有点唏嘘。

"喂。"我叫他。

"你又怎么了？"

"你妈恢复得怎么样了？"

"她恢复得挺好的。"

"那你们也不能掉以轻心，任何肿瘤都有恶化和转移的风险，所以要经常复查，至少半年一次。"

"嗯。"

我犹豫了一下问："你妈住院时怎么都是你在跑前跑后的，你爸呢？"

他手上的动作停了一下："我不知道。"

我似乎明白了什么，看来这孩子并不像我当初想的那样，或许他已然被生活打败过无数次，只是因为天性倔强，从不服输罢了。

想到这里，我突然觉得自己有时候对他有点过分。

这时候，我的手机里进来一条短信。我打开一看，竟然是渣男发来的。看到内容后，我不禁笑了。

秦悦难得有点好奇，瞥了我一眼问："怎么了？"

我把手机放在他面前给他看，他颇有些不屑地说："贼喊捉贼。"

渣男说我们是狗男女，可不就是贼喊捉贼吗？

我说："这还不都怪你？说什么'有又怎么样'，本来我是百分之百占理的，现在反而被他戳脊梁骨了。"

听了我的话，他似乎不太高兴。

我继续说道："不过算了，刚才是特殊情况，我就不计较了，但是以后，你不能再像那样自作主张、没大没小了。"

他突然把手上的刀和菜一放，"哐当"一声，吓了我一跳。

"怎怎……怎么了？"

他深吸一口气说："我先打扫卫生，晚点做饭。"

说着他看都不看我一眼地从我身边走过了。

我不由得莫名其妙，我说错什么了吗？这个别扭的小孩！

秦悦打扫好房间做好了饭就打算离开，我留他吃饭，他死活不肯。

我说："一起吃吧，聊聊天，多算你一小时。"

"你当我是什么？"

"当你是钟点工啊，不然是什么？"

他似乎犹豫了一下，最终还是顺从地拉开椅子坐下，开始吃饭。

我没话找话："学校学习忙吗？"

"还行。"

"我听说好多大学生打工都是做家教，你怎么不做家教干起保洁了？"

他拿着筷子的手顿了一下，似乎想起了什么，然后垂着眼说："我不喜欢做家教。"

"哦。"我了然地点点头,看来有故事。

"对了,你在你们学校受欢迎吗?你长这样应该挺受欢迎的吧?"

这一次他终于抬起头来正视我:"是不是在你的脑子里,只有这些男人和女人的事?"

"聊天不聊这些聊什么?"

他没回答我的问题,反而问我:"刚才那男的以前一直住在这儿?"

我冷笑了一声:"你不也尽关心一些男人和女人的事吗?"

"我就问你是不是。"

"是。"

"他自己没有住处?"

"没有。"我想了一下,有点不确定地说,"我们俩分手这么久了,他才来找我拿东西,估计是刚找到住处吧。不过他也可能没找到住处,回来向我伸个橄榄枝,假装说拿东西走人,其实是希望我挽留他。当然,现在他应该意识到了,我们没有可能复合了。"

秦悦若有所思地沉默了片刻。

我问:"你问这些干什么?"

"他万一再来找你麻烦怎么办?"

我一愣,这我还真没想好。

秦悦冷笑一声说:"你别再开门就行了。"

秦悦走后没多久,我家又来了一位不速之客。

我挡在门前不让邹媛媛进门:"有什么事就在这儿说吧。"

小丫头眼睛有点红,但还是咧嘴一笑,一弯腰从我胳膊底下钻了进来:"一家人说话,还是关上门说吧。"

她今天的状态有点奇怪,我关上门看着她:"怎么,你又要钱?要钱没有,要命一条,你看着办吧。"

"小姑,我今天来不要钱,是有别的事。"

她突然变得这么有礼貌,肯定有问题,我警惕地看着她:"你有什么事?"

"你能不能去一趟我学校,帮我跟老师说说情?"

"你什么意思?"

原来这丫头在宿舍里烫头发,不小心把半个宿舍的东西都烧了,而烫发器又是宿舍明令禁止的,现在学校因为这事要取消她的学位。虽然她平时不爱学习,可是学位证要是没了,工作也就不好找了。

"这事你不该来找我啊。"

"我不找你还能找谁?我妈什么样你也知道,她要是知道我犯了这么大的事儿肯定打死我,而且……"

"而且什么?"

"烧了人家东西总要赔的。"

说来说去不还是要钱吗?

"你的事我管不了啊,小姑奶奶,有什么事找你亲爸亲妈解决去,你要是不敢说,我来打这个电话。"

说着我就拿出手机,邹媛媛见我真要打电话,急得几乎跪在我面前。

她抱着我,哭得稀里哗啦。

我挣了几下没挣开,就任由她抱着。

"我知道错了小姑,求求你救救我吧,我妈要是知道了,我肯定活不了了。"

她说的或许没错。

我想起我那嫂子,什么都不会,打孩子倒是挺得心应手的。邹媛媛四五岁的时候,因为偷用她的口红差点被打得屁股开花的事情仿佛就在昨天,更何况这次的事情还要严重很多。

我有点犯难……要不,就跟她去D大走一趟?

05.

周一下午,我请了半天假跟邹媛媛一起去了D大。在院办办公室门前,她悄悄告诉我,那个戴眼镜的女老师就是我该找的人。

"你进去就说你是我妈就行。"

我犹豫了一下:"这不好吧,我这么好看,可你像你妈。"

邹媛媛撇了撇嘴,似乎有点不认同,但是碍于有求于我,也不好说什么:"你就敷衍一下我们老师就行,你是不是真的我妈并不重要。"

"这样啊,那咱们进去吧。"

她又拉住我:"老师是要见你,我去不去无所谓,我这儿还有事儿,一会儿你这里完事后给我打电话啊。"

我正要叫住她,她却已经跑远了。

我心里有点郁闷,这到底是谁的事儿啊?我本来挺生气的,可是又想到自己已经来了,也不好就这么打道回府,于是就敲了敲门进了办公室。

我自我介绍是邹媛媛的家长,老师一听我这"身份",脸色就没好到哪儿去。

我足足被骂了半个小时,还赔了1万多块,苦口婆心说了一大车好话,最后好歹是保住了这死丫头的学位证。

出了门我就心里犯嘀咕,果然这丫头跟我要钱向来都是手到擒来。上次买包我没给她钱,这次我就把钱赔给了学校。

我气鼓鼓地打了个电话给她:"你在哪儿呢?"

她那边闹哄哄的:"我在篮球场,你要过来吗?"

我当然要过去了!我那1万多块怎么也得买顿骂吧!

我按照她指的路,出门右拐再左拐,果然就看到一个不大的篮球场。我人还没到跟前,就听到一阵高过一阵的呐喊声。

我怎么听着他们叫的名字有点像"秦悦"呢?

我走近一看,果然就见篮球场上一个熟悉的身影在夺球、运球,好灵活。可惜半天没见他进一个球——防他的人太多了,他连接近篮筐的机会都没有。

这笨蛋,这种时候就不要坚守个人英雄主义了嘛,该传球就传球呗。

正在这时,就见秦悦突然举起了球,却是对着篮筐的方向。

不是吧,那么远……

周围那群叽叽喳喳的女生终于安静下来了,但是很快,伴随着球落入球筐，呐喊声又响起来了，气势更甚。

　　这小孩运气还真不错。不过我说什么来着？他肯定很受欢迎，看看场边那些女生看他的眼神，就和看人民币如出一辙。

　　我想到我的十几岁，也曾遇到过这样的男生，长着一副人神共愤的好皮囊不说，成绩排名全系第一，而且篮球打得也特别好，尤其是三分球，几乎百发百中。可是，几年之后的大学同学聚会上，我几乎没认出他来，那秃顶大肚油腻中年男的形象彻底毁了我印象中的那个少年。更过分的是，我还听有的同学说，他当初为了省点开房的钱，带着女朋友借别人的房子解决生理需求。所以说，"男神"真的是很片面的一个词。

　　正在这时，一声哨响，中场休息，而那个篮球却骨碌骨碌地朝着我滚了过来，最后正停在我的脚下。

　　秦悦顺着球看过来，阳光中他的汗水晶莹剔透。他肯定看见我了，但他又转过头去，弓着腰对着地面气喘吁吁。

　　这意思再明显不过，他不愿意让别人知道他认识我呗。也是，毕竟在我家做钟点工的事与男神的形象不符。既然如此，我也就假装不认识他，掏出手机打给邹媛媛，可是我打不通她的电话。

　　我再一抬头，发现秦悦突然朝我走来。与此同时，我隐约感到一些探寻的目光，似乎也都跟着他的身影投向了我。

　　"你怎么在这儿？找我？"

　　我摇头："我来办点事，路过。"

　　"哦。"他把手里的一瓶矿泉水递给我。

　　"不用，谢谢。"

　　他见我不接，于是自己拧开瓶盖，灌了几口。

　　我说："你球打得不错。"

　　他用手背擦了擦嘴边的不知是汗还是水的痕迹，没承认，也没否认。

　　他扭头看我："你真没事儿？"

　　"我能有什么事非得跑这儿来找你？"

　　他似乎笑了一下："也是。"

这时我看到篮球场边的一棵大树后,一个人影正在上蹿下跳地朝我挥手,那不就是我的好侄女邹媛媛吗?

她躲什么躲啊!

"你……"

秦悦似乎还有话要说,但我急着去骂邹媛媛,也没顾上理他:"我还有事,先走了啊。"

说着,我也没留意秦悦的神色,便朝着邹媛媛藏身的那棵大树走去。

"你搞什么啊,鬼鬼祟祟的!"见到邹媛媛后,我劈头盖脸就是这句。

邹媛媛却是一脸惊喜:"小姑,你认识秦悦?"

"别扯别的,学位证你还想不想要?"

"对对对,那事儿你帮我搞定了吗?"

我看着她殷切的小脸,犹豫了一下说:"我也不知道算不算搞定了。"

邹媛媛脸上的笑容一僵:"什么意思?"

"我已经尽力了,该赔的钱都赔了,但你们老师非说要再观察观察你,如果你到毕业都不再犯错,而且考试都能及格,就发证书给你,否则学位证就真的没有了。"

邹媛媛的肩膀一垮:"可我才大一啊。"

"可大部分人大学四年都不会犯什么错,也不会挂科。"

我朝停车场走去,邹媛媛也跟了上来,她倒是很快就接受了现实:"观察就观察,总比直接说不给强。"

我上了车,她也跟着上了车:"今天我回家。"

我转过头看着她:"我说邹媛媛,你是不是觉得我特别好欺负?"

她立刻摇了摇头。

"你是不是觉得我特傻?"

"当然不是。我就是觉得你比我爸妈和我奶奶都通情达理。"

这话我爱听,但是该说的话我还是要说清楚。

我的语气比任何一次都要严肃:"这是最后一次了,知道吗?看在咱俩都姓邹的分儿上。"

她当然知道我指的是什么,她看着我,表情也难得的严肃:"小姑,我怎么觉得你跟之前不太一样了,你是不是遇到什么事儿了?"

我发动车子:"不一样就对了。"

我送邹媛媛回家,在路上她问我:"小姑,你怎么会和秦悦认识?"

"他是我病人的家属。"

"哦。"她点点头,"那你们刚才说什么了?"

"你问这个干什么?"

"你没说你是来处理我的事情的吧?"

我看了小丫头一眼:"你们认识?"

"不认识,但不代表以后也不认识,所以第一印象不能太差,人都是先入为主的。"

我笑:"你想得还真远。"

邹媛媛讨好地说:"小姑,你能不能介绍我和他认识呀?"

"你喜欢他?"

"谁不喜欢他啊!"

我摇头,嘲笑她肤浅又夸张。

她撒娇:"到底行不行嘛?"

"不行。"

"为什么?"

"无聊,没意义,浪费我时间。"

"求你……"

在她撒泼之前,我抬手制止了她:"你要么闭嘴,要么下车。"

邹媛媛知道我说到做到,悻悻地闭了嘴,可她似乎还不死心,一路上都在小心翼翼地观察着我的神情。

等到了她家楼下,她又央求我:"那你帮我问问他有没有女朋友,这总行吧?"

我有些无奈:"你爱慕了人家半天,怎么连这么基本的信息都没调查好?"

"你不知道,官方消息是他没有女朋友,可我几次都看到他和他们系的系花走得很近,保不齐他暗度陈仓了。小姑,你就帮我问问吧!"

我深吸一口气,看着她讨好的小脸想了一下说:"看我心情吧。"

周五轮到我出诊,快到中午的时候,来了一个病人。

那个病人进门也不说症状,就坐在我面前看着我,我只好在电脑上找她的名字:"你是43号黄玉婷吗?"

她依旧不说话,我抬头看她,她正端着手臂,脸上露出奇怪的微笑,这一看,我觉得她有点眼熟。

"怎么样,邹医生想起来了吗?"

我皱眉:"你到底是不是来看病的?"

"是啊。"她故作姿态,"我老公被贼人惦记上了,我心里焦虑得了心病。"

这么大众的一张脸,她不给提示我还真想不起来,这不就是渣男的那个小情人吗?

"哦,那你走错地方了,看良心……哦不,看心病应该去精神科,出门右转。下一位!"

立刻有排在她后面的患者进来,可她依旧没有动地方的意思。

我没有理会她,毕竟回击贱人最好的方式就是无视她,千万不要跟她较真,那就相当于给了她表演的机会。

可是她就那么一直坐着,迟迟不肯让地方。

我直接打给医院保安室:"麻烦来下乳腺外科门诊6号,有个疑似精神病的病人走错地方了。"

小情人听我打电话立刻急了:"邹静安,我为什么来找你,你不知道吗?我就想问问,你要不要脸啊?拿着我老公的东西不还,不就是以此要挟他,好给自己多创造几次和好的机会吗?"

我冷笑:"黄玉婷小姐,看来你病得不轻啊,我这一外行都看出来,你明显患有被害妄想症。被害妄想症你听说过吗?是一种很严重的精神疾病。"

"你……你少给我装糊涂!"

这时候有人敲了敲门,几个保安鱼贯而入,我看了一眼时间,五分钟,医院的保安效率还真高。

我朝小情人扬了扬下巴:"就是她。"

带头的保安队队长问:"小姐您是不是走错地方了?这里是乳腺外科的门诊。"

"谁说我有精神病?谁说我走错地方了?我就是来找她的!"

我对着门口那位一直看热闹的病人说:"刚才大家都看到了,这位是来看病的吗?"

那病人立刻摇了摇头。

保安队队长见状很客气地对小情人说:"不好意思,麻烦您跟我们先出来一下,不要耽误其他病人就诊。"

"我不走,我凭什么听你们几个破保安的?我要见院长!"

几个保安大哥一听也怒了,不管三七二十一将她拉出了诊室。

诊室里总算安静了下来,我整了整白大褂看了一眼门口那位病人:"您也甭光顾着看热闹了,进来说说症状吧。"

06.

然而逞一时的英雄并不能成为真正的英雄,当天下午我就接到了领导约谈的电话。

我自认为做得没错,见到领导后,我只负责把事情的来龙去脉说清楚,希望他能理解我的做法。他听了我的解释后,表达了两点意思:第一,他对我的遭遇表示同情,但是这是工作场合,不应该把自己的私事带到工作上来;第二,他对我的应对能力表示失望,认为我的处理方式太过简单粗暴,对我们医院造成了很不好的影响。

其实只要出了医患矛盾,不管怎么处理,领导都不会满意,所以领导怎么想我也并不在意，但是原本科里定好我竞聘副高的事儿，却黄了。

我研究生毕业进入医院时就已经是中级职称了，熬了这些年，好不容易论资排辈轮到我了，结果就因为别人的无理取闹我又要等到明年。可是谁知道明年又会遇到什么事儿。

我无比郁闷，但想着能就此和渣男划清界限也算值了。可是晚上下班前，渣男的电话打了过来。

电话响了几次我都没有接，我实在想不明白这个人在这时候还有什么脸打给我。

几个电话之后，渣男似乎放弃了。我关了电脑去换衣服，准备下班回家，可回来时我发现他发了条短信给我。

他说："我没想到她会去你单位找你，真的很抱歉。"

这态度好得令我惊讶，我简直不敢相信在短信的另一端拿着手机的人，是那个惯于对我呼来喝去、一言不合就要动手的家伙。

我急需一支烟压压惊。

而就在我点烟的工夫，手机里很快又进来了几条短信：

"你在看吗，安安？"

"我知道你在。"

"其实我一直想找机会跟你谈一谈。我知道你或许不会同意，但是我们毕竟在一起这么多年了，离结婚只有一步之遥，到头来分了手连个正式的说法都没有，我觉得很对不起你，也对不起过去的我们。"

这话简直让人啼笑皆非。我真想告诉他，结果比一切过程都能说明问题，分都分了还在乎什么说法？更何况我们已经有过比"谈一谈"更直击人心的分手仪式了。试问，有多少人分手会分得鼻青脸肿？

想起来这些我只剩下一肚子的气。

我以最快的速度把那几条短信全部删掉，仿佛它们留在我的手机里都会脏了我的内存。我顺便把渣男的号码拉入了黑名单，从此斩断了那个男人与我的所有联系，也斩断了我与那段窝囊过往的所有联系。

"哟，邹医生你怎么在办公室里抽烟啊！"

我抬头一看，说话的人是我们科的秦医生——一个工作十几年，业务能力却很一般，只对搬弄是非无比热衷的女医生。当然，她也是我此次无法竞聘副高的唯一受益人。

我掸了掸掉落在裤子上的零星烟灰，瞥了她一眼："这事主任应该不管吧？"

她立刻变得异常敏感："你这话什么意思？"

"中国话有那么难懂吗？再说，你急什么？"

她顿了顿，冷笑一声："我知道你因为职称的事不开心，但你也不能见人就撒气啊！"

我笑眯眯地看着她："你怎么知道我评职称的事儿黄了？"

她微微一愣："我听别人说的。哎，这屋里太呛了，不和你闲扯了，我下班了。"

然后也不等我再说什么，她拎起包逃也似的出了门。

其实上午那事儿并没有闹大，我自认处理得够利索。而且以我对小情人的了解，她那智商就算想给我使绊子也是想尽办法找院长，但院长的行踪哪是那么好掌握的？她是绝对想不到跑去我们科主任那儿去告状的，可是这事却这么快就传到主任那里了，难保不是自己人打的小报告。

想到这儿，我又不禁感慨，以前的我过得多糟心啊，走哪儿都能遇到贱人，能坚挺地活下来也算历经九九八十一难了。不过这个世界就是这样，你强大，你看到的就都是弱者；你软弱，你看到的就都是贱人。

混到今天这步田地，还不是怪过去的我太过软弱吗？

我觉得我急需一顿大酒来排解一下所有的郁闷。于是，下班路过酒吧街时，我随便找了家不怎么吵的酒吧走了进去。

舞台上的是一位民谣歌手，唱的歌还挺对我的路子。于是我选了个离舞台很近的位置，点了杯长岛冰茶，边听边喝。

形形色色的人来来去去，不知道什么时候，我身边的位置上多了一个男人。

"一个人？"他问我。

我扫了他一眼没说话。这人长着一张亲民的大众脸，穿着打扮也算得体，我估计，他是这附近搞IT的白领。

他见我没理他也不生气，自我介绍道："朋友都叫我'大胃'，不知道怎么称呼你？"

我答非所问："大卫？英文名字？"

他笑着摇头："是'肠胃'的'胃'。"

"哦，你饭量不错。"

他笑："是我酒量不错。"

无聊透顶的对话。

他估计也是这么认为的，于是提议："我们要不要玩个小游戏？"

"玩什么游戏？"

"玩真心话大冒险。"

我笑了。

"你笑什么？"

我说："所谓真心话大冒险，不就是想套隐私或者搞点危险动作吗？怎么，你搭讪的套路多少年没更新了？"

我本以为他听了我的话会愤然而去，却没想到他也笑了笑，问我："那你来酒吧是做什么的？不就是想放松一下吗？或者寻找点刺激，过和白天不一样的生活。"

我想了想，觉得他说的不无道理，就没有反驳。

他又说："再说我单身汉一个，这样有错吗？"

是啊，没错啊。

他话锋一转："不过我现在改变主意了。"

我脱口而出："为什么？"

"找女朋友又不是公司招人，太聪明的女人没市场，我们男人要的是情趣。"

我哈哈大笑，这话不假。不过他话都说到这份儿上了，我再端着倒是显得做作。

我说:"那还玩你刚才说的那个游戏吗?"
"玩啊。"
"怎么玩?"
他转了个方向,面对着门外:"那就猜下一个进来的是男是女,猜错的喝一杯,然后接受大冒险或者真心话。"
我想说我不会喝酒,可是又想到自己未必会输,于是就同意了他的提议。
可是有句话叫作"人倒霉时喝凉水都塞牙",我从第一位进门的人开始,就一个都没猜对过。
我不知道喝了多少杯酒,真心话和大冒险也是一个接一个。
"你什么职业?
"你结婚了吗?
"你看男人先看哪里?
"你现在打给你手机通话记录里第三个电话号码,随便说点什么。
"亲吻你对面的人。
"哎,我说你怎么喝了这么点就吐了?"
…………

再醒来时已经是天光大亮,而我已经回到了家。
我看了一下时间,已然是早上九点钟了,还好今天是周末,不用上班。
可是我昨晚是怎么回来的?那个大胃送我回来的吗?算了,想不起来了,我这个饮酒低能儿,昨晚也真是拼了。不过好在那个大胃还算仁义,这么看,他并没有趁机占我便宜。
不过我身上那股酒气和食物残渣的味道连我自己都忍无可忍,更何况是别人。
我急需洗个澡。
然而当衣服脱到一半时,我听到身后有脚步声。
我猛然回头,就见秦悦正端着两杯饮料出现在了我面前。

"你怎么在这儿?"我连忙把衣服穿了回去。

他面无表情:"是你叫我来的。"

我心里陡然升起一丝不好的预感:"什么时候?"

"昨天晚上。"

"怎么可能?"

他没有回答我的问题,把一杯褐色液体放在我面前:"喝吧,是梨水,醒酒的。"

07.

我和秦悦正说着话,门铃响了。

这时候会是谁来我家?

我趴在猫眼儿上向外看了一眼,是邹媛媛。这下可完蛋了,要是被她看到这一大早的秦悦就在我家,不知道她会怎么想。

门铃响了一遍又一遍,我一动也不敢动,看着门外的她的一举一动,祈祷她赶紧离开。

见我没开门,她掏出了手机,我立刻意识到她肯定是要给我打电话,连忙回头找手机,可我还是晚了一步。

手机响了,邹媛媛听到门里的铃声后继续拍门:"小姑开门啊!我知道你在家!"

我无奈,这死丫头什么时候来不好,偏挑今天来!

我一回头,看到秦悦还跟没事人一样站在那儿。

"你怎么还在这儿站着?!"

我朝他做口型,他微微皱了皱眉,应该是没看懂。

我连忙把他推进卧室,想找个藏他的地儿,奈何他人高马大,还真没有适合的地方。

秦悦自始至终一言不发,看着我忙乱惊慌,好像我这样跟他一点关系都没有。

邹媛媛还在锲而不舍地敲门,真是烦透了。

~ 036 ~

"算了，就这儿吧，你别出来啊！"我硬着头皮把卧室门一关，去给邹媛媛开门。

"你怎么这么慢啊？咦，衣衫不整的，你刚睡醒啊？这都快十点了！"

我把她拦在门口："你找我什么事？"

她仿佛没有意识到自己并不受欢迎，理所当然地推开我走进来："周末嘛，我不想在家待着就来看看你。"

我白了她一眼："我忙得很。"

大概是我一贯这样，她都习惯了，朝我"嘿嘿"一笑："我就待一小会儿。"

"一小会儿也不行，我还有好多事要做。"

"你忙成这样？"

"嗯，忙成这样。"

她耸耸肩，终于妥协了："好吧好吧，那我这就走了。哎，对了，上次我求你帮我打听秦……"

她突然提到秦悦的名字，我连忙上去捂住她的嘴。

然而，我和她都被我这举动吓了一跳，我立刻松开了手，但是已经于事无补了。

她朝客厅里四处看了看，目光先是在茶几上的两个玻璃杯上停留了一瞬，最后落在了门口秦悦的那双鞋上。

她不怀好意地笑了："行啊小姑，速度够快的！这回又是什么样的？叫出来给你侄女见见呗。"

"什么叫'这回又是什么样的'！你少说废话，赶紧走人。"

邹媛媛把我的愤怒完全曲解成了害羞，继续调侃我："侄女我就佩服你这一点，阅男无数啊！一个接一个的男人都拜倒在你的石榴裙下，你简直是我的偶像！"

我真是要疯了！

我推着她往出走，她还在哈哈大笑："那我以后是不是不方便这么早来了？"

"你压根儿就不方便来！"

"你怎么又变成以前那样了？！有异性没人性！"

"我要是真没人性，你早没机会在这儿胡说八道了！"

"好好好，我自己走。"说着，她还对卧室紧闭的房门大笑着说，"那个……未来的小姑夫，不好意思打扰你们了啊！下次我请你吃饭赔罪！"

我像赶瘟疫一样把邹媛媛推赶出去后，立刻关上了门。

房间里终于安静了下来，卧室的门依然紧闭着。

我猜，我和邹媛媛的对话，秦悦那小孩肯定都听见了，真是郁闷死了。

我对着卧室大声说："人走了。"

卧室的门这才被打开，秦悦双手插在裤兜里，施施然从屋里走了出来，看了我一眼，依旧面无表情。

我心里稍稍踏实了一点，他应该能听出来，这一切都是误会。于是我自动当刚才的事情没发生过，故意转移了话题："中午吃什么？"

他没理我……他竟然没理我！

我有点不高兴："哎，我说话你听见了没？"

他依旧没理我，过来拿走我还没来得及喝的梨水，倒进了马桶。

"那不是醒酒的吗？你倒了它干什么？"

"我看你酒已经醒了。"

"我这头还疼着呢，怎么就醒了？你再给我煮一杯。"

他洗了杯子擦干手，从厨房出来换了鞋："我先回学校了。"

说完他不再搭理我，直接出了门。

他这是什么态度？

我比她年长，还是他妈妈的主治医生，现在更是他的老板，他怎么敢对我这个态度？！

气人！

~ 038 ~

他走后，我冷静下来仔细捋了捋今天的事，最后得出的结论是——他一定受了邹媛媛那些话的影响，误解我了！他一定认为我不是好人，所以不屑于给我做饭，不屑于伺候我了！

想想真是气愤，我是那种换男人像换衣服一样的女人吗？！

考虑到我们俩的雇佣关系，我觉得还是有必要跟他解释一下，于是我拿出手机想打给他。可是就在这时候，手机先响了起来，我看了一眼来电显示，不由得愣住了……是我妈，而我和她上次通话还是一年多以前的事情。

我妈虽然重男轻女的思想严重，但是我们母女的关系其实还算过得去，最后我们的关系破裂完全是因为渣男。

当初我妈无意间撞破我和渣男同居的事，对我劈头盖脸一顿骂，毫不顾及我的尊严。这已经让我很难受了，后来她了解了渣男的情况，又死活不同意我们结婚，并且扬言，有渣男没她，有她没渣男。最后脑子进水的我，很没良心地选择了渣男。自那之后我就没再和我妈联系过，就连和渣男分手我也没脸跟她说。她这次打电话来，一定也是听说我和渣男已经分开了。

我深吸一口气接通电话，本以为她又要数落我有眼无珠，没想到她却干脆没提这一茬，甚至就像过去这一年多的事情没有发生一样。

"你都多久没回家吃饭了？哪天你妈死了你都不知道。"

我没有回话，因为我不知道如何回话。

我妈继续说："行了，我知道你忙，还好你妈我身体康健，不用你担心。"

我的眼眶突然有些发热："再康健也这么大岁数了，啥时候来我医院，我带您做个全面体检。"

"我不去。"

"为什么？"

"人不都是这样吗？人就怕听实话，宁愿活得稀里糊涂的。"

我知道我妈话里有话，也知道她已然原谅了我。

我抹了抹脸，笑道："您怎么知道实话就不是好话啊？您别讳疾忌医,有空赶紧来医院。"

"这事再说吧,明天你没事就回家吃饭吧,我最近新学了个菜。"

我顿了顿说:"好。"

我妈似乎松了口气:"行了,就这事,我先挂了。"

然后也不等我再说什么,她就挂断了电话。

我听着电话听筒里传来的"嘟嘟"声,想着刚才我妈久违的声音,以及这些年我为了渣男失去的那些宝贵的东西……以后无论如何我都要把这些东西慢慢收回来!

第二天,我去我妈家吃饭,我哥一家也都在。邹媛媛见我进门,朝我挤了挤眼睛。

这是什么意思?我没当回事。

结果吃饭时我妈突然问我:"听说你又交男朋友了,什么时候把人带家里来给我们看看?"

我立刻看向邹媛媛,她安抚似的朝我点了点头,俨然一副自己人的样。

我郁闷,她真是瞎搅和!

"我哪有什么男朋友!"我低头吃菜。

我妈看着我不说话,桌上的气氛一下子冷了下来。

完了完了,我妈又要教训我了。

可是,我完全没想到我妈只是说:"那就等你想把人带来的时候再带来吧。"

我诧异地抬头看她,她白了我一眼:"看我干什么?别搞得我总想拆散你的好姻缘一样。"

"就是。妈就是想替你把把关,毕竟妈的阅历在那儿。你之前那个男朋友叫什么?他要啥啥没有,你们要是结婚了还得住你现在那套房子,我要是妈,我也反对,这男人没有赚钱的能力可不行。"说话的是我嫂子。

我抬头朝她嘻嘻笑:"嫂子,真是委屈你了啊!"

我哥这次反应倒是挺快:"你们说话怎么又扯到了我?"

我嫂子继续说:"妈希望你找个条件好点的,还不是为了你?姑爷再有钱,他的钱也不会给妈啊,这你都想不明白?再说他条件不好也就算了,关键他都没勇气来见见妈,让妈同意你们在一起,都是你一个人在扛,你哥就算再没本事也不会这样。"

我嫂子总算说了句明白话,以前的我怎么连这么简单的道理都想不明白呢?

我妈摆了摆手,制止我嫂子继续说下去:"以前的事情不说了,现在你也老大不小了,你不爱听我啰嗦,我就不啰嗦了,但你嫂子刚才有一句说得不对,我得纠正一下。我不同意你和之前那男的在一起,主要原因不是他没钱,而是我看得出他对你不好。"

听了我妈的话我抬眼看她,她却不愿跟我对视:"吃饭吧。"

接下来谁也没再提我找男朋友这事。

吃完饭,邹媛媛跑我面前来邀功:"你怎么谢我?"

"我凭什么谢你?"

"是我跟奶奶说你过得多不容易的,让她再爱女心切也一定要注意态度。你看,效果还不错吧?咱们一家多久没有这么其乐融融地吃饭了?"

那倒是,我瞥了她一眼:"你又看上什么包了?"

"嘿,只要有小姑你一句肯定就够了,咱亲姑侄,谈钱伤感情。"

嚄,她以前谈钱谈得还少吗?

她朝我挤挤眼睛:"我就想问问你啊,你帮我问了没?秦悦有没有女朋友那事。"

经她这么一提醒我才想起来。

我撒了个谎:"我最近没见到他。"

"那你发个短信问问呗,就说要给他介绍女朋友……唉,你别这么看我啊,你是长辈嘛,长辈给晚辈介绍女朋友怎么了?"

是啊,我算是秦悦的长辈了……

邹媛媛见我犹豫,又开始撒泼耍赖,我怕她吵得家里又不得安宁,只好说:"好吧,等我有心情就问他。"

"你什么时候有心情?"

"那我就不知道了。"

"那个……小姑你肩膀累不累?我给你捏一捏吧。"

08.

我妈还想留我在家吃晚饭,但我怕我在家待的时间久了,她就没这么和蔼可亲了,所以我就以晚上有事为由拒绝了我妈。

听说我要走,邹媛媛问我:"小姑,你是回家还是去医院?"

"回家。"

"那你顺路把我送到学校吧。"

我纳闷儿:"我去你学校不顺路吧?"

我妈立刻不耐烦了:"你送她一下怎么了?"

我只好妥协,对邹媛媛说:"好吧好吧,送你可以,但路上不许烦我。"

"我哪敢烦你啊,你心情好最重要!"

我妈看不下去了:"你看看你邹静安,还得让晚辈哄着你!"

我有些无奈:"您知道什么啊!"

邹媛媛立刻狗腿道:"对对对,奶奶,我乐意的。"

听了这话,我妈看我的眼神更不怎么友善了。

去D大的路上,邹媛媛果然很乖巧,什么要求也没提,什么废话也没说。我暗自得意,之前我嫂子还说没什么人能治住这小妖精,我一度也深以为然。现在看来是我嫂子不得要领,这不,一个秦悦就搞定邹媛媛了。

不过这人真是不经念叨。我刚把邹媛媛送走,正打算离开时,突然看到一个熟悉的身影。

我想都没想,将头探出车窗叫他的名字:"秦悦!"

他回头。我朝他挥了挥手,他犹豫了一下,然后就朝我走了过来。

我说:"上车。"

他站在原地没动。

我说:"我有事找你。"

他这才上车。

他问我:"什么事?"

"天大的事。"

他真以为是天大的事,所以当车子停到一家火锅店门口的时候,我明显看到了他的不悦。

我说:"吃饭当然是天大的事。"

他刚要说什么,我立刻抢话道:"你别说不去,不然那些钱你也不用还我了。"

他又要说什么,我立刻补充了一句:"以后你妈妈的病也另请高明吧。"

他看着我,悻悻地闭上了嘴。我猜,他一定觉得我特别不可理喻,但是对这种别扭的小孩只能这样了。

这是一家我经常光顾的火锅店,每次老板见我都会愉快地聊上几句,不过今天他有点奇怪,也有可能是他太忙了没空理我。我正发愁一会儿怎么跟眼前这小孩解释昨天早上的事儿,也就没多想,直接点了菜。

等上菜的工夫,我开门见山道:"你好像突然对我很有成见?"

他的表情微微有些波澜,但依旧什么也没说。

我说:"你也年纪不小了,哪些话是玩笑话,哪些是认真的,你应该有自己的判断吧?"

"你是指昨天早上我在你家听到的话?"

"嗯。"我给自己倒了一杯果粒橙。

"那天来的那个女孩是你侄女吧?她应该比我更了解你。"

这是什么意思?

我有些无奈:"你怎么就不明白,她是在跟我开玩笑!"

菜陆续上来了,我和他之间架上了一个高高的铜锅。隔着氤氲的水汽,我看到他似乎笑了笑。

我有点生气:"你那是什么表情?分明就是对我有看法。"

"以你我的关系,我对你能有什么看法?不过我以前看那男的打你,还真以为你只是错在遇人不淑。"

"难道不是吗?"

他笑着看我:"大半夜的跟一个男人在酒吧里喝个烂醉,然后给另一个男人打电话要他去接你,还……"

说到这里他突然顿了顿。

我问:"还什么?"

他冷笑了一声:"还让人送你回家。如果去的不是我呢?如果带你回去的不是你家呢?就你这么奔放的做派,想遇到什么好人估计也很难吧。"

他知道什么?!

我简直气笑了:"好吧,你说的大部分都对,但是有一点不对。"

"什么不对?"

我慢条斯理地说:"我是打电话给一个小孩让他来接我,然后送我回家,没有另一个男人。"

他愣了一下,但很快就明白我说他是小孩,他立刻就不大高兴了,不过见他这表情,我的心情倒是好了不少。

我问:"一直忘了问你,你晚上把我送到家怎么没走?该不会是可怜我烂醉如泥,照顾了我一晚吧?"

他把目光从我的脸上移开,过了片刻才说:"宿舍关门了,晚归会有记录。"

我没忍住笑……还在乎宿管记录的孩子,我之前怎么会想要跟他说那么多?

"好笑吗?"他有点不高兴。

我连忙收敛了笑意说:"好了,之前的事情不说了,随便你怎么看我，但最好面上不要给我表现出来，明白了吗？"

他自嘲地笑了笑："也是，你没必要在意我的看法。"

我往火锅里加了些菜："嗯，我的事不需要跟你解释。"

他看着我，良久，他的目光里似乎多了些失望。

我看不懂，也懒得琢磨，小孩的情绪总是很多。

正在这时，迎面走来一个女人，面前热气缭绕，我也没看清，就听那女的很不客气地说："怎么又是你？你还不死心是吗？"

这一嗓子音量着实不低，周围闹哄哄的人声立刻安静了不少。

我眯着眼睛抬头看，逆光看不清那人的脸，但看轮廓，我大概猜得出是谁。

还真是冤家路窄。

我假装没看见她，她却不打算放过我，见周围有人时不时地看过来，她更嚣张了："大家快来看，这女的是小三，被我发现后，我老公跟她分手了，但她还不死心，想尽各种办法在我们面前刷存在感，想让我老公回心转意，你们说她这是有多贱？对了，她是景山医院的医生邹静安，这种人品的人能有医德吗？你们……"

她的言论简直让我目瞪口呆，直到有一个人将她一把拉开："你疯了吧！"

我抬头一看，是渣男。我这才明白老板见到我为什么表现得那么奇怪了，因为渣男也在。毕竟我和渣男上学时就常来这家店，我们俩和老板都很熟。

不过眼下这小情人倒打一把的功夫真是修炼得炉火纯青！

周围的人已经开始指指点点，指责我的不要脸、不检点、不知悔改，更有一位大叔表明立场，说他坚决不会找我看病。我想说您基本上也没什么机会找我看病，因为我是乳腺外科的，但此时我没心情向他介绍自己的专业，更没心情对这些路人甲乙丙丁爆料自己的过去来澄清我是清白的。

小情人继续诽谤我："她上次就从北京跟踪我们到乌镇，这次我们来这里吃个饭也被跟踪,简直太不要脸了!"

围观的人越来越多,有人甚至拿出手机来拍照录像。

我看着桌上的一杯果粒橙,努力克制着自己把它泼在小情人脸上的冲动。可就在这时,一只骨节分明的手突然拿起那只杯子,毫不犹豫地将一整杯黄澄澄的果粒橙泼向了小情人。

我抬头看着那人,秦悦高大的身影遮住了白得有些刺眼的灯光。

"向她道歉。"他说。

小情人抹了一把脸上的果汁,不可置信地看着秦悦:"你说什么?"

"我说……"他猛然提高音量,"向她道歉!"

小情人大概没受过这种羞辱,开始撒泼:"你是谁啊,你凭什么命令我?"

原本还在一旁拉架的渣男,见到秦悦也突然不淡定了:"邹静安,你现在还有什么好说的?你还敢说你们没关系!"

小情人听到渣男的话,几乎要哭出来了:"你怎么还那么关心她的事?!"

我站起身,从秦悦身后走出来:"我告诉你他为什么还这么关心我。因为这家店开了多少年,我就跟他谈了多少年,也给他当了多少年的妈。不知道那时候你几岁?高中毕业了吗?所以到底谁是三儿这很难猜吗?"

听到这里,围观群众的手机摄像头立刻转向了小情人。

我继续说:"我理解你紧张的心情,不就是想让我和他一刀两断吗?可以啊,我求之不得啊!你们才是天生一对,我乐得见到这个结果。但是,你要是再这样时不时地来提醒我你曾经对我做过的事,保不齐我会突然后悔哦。"

"你……你威胁我?总之你不要脸!"小情人结结巴巴的,没什么新鲜的内容。

围观群众的正义感彻底被反转的剧情点燃,纷纷谴责小情人和渣男的不道德行为。

渣男见此情形,拉着小情人就想走,毕竟他一个大律师,也是在意形象的。

我想这次的事情能让他们以后不再来烦我也好,也就懒得再跟他们纠缠了。可是,我身边有个人好像不同意。

秦悦一把扣住小情人的肩膀,不让她走。

小情人回头:"你你……你想干什么?"

秦悦面无表情地看着小情人,还是那句话:"我说,向她道歉。"

09.

小情人急了:"你神经病啊?!要我向她道歉,门儿都没有!"

秦悦的声音没什么波澜:"你不道歉就别走。"

一旁的渣男见状,上来扯住秦悦的衣领:"你小子是不是欠揍啊!"

秦悦只用一只手就毫不费力地把渣男从他面前推开:"这女人是可恶,但是这整件事中,最可恶的就是你这个吃着软饭还出轨的家伙!"

渣男闻言恼羞成怒地指着秦悦:"臭小子,你得为你今天说的话负责!"

"说实话也要负责,那就负吧。"

这时候,火锅店的老板终于看不下去了,他穿过人群走到我面前,看了我一眼,又看向渣男:"这么多年了,你们俩常来,是客人也是熟人。我也知道我开门做生意,客人的私生活跟我没关系,但今天你一来就害我做不成生意,所以今天这单我请你,但以后这里不欢迎你。"

终于有知情的人站出来说句话了,有了明确的答案,围观人群的情绪更激动了,有个女客人直接指着小情人开骂。

小情人见状梗着脖子对老板说:"走就走,这破地方难吃又不干净,好像谁爱来一样。还有啊,别人家的事关你们这些人什么事,简直有病!"

说着她就要去拉渣男，却发现扣在她肩膀上的那只手还没有松开。

她回头看秦悦，秦悦完全没有妥协的意思，她勉为其难地看向我，极不情愿地说："邹静安对不起，行了吧！"

秦悦用目光征询我的意思，我点了点头，他这才松手。

然而，渣男还是在临走前送了我们一句话："狗男女！"

热闹没了，看热闹的人也就散了。

我问秦悦："你不是对我很有成见吗？你怎么没怀疑我是三儿？"

"你这样的人给别人当三儿，谁乐意要？"

我瞪他一眼："别以为你刚才帮了我，就可以没大没小地挤对我。"

他勾了勾唇角，没有说话。

火锅里的水已经熬干了，他见状叫服务员来加水。

我摆手："我不想吃了。"

"那走吧。"说着他掏出钱包来，打算买单。

我立刻阻止："说好了我请客。"

"什么时候说好的？"

我有些无奈："你一个学生能有什么钱？还是我来吧。"

他的态度没有一点退让："我从来不让女人买单。"

我被他认真的模样逗乐了："看不出你年纪轻轻的还挺大男子主义的。"

"这不是大男子主义。"

"那是什么？"

他没有回答。

我说："那我也不是一般的女人。"

他微微挑眉，似是不明白我的意思。

我想了想，虽然不情愿承认，但还是说："我怎么说也是你的长辈。"

听了这话后，他像看白痴一样看了我一眼。

我心里犯嘀咕，你是邹媛媛的学长，可不就是我的晚辈！

这时候，服务员终于忙完手里的活儿走了过来。然而听说秦悦要买单，服务员却拒绝了："不用了，我们老板说这顿算他的。"

我回头看向吧台，胖胖的老板隔着众人朝我点了点头。

我对秦悦耸了耸肩："看来你想请我吃饭只能等下次了。"

从火锅店出来，我提议去学校里走一走。

晚上七八点钟，正是学校学生自习的高峰期，校园里空荡荡的没什么人。

我们俩并排走着，他突然伸出手，在我面前摊开手掌。昏黄的灯光下，是几颗漂亮的彩色糖果。

我光看一眼，就觉得牙齿发酸。

我摇了摇头。

他微微挑眉看我。

我说："酸。"

他似乎笑了一下，自己剥开一颗糖放进嘴里。

我想到他身上时常有那种似有若无的甜甜的味道，一开始我还不知道那味道是哪儿来的，现在看，应该就是这种糖果味。

"你好像很喜欢吃这种糖？"

"嗯，虽然这种糖的包装换了几次，但是味道没变。"

我笑："什么味道？不就是酸吗？"

他看了我一眼："小时候的味道。"

我见他那神情，不由得笑了，他还真是个孩子。

路过图书馆时，我扫了一眼馆里亮着的灯光，问他："你怎么不上自习？"

他说："我不用上自习。"

我不由得咂嘴："啧啧，真狂妄。"

他低头看我，难得露出个类似于笑的表情："不上自习不代表我不用学习。"

我想起他应该是用别人上自习的时间去打工了，心里突然有种很微妙的感觉，介于钦佩和心疼之间。

不过每个人都有每个人的境遇和修行，这大概就是他的吧。

不知不觉间，我们已经走到了法学院的楼下。我突然想起第一次遇到渣男，就是在这里，也差不多是这个时节。

那天晚上下了挺大的雨，我站在这楼门前等舍友一起回宿舍，等了好久不见她人来，倒是见几个男生从楼里出来，他们三三两两地结伴打着伞冲入雨中。最后一个人没有走，我以为他跟我一样没带伞，没想到他犹犹豫豫地看了我半天，然后对我说："我的伞给你吧。"

就这样我认识了渣男，后来又成了他的女朋友。

老人们都说送伞不吉利，因为"伞"和"散"的读音相似。在与他分手的那段时间里，我一直很迷信地想，或许我们的开始就已经注定了我们的结局。

秦悦说："我没想到你和他在一起那么久。"

"嗯，七年了，人家都说'七年之痒'，看来不假。"

"你恨他吗？"

"我投入了整个青春，还有我工作以后的所有积蓄，哪怕我妈坚决反对我们，我也执意要跟他在一起。可到头来他却不珍惜我的付出，劈腿不说，还对我拳打脚踢。现在的我年纪大了，除了一身伤痛，一无所有。而他至少还有不错的工作，以及他那学艺术的小女朋友。这么说我是应该恨他的。"我想了想又说，"但是我不恨他。"

"为什么？"

"他不配。"

"那就这样了？"

"不然呢？"

"这对你不公平。"

"公平？"我笑着看他，"你知道吗，他那女朋友前几天去我医院闹过，我只是让保安把她请了出去，我竞聘职称的事情就黄了。这个世界就是这样，小说和电视剧里传递的那些'善有善报，恶有恶报'的定律都是人们一种美好的期许和信仰，而现实情况你也看到了，并非如此。"

他摇头："我不这么认为。"

我抬头看他，光影交错间，他的眼睛明亮又深邃，但是在我眼里，此刻的他更像个孩子。

我们沿着法学院门前的小路一直走到操场，操场上有两对情侣在散步。

我突然想起邹媛媛的嘱托，于是问他："对了，你有女朋友吗？"

他警惕地回头看我："你问这个干什么？"

"随便问问。"我故意表现得很无所谓。

过了一会儿，他说："没有。"

"不会吧？你不是挺受欢迎的吗？是不是你眼光太高了？"

"你无聊不无聊？"

"那你们院总有院花或者系花吧？就没你喜欢的？"

他好像对这个话题很不感兴趣："我不知道谁是系花。"

我吃惊："不是吧？那你这大学岂不是白上了？"

他的耐心明显已经耗尽——我隐隐听到他深呼吸的声音。

"好啦，我信你，我也觉得窝边草不好吃。"我有些犹豫，"要不我给你介绍个女朋友？"

他挑眉看我，这一次他反而没那么反感了。

我想了想，觉得我那大侄女确实配不上人家，但谁让她姓邹呢，于是我一咬牙说："我认识一个你们学校经管学院的女生，挺漂亮……"

话说到一半，我发现秦悦没有跟上来。

我回头看他，他正站在几米外的地方看着我。

"怎么了？"

他沉默，我纳闷。

过了一会儿，他开口说："挺晚的了，你赶紧回去吧。"

"这才几点，咱还没说完……"

我话没说完，他已经转身，朝着与我相反的方向走去。

这家伙的脾气真是阴晴不定啊！我在心里发问：邹媛媛，你确定

~ 051 ~

你受得了?

开车回家的路上我没什么事,于是大发慈悲地主动给邹媛媛打了个电话:"你托我问的那事我问了。"

她立刻明白我说的是秦悦的事,兴冲冲地问:"怎么样?怎么样?"

"他单身。"

"啊……"耳机里猛然传来一声刺破长空的尖叫,吓得我赶紧摘掉耳机,过了一会儿我才又把耳机塞回耳朵里。

"大小姐,你冷静点行不行?"

邹媛媛"嘿嘿"一笑:"我太激动了嘛!对了,那你有没有跟他提我?"

"我想提来着,没提成。"

我以为邹媛媛会有些失望,没想到她却说:"只要不是拒绝就OK!小姑我爱死你了!快帮我想想怎么拿下我的男神。快想想!快想想!"

我虽然有点受不了她,但隔着电话我都能感受到她那颗即将怦然而出的少女心。我想起我的少女时代,却不曾为了哪个男孩如此激动过。想到这里,我突然有点羡慕她了。

但羡慕归羡慕,现实还是不能逃避的。

"这个我帮不了你,主要是你什么样就摆在那儿,给人家推销你,我都开不了口。"

"我说小姑,你能不能不给我泼冷水?"

我笑了:"我是实话实说。"

她说:"再说,谁规定哪种人就得搭配哪种人的?你知道秦悦喜欢什么类型的女生吗?你认为他应该搭配个肤白、貌美、成绩好又乖巧的,可是万一人家不喜欢那种类型的女生,就喜欢我这种呢?"

"如果真是那样,他傻别人也没办法。"

"说不准他就真傻呢,嘿嘿嘿……言归正传,来想想下一步怎么办。我估计直接给他介绍女朋友他肯定不接受。你想啊,他可是男神啊,还要人给他介绍女朋友,太尴尬了。"

我想起秦悦刚才的反应，也觉得邹媛媛这话有点道理："你怎么不早说？"

"我之前不是没想到吗！要不这样吧，你找个机会请他吃饭，然后带上我！这样我们就自然而然地认识啦！"

我真是后悔，自己是有多闲？平时躲都来不及躲的人，今天我竟然主动给她打了电话。果不其然，没说两句话，这家伙又给我布置任务了。

"那个……先不说了，我突然有点忙。"

"哎哎，你别挂电话啊……"

10.

随着国家放开二胎政策，我们也跟着沾了点光，乳腺炎的病人成倍增长，医院的工作也越来越忙了。

我忙了整整一周，周五回到家，又接到我妈的电话，叫我周末过去吃饭。我实在太累了，就说周末有事不去了。我妈在电话里没说什么，我也就没当回事儿。

周末的时候，秦悦来我家，他在外面进进出出地打扫，我在房间内闷头睡大觉。

快到中午的时候，门铃突然响了。

自从上次邹媛媛突然造访我家后，门铃对我而言比闹钟还好使。

我几乎是从床上弹起来的，看到秦悦正站在客厅里看着防盗门的方向一动不动。

我突然有点郁闷，怎么他名正言顺地来我家做个钟点工，却搞得我俩跟做贼一样？

我没穿鞋蹑手蹑脚地从卧室里出来，以为又是邹媛媛，可趴在猫眼儿上一看，外面站着的人竟然是我妈。我用最快的速度想了一下，认为我妈也不应该在我家见到秦悦——万一，我是说万一，秦悦真的眼神不好使看上邹媛媛怎么办？那到时候我妈肯定还会见到他，那时候我就不好解释今天的事情了。

有了上次的经验,我第一时间回头找手机,秦悦像是知道我在想什么,从桌上拿起手机直接帮我调成了静音模式。我朝这个有眼力见儿的小伙子满意地竖了竖大拇指,一回头,却发现我妈竟然拿出了一把钥匙,紧接着就是开锁的声音。

我忘了,她有我家的钥匙!

门打开的一瞬间,我妈看到屋里的我和秦悦,不由得一愣。

"妈,您怎么来了?"我连忙迎上去。

我妈走进来,没有回答我,而是看了一眼秦悦,问我:"这位是?"

电光石火之间,我笑着对我妈说:"他是我一位病人的儿子。"

"哦。"我妈将信将疑。

秦悦很礼貌地跟我妈打了个招呼,我妈皮笑肉不笑地敷衍了一下,然后挑眉看向我,那神情仿佛在问"病人家属怎么在你家"。

我一把把她拉到一旁,小声说:"还不是因为你那孙女儿!"

这个回答果然让我妈很意外:"媛媛怎么了?"

"一会儿您就知道了。"

我佯装不耐烦地拿过手机,当着我妈的面打给邹媛媛,电话没一会儿就接通了。

我说:"现在来我家。"

"你不是说不欢迎我去你家吗?"

这家伙竟然在这种紧要关头端起架子了!也不知道我妈听没听到她的声音,我压着火气说:"你托我办的事办好了,我只等你半个小时。"

邹媛媛这才意识到自己离男神更近了一步,尖叫着说:"爱你。"

我捂着耳朵挂断了电话。

我妈问:"这是什么情况?"

我背对着秦悦压低声音说:"您忘了?您孙女也18岁了。"

我妈这才了然地点了点头,再看秦悦的目光就变得客气又挑剔了。

秦悦被我妈看得有些不自在,难得用求助的眼神看着我。反观我妈,她的目光越来越柔和,表情越来越松缓,似乎……挺满意的?

我轻咳了一声,我妈这才回过神来,对我说:"你也没介绍一下,怎么称呼这小伙子啊?"

"阿姨,我叫秦悦。"

"哦,小秦啊,看你年纪不大,还在上学吧?"

"嗯,在D大上学。"

我妈假模假样的,激动地看向我:"哟,他跟媛媛正好是校友呢。"

我连忙配合她老人家:"呵呵,是啊。"

我妈说:"来来,咱们坐着等她,这丫头啊,肯定在家里打扮呢。"

我说:"妈,您要没事儿就甭跟着掺和了,一会儿我们仨就在楼下吃个便饭就散了。"

我妈不满:"就多我一个人吗?"

我有些无奈:"我这不是怕您忙吗!您当我没说。"

我妈瞪了我一眼,拉着秦悦坐下,我正要回屋去换衣服,又听她叫我:"邹静安,客人来了你也不给倒杯水啊?"

我说:"您都有钥匙了,不算客人,正好,麻烦您帮我替客人倒杯水。"

说着我就进卧室去换衣服了。

我妈不满地走进厨房,过了一会儿,又问:"你把水杯放在哪儿了?"

我换好了衣服从卧室里出来,琢磨着水杯到底放哪儿了,就听秦悦对我妈说:"水杯在右边第二个柜子里。"

这话一说完,我们仨都愣住了。我和秦悦迅速地对视了一眼又看向我妈,正对上我妈疑惑的目光。

秦悦明显比我冷静多了,顿了顿说:"您刚才打开过那个柜子,我看见了。"

我妈愣了一下:"有吗?你瞧我这脑子。"

我妈转身去倒水,我俩都松了一口气。

给秦悦倒上了水,我妈坐在他对面又开始相面。

这次我实在看不下去了，直接说："妈，差不多得了啊。"

我的余光瞥到秦悦，这小子竟然勾了勾嘴角。

我妈说："不是，我是觉得，小秦有点面熟啊。对了，你认不认识李玉珍？"

"那不是……"

秦悦也很意外："您认识我母亲？"

"哦，还真这么巧啊！我跟你妈妈是七八年前的同事了，那时候你妈经常带着你去上班，你跟那时候比基本没什么变化。"

"噗。"我一时没忍住，十来岁的孩子和二十来岁的孩子能没什么不一样吗？

我妈瞪了我一眼，又看向秦悦："你妈妈还好吧？"

秦悦点头："多亏了邹医生。"

我妈感慨："这个世界真是小啊！"

邹媛媛不到半小时就到我家了，见到秦悦，她简直像换了一个人一样，无比乖巧可爱。

我假模假样地给他们介绍："这是我一位病人的儿子，来找我询问一些他妈妈的事情，我正好听说他是你校友，就把你也叫来了，顺便一起吃个饭。"

秦悦应该是到这时候才彻底明白我在做什么，他看向我的表情非常的……冷漠。我没工夫猜他的想法，只是回以一个满含恐吓的眼神，相信他能读懂我的意思。

邹媛媛的演技无比浮夸，听完我的话后，她吃惊地看着秦悦："是吗？那真是太巧了！你是哪个系的啊？我是经管学院一年级的邹媛媛。"

我妈插话道："还有更巧的，一会儿我们边吃边聊。"

11.

　　吃饭时，秦悦再没看邹媛媛一眼，我怕我妈起疑，不停地朝他使眼色，他却仿佛看不见，该怎么样还怎么样。不过我妈似乎没什么不开心的，拉着他问东问西，还交换了电话号码，说以后要常联系。

　　吃完饭，邹媛媛问秦悦是不是回学校，秦悦刚想说话，瞥见我凶神恶煞的眼神，顿时有点犹豫。所以在邹媛媛第二次追问他时，他就点了点头。

　　看着两人离开后，我松了口气，正打算转身回家，手机突然响了。我打开手机一看，是一条短信，来自秦悦。

　　"最后一次。"

　　这小孩跩起来真的很让人生气，不过还好我就这么一个亲侄女，这种事情是第一次做当然也是最后一次做。

　　"你说这秦悦能看上咱家媛媛吗？"

　　我把手机收回口袋，才反应过来我妈在问我话。

　　我说："那不好说，也不知道能看上咱家媛媛的那人出生了没。"

　　我妈竟然破天荒地没有反驳我，我突然有点同情邹媛媛了。

　　过了一会儿，我妈叹了口气："不过秦悦那孩子真是让人心疼。"

　　我好奇："怎么，您跟他妈妈交情很深？"

　　"也谈不上。"

　　原来，秦悦一直生活在单亲家庭里。据说秦悦的爸爸好吃懒做，没什么责任心，也不知道是嫌弃秦悦母子拖累他，还是外面有人了，竟然一声不吭地带上家里所有的积蓄跑路了，后来就再没出现过。而秦悦的母亲又是个临时工，一个女人带孩子，家里条件自然好不到哪儿去。那时候秦悦正上小学，放学没地方去，就去我妈单位等着他妈妈下班。他长得好看，又挺懂事，所以我妈以及我妈的同事们都挺喜欢他。但是不久后，单位人事变动，他妈被解雇了。那之后他们家就跟大家断了联系，我妈也再没见过他们母子俩。

我妈长叹一口气:"你说大家都活一世,有的人就是来这世上享福的,有的人却要看尽世态炎凉,真不公平啊!不过这孩子在那种环境下长大竟然还能这么优秀,真是不容易。"

我妈回头瞪我:"你再看看你!"

我被说得莫名其妙:"说他就说他,怎么扯到我了?再说,就算要比较,您也应该拿您那亲孙女儿跟人家比,跟我比个什么劲儿?"

我妈微微挑眉:"媛媛那是先天不足,孩子的智商随妈,你嫂子跟你妈能比吗?"

我差点被迎面的风呛着。都二十几年过去了,我还是没能适应我妈这与生俱来的霸气和自信。我妈回去前又嘱咐我:"以前没联系上也就算了,现在既然联系上了,他母亲又是你的病人,他又是媛媛的学长,有空你就替我多关照他一下。"

听了我妈的话我有点犹豫——我是不是应该适当地给秦悦提高一下工资了?

第二个周末,秦悦再来我家时,我就把我的决定跟他说了。

"我大概算了一下,你欠我的钱也没多少了。你马上大四了,学习应该也挺忙的吧?总让你把时间浪费在我这儿也不合适。这样吧,做完今天,下周你就不用过来了,至于那些钱,等你上班以后还我就行。"

听我说这些话时,他起初有点意外,可听到后面他的表情竟然越来越冷漠。

我想到他这小孩还有点大男子主义,肯定是我的话让他的自尊心受挫了,我立刻补充道:"你放心,这完全是出于我对你的信任,不存在任何的同情和怜悯。"

我本以为话说得这么周全,他该感激涕零了,没想到他却冷冷地说:"不用了。"

我很意外:"为什么?"

"我不喜欢欠别人东西,尤其是欠女人东西。"

又来了!

我有些无奈:"你这人怎么不知好歹?"

他不说话,把购物袋里的东西一件一件放入冰箱,我看见冰箱里的食材被码得整整齐齐,对比之前不认识秦悦时我家的样子,我又有些犹豫:"要不我给你涨点工资吧?好歹也算是熟人了,我哪好意思坑你!"

他冷笑,把最后几袋速冻饺子放进冷冻层:"你坑都坑了,还是该怎么样就怎么样吧!"

我有点生气,这小孩真是得理不饶人,不过他既然这么坚持,我看也只能找机会再补偿他了。

"对了,你买那么多速冻饺子干什么?"

他这才正眼看我一次:"我后面两周都有考试,来不了了。饺子我买了荠菜馅和三鲜馅的,我还买了一包辣白菜,到时候你自己搭配着煮一下。"

我的心情突然有点复杂。我跟渣男在一起七年,同一个屋檐下生活了三年,到现在他大概还以为我跟他一样喜欢韭菜猪肉馅的饺子。再想想这些天这孩子对我的照顾,远超出一般人能做到的程度。

脑子有点乱,我低头摸出一根烟点上:"你不知道有种东西叫'外卖'吗?"

他微微一愣,似乎笑了一下说:"随便你,不想吃就扔掉。"

"那哪行,买都买了,我这人不喜欢浪费。"我拉开冰箱又看了一眼,"啧,这得吃多少顿啊!"

"邹静安。"

"嗯?"被人叫到名字,我习惯性地应了一声,抬起头来,发现他正看着我,他说:"究竟咱俩谁不知好歹?"

他说话的语气很平和,但是却让我觉得有点害怕。

我抖了抖烟灰,笑说:"好了,我吃。"

他脸上依旧没有丝毫的表情,直到我把话说完很久之后,他还是那样看着我。他看着我的眼神似乎有些落寞,有些失望,这让我的心里有些不安。

我抬手又吸了一口烟,他这才收回目光低头干活。

我一边强迫他吸着我的二手烟,一边看着他忙碌。他的手修长有力、骨节分明,指甲永远修剪得干净整洁。我想起他一手能掌控一只篮球,以为那才是最适合他的。

那天他走后,我吃了一周的速冻饺子,周末时,我决定去我妈家蹭顿饭。

我刚进门,却被我妈拦住:"你来得正好,把这些换洗衣服给媛媛送学校去。"

我侧身挤进厨房:"什么情况呀,一来就让我给她送东西?我还没吃饭呢!"

我妈一愣:"没吃饭?那正好,你去学校带着她吃顿好的。"

我郁闷:"这邹媛媛是有功了还是怎么着了?"

"我也纳闷,这孩子真是转性了,以前那么不爱学习,听她妈说她这次特别努力认真,说是跟老师说好了要全科通过,你知道这对她来说不是什么简单的事。"

我愣怔了一瞬,这才想起来,既然秦悦进入考试周了,那邹媛媛肯定也是。

我妈又催了我一遍,我没办法只好饿着肚子跑了一趟D大。

见到邹媛媛,我随口问道:"那天之后你和秦悦还有联系吗?"

"有啊,我约了他几次。"

"然后呢?"

"他都拒绝了。"

我就知道。

我象征性地安慰她:"天涯何处无芳草,你还小,以后总有不长眼的男孩。"

"那不行,他拒绝我,我也可以喜欢他啊!更何况我这情况已经比别人强多了。你不知道他那人挺冷漠的,尤其是对女生,据说隔壁班有个女孩子发了几次短信向他表白,他一次都没回,最后那女生再发,竟然被他拉黑了。所以他对我已经算挺友好的了。"

"他对所有女生都很冷漠吗?你不是说他和他们系的系花关系好吗?"

"后来我从他舍友那儿打听到了,纯属是那系花找机会接近秦悦制造话题,秦悦跟她的确是清白的。"

"哎,你什么时候认识他舍友了?"

"这你就不用管了,在对待秦悦这件事上,我给自己立了个'十四字方针'——不为失败找理由,只为成功找方法!从现在我和秦悦这种友好的关系足以看出,我的努力已经初见成效了!"

"啧啧。"我由衷赞叹地看着桌对面的少女,"你真了不起,不过你要是把追秦悦的毅力分点在学习上,你还会担心拿不到学位证?"

邹媛媛嘟嘴:"我已经很努力了好吧,你难道看不到我的进步吗?"

我耸了耸肩,突然有点好奇一件事:"对了,他都是怎么拒绝你的?"

"他就说要工作。"

我一听,心里有点紧张,但面上不露声色:"他一个学生还用工作?"

"这你就不知道了。他是学计算机的嘛,计算机系的学生大三、大四就可以在外面接私活儿。我听他舍友说,他专业能力很强,上个月有家公司的老板找到他让他帮着做东西,一个月好几千的收入呢。"

"这么多,你确定?"

"当然了,他舍友也跟着他一起干,但他是主力,他舍友的收入都有几千,何况是他?"

那他欠我那点钱岂不是早就可以还清了?

我突然有点怀疑,要么就是邹媛媛的小道消息不靠谱,要么就是秦悦脑子不好使。

"咦,小姑,你发什么呆啊?"

"哦,我就是在想他还挺厉害的,一般大学生找兼职最多也就做个家教吧!"

邹媛媛突然笑了:"说到家教,还有个挺有意思的传闻,不知道是真是假。据说秦悦以前也做过家教,第一次是教一个初中女生,结果可想而知,那小女孩喜欢上他了,所以他很快就辞了那份家教。后面他再找工作时就明确说只给男生做家教,所以第二次是教一个小学男生,这回学生没啥问题了,但是那孩子有个单身的妈,这就不好办了……"

我突然想到上次我问过秦悦为什么宁肯做保洁也不做家教,原来还有这些事……看来这家伙真是货如假包换的祸水啊!

12.

考试周结束后的第一个周末,我一大早就接到了邹媛媛的电话。

"小姑,你看微博了吗?出大事了!"

我迷迷糊糊地应了一声:"什么大事?"

"小白脸完蛋了,他们公司已经第一时间发声明解雇了他。小姑,我真佩服你的眼力!你是不是早就看出他要完蛋,所以把他扫地出门了?"

我不由得一愣:"什么小白脸?"

邹媛媛含含糊糊:"就是你之前那个……"

哦,她指的是渣男。

我翻了个身,没什么兴致聊渣男的事儿:"你怎么说起他了?"

"我也不想没事儿提他,但是现在全国人民都认识他了。"

"什么?"我彻底清醒了。

"我把链接发到你手机上了,你快看看吧!"

挂了电话,我按照邹媛媛的意思点开她发给我的链接,是一条被转疯了的微博视频。我打开一看,还真是出大事儿了。

视频的拍摄角度很奇怪,有时候能看到人脸,有时候看不到,但是熟悉的人还是能看得出,视频中一直出现的那个男人就是渣男。

我仔仔细细地把视频看完,又看了那条微博的文案才确定,这视频里的内容应该是渣男收受了贿赂，而且还是原告被告通吃。

爆料人用的明显是微博小号，但是这条视频却被业内几个厉害的人物纷纷转发。视频是前一天晚上刚发出的，现在的转发量已经有几万次了。而且评论中还有人在继续爆料，我点开爆料链接，是另一个视频，内容大概是渣男教唆证人做伪证，这条视频虽然没有上一条火爆，但是也被转发了上万次。

我对着手机有点蒙，无论是行贿的人还是做伪证的人自己都是一身骚，就算他们知道被渣男耍了，也不会采取这种同归于尽的办法来报复渣男吧？这视频究竟是谁录的呢？

就在这时，门铃响了，我放下手机去开门，门外是半个月没见的秦悦。

他一进门就开始洗手干活，好像还跟我说了什么。我脑子里还在想刚才的问题，一时间有点心不在焉。

他突然停下动作看着我，我这才注意到他的异样，抬眼看他："你说什么？"

"你怎么了？"

"哦，就是有个问题我一直想不明白。"

"你说来听听。"

我组织了一下语言："我认识的一个坏人，他是个律师……"

我话还没说完，秦悦无奈地打断我："你是说之前住在这儿的那个男人？"

他非要用这种方式提醒我过去的自己很傻吗？

我不情不愿地"嗯"了一声。

"你是想问那个视频的事？"

我感到意外："你也看到那个视频了？"

他没说是也没说不是，而是问我："视频怎么了？"

"我在想，行贿的事情应该挺常见的，但是暴露出来的并没有很多，或许就是因为参与这事的人都不是干净的，就算吃了亏，也只能把苦水往肚子里咽，毕竟曝光出来对他们自己也没有好处。所以你说那些视频究竟是谁拍的？"

"也许是他自己拍的。"

"这怎么可能？！"

"你之前不是说他在找房子吗？可能有人发了条房源链接给他，他刚好就打开了，打开时刚好有个木马植入了他的手机。之后，他的手机就被别人控制了，在对方需要的时候自动打开录像功能，然后把视频上传网络。"

我想了想又问："那问题是，这个人怎么知道他们什么时候谈这些事呢？"

"打个电话过去，在渣男不知情的情况下自动接通，听一会儿，看他在谈工作就继续听，不是的话就挂断。"

我听得有些云里雾里，但也觉得不无可能："那这人一定是高手吧，对了，什么专业的人能干这事？"

"计算机专业的人。"

"听着耳熟，你是什么专业来着？"

"计算机专业。"

我突然意识到了什么，怔怔地看着秦悦，他却像看白痴一样看了我一眼："你还有问题吗？"

我咽了口口水："那这事儿犯法吗？"

"当然。"

我又咽了口口水。

他挑眉："你还有问题？"

我摇头："没有了。"

他似乎很满意地点点头："所以，我还是相信善有善报，恶有恶报的。"

渣男因为视频的事情已然被公司开除，并且被吊销了律师资格证，以后他再想做这方面的工作几乎不可能了。可是这个结果似乎并没有平息众怒。事件在持续发酵，渣男的微博被谩骂声和诅咒声攻陷的同时，有些网友还从他原来的微博里扒出他辜负我，并劈腿小情人的事情。一夜之间，我的微博收到了几千次转发，几百条私信。

我随便翻了翻这些信息，多数人都是在表达对我的同情，可是看到这些人的愤怒，我回想当时的自己，好像也就不过如此吧。虽然我也感激他们的心意，但还是不得不感慨，"感同身受"这个词真是被这些人表现得淋漓尽致。

不过在这一大堆私信中我看到一股"清流"，有个叫"David王"的留言说："这男的眉浓鼻大，一看就是会用下半身思考的主；这女的年轻漂亮却选择了这么个男人，一看也是胸大无脑的典型，所以他们选错对手也是再合理不过了。"

我看了两遍，有点怀疑，他指的"对手"是我吗？那这是对我的恭维喽？

我点开那人的主页看了一下，从音乐到体育，从财经到社会焦点，他关注的东西还真不少。我翻了翻他的相册，只有一张头像照片，是一个挺拔的背影，正在打高尔夫。啧啧，不知道他从哪儿找的照片充当头像。

这时候已经有病人在诊室外排队，我关掉了微博，准备开始工作。

病人本来就多，跟我一同出诊的秦医生一会儿一个电话，一会儿一条微信，真够烦的。我不满地看了她几次，她都视而不见。也是，她一贯如此。

快到中午的时候，我看完最后一位病人，就听秦医生在那儿不停地抱怨累。

我正打算去吃饭，她又阴阳怪气地说："以后找男人啊，可得长点眼，别以为是个潜力股，到头来却是个垃圾股。"

我顿了顿脚步，有点想不明白，这单身了几十年的人怎么还有找男人的经验？

她见我停了下来，立刻凑上前来："那视频你看了吧？你那前任未婚夫可真差劲啊！"

我微笑："你也说了，是前任，跟我有什么关系？"

她见我不接招，继续说："你看他以前耀武扬威的，在网络上粉丝还挺多。现在好了，他被人扒出黑料，工作丢了，律师资格证也没了，以后他可怎么活呀！"

看着秦医生那幸灾乐祸的表情，我突然想到秦悦的那句话似乎也蛮适合这个场合的，于是我无比认真地对她说："所以啊，我还是相信善有善报，恶有恶报的。"

她愣了几秒，很快像是明白了什么。

"原来是你？"她不可置信地指着我。

我拨开她的手指："我什么我？"

静了几秒，她立刻换上一副尴尬的笑脸："你也知道我这人刀子嘴豆腐心，有时候是一片好心，但是表达方式可能不对。"

"是吗？那麻烦你以后少发善心。"

"嘿，我就觉得吧，同事之间应该互相关心。既然你这么不领情，那你的事我以后不管了。"

我满意地点点头："谢谢。"

从诊室出来，我看到空荡荡的候诊区坐着一个男人。我有点纳闷，这里一般都是女患者，或者是陪家人来的男家属，像他这样孤零零一个男人的情况还是挺少见的。

我走了过去，那人见我走过来缓缓站起身来。我怎么也没想到面前这个胡子拉碴、脸色憔悴的男人竟然是渣男。

我第一反应是想掉头走人。

他却叫住了我："静安。"

我没有动，手在白大褂的口袋里摸索着手机，琢磨着保安室的人这会儿是不是下班了。

他说："我不是有意来骚扰你的，我就想跟你聊聊，最后一次，看在我们十几岁就已经认识的分儿上。"

这时候，我看到秦医生从诊室里走了出来。她显然也看到渣男了,她愣了一瞬,然后很自觉地退回了诊室,关上了门。

我对她的进步有点满意,回过身对渣男点点头:"走吧,我们换个地方说。"

在医院门口的小水吧里,他坐在我对面,以前一向自信满满的人,难得显得有些局促。

"你喝点什么?"他问我。

"不用了。"

我抬头环视了一下水吧的墙壁,上面有禁烟的标志,于是我又把已经摸出来的烟盒塞了回去。

他注意到我这个小动作:"我以前怎么不知道你抽烟?"

我靠在椅背上,用没什么波澜的语气说:"我很早就抽烟了,只是当时怕你不喜欢,所以一直偷偷抽。"

他看着我,良久,眼神中有意外和懊悔,也有很多复杂的情绪。

我看了一眼手表:"我时间不多。"

他回过神来,脸上的表情无比落寞。

"我这次是来道别的,我决定回老家做点小生意。"

虽然不知道我对他而言算什么,但是他对我而言,是一段很重要的过去。我看着他从一个孩子变成一个男人,看过他意气风发,也看过他落魄潦倒。此时他说要走,我才真正地意识到,我的那段过去正式画上了句号。

我不该也不想挽留他,可是一想到他学了那么多年的专业,就这么放弃了,多少觉得有点可惜。然而这个行业对人的职业操守的要求并不比对医生的要求低,我们都握着许多人的命运乃至性命。我不确定这件事情能给他多少启发,能不能让他因此而改过自新。

"其实你可以留在北京再试一试,毕竟北京的机会要多一些。"

他摇了摇头:"算了吧,北京没什么值得我留恋的,除了……"

"那你什么时候走?"我没等他说完立刻打断了他的话。

他看了我一眼,似乎自嘲地笑了笑。这表情再配上他此刻的造型，真的是一副典型失败者的模样，但是这一切又怪谁？

"我后天走。"

我点头："哦……"

他顿了顿又说："我和她也分手了。"

"就因为你没工作了？"我随口问道。

"也不是，是我想分的。其实我挺后悔这段时间做的这些事的，过得稀里糊涂的。我当初和她在一起也不是因为多爱她，就是你知道的，男人有时候会有点得意。"

我知道，我太知道了。我记得上大学那会儿，他就曾说过，他有了钱肯定要变坏。事实证明，他还没到有钱的程度就已经变质了，奈何当初傻了吧唧的我竟然会以为他在开玩笑。

我说："所以老天爷跟你开了个玩笑，把你捧起来，又把你摔下去。毕竟老天爷不曾放过任何人。"

他很服气地点点头："那你呢，你恨我吗？"

我想都没想直接回答："不恨。因为我不想再在你身上浪费我半点时间和精力了。"

13.

渣男离开后，我在位子上又坐了一会儿。等我再抬头一看墙上的挂钟，发现已经没时间吃午饭了，只好去隔壁超市买个面包。

正往回走时，我的手机响了，是我妈。

"晚上回家一趟。"

"今天是周末吗？"

我妈怒道："谁规定你只有周末才能回家？"

我迎风吃了口面包："我能问问是什么事儿吗？"

"晚上回来再说，就这样。"说着她就挂断了电话。

我对着手机一阵莫名其妙……

晚上回到家，我妈开门见山地问我："媛媛上次在你家看到的那个人到底是不是你男朋友？"

我有点心虚："她在我家看到什么了？她什么都没看到就在这儿散播不实言论，偏偏还有人信以为真。"

"那就是说你现在单身喽？"

"当然。"

我妈端着手臂坐在我面前："那正好。你陈姨给你介绍了一个人，我看着不错，你周末去见见吧。"

我顿觉头有点疼："我说妈，您这是又抽哪门子邪风？"

"你都多大了，给你介绍男朋友就叫抽风？"

"不是，我是说，我凭什么不能单身，非得有对象啊？"

她恨铁不成钢地看了我一眼，提起一口气把手机拍在我面前："就凭这个！"

又是那条视频。

原来，我妈之前在单位一直有个不大对付的女同事，两人年轻时就爱攀比，起初比业绩、比模样，后来比老公、比孩子。拖我和我爸的福，到目前为止我妈还没输过，但是昨天，她那女同事突然把那渣男的视频发给了她。

我妈不懂微博，叫来邹媛媛前前后后给她解释了一遍，才明白渣男成了我身上的一个污点，也成了那女同事对我妈耀武扬威的资本，哪怕他只是我的前男友而已。

我妈"被打败"后想要反击。然而从哪儿跌倒就得从哪儿爬起来，所以她觉得还得从我这里下手。于是她火速联系她的好闺密陈阿姨，给我网罗优质单身男青年。

我听了这原委很无奈："就因为这个，您就得押着我去相亲？"

"不光因为这个。我原本以为那小子只是自私点没那么爱你，没想到他的人品这么差。你得知道啊，我们老邹家还从来没和违法乱纪的人打过交道，所以我有理由怀疑你看男人的眼光。"

"然后呢？"

"我决定干预你找男朋友的事。"

"您干预得还少吗?"

"这次要全面干预。"

我差点被自己的唾沫星子呛到:"所以说我是没有自由恋爱的可能了?"

我妈一听,或许也觉得自己有点过分,放缓语气语重心长道:"喜不喜欢最后还是你决定,只是这个开始我得替你筛选一遍。比如你陈姨给你介绍的这个,咱都根知底的,知道不是什么不靠谱的人,你能看得上你们就继续来往,如果不喜欢,咱再找嘛!"

"那我要是不想相亲呢?"

我妈立刻敛起那副慈母的面容:"你是不是还想再跟你妈断绝一次关系?"

话都说到这份儿上了,我还能说什么?

"说说吧,对方什么来头?"

"外面留学回来的,工作五年了,现在是一家大公司的技术总监,前途肯定不错。他父母就是你陈阿姨的朋友,你陈姨还发了张他的照片给我,你看看。"

我妈把手机递过来,我没有接,而是认命地点点头:"您说行就行吧。"我妈看着我,难得很肉麻地说:"安安,妈这都是因为爱你。"

"求您少爱我一点吧。"

我妈替我跟那个相亲男约了周六中午吃饭,所以周六一早,我就起床收拾自己。直到看到秦悦拎着购物袋进门,我才想起来忘了跟他说,今天不用买菜了。

"那个……饭做好了先放冰箱吧,我晚上回来吃。"

"你中午要出去?"

我对着镜子,把护肤品一层一层地涂在脸上:"嗯,我中午有事。"

秦悦没说什么,开始干活。

只是我发现,他今天有点奇怪——以前就算是我的卧室门大敞,他也从不会往里瞄一眼,但是今天,他每次从我卧室门前经过时都要有意无意地朝里面看。

在他第N次看我的时候,我起身去关门。

然而这一举动却适得其反,他不但没有立刻离开,反而站在门前一动不动地看着我:"你中午有什么事?"

"你问得有点多吧?"

他在我脸上扫了一眼:"我是想提醒你,不会化妆就不要化,你这样真的很丑。"

我闻言愣了愣。

他继续说:"如果是其他事情也就罢了,相亲的话很有可能出师不利。"

我现在有那么丑吗?我回到梳妆台前照了照镜子,我平时也有化妆啊,今天的妆容跟我平时的妆容基本没有两样。

我正在找哪里不对,就听到他在我身后又说:"你今天这身衣服选得也不对。"

我低头看了自己一眼:"有什么不对?"

"这衣服领子太低了,你又没什么料。还有收腰的不适合你,因为你腰粗,你的腿倒是勉强能看,但我觉得穿裤子更好看。还有这身衣服的颜色……太轻佻了。"

"你给我等等,你说白色轻佻?"

他面不改色地点了点头,转身对着我大敞的衣柜看了看,最后将一件黑底白花的雪纺半截袖上衣拿了出来:"穿这个吧,显得庄重。"

我看了一眼那裙子,冷笑:"是挺庄重的,那是我妈几年前落在我这儿的。"

他明显一愣,然后面无表情地赞了一句:"阿姨的眼光真不错。"

我白了他一眼:"你这明显是直男的眼光,你知道吗?行了,行了,你先出去干活吧,我自己琢磨琢磨。"我对着衣柜发呆,心想这家伙是这种诡异的眼光,那其他男人应该也差不多吧?

于是,我选出一件黑色无袖上衣,搭配了同色阔腿裤。这套衣服全身上下一色黑,领子也不低,腿上穿的又是裤子,只露出脑袋和胳膊，算是庄重吧。

我对着镜子照了照，想起我上次穿它时还是在我爸的葬礼上。

我看了一眼手表，时间不多了，好不好也就只能这样了，于是我背起包拉开门。门外的秦悦看到我，对我重新选的衣服似乎还算满意。

约好的见面地点是一家西餐厅，看对方定这地方，我就对他这人没什么好感，不就是喝了几年洋墨水吗？我大中华的美食那么多，吃什么不好？

不过无所谓，吃饭不是重点。好歹见一下，给我妈个面子才是重点。

餐厅里人不多，我随意扫了一眼，就找到了目标。我走过去，坐下前很礼貌地跟他打招呼："你好，我是邹静安。"

他抬起头，朝我微笑，我不由得一愣，觉得他有点眼熟。

他站起身，自我介绍："我是王威，朋友都叫我大胃，看来你已经不记得我了。"

他用的是肯定的语气。我顿时觉得这世界有点小。

"我妈没给你我的照片？"我问。

"给了。"

"那你还来？"

"为什么不来？"

"你不是对我没兴趣吗？"

"现在我打算认真地交往。"

嚯，一看他就是女人缘不错的男人。

"只可惜……"我说，"你不是我喜欢的类型。"

他倒是不生气："你对我了解多少？"

我说不上来："那你对我又了解多少，就打算认真交往？"

"了解一些。"

"从哪里，陈阿姨那儿？"

他耸了耸肩不置可否。

"不过那些都过去了,他们不是你的对手。"

这话听着似曾相识,我仔仔细细回忆着究竟是在哪儿看到这么一句类似的话。

他对着我微笑,像是知道我此刻的想法:"要提示吗?"

过了片刻,我陡然想起微博上似乎有个叫David王的也说过类似的话。

"是你?"

"你总算想起来了。"

"可你凭什么认为不是我被甩了?"

"以你的性格和做派,不应该被甩。所以我觉得在你们三个人的关系里,出局的应该是他们两个。"

三角关系中,出局两个,剩下那个不就是被甩的吗?不过他换了种说法,就中听多了。

我说:"看来你语文学得不错。"

"我察言观色的能力更好。"

嘀,狂妄自大。

他继续说:"比如,我猜你今天其实并不想来,来也只是应付一下。"

"那你错了,我可急着嫁人呢。"

"你要真把今天这事当回事,我的照片你总该看一下吧?可是你刚才那表情告诉我,你分明没看过我的照片。"

"我喜欢惊喜不行吗?"

他笑:"那你今天这身衣服怎么解释?我怎么看都觉得你是想故意搞砸今天的相亲。"

我低头扫了自己一眼,这回是真心实意地发问:"我的衣服有什么问题吗?"

他很含蓄地笑了笑,答非所问道:"不过你人好看,穿什么都无所谓。"

这话什么意思!

他看出我有点不高兴了，立刻换了个话题。

"可以给我一个机会吗？"

"什么？"

"至少对我不要带有偏见，你不用考虑到底喜不喜欢我、我们合不合适，就从一个普通认识的朋友开始。"

我这人虽然经历的事情不少，但是不得不承认，我对感情的事情很迟钝，对男人的了解也少得可怜。所以他在酒吧时说不喜欢我，现在又对我这么感兴趣也着实让我想不通，我有点不明白："为什么？"

"什么为什么？"

"我记得你说过，聪明的女人不讨喜。"

他依旧笑："男人都爱自以为是，我当时，言之过早了。"

14.

他这话说得真是好听，好在我已经不是十几岁的小姑娘了。

我盯着大胃看了一会儿，怎么都觉得他并非嘴上说得那么欣赏我，于是我直截了当地问道："说吧，你有什么不可告人的目的？"

他微微一愣，继而笑了："你又不按套路出牌——愿不愿意给我机会只有两个可选答案，你给出了第三个答案。"

"那第三个答案和'不愿意'之间，你选一个。"

"好吧，看来我不招是不行了。其实我也是被迫来相亲的，而且我已经不知道这次相亲是这两年来的第几次了。"

"两年"这个数字的确让我有点吃惊："你就没遇到个你喜欢的？"

大胃有点为难地说："她们本身或许没什么问题，但是我对那种嗷嗷待嫁的女性真的提不起……那种兴趣。"

我迟疑地看着他："你恐婚？"

他耸了耸肩，不置可否。

我不由得有点同情他了："可是我好像找不到必须配合你演戏的理由。"

"理由很难找吗？你不用再应付你母亲，更不用再像商品一样展示在各种陌生男人面前，而我不用再每周被一个陌生女人追问结婚计划，这难道不是最好的理由吗？"

提到我妈，我的确也很头疼。

他继续说："再说我们本来也认识，为什么不能像朋友一样偶尔碰个面、吃个饭，双方都不用有负担，还能应对家里那些人，这不是一举多得吗？"

他见我没拒绝便伸出一只手："Deal？"

我犹豫片刻，象征性地与他握手："偶尔碰个面可以，但'像朋友一样'就免了。"

他笑了笑，并不介意。

和大胃吃完午饭，我没有立刻回家，路过商业街时，看到玻璃窗里面有几个女孩子在练瑜伽，我突然觉得挺美好的，于是进去咨询了一下。这一耽误，到家时已经将近黄昏。

我在包里翻找家门钥匙，找了半天才意识到，应该是中午出门太急忘带了。而备用的钥匙一把在我妈那儿，另一把在秦悦那儿。可是这时候去找我妈无疑是主动送上门给她盘问，所以我还是给秦悦打了电话。

"什么事？"他问得有些敷衍，好像在忙。

"我没带钥匙，你能来一下我家吗？"

电话里他沉默了片刻，像是在犹豫，不过最后他还是说："那你等我一会儿。"

电话挂断前，我听到他跟周围人交代要暂时离开一下。

D大离我家不远，开车的话也就是一刻钟的工夫，但是坐公交就不知要多久了。

这时候，一个荡气回肠的肠鸣声在空荡荡的走廊里显得尤为清晰——我不爱吃西餐，中午本来就没吃多少，下午又折腾半天，现在

~ 075 ~

的确有点饿了。我伸手在口袋里找烟，末了只找到一个空烟盒。

真是弹尽粮绝了。

我疲惫地靠在防盗门上，脑子里满是秦悦做的菜，只觉得更饿。

过了大概十几分钟，我听到楼梯间有脚步声传来，又过了一会儿，秦悦已经站在了我面前。

此时天色已暗，我看不清他的脸，只看到他穿着件白色衬衫，袖管被挽起，露出一截精壮结实的小臂，胸口微微起伏，像是很累。

我有点奇怪："你怎么不搭电梯？"

"电梯正在检修。"

我这才注意到电梯的指示灯一直是暗着的。可是，这是19楼啊！

我跺了跺脚，走廊里的感应灯应声亮起，我看到他肩膀上还挂着一个沉甸甸的电脑包。

"检修的话应该也用不了多久，你可以等一会儿再上来。"

他顿了顿说："我没时间。"

我想到邹媛媛曾经提起他在为某个公司做事，估计他也不像一般的学生那么清闲吧。这么想来，我觉得突然把他叫过来的确有点不够客气。

开了门后，我说："你喝口水再走吧。"

他大概也是渴了，没有推辞。

他对我家厨房比我自己还熟悉，进门放下电脑包，便去倒水，我则是第一时间打开冰箱门。

"咦，你把中午的饭放哪儿了？"

他端着杯子看我，面无表情地说："不用找了，我没做。"

饥饿的人最容易发怒，我立刻有点不理智了："你怎么能没做呢？你没做也得跟我说一声，你让我现在怎么办？"

他微微挑眉："现在才几点，约会没吃饱？"

我饿着肚子还要在这儿听他冷嘲热讽吗？

"别说那些有的没的！是不是你的原因，导致我现在没有吃的？你是不是得对我负责？"话一出口我立刻觉得不对，连忙改口，"对我的胃负责。"

这时候，我的肚子不争气地又叫了一声，他露出个似笑非笑的表情，抬手看了看时间对我说："你去换衣服，一刻钟后吃饭。"

我将信将疑："一刻钟？"

"或许用不了。"

我的低血糖都快犯了，不管他做什么，有吃的就行。

我回房间换衣服，再出来的时候，餐桌上已经摆了一碗热腾腾的鸡蛋面，旁边还放着一碟辣白菜，他真懂我。

我二话没说坐下来开吃，这才发现他已经背起电脑包正在换鞋。

我问："这就走了？"

"嗯，你吃完面自己把碗洗了。"

我说："好。"

出门前他看了看我，又突然说："饭都不给你吃饱的男人，以后也不会对你多好，明白吗？"

我莫名其妙地看着他出了门，这都哪儿跟哪儿啊。

后来我妈得知我和大胃早就认识，高兴得不得了，一再说："这就是缘分！"

而且为了我们这缘分能长久一点，我妈她老人家还联合起大胃的母亲给我们制订了一个计划，要求现阶段我们每周至少见面一次。

于是遵照两位妈的指示，我们约好下周六再见一下，但我想到上午秦悦要来，就把见面时间推到了下午。

我说："找家咖啡厅喝杯咖啡，然后拍几张照片应付一下两位妈好了。"

大胃表示："可以。"

所以周六中午吃饭时，我对秦悦说："一会儿我要去见相亲男。"

秦悦微微一愣，然后说："看来你还是不长记性。"

"喂，我说你跟我说话能不能客气点？我起码是个长辈吧！"

他垂着眼似乎冷笑了一下。

我又补充说:"大人的事,你小孩不需要懂。"

似乎是听到了"小孩"两个字,他有点不开心地看了我一眼。

不知道为什么,每次看到他的这种表情,我都会觉得有点爽。

可是正当我喜滋滋地去夹面前的小炒肉时,盘子却突然被人端走了。

"你干什么?"

他若无其事地低着头吃饭:"你脑门上长痘了,应该少吃辣椒和肉。"

"你诚心报复我是吧?"

他答非所问:"一会儿你们在哪儿见?"

我警惕地看着他:"怎么?"

"我一会儿要去办点事,如果你约会的地方离我办事的地方不远,你带我一段吧。"

我想了一下,用筷子指了指那盘小炒肉:"给我端过来。"

他微微勾了勾嘴角,把盘子又放到我面前:"少吃点。"

出门时,我说:"我们约在我医院附近的一家咖啡厅,你去哪儿?要不我先送你?"

秦悦说:"不用,正好我也去那附近,你在哪儿停车我就在哪儿下车吧。"

"这么巧?"

他没说话。

半个小时后,我把车子停在了那家咖啡厅门外,回头看秦悦,却发现他没动,而是朝着咖啡厅的玻璃窗内看了看,然后问我:"哪个?"

我端着手臂看他:"你该不会是故意跟来看八卦的吧?"

他像看白痴一样看了我一眼:"你以为我是你吗?"

说着他下车走进了咖啡厅。

我连忙跟了进去:"你干什么?"

~ 078 ~

"我跟人约好的时间还没到,在这儿等一下。"

我有些无奈:"你非得在这儿等吗?"

"有什么我不能在这儿等的理由吗?"

我一时语塞。好吧,的确没什么正当的理由,但我总觉得他在某个角落看着我,会让我很不自在。

正在这时,大胃朝我们走来。他显然已经看到秦悦了,我只好介绍他们认识,可我一张嘴,却发现自己还没想好该以什么身份来介绍秦悦。

秦悦回头看到大胃,表情有点微妙:"你?"

我诧异:"你们认识?"

大胃解释说:"上次在酒吧他来接你,我们打过照面儿。"

我正想着反正大胃也不是我真正意义上的相亲对象,干脆实话实说好了,相信他不会那么无聊让我妈知道秦悦在我家做钟点工的事情。

可就在这时候,却见秦悦没好气地回头对我说:"我看你是好不了了。"

我被说得莫名其妙:"你什么意思?"

他冷笑:"你还真是'吸渣体质'。"

大胃有点委屈:"谁是渣啊?"

秦悦仿佛没有听到他的话,只是死死盯着我:"酒吧里把你灌醉对你目的不纯的男人,你不赶快离他远一点,还指望跟他白头偕老吗?"

周围的人似乎已经发现我们这里起了争执,纷纷投来八卦的目光。

我有点生气:"你以为你是谁?凭什么管我?"

他微微一愣,然后只有几秒的工夫,他的目光从方才的凌厉陡然变得黯淡下来。他笑着点了点头,什么也没说,转身走出了咖啡厅。

15.

看着秦悦愤然离去的背影,我只觉得这孩子最近的脾气越来越大了,莫非是我太好说话了?

我回头再看大胃,发现他也正看着秦悦离去的方向,表情里还有

~ 079 ~

一丝我不理解的意味深长。

"你看什么呢？"

他笑："有意思。"

看他故弄玄虚，我"喊"了一声。

他问："你就不好奇吗？"

"我需要好奇什么？"

"好奇他为什么不高兴。"

"青春期呗，脾气古怪。"

大胃又笑："可能还真不是。我觉得，他是吃醋了。"

大胃这话说得莫名其妙。

"他吃什么醋？"

"我一直以为你任何时候都很聪明，想不到也有迟钝的时候。你就没觉得，他对你有点不一样吗？"

他见我还不理解，无奈地说："他喜欢你。"

我差点被刚喝进嘴里的咖啡呛到："别开玩笑了，你知道他多大吗？19岁，他就是一个孩子。"

大胃摇头："成年了，也是男人。"

"别把所有人都想得跟你一样好吗？"

大胃倒也不生气："他比我可强多了，我像他这个年纪的时候，可不敢追求比我大七八岁的女人。"

我想到秦悦迟钝到连自己学院的院花是谁都分不清，于是很笃定地对大胃说："他在这方面应该还没开窍，我看这孩子八成连初吻都还在。"

没想到大胃也很笃定地说："那不一定。"

"你跟他就是一面之缘怎么这么确定？"

大胃看着我笑："因为就是那一面，我看到了少儿不宜的画面。"

我心里陡然升起一丝不好的预感，脑子里开始翻找我醉酒那天的零星记忆。

"打电话给通话记录中的第三个人。

"亲吻你面前的人。"

不会吧！我抬眼看着大胃，他肯定地朝我点了点头。

我都做了什么？大胃戏谑的笑容让我觉得无地自容，当然，比这个更让我难堪的是面对秦悦。想到这里，我真想凭空消失，永远不再与他见面！

大胃起身，安抚地拍了拍我的肩膀，我却没有感受到丝毫的安慰。

秦悦的事简直成了我的心病。从咖啡厅离开，我就一直在想着如何善后。但转念又想，我凭什么对大胃的话深信不疑？说不准这只是个玩笑呢！

这样想来，我心里舒服了许多。但是谨慎起见，我还是发了条信息给秦悦："我喝醉那天……就是你从酒吧把我接回来那天，没发生什么事吧？如果……我是说如果，真有什么你也千万别往心里去，毕竟我都断片儿了，做什么事也都不是出于我本意，你千万不要误解。"

信息发出去后，我开始惴惴不安地等待，像少女第一次表白一样，患得患失地等着对方回信。

过了许久，他终于回我了，短短的几个字，让我心中的大石落定。

他说："什么都没发生。"

我松了一口气，但还是习惯性地确认了一下："真的？"

"真的。"

顿时，我觉得整个人都舒畅了，恨不得大笑三声表达一下我此刻的心情。

我又想到大胃，这家伙竟然跟我开这种玩笑，难不成是因为秦悦今天对我那没大没小的态度？

我说："你今天有点过分，你知道吗？大胃好歹是我妈的关系户，而且也算是你的长辈，你今天当众那么说也让我很尴尬，你知道吗？"

我知道以秦悦的脾气，就算知道他自己错了也不会认错，但是只要我能传达到我的不满就行，再说他只要随便说点什么，我们也算化干戈为玉帛了。然而，等到晚上我的手机依然无比安静，我这才意识到,他竟然敢不回我信息!

第二天我去我妈那里蹭饭,邹媛媛也在,我见她没精打采地蜷缩在沙发上玩手机,于是我走过去:"怎么这么安静啊,少女?在装淑女吗?"

她瞥了我一眼,继续低头玩手机:"别烦我,心情不好。"

我心情也不好,所以我说:"有啥不开心的?说出来让小姑开心开心。"

她又瞥了我一眼,这一眼就有点犹豫了。

我再接再厉:"说说吧,我尽量不笑。"

她狠狠地瞪了我一眼,憋了半天还是说了:"还不是因为秦悦!"

又是他。

我尽量掩饰自己的不安,问邹媛媛:"他怎么了?"

"今天有《暗恋桃花源》的话剧,我好不容易搞到两张入场券,约他去,他不去。"

"喊,我还当什么事呢。这不是很正常吗?这种话剧叫我去我也不去,要是五月天演唱会我还可以考虑一下。再说你不是说他暑假很忙吗?"

"但是,他如果只是说不去就算了,可是他竟然跟我说他有喜欢的人了!"

什么?!我的小心脏猛跳了几下,我又想起了大胃那意味深长的眼神和笃定的语气,心里不禁又开始怀疑秦悦是不是真的对我存有什么不该有的想法。

邹媛媛愁眉不展:"小姑,你说他是真有喜欢的人还是为了躲我找的借口?如果他真有喜欢的人,能是谁呢?"

"可能……是你说的那个系花?"

"不应该啊!再说我也觉得他不该是那么俗气只看脸的人。你说呢,小姑?"

我支支吾吾,言不由衷……

后来邹媛媛又说了些什么,我已经不关心了,就连我是怎么从我妈家离开的,我也不记得了。

回家的路上,我琢磨了一路。最终我决定不管秦悦是不是真的脑子发热喜欢我,我都不能让事态再这样发展下去,是时候跟这小孩儿做一个了断了。

回到家,我斟酌再三给他编辑了一条短信,语气和蔼,用词恳切,相信他一定能够感受到我的良苦用心。

我说:"秦悦,暑假马上就要结束了,你也大四了,这一年非常重要,所以作为你的长辈和朋友,我觉得不能再耽误你的时间了。这段时间我们相处得十分愉快,你对我照顾有加,所以你也不欠我什么了。至于我家的钥匙,你找机会还我就行。"

短信发出去后,我等了一会儿,不见回信。

我不知道自己为什么这么心烦意乱,也不知道该做点什么让自己冷静冷静。这时候,我想到瑜伽老师说瑜伽可以凝神静气,于是找出上次从瑜伽会馆带回来的DVD,展开瑜伽垫,开始一个动作一个动作地跟着做。

找了个事情做,我的心情稍微平复了一点。但我的柔韧性向来比较差,而且又是初学,我几乎可以想象得到自己的动作有多丑。就当我以一个极为奇特的姿势把自己扭成一个麻花时,我听到了门锁响动的声音。

门开了又关上,有人缓缓地走到我跟前,一双黑色的篮球鞋映入眼帘。我知道这双鞋是属于谁的。

我努力地抬起头,只见他垂着眼低头看我,面无表情。我想赶紧起身,可这时我才发现,应该是扭到了哪里,我竟然浑身动弹不得。我在心里暗自感慨了一把,老骨头关键时候掉链子!而就在这时,秦悦缓缓蹲下身来,几乎与我平视。我这才注意到,他的目光中有不解、有恳切,还有一丝悲伤。我的心蓦然一动。这一刻,我才真正地意识到我对这个孩子做了什么。

不全是我的错,但我不无责任。

他说:"邹静安,你不能这么欺负人。"

我很想像平时一样嘻嘻哈哈地挤对他装大人,但是我知道,此时我说什么都会显得自己很过分。

我动了动脖子,想说你先把我扶起来,可我刚一张嘴,秦悦的脸陡然在我面前放大,有一个瞬间,他挡住了我的视线。我吓了一跳,然而惊呼的声音还没有从嗓子眼儿里发出来,我的嘴巴就被一双柔软的唇堵住了,还是甜的,糖果味的……

我惊呆了,我居然被一个孩子强吻了!

16.

我回过神来,想躲开他,身体却直直地朝一侧倒下。

我仿佛听到了皮肉撕裂的声音,疼得嗷嗷直叫,秦悦二话不说背起我前往医院。

是腰部肌肉拉伤,好在不算很严重,要休息两三天。

从医院回来,他把我安置在床上,给我腰下垫了个枕头,又把带回来的冰袋放进冰箱。

我看着他为了我忙里忙外,心又有点软了。

我说:"今天的事情,我会当没发生过。"

听到我的话,他停下手上的动作,并不看我:"别自欺欺人了。"

我有点生气:"你不要冥顽不灵好吗?"

他冷笑:"原来这个词还可以这么用。"

我觉得自己就快控制不住火气了,几乎喊着对他说:"不管你说什么,我就明明白白告诉你,我跟你没可能!"

他顿了顿问:"为什么?"

我快被气笑了:"为什么?这很难想吗?你看你才19岁……"

我话没说完,他打断我:"今天我20岁了。"

我不由得一愣,静了一会儿放缓了语气:"好吧,不管是19岁还是20岁,你未来的路还长,可能你以前接触的异性并不多,我是少有的一个,所以你对我有点好奇,会过多关注,但是这都不叫爱,哪怕连喜欢也算不上。"

秦悦低着头听我说完,然后抬起头来对我说:"说来说去都是因为年龄,这是你的偏见,邹静安。"

我突然有种无力的感觉,于是我咬了咬牙:"好吧,你喜欢我,我知道了。"

听了我的话,他的眼中有微弱的光芒闪烁,我在心里叹了气:"那我现在拒绝你了。"

秦悦眼中的光芒转瞬即逝。

我不愿再看他,闭上了眼睛。

我听到他转身离开的声音,在他出门前,我又说:"把钥匙放在桌上就行……算了,我回头找人换把锁吧。"

说话时我始终闭着眼睛,房间里很安静,直到很久之后这片死静才被门落锁的声音打破。

我睁开眼,房间里只有我一个人,我勉强撑着身子起床,在客厅的餐桌上看到了那串备用钥匙。

我以为我了却了一件心事,但是从那之后,我发现我自己过得并没有想象中的那么轻松,以及……我的胃口突然变得有些刁钻。

我妈端上来一盘油焖大虾,我夹起一只咬了一口,索然无味。

我妈不乐意了:"我说邹静安,不想吃别吃,有你这么糟蹋东西的吗?"

邹媛媛听闻,笑嘻嘻地把那盘油焖大虾换到自己面前:"正好我爱吃。"

我扭头看她,这才注意到她最近心情似乎不错。

我问:"你不是失恋了吗?"

邹媛媛低头剥虾:"也不能一直失恋啊。"

我有点羡慕她,年轻人的新陈代谢就是快,容易受伤,也很容易伤愈。我想到秦悦,半个月未见,或许他已经痊愈了。

我妈说:"明天你有没有空?我跟你陈姨商量着要不要我们两家

人一起吃个饭见一见。"

"哪两家?和陈姨?"

"你别装傻好吗?当然是和王家,怎么说结婚也是两家人的事情。"

对我妈口中的"王家",我觉得很陌生,想了很久才意识到,她指的是大胃他们家。

我立刻紧张起来:"八字还没一撇呢!你们瞎张罗什么?好像急着把我嫁出去似的。"

"就是普通的见面,人家好多相亲的第一次见面就有家长在场,毕竟结婚不单是你们两个人的事。不说别的,你不见见他妈妈,怎么知道你和你未来婆婆合不合得来?"

我顿时觉得头疼:"您想太远了。"

我妈微微挑眉:"怎么?是不是进展不顺利?"

我立刻说:"那倒不是。"

"那不就得了,就是普通见个面吃个饭,不代表什么。"

我妈决定的事情,没人能改变。

晚上我和大胃通了个电话,他说:"将计就计吧,这样显得我们关系稳定,真的到了被逼婚的时候再说性格不合,然后分手就OK。"

我说:"你对这套路很熟悉啊,辜负了多少好姑娘?"

他"嘿嘿"一笑:"你就别埋汰我了。"

第二天跟大胃他们一家吃饭,陈姨也在。令我比较意外的是,大胃的妈妈打扮得实在有些朴实了,跟我想象中的完全不一样。不过他妈妈是非常随和健谈的,见到我像见了救星一样,说我是大胃这十几年里第一个正式交往的女朋友。

我瞥了大胃一眼,他今年34岁,那十几年前不就是20岁左右吗?

大胃垂着眼,仿佛毫不在意。

因为大胃妈妈人好,所以这顿饭的气氛还是挺轻松的。只不过她人越好,我就越愧疚,毕竟我们在欺骗她。所以她今天越高兴,我和大胃宣布"分手"后,她就会越失落。

吃完饭从餐厅出来，我立刻觉得身上出了一层细细密密的汗。已经立秋了，但暑气还没散尽。空气中布满了水汽，整个城市像个密不透风的蒸笼，眼看着，一场雨就要来了。

大家分道扬镳，我没有开车，大胃妈妈坚持要大胃送我回家，我没理由拒绝。

在车上，我问大胃："你被女孩子伤害过？"

大胃不明所以："什么？"

"你上一个女朋友，大学时代那个，伤害过你吗？"

大胃愣了愣笑了，并没有直面这个问题，而是说："我们也接触这么久了，你就没考虑过假戏真做？"

我顿了一下说："浪子回头了也还是浪子。"

"这是拒绝我咯？"

"你说呢？"

他笑："可你刚才回答我的时候迟疑了0.1秒。"

这时候伴随着一声闷雷，大滴大滴的雨点簌簌落下，花了汽车的玻璃。大胃减缓车速，打开了雨刮器。

雨越下越大，一瞬间整个城市陷入了白茫茫的滂沱大雨中，我想到我身上没有带伞，就算车停到家门前，也免不了要"湿身"了。

这时候，车子拐了个弯进了我家小区，不一会儿就到了我家单元门前。

"谢了。"

我正要推门下车，却被大胃拉住了。

"这么大的雨再近也打个伞吧。"

"我没带伞。"

"我英雄做到底吧，我车上那把伞你带走。"

"你不用？"

"我直接停地下车库，淋不着。"

既然如此，我没必要跟他客气，可是我对他的车不熟悉，并没有找到他所说的那个放伞的暗格。

他无奈地摇了下头，探身过来打开我右前方的一个小格子，一把短柄黑伞滑了出来。

我接过伞道谢,正要下车,却看到车前方似乎站了一个人。

雨刮器再一次刷了一下,我清楚地看到那个熟悉的、颀长的身影。

仅仅两周没见而已,我却有一种久违的感觉。

大胃显然也看到了秦悦,乐呵呵地说:"我说什么来着?这小子要是对你没想法才怪,这种事情还是男人更了解男人。"

我没有理会他,推开车门撑起伞下车。

这雨下的,让人避无可避,我走到秦悦面前,他已然浑身湿透。

我在伞下看着他,这孩子的执着让我心里不是滋味,但我一句话也不想说,因为我害怕多说多错,索性等着他先开口。

空气中只有"哗哗"的雨声。

过了好一会儿,秦悦说:"我来是想告诉你两件事。我放弃保研,直接找工作了,之前比较忙是在忙面试,我今天刚和一家公司签了三方协议。"

这无疑是一个令人遗憾的决定,但我对此什么也没说。

"第二件呢?"

我看秦悦的目光瞥向了我的身后,我这才注意到大胃已经从车里下来,朝我们走了过来。

大胃也已然浑身湿透,一只手还虚挡在眼睛上方,但我没有给他撑伞,因为秦悦也暴露在雨中。

秦悦的目光回到我的脸上,继续说:"第二件就是,我不会放弃你的。"

我还没说话,身边的大胃不满了:"小兄弟,同作为男人我佩服你的执着和勇气,但你知不知道,你这是小三儿的行为?"

听了这话,秦悦笑了笑:"你确定你们在交往吗?"

我微微一愣,心有点虚:"我们不需要跟你解释。"

秦悦点点头。

我问:"还有别的事吗?"

秦悦不说话。

我说:"那我上去了。"

我转身离开,听到身后的大胃对秦悦说:"这么大的雨,叔送你回学校吧?"

再后面的事情我就不清楚了,因为厚重的防盗门将他们的声音连同雨声一起隔在了门外。

想到秦悦刚才的话,我的心里并不全是苦恼和遗憾,还有意外和一丝我不愿意承认的"失落"被填补后的满足。

我洗了个澡,房间里干爽安静,我的心情也好了不少。电话突然响了起来,来电显示是一个座机号码。

我迟疑了一下接通:"你好?"

"是我。"是大胃的声音。

原来是他,我边擦头发边问:"哦,有事?"

电话那边的大胃垂头丧气:"我发现了一件很可怕的事。"

我没当回事:"怎么了?"

"我所有的互联网社交账号,包括QQ、微信、微博、邮箱等全部被盗了,还有我的Apple ID,所以现在我的手机和平板电脑也都不能用了……"

什么?大胃的互联网社交账号全部被盗了?

我目瞪口呆,完全想象不出来这是什么情况。

电话里沉默了片刻,大胃问我:"上次,你前男友那视频是怎么流出的,你知道吗?"

不用说,我们都想到了一个人。

我叹了口气:"抱歉,我惹出的事我来解决吧。"

17.

一场秋雨过后,北京开始降温。

我觉得有必要和秦悦好好谈一谈,但是刚拿出手机我便打消了打电话的念头,或许见面谈更好。

做好这个决定,我又打电话给大胃:"你都哪些账号被盗了?你发我一下,明天我去找他面谈。"

大胃说:"别看那孩子年纪不大,但很有主意,我怕你一个人搞不定,我跟你一起去吧。"

我想到秦悦,心里竟然没来由地有点紧张,或许有个人跟我一起去更好。

第二天和大胃出发前,我打电话给秦悦,问他在不在学校。

他说:"哦,忘了跟你说,我的毕业设计做完了,我最近一直都在公司实习。"

"那你公司在什么位置?晚上我们一起吃个饭吧?"

我还怕在这个节骨眼儿上,他会故意不见我,没想到他很痛快地答应了,而且听上去他的心情好像还不错。

我按照秦悦给的位置,在他们公司对面的一家港式茶餐厅等他下班。大胃坐在我对面,猜测着一会儿秦悦可能有的各种反应以及我们该如何应对,他的宗旨就是以拿回账号为第一位,气势上哪怕弱点也没关系。

我有一句没一句地听着,等了大约一刻钟,我看到马路对面走来几个年轻人。其中一个年轻人身着白衬衫和西裤、皮鞋,肩膀上还挎着一个黑色电脑包,看上去行色匆匆。

这本来是再普通不过的白领装扮,但是因为秦悦人长得出挑,所以尤为扎眼,或者说是英气逼人。

我有点意外,毕竟这是我第一次见他穿得这么正式。

一只手在我眼前晃了晃,我回过神来,看到大胃另一只手正在揉眼睛:"发什么呆?"

"你眼睛怎么了?"

"好像是睫毛掉进去了,我弄了半天也不见好。你帮我看看?"说着,大胃探头过来。

多大的人了？我刚想丢给他一只化妆镜让他自己解决，余光瞥到秦悦已经过了马路走到餐厅外。

秦悦抬头，从外面望进来，似乎是在找我的位置，就在和他目光相触前，我连忙回过头，然后鬼使神差地，伴随着脑中闪过的很多想法，我竟然探头吻了大胃。

我也被自己的举动吓到了，所以我对大胃的亲吻只是一触即分，但余光中的那个人却一动也不动，就那么静静地站着。

对面的大胃愣住了，睁开被揉得通红的眼睛，呆呆地看着我："你知不知道你在玩火？"

我深吸一口气，抬眼看向外面的秦悦，他的脸色不太好看。我心中不忍，但是，这或许是对他、对我都好的结局。

我说："我的确在玩火。"

大胃似乎意识到什么，顺着我的目光看过去，再回过头时，他的眼神中满是绝望："看来我的那些账号是找不回来了。"

我拿出手机打给秦悦，隔着餐厅的玻璃，我看他直接挂断了电话，转身离去。

我对大胃说："你放心，我会再想办法。"

第二天下班时我又试着打电话给秦悦，这一次，他倒是接了。

我明知故问："昨天说好见面的，你怎么没出现？"

他冷笑了一声说："今天又是什么事？又让我去看你们卿卿我我？"

我用骗小孩的口吻说："昨天是意外，我找你真的有事。你放心，今天我不带他去。"

他沉默了一下说："那你来吧，我和同事们正在公司附近的韩国烤肉餐厅吃饭。"

我说："好，我半小时内到。"

他什么也没说，直接挂断了电话。

秦悦说的那家烤肉店，生意非常火爆，我到的时候餐厅里已经座无虚席。服务员给我指了秦悦他们那桌的方向。我老远就看到几个年轻人正有说有笑地在吃饭，只有秦悦脸上没什么表情。

我还注意到他身边有个女孩，跟他年纪相仿，人挺漂亮的，时不时地给他布个菜，因着他的一举一动或欢喜或失落。

其实早就听邹媛媛说过，他身边从来不缺追求他的女生，但我仿佛今天才注意到这一点。我在心里感慨，这或许才是他真正的缘分。

我走过去，叫了秦悦一声，他坐在最里面的位置，店里又吵，他好像没听见我叫他。桌上的几个人正聊得欢，我一时间插不上话，站了大概半分钟，秦悦对面的胖子终于注意到我了。胖子顺着我的目光看向一直看手机的秦悦，戳了戳他说："你朋友？"

秦悦这才抬起头："来了？"

这小子什么态度？

胖子见状连忙让座："姐姐坐吧。"

可他刚抬起屁股，就被秦悦一脚踹回到座位上了。

胖子问："不是姐姐吗？"

我想说，姐姐是平辈，而我是长辈。但此时，显然不是较真的时候。

我说："不坐了，秦悦你出来一下。"

秦悦坐着没动："有什么事就在这儿说吧。"

这话一出，大家才品出气氛不对，而坐在他旁边那女孩子看我的目光中就多了些警惕和不屑。

"真的要在这儿说？"

他沉默。

我深吸一口气点点头，问："你是不是盗了大胃的号？"

他诧异地看了我一眼，然后是冷笑，周围的人也笑了。

我在这笑声中再一次肯定，他就是个孩子，他们都是一群青春叛逆期超长的孩子。

不用说，我对秦悦有点失望，但还是本着解决问题的初衷，放缓了语气说："能不能麻烦你把账号还给大胃？他和你也没仇没怨的，但你盗了他那些账号，直接影响到了他的工作甚至生活。"

秦悦说："我影响他什么了？这跟我有什么关系？"

"那你就当帮个忙吧。"

秦悦看着我说："那我凭什么帮你？是你说的，我们两清了。"

桌上的人都沉默了。

我俩固执地对视着，仿佛谁先移开目光谁就会输。

直到他身边那女孩问他："秦悦，她到底是谁啊？"

秦悦垂下眼来没有说话。

那女孩继续道："没有证据就诬陷别人盗号啊？你有病吧！"

我像个笑话一样在一群孩子面前被晾了半天，这期间秦悦没有再说一句话。

我叹了口气，转身离开。

在回去的路上，我起初还只是生气和失望。可是气了半天，失望了半天，我突然意识到一件很可怕的事情——就在刚才，我竟然还自信满满地以为秦悦会维护我，在我昨天刚刚伤害他之后，我还以为他会维护我！而我自己，却在享受这种被维护的感觉。

邹静安啊，你真是太过分了！

不过还好，事情已经朝着我最初期望的方向去了，只是我没想到的是，在这个过程中受伤的并不止他一个人。

大胃知道我今天还要去见秦悦，八点多的时候就打电话问我进展如何。

我说："你放心，我会尽力的，但是不一定成功，你要不做两手准备？"

我原来自信满满，以为秦悦多少会给我面子，现在却发现不是那么回事了。

大胃很敏感，立刻听出我的情绪不对，问我："你怎么了？"

"没事，被一帮小屁孩气的。"

"哦，实在不行就算了。"

我有点累，也就没再说什么，挂断了电话。

我从邹媛媛那里打听到，虽然秦悦现在的公司也提供宿舍，但是他在学校的手续好像还没办完，所以目前还住在学校宿舍。

于是第二天，我吃过晚饭就去他宿舍楼下堵他。

我对自己说这是最后一次，能不能要回大胃那些账号也就这一回了。

我从七点半一直等到九点半，学生们都已经回了宿舍。天桥下，除了几个卖夜宵的小贩，过路的人并不多了。

又等了一会儿，正当我打算放弃的时候，我从后视镜中瞥到一对身影，是秦悦和昨天那女孩子。

在后视镜中，他们并排走着，路灯昏黄，拉长了一双年轻的身影。此情此景，和近期热映的电影中的某几个镜头有些相仿，意境可想而知。

我知道我不应该出现在这里破坏气氛，但是大胃是无辜的。

我推门下车，那女孩子先看到了我，前一刻她的脸上还是娇羞的笑容，下一秒就变成了不屑的白眼。

我站在他们对面重申我的诉求："秦悦，我要跟你谈谈。"

秦悦站住脚，看到我也没作声。

那女孩看看我们俩，虽然不情愿，但还是说："那……我先走了。"

就在她要离开时，秦悦突然拉住她："今天太晚了，你等我一下，我送你回去。"

哈？小伙子进步神速啊！可是我怎么不觉得高兴呢？一定是因为这丫头对我不太友善。

我又问了一遍："你是不是盗了大胃的QQ号？"

秦悦不屑地笑了一声："邹静安，你是不是觉得盗号是个很技术的活儿，所以想到了我？那我谢谢你这么抬举我。但是真不是我，我是挺讨厌那家伙的，但讨厌一个人就得做点什么吗？好吧，就算是，我也不会用这么低俗的方式对付他。"

我没有说话。

他问："你满意了？"

然后他也不等我再说什么，施施然转身上了楼。

秦悦走后，那女孩子冷眼看我："我说大姐，你这种碰瓷儿的方式真的追不到男人，只会让他更讨厌你。"

什么？

我想说你知道什么！但我突然想到另外一件事，于是我对那小丫头说："他不送你，要不我送送你？"

18.

回到家已经十点多了，我正打算洗个澡上床睡觉，手机却响了，是大胃的电话。

我有点头疼，摸出一支烟点上，看着手机屏幕上跳跃的号码犹豫着要不要接。

好一会儿，手机铃声还在孜孜不倦地响着，我最后还是接通了，没等对方说话，我就先开口："抱歉，无功而返。"

电话里，大胃沉默了片刻，我以为他是接受不了这种悲剧结局，正想安慰他几句，却听他怯怯地说："那个……对不起啊静安，可能是我们搞错了，盗我号的应该不是秦悦。"

这时候我才意识到他今天竟然用手机打给我，而不是座机。

"账号你都找回来了？"

"嗯。"

"怎么回事？"

"今天我又试图开机，发现跟上次相比屏幕上多了一行字，大概是说要想解锁就联系一个QQ号。然后我就用电脑登录我原来的QQ，竟然可以登录了，微信和微博也都可以登录了，但是手机和平板还是被锁定的状态，然后我就联系了那个QQ，对方说我给他500块可以解锁手机，给他600块可以解锁平板。"

我被搞晕了："等等，你的意思是秦悦讹你钱？还有零有整，要了1100块？"

"不是，盗号的应该不是秦悦，就是一个寻常的贼……"

我还是想不明白："那他直接锁定你的手机和平板好了，为什么要大费周章盗了你那么多号又还给你？"

"那个……忘了跟你说，我所有账号都是用QQ邮箱注册的，所以他其实只是盗了我一个QQ号，估计Apple ID是他的意外收获。后来他锁定了我的设备想来要钱时，才发现不知道怎么联系我，于是他又把密码改回我原来的了。"

"你确定不是秦悦吗？对方什么来头？"此刻我竟然有点希望这就是秦悦的恶作剧，但现实并非如此。

大胃说："好像是个小孩，听他那口气还觉得1100块是个天大的数。"

我叹气，想到我这两天对秦悦穷追猛打，顿时觉得头更疼了。

"好吧，我需要冷静一下。"

大胃在那边不断地道歉，但这却没有让我心里好过一丁点儿。

我这次真是被这家伙害惨了！

大胃可以向我道歉，但我不能因此再去找秦悦道歉，索性我们就这样断了联系，直到一个月后我在医院遇到了李玉珍，秦悦的母亲。

我从诊室出来，看到她正在隔壁诊室门前排队。似乎是意识到有人在看她，她一回头便对上了我的目光。

我过去打招呼："您来复查？"

"是啊。"她连忙点头，"您今天也出门诊？"

"嗯，我每周二、周四都出门诊。"我抬头看了一眼诊室门上主任的名字，又看了看等候区的病人问，"要不我跟主任打个招呼？"

我话没说完，她连忙拉住我："没事，我又不赶时间，您千万别麻烦，之前已经麻烦您够多了，我这临出门前秦悦还嘱咐我别给您添麻烦呢。"

"我也没做什么。"提到秦悦我就忍不住问，"他最近怎么样？"

"他好像挺忙的，下半年就正式入职了。"

身后小林医生在催我回去看个病人,我应了一声回头跟秦悦妈妈说:"那您有事随时联系我。"

"好的。"

然而我刚走出几步,她又叫住了我。

我回头等她开口,她似乎有点犹豫,不过末了还是说:"也没什么事,就是有个事儿,也算是好事儿吧,想跟您说一声,毕竟您没少替秦悦那孩子操心。"

是关于秦悦的?我笑了笑问:"什么好事?"

"他有女朋友了。"

我长长地"哦"了一声:"的确是好事,您马上可以晋升为婆婆了。"

她笑着点了点头:"也不见得那么快。"

秦悦的母亲没受过太多的教育,但为人处世一直很得体,她没必要专门向她的主治医生汇报她儿子有女朋友的事,除非她认为我也关心这件事。

我不知道秦悦对他妈妈说了什么,但是他妈妈对有些事的态度已经再明确不过了。

周末的时候邹嫒嫒来我家,她从一进门就抱怨我家如何脏、乱、差,跟她之前来时的风格如何不同。

抱怨了一大堆,见我没什么反应,她突然问:"小姑,你是不是失恋了?"

我有点意外:"你怎么这么说?"

"这不是很明显吗?你的精神不济、暴瘦,家里还乱七八糟的。"

我瘫在沙发上看她:"我精神不济是工作太累,暴瘦是我最近食欲不佳,家里乱七八糟是因为我没请到合适的钟点工。这些跟恋不恋爱有什么关系?自作聪明!"

邹嫒嫒无所谓地耸耸肩:"不愿意说算了。对了,我来是有事跟你说,我和我爸妈周末要去泡温泉,在那儿住一晚,你要不要一起去?"

"我不去了。对了,你怎么不问问你奶奶?"

"我当然问了,她说怕传染上皮肤病。"

我笑了,这绝对是我妈会顾虑的问题。

"就这事?"

"不啊,还有一件更重要的事。我有个朋友在电视台做助理导演……"

我打断她:"你什么时候有这种朋友?"

"这不是重点好吗!重点是他们台有个《我是唱作人》的选秀节目,你知道吧?"

"我听说过。"

"我那朋友就是负责这个节目的,你猜怎么着?海选的时候他看见渣男的小情人了。"

我沉默了一会儿,说道:"你继续,她怎么了?"

"她海选入围了。"

我不屑:"我还以为是什么大事。"

"这怎么能不是大事呢?入围就会上电视啊,上电视就有可能火啊!她那种人如果火了,那还有天理吗?"

我想了想问:"这跟我有什么关系?"

邹媛媛摇摇头看我,眼里充满了无奈:"小姑,我对你太失望了。"

"这就失望了?那真抱歉,只能让你继续失望了。"

等邹媛媛失望地离开后,我躺在床上琢磨着她刚才说的事,这才发现,此时此刻的我真的对渣男和小情人的那些事提不起一点兴趣,或者说,我对很多事情都提不起兴趣了。我想到邹媛媛问我是不是失恋了,心里竟然没来由地有点害怕。

周六的晚上我被电话铃声吵醒,一看时间,是半夜两点多钟,来电显示是我妈的号码。

我迷迷糊糊地接通了电话,就听我妈在电话中呻吟,我立刻清醒了过来。

"您怎么了?"

"我就觉得胸口疼得厉害,闷得喘不过气来……"

我还从来没见过我妈像现在这样说话,有气无力的,于是我二话不说,起来穿衣服出门:"是胸口一阵一阵地疼吗?出汗吗?"

"嗯……"

"那您千万别动,在床上躺好!对了,您叫救护车了吗?"

"还没有。"

"我知道了,我马上就来,您千万别动啊!"

我边往停车场走,边打电话叫了救护车,想到一会儿我一个人未必应付得来,又打电话给我哥。电话响了许久都没人接,我这才想起他们一家去京郊泡温泉了,隔了这么远,就算他接到电话也赶不回来。

一刻钟后,我和救护车差不多前后脚赶到。我妈的症状已经缓解,但是听了我的话,她躺在床上一动也不敢动。

随车女医生初步诊断我妈是心绞痛,但是最终要看心电图的结果。

我说:"那赶紧送医院吧。"

那年轻的女医生迟疑了一下:"您家里没男人吗?"

我一时没反应过来:"要男人干什么?"

"这是五楼,又没有电梯,一般人抬不动吧?"

"不是有担架工吗?"

那女医生露出为难的表情:"这大半夜的本来就不好找担架工,偏巧五环那边有个多车追尾的事故,挺严重的,之前在的担架工都派出去了,所以……"

以前我只是听说过这种事,没想到有一天也会发生在自己身上。我几乎就要发作了,但是我知道这不是发脾气的时候,谁知道我妈到底严不严重,耽误不耽误得起。

我看了一眼跟在那女医生身边的小护士问:"就你们俩来的吗?"

两人点了点头。

我压着火气直接出了家门,去敲对面邻居的门。大半夜的,声音是足够大了,可是我敲了半天门,也不知道是家里没人还是邻居假装没听到，总之没人开门。

我又楼上楼下地敲了几家的门，只有一个女孩子在门里回应了我。我把情况说了一下，可惜，她们合租的都是女生。

这栋楼是我妈单位的福利房，年代比较久远，好多当初的同事后来都搬进了新房，但是这房子没办法上市交易，所以住在这儿的大多都是租户。我妈以前成天抱怨住在这儿不靠谱，我还不以为然，现在我也算真切地感受了一回。

那女医生见我无功而返，就提醒我："要不您打电话给您的朋友试一试？"

这大半夜的我去找谁？我忍不住把火气往她身上撒。

我说："我妈也不是很胖，你们俩抬一边，我抬另一边，怎么就不行？"

"那哪行啊？先不说我们不负责这个事情，就算我们好心给您搭把手，万一中途撑不住了，再把病人闪一下，那更危险。"

我深吸一口气，打开手机通话记录，最上面的是大胃，我刚才怎么就没想到他！于是我立刻打给他，但是这家伙竟然关机了！

我犹豫了几秒，还是打给了秦悦。

在按下通话键到提示音响起之间那短短的零点几秒的时间里，我的手心却出了一层细细的汗，脑中满是"如果他关机或者他不接电话我该怎么办"这类问题。

"嘟嘟……"

我的心放下了一半。余光中我瞥见我妈，她似乎又有些不太舒服了。

"嘟嘟……"还是没有人接，正当我打算放弃的时候，电话突然接通了。

我感觉再有一秒，我的眼泪就要掉下来了。

"怎么了？"深夜里，他的声音竟然无比清醒。

我问："你睡了吗？"

他没有回答我的问题："什么事？需要我过去吗？"

刚才被压制住的眼泪立刻盈满了我的眼眶。

"你能不能来一下我妈这里？"

他什么也没问："你放心，我尽量一刻钟内赶到。"

19.

不一会儿，秦悦就气喘吁吁地赶来了，我简单地说了情况，他立刻明白了是怎么回事。但也就是这时，我才意识到似乎还少一个抬担架的人。

我突然就慌了，这大半夜的再上哪儿去找人帮忙？

秦悦安抚性地拍了拍我的肩膀，问那女医生："司机在楼下吗？"

我怎么没想到司机，我立刻追问："司机是男的吧？"

那女医生说："是倒是，但不知道他肯不肯，毕竟出事情的话他也要负责的。"

后来，不知道秦悦是怎么跟司机沟通的，大约几分钟后，他们上来把我妈抬下了楼，抬上了救护车。

上车后，我对他说："麻烦你一晚上了，医院那边的事情我来处理吧。"

秦悦没有坚持跟我一起去医院，只是说："我的手机会一直开着。"

我点了点头，没什么比这句话更实际的了。

车子发动，从车窗中，我看着他一直站在那里目送着我们离开。

跟我之前猜测的差不多，我妈是心绞痛发作，没什么大碍，但需要留院治疗一段时间。我给我哥和邹媛媛都发了信息，叫他们回来后先来医院，然而第二天最早来看我妈的却是秦悦。

我妈折腾了一晚上，又受了点惊吓，到了早上才睡着。所以秦悦来的时候，正赶上她在睡觉。

他把带来的水果和营养品放在病房的桌子上，出门看见我正坐在走廊的长椅上抽烟，于是他走了过来。

"少抽点烟。"

我"嗯"了一声，却兀自将烟蒂递到嘴边。

他没再劝我。

"吓坏了吧？"

我抬头看他："谢谢你。"

这时走廊尽头有脚步声传来，还没等我反应过来，他突然探身将我拢在身下。我不明所以，只是想着配合他就好，于是我便安静地坐着，等着那人离开。

脚步声渐渐走远，秦悦直起身来。

我问："为什么那样做？"

他环顾四周，最后将目光锁定在墙上的禁烟标识上："这里可以抽烟吗？亏你还是本院医生。"

我愣了一下，问了一个我一直很想问的问题："你为什么总是这么周到？"

他低头看我："那得看是对谁。"

我的心蓦然一动。

我半晌说不出话来，我看到又有人朝我们走来，是心内科的一个实习医生。这小姑娘跟我们科室的另一个姑娘是一个寝室的，经常见她往我们科跑。我立刻掐熄手上的半截烟，抬头正见她盯着秦悦，然后朝我诡异地一笑。

我礼节性地点了点头，等她离开后，我问秦悦："你今天不用上班吗？"

他看了看时间："我得走了。"

"快去吧，今天谢谢你。"

"别说谢了，我还是更习惯你以前那样。对了，今天有人来替你陪床吗？"

"我哥他们正在赶回来的路上。"

"那好，我先走了。"

我点点头，坐着没动："我有点累，不送你了。"

他抬起手，在我肩膀上按了按，没再说什么，转身离开。

我看着他离开的背影才发现,这些天不见,他似乎又长高了。然而就在这时他突然回头,又朝我走来,我呆呆地看着他,看着他走到我面前,他似乎犹豫了一下,然后说:"静安,我不愿意。"

我不明所以:"什么?"

"我不愿意放弃你,我努力过了,但是真的不行。"

我怔怔地看着他,似乎能看进他的眼底去。他的表情依旧桀骜,可是他的眼神中却有点不搭调的落寞。我说不上自己心里究竟是种什么感受,只觉得心口有抽丝般的隐痛。

我说:"你既然有女朋友了,就好好对人家吧。昨天我是逼不得已,以后我不会再这么麻烦你了。"

没想到秦悦微微一愣:"什么女朋友?"

我把在医院遇到他母亲的事情告诉了他,他想了想说:"我没女朋友,我妈那里我来搞定,我只想听听你的想法。"

"我的想法?"我移开与他对视的目光,"我已经说过很多次了。"

他安静了下来,气氛变得有点紧张。

过了一会儿,他说:"好吧,那我想知道,在过去我们相处的这段日子里,你觉得开心吗?"

我想到渣男带给我的伤害和尴尬,如果没有秦悦,我或许还生活在那段感情的阴霾之中。

我坦然点头。

他又问:"那你爱那个大胃吗?或者你爱其他任何男人吗?"

这点再明显不过了,我摇头。

"你有在意过我的某一点吗?"这话他说得有些艰难,"你在意我的家境,或者其他?"

我实在不忍心他把自己变得这么卑微,于是说:"你很好,什么都很好。"

他似乎笑了一下:"那你相信我有能力让我爱的人过得幸福吗?"

"我当然相信。"

他顿了顿,最后说:"那你相信此刻我对你的感情吗?"

他说的是"此刻",因为他知道我介意的是未来。

我沉默了,过了许久,我点头。

他无奈:"所以说,你现在介意的是你大我的那几岁?"

我摇头:"我不是比你大一两岁,是大七岁。你还只会和尿泥的时候,我已经背上书包上学了;你开始读书写字的时候,我已经在我的青春期叛逆好几年了;你对男女的认识还仅限于一个站着撒尿,一个蹲着撒尿的时候,我甚至已经不是处女了……或许你会说,过去不能代表什么,那未来呢?未来,你风华正茂,我却人老珠黄,你正值壮年,而我却开始了烦躁的更年期。女人本来就比男人老得快,我们会越来越像两代人,你明白吗?"

我从来都没想过我会对他说这样一番话。然而就在我以为他会就此放弃时,他却不以为然地说:"那你告诉我,那些分手的情侣分开的原因难道都是年龄差吗?就算他们在世人眼中无比般配,他们也会因为这样那样的原因分道扬镳,难道不断攀升的离婚率就是因为女的比男的大吗?如果不是,你凭什么这么武断地下结论?"

是啊,上学的时候,我和渣男原本是别人眼中那么登对的一对,谁能想到我们最后是以那样的结局告终。

面对秦悦的反驳,我无言以对。

再回到办公室时,新来的几个实习医生正好也在,她们看到我就眉开眼笑:"邹医生,今天跟你在住院处说话的那个人是谁啊?据说特别帅,是你男朋友吗?"

我愣了一下,说:"你们不要拿大龄单身女青年开玩笑了。"

那帮女孩子却以为我在遮掩:"别不好意思了,我听内科的小余说了,那帅哥临走前还一步三回头地舍不得走呢,你俩那甜蜜劲儿可都被外人先看到了。说吧,你什么时候把他带来给我们自己人认识一下?"

"你们别瞎说,没影的事儿。"

这时候小林医生从外面进来,看到大家嘻嘻哈哈地说话便问:"有什么好事?"

我记得她是认识秦悦的,而且她对秦悦的印象很不错,于是我立刻打断这场无聊的八卦,对几个丫头说:"散了散了。"

但还是防不住有个嘴快的说:"内科小余看到邹医生的男朋友了,说是特别帅。"

小林看向我,我说:"别听她们瞎说。"

那小姑娘笑:"大概邹医生是担心我们惦记她家帅哥,所以不肯带我们认识。"

小林听了哈哈大笑:"那你们就识趣点,能被邹医生看上的肯定不是一般的帅哥。"

这原本就是个意外,我想着应付过去也就太平了,没想到第二天下班时秦悦又来了,偏巧又被来找室友的小余撞见了。

她无比激动地冲进我们办公室:"邹医生的男朋友又来了。"

我闻言立刻朝门外看去,果然见秦悦正坐在长椅上低头看手机。

我第一反应是找小林,听说她跟秦医生去查房了,我这才松了口气,立刻收拾东西出门。

秦悦见到我,朝我走过来,我猜那群丫头一定在后面偷偷围观,于是我连忙拉着他往出走:"别回头,赶紧走。"

秦悦任由我拉着他,问我:"你犯什么事儿了?"

我没好气地说:"还不是你太扎眼了。"

他难得露出点笑意。

我瞪他一眼:"你臭美什么?"

"你能看到我的优点,这难道不是好事?"

我叹了口气:"你以后能不能不要来医院找我?"

"好,那我们以后在哪儿见面?"

我正有点犯愁,但很快反应过来:"我们没必要总见面吧?"

"那不行。"

"不行也得行,你别逼我翻脸。"

他说:"真不行,我想你。"

我这么大个人了,上一次听人这样赤裸裸地表白还是七八年前。

此时秦悦说这话,我差点无力招架。

我假装摸出手机来打电话:"我还要去看我妈,你回去吧。"

突然一只手搭在我的左胸口上,还不等我有所反应,就听他很平静地说:"'口是心非',就是指你这样的人吧?"

20.

我愣怔了一瞬,然后微微侧身躲开了秦悦的手:"成语不能乱用,回头我把这词儿的意思发给你,你好好学习一下。"

他勾了勾嘴角,像是在笑。

或许是我的话真的起了作用,我妈住院这一个多星期再没见秦悦来。但我妈可没忘了他,一出院,就让我张罗请他吃饭的事情。

我说:"不用了吧,也不是什么大事。"

"的确不是什么大事,反正有人没把你妈这条命当回事。"

我妈的话满是情绪,我知道她在针对大胃,因为大胃从我妈住院起就没有出现过,但这不怪他,是我故意没告诉他。或许自从我对秦悦坦白,我不爱大胃时,我就觉得这戏再也演不下去了。

我妈像是意识到了什么,迟疑地问我:"你们不会是分手了吧?"

我索性说:"是啊,不合适就分了。"

"真不合适?"

"嗯,真不合适。"

自从渣男的事情之后,我妈在面对我的感情状况时越来越能处变不惊了。她沉默了一会儿,既没有怪我,也没有安慰我,只是说:"回头我问问你陈姨,还有没有其他资源。"

我知道这次我妈没有顺利把我嫁出去多少有点遗憾,但是如果我说我就不想嫁人,那她肯定不是现在这淡定的模样。

所以她说要问陈姨就问吧,到时候再兵来将挡,水来土掩。

我妈见我半天不说话,又说:"秦悦那边你别管了,回头我自己联系他。"

秦悦这事儿彻底成了我的心病，这些日子我虽然没再见过他，但总会想起他说的那些话。一开始我还只是想着怎么拒绝他，后来我发现我竟然会去推敲他那话里有多少真心。

或许，我所有的改变都是从患得患失开始的。

周末的时候，我照例回家吃饭。是邹媛媛开的门，门一打开她先不放我进去，而是把我堵在门口朝我挤眉弄眼。

今天艳阳高照，我一路开车过来，被阳光晃得睁不开眼，此时见她这样，只觉更加眼晕："你吃什么药了？"

邹媛媛立刻浮夸地表达了自己的不满："小姑你讨厌啦！"

这娇滴滴的语气害得我尴尬症都快犯了："这位门神，你到底让不让我进门？"

邹媛媛嘟着嘴让开，我这才看到她身后沙发上坐着的人。

秦悦长手长脚，坐在我妈的老式单人沙发里显得有些局促，见我进门，他一点都不觉得意外，而是朝我露出一个"又见面了"的笑容。

我妈听到动静从厨房里出来："你怎么这么晚？"

"堵车。"我瞥了秦悦一眼，进门换鞋。

说不上为什么，我心里有点害怕，总觉得今天会发生点什么。

我嫂子开始炒菜，我妈在厨房里帮忙，其余的人在客厅里聊天。我哥对秦悦的专业很感兴趣，问东问西的，邹媛媛在一旁见缝插针没话找话。

我记得她之前好像已经放弃秦悦了，今天看来，难道她是旧情复燃了？我拉过她小声问："你还喜欢他？"

"是啊。"

"我怎么记得你好像'移情别恋'了。"

邹媛媛眨眨无辜的大眼睛："就算我喜欢别人，也不妨碍我继续喜欢他啊。"

我皱眉："怎么你们年轻人的爱情观都这么奔放吗？"

邹媛媛有点不屑："举个例子吧，这就像我虽然很喜欢杨洋，但是也不妨碍我喜欢小井啊。"

我头更晕了:"你刚才说这俩人也是你们学校的吗?"

邹媛媛一副生无可恋的样子:"跟你说不清楚!"

跟邹媛媛说着话,我无意间一抬头,正对上秦悦似笑非笑的目光。

我像触电一样连忙看向别处,但余光中,总觉得他还在看我,我索性起身朝着阳台走去。

邹媛媛在身后问我:"你干什么去?"

我扬了扬手里的烟盒:"我抽根烟。"

我在阳台上站了一会儿,手上的烟还没点着,就听到身后阳台门响动的声音。我回头一看,是秦悦。

我故作淡定地回过头点烟,奈何打火机怎么也打不着。

秦悦走过来,拿过我手上的打火机,轻轻一按,火苗蹿出。我看了他一眼,低头把细长的烟卷凑向跃动的火苗。

阳台上空间狭窄,两个人站在这里显得格外地拥挤,我问他:"你过来干什么?"

"我来叫你吃饭。"

"哦,你先回去吧,我一会儿就来。"

他没有立刻离开,沉默了片刻说:"是我的错觉吗?"

"什么?"

"你好像在躲我?"

我有点心虚,面上却努力强撑:"怎么可能?这可是我家。"

"那就好。"他点点头回了客厅。

一根烟燃了一半,我听到我妈又在叫我吃饭,我狠狠地吸了一口,把剩下的半截烟掐灭在窗台的烟灰缸中。

一进客厅,我傻眼了,众人都已落座,只有秦悦身边的位置还空着。

我妈看我:"发什么呆,坐啊!"

我看了旁边的秦悦一眼,他头也不回,仿佛这跟他没什么关系。

我硬着头皮坐到他身边,众人开始有说有笑,边吃边聊。我妈的话题无非就是"秦悦怎么这么优秀,可惜自己没有这样的儿子、女婿、孙女婿"等。

我没什么胃口,也插不上他们的话题,吃了几口菜,索性就在一旁拿手机刷刷新闻。

突然,我感到一只冰凉的手覆上了我放在桌下的那只手。

我心里一惊,连忙想抽出手来,但秦悦握得太紧,我一下子没抽出来。

我愤怒地看向他,他却浑然不觉,继续和我妈他们谈笑风生。

我对秦悦的不满终于引来了我妈的注意,我妈皱眉看我:"静安,不是我说你,你这坏脾气得改改了。"

"我脾气坏?"

我的冤屈都写在脸上。

我妈继续说:"你和王威分手那事绝对是一个巴掌拍不响,你好好检讨一下。"

我说:"您说这事儿干什么?"

我妈似乎才意识到今天不是普通的家宴,桌上还多了个人,但她从不觉得自己有什么错,继续说:"秦悦也不是外人,有什么不好说的?"

我只觉得无比尴尬,却听秦悦说:"阿姨,这事儿不能怪邹医生,只能说那不是邹医生真正的缘分。"

我妈叹了口气,我嫂子见状连忙转移了话题。

气氛又热络了起来,没有人再注意到我。我看着满桌的菜没什么人动,突然有点饿了,所以我埋头吃起了饭。

秦悦握着我的那只手不知什么时候松开了,我心里悄悄松了口气。而就在这时,我的碗里突然多了一只虾,夹着虾的那双筷子上方是一只修长白皙的手。我立刻有点惊慌,这要被我家里人看到,还不知道他们有何感想。我连忙抬头看,正见秦悦朝我侧了侧身,用只有我们俩才能听到的声音说:"干得好。"

他应该说的是我和大胃分手的事情。

还好大家都在聊天,没有注意到他的这些小动作,我暗自松了口气。

吃完饭后，秦悦公司有事，就跟我哥他们一家一起离开了。

我看我妈在厨房洗碗，犹豫了一下走了进去。

我妈见我进来，问："你要找什么？"

"帮您洗碗啊。"

她笑了一声："你哪洗过碗啊，是不是有话要对我说？"

我想了一下说："您说的是真的吗？关于对我老公的要求，真的只要他对我好就行吗？"

"是啊，这点最重要。"

"那假如说我们年龄不合适呢？"

我妈放下手上的活儿回头看我："你是不是因为喜欢别人了，才跟王威分手的？"

"您能不能别打岔？"

我妈想了一下说："那也得看这年龄差多少。"

"差六七岁吧。"

"那就是三十二三喽，那不算什么，而且男人大点也稳重成熟。"

我硬着头皮说："是小六七岁。"

我妈不由得一愣："你说什么？媛媛无非也就那么大！可你俩差着辈儿呢！"

眼见着我妈不淡定了，我只好说："您急什么呀？我就随便问问。"

从我妈家出来，我没有立刻回家，而是去附近的商场散了散心。再回到家时天色已晚。公寓楼下的路灯很昏暗，以至于我走近才看到单元门前站着一个男人，我吓了一跳。

那个男人说："是我。"

原来是秦悦，我松了口气。

"你等多久了？"

"没等多久。"

"你怎么不给我打电话？"

"反正我也没等多久。"

上了楼我把他让进门，才发现他耳朵都红了，看样子是等了很久了。

我倒了杯热水给他："一会儿你就回去吧，咱俩的事儿还是算了，如果能让你好过点，我们以后再也不见也可以。这事儿我有经验，真的见不着了，也就不想了。"

"那你呢？"他看看我，"我想知道这样你会不会舒服一些？这结果是你想要的吗？"

我想到我妈说的那些话，虽然我妈是无意的，但是她说的话却压得我透不过气来。

我看着窗外的灯火阑珊，半晌才说："生活不只是这些，我们都还有很多事情要做。"

良久，我没有听到他的回应，而是从光可鉴人的玻璃窗上，看到他走向我。他将我从身后环住，下巴搭在我的肩膀上，微微摩挲着我鬓边的发。

他说："我只要你一句真心话，其他的事情由我来做吧。"

21.

邹媛媛说的那个《我是唱作人》的节目，播了三期就火得全国人民皆知了，跟着一起火起来的当然还有参赛选手，小情人就是其中呼声比较高的一个。

肯定有很多八卦的看客想问我此时的想法，那么我的想法就是：没有想法。连我们中间那个桥梁——渣男都已经销声匿迹了，她过得怎样又与我何干？

邹媛媛倒是一直替我打抱不平，还时不时地发些"天道轮回怎么没把这小贱人给劈死"之类的感慨。

我不信天道轮回，不信就不会有期待，没有期待就不会把情绪寄托在一个曾经伤害过我的人身上。所以对待小情人的态度，我其实是释然的。

但是她可能得罪的人不止我一个，正当所有人都认为她前途一片光明时,她做小三的事情不胫而走,不知她的哪个"亲友"在网络上曝光了她和渣男对我做过的事情。一时间她之前塑造的玉女形象完全崩塌,随处可见对她"粉转黑""路转黑"的人,所有有她名字出现的地方完全被谩骂声和诅咒声攻陷。

邹媛媛乐坏了,每天不定时向我汇报小情人有多惨。我虽然不恨她,但也没有时间同情她,因为我自己的事情还一点头绪都没有。

秦悦每天都会给我打电话,有时间就会来我家替我做顿饭,而我发现自己竟然无可救药地依赖上了他。

我说:"我们不该在一起。"

他说:"没有该不该,只有爱不爱。"

这话就像平淡生活中的一剂春药,成功地让我这颗未老先衰的心动了动。

可是,我妈那里我怎么交代?

周末时,正好我哥一家子都不在,就我和我妈俩人,我可以找机会再试探她一下,没想到倒是我妈先发制人:"秦悦怎么没来?"

我心里一惊,但还是故作淡定地问:"您怎么突然想起他了?"

我妈眼中隐有笑意,是那种了然于胸掌控一切又得意的笑:"他不是挺有种的吗?跑来找我说要给你幸福。"

我怔了半响,消化着这句话。

我妈像是早料到了我的反应,说:"你上次问我年龄差的事就是说的你和他吧?"

既然话都说开了,那我也没什么好藏着掖着的。

我放下筷子说:"其实我还没想好。"

"我可不这么觉得。"

我不由得诧异:"您为什么不这么觉得?"

"如果只说你们俩现在的感情,你还是没想好吗?以你的性格,没想好你会跑来跟我说?"

我妈的话让我吃了一惊,我不知道在我内心深处竟然已经有了答案。

"那孩子跟我说了很多，也让我开始怀疑自己是不是太迂腐固执了，或许和他在一起你真的能幸福呢。"我妈叹了口气说，"算了，你的事我不管了。"

我抬眼看着我妈："这么说……"

"你的人生自己把握吧。"

从我妈家出来后，我打电话给秦悦："你对老太太都说了什么？"

秦悦很快就从我的态度和言语中意识到了什么，笑了笑说："你猜。"

"我猜不到，在她老人家的印象里，咱俩可一直都是两辈人。"

秦悦说："那阿姨一直担心什么，你知道吗？"

"担心我的未来，担心未来我不幸福。"

"所以我就给她讲了个道理。我说人终有一死，可谁又不是努力活在当下呢？"

"就这样？"

"就这样。"

"你在哪儿？"

"我在公司加班。"

"我们见一面吧？"

午后的阳光明媚，可是风是冷的。北京真算不上四季分明的城市，夏天过去没多久，就离冬天不远了。

我刚把车子开上路，手机就突然响了，这次是邹媛媛。

我接通电话，心情愉悦："我正在开车，给你两分钟。"

邹媛媛没理我这茬，声音中满是惊慌失措："小姑，你看微博了吗？那渣男的小情人在微博直播跳湖自杀呢！"

"什么？"我愣了一下，然后猛地打了方向盘把车子停在了路边。

我挂断电话打开微博，这才发现自己的微博里有两千多条提醒，点进去一看，都是来自小情人的微博评论区。

她一共发了四条视频：第一条是她拍摄的周围环境，第二条和第三条都是她的自述和忏悔,第四条她说想见我。

看完第四条视频,我有点蒙。

我对着手机发了一会儿呆,回头去翻那些提醒我看视频的评论,发现大家基本就两种态度:大部分人认为她有罪,就应该去死;当然也有一小部分人认为她虽然有错,但好歹也是一条年轻的生命,我应该去见见她,让她向我道个歉,给她一个改过的机会。

我坐在车里纠结了一会儿,而微博提醒的信息越来越多。最后,让她去死的呼声基本完全掩盖住了同情她的声音。

我不由得有点慌了。

我立刻重新启动车子,上路前打给了秦悦。

他很快就接通了电话,问我是不是到了。

我说:"我去不了了。"

"医院有事?"

"不是。"我想了一下还是坦白说,"有个人要见我,我去一下晚点回来找你。"

他没有回应我,或许是因为我的爽约而不高兴,也或许是在想其他什么事。我没时间多想,只能说:"到时候我有话跟你说。"

我说完就挂断了电话。

刚才的评论里有人说了小情人自杀的地点,在龙潭湖公园。我估算了一下,开车过去要将近一个小时。我难得做一回好事,希望她不要在我到之前就跳下去。

我赶到的时候,小情人正站在湖面上方一处凸出来的峭壁上迎风发抖。下面的湖周围已经围了不少人,救援人员也已经准备就绪,还有人拿着扩音器在对她隔空喊话,劝她不要轻举妄动。

我站在湖的另一边望着湖对面不禁唏嘘,那峭壁顶端距离湖面足有30米,人跳下来就算不死也好不到哪儿去!而且那地方这么陡峭,她是怎么爬上去的?

我在她的视频下留言:"我怎么上去?"

立刻有眼尖的群众发现了我,并给我指了一条明路——从山后面的一条小路绕上去。

我正要回复那人,我手机的电量就报警了,于是我只回了小情人一条"我现在上来,你别跳",就关掉了手机。

半小时之后,我终于爬上了那个小山头。我气喘吁吁地开口想叫她一声,这才意识到我并不知道她叫什么名字,就记得她的名字中似乎有个"婷"字。

我硬着头皮叫了句"婷婷"。

她回过头来看到我,眼睛一亮。

我说:"你不是要道歉吗?快点吧,我一会儿还有很重要的事。"

她看了我片刻,然后动了动嘴。

一定是风太大了,我一个字都没有听到。

我走近了一点:"好吧,我原谅你了。"

我的声音够大了,她应该是听到了,但是她并没有表现出丝毫的喜悦,而是朝着空气中某个虚无的点惨然一笑。

我在心里感慨,挺漂亮的姑娘给毁了。

我说:"好了,歉也道完了,我也原谅你了,那咱们走吧。"

她接下来说的话却让我目瞪口呆。

小情人抬眼看着我,眼神中都是炽烈的火:"你原谅我了?我却没原谅你!邹静安!是你毁了我的人生!"

"你是不是被风吹傻了?"

"要不是你,他怎么会离开我?而我好不容易从失恋中走出来了,把所有的精力投入到唱歌中,可是你就是见不得人好,看我红了你眼气。现在好了,我每天都在遭受着网络暴力,你满意了?如果今天我死了,你就是刽子手!"

我百口莫辩:"不是我爆的料啊!再说了,这些事至于让你寻死吗?你想想你的家人!"

她摇了摇头,朝身后的峭壁望了一眼。我随着她的目光也看了一眼那峭壁,我恐高,这一眼就让我腿软了。

我不自觉地闭了闭眼,再一睁眼,正见她看着我,像是在笑。
"我不想活了。"她说。
我说:"别啊,现在贱人洗白的案例多了去了,你还是有机会的。"
她瞪着我,但是什么也没说。
我说:"有什么话咱们下去说吧。"
她勾了勾嘴角:"好啊。"
然后还不等我反应,我就感觉被人猛地一拽,耳边是急速的风声……
原来,她找我来并不是想要跟我道歉,是想要跟我同归于尽。

我以为水是柔和的,可是入水的一瞬间我感受到了水冰冷强硬的另一面。

她一定知道我不会游泳,不然她也不会选择这样的地方来结束我们两个人的生命。

我看到她抓着我的手渐渐松开了,我们两个人像两片落叶一样在冰冷的湖水中下沉。

我头顶上的光线越来越弱,胸口的压迫感却越来越强,让人心生绝望——这个世界对我敞开着的那扇门马上就要关上了。

奇怪的是,在这种时候,我的意识却比任何一刻都要清醒。短短几秒中,我的脑中闪过很多念头。

我想秦悦一定很失望,说好的"善有善报,恶有恶报",可是此生我没做过什么坏事,却要在这么好的年纪离开这个世界。而且,我还欠秦悦最后一个答复,也欠自己一个真相,他究竟是不是我要找的那个人?

我的意识开始模糊,而就在我失去全部意识的前一秒,我感到一只大手托起了我的脖子……

不知过了多久,有人轻轻拍打着我的脸,我迷迷糊糊地睁开眼睛,正对上落日余晖。

"你真可以,在这儿都能睡着!走吧走吧,热闹看完了。"

我眼前一阵晕眩,又是那种拾回记忆的感觉,我心里隐隐已经有了不好的预感。

我问:"看什么热闹?"

"跳湖那俩女的都没死,那男的也赶来了,还救了其中一个,没想到他那么帅啊,难怪那俩女的斗得你死我活的。"

我不可置信地站起身来朝着湖岸望去。围观的人渐渐散去,秦悦披着夕阳跪在地上拥着邹静安,像一座丰碑一样久久不动。

他们终究还是在一起了,那种劫后余生的喜悦我能清晰地感觉到,可是此时此刻的我却成了一个旁观者——就在刚才,我应该是又重生了……

"哎,时间过得真快,我想着出来逛一逛,结果就看了场热闹。几点了?"

说着,面前的女孩拉过我的手腕看了一眼:"呀,都快五点了,咱得赶紧回去了,我晚上有约!"

她说完,似乎是见我还傻站着不动,才注意到我的脸,不禁"扑哧"一笑。

"哟,你还哭了啊?至于嘛?你们言情作者就是感情太丰富了。"她好笑地瞥了我一眼,拿出个小镜子开始补妆。

我一回头,正看到那小镜子中"我"的脸,果然,我还在"路"上。

第二卷

朝阳似火燎我心原

01.

如果说别人的人生都是一个不断积累的过程，那么我的人生就是一个不断清零的过程。

我作为叶星辰活了35年，虽然爱情和事业有诸多不顺，但那毕竟是我自己的人生，可是我却因为一次失足，让所有的一切不得不从头开始。后来我成了邹静安，说实话邹静安最初的状况还不如叶星辰，爱情和事业都是一团糟，可当我好不容易适应了一切，日子步入正轨，又与秦悦两情相悦，生活却又一次将我所有的努力一键清零。

如今我重生成了莫小芙，笔名莫小浮，一个十八流网文作者，无财无貌亦无前途可言……

我站在提款机前，一遍又一遍地数着上面显示的数字，数来数去也还是四位。

我抠抠唆唆地取了300块钱收进钱包，盘算着近期可能要进账的稿费，勉强够付这几个月的房租和水电费。而再后面几个月的开支，就只能指望刚刚交上去的稿子了，但书要尽快上市，我才能拿到稿费。

我现在的状况就是要小心计算着花每一分钱，虽然很累，但好在这一年多以来，我已经适应了。只是，这样的我再也不敢奢求爱情，更不敢奢求可以遇到秦悦那么好的男孩。

公交车上龙蛇混杂，气味难闻，我感到揣在衣服口袋里的手机振动了几下。

我勉强腾出一只手去掏手机,是编辑兼闺密小草发来的微信:"妞,你那稿子要不换别家试试吧。"

这是什么意思?合同签了,稿子交了又让我换别家试试,莫非是想解约?

公交车晃晃悠悠地靠了站,我也不管是停在了哪里,急忙顺着人流下了车,迫不及待地拨了电话给小草。

"草,你那话什么意思?"

她第一次没因为我这么叫她的名字而发怒,反而赔着几分小心:"公司要解约,我也没办法啊,之前付给你的订金就当是解约费了。"

果然是要解约,我怒从中来:"草,你说这话良心不会痛吗?我的稿子都交了,你跟我谈解约?就算有违约金,但是你摸着你那扁平的左胸问问你自己,这点违约金是不是还不够给我改稿的?"

其实这稿子我之前交过一版,但是小草为了节约成本,硬生生要我去掉一条支线,把36万字的内容用20万字写完。这是巨大的工作量啊!无异于让我重新写一本。要照着我以往的脾气,肯定是不同意的,但是如今作者这口饭不好吃,所以我也只好又熬了几个通宵改完。可我没想到她现在说要解约,这不是欺负人吗!

听我在电话这边咆哮,她似乎也自觉理亏,什么也没说。

我说到有气无力,她却只是默默叹了口气:"小芙啊,这次我真是无能为力了,我们来了个新老板,新官上任三把火,他上来就解约了一大批作者,我这跟你说完还得去找其他人说。"

跟她说话的工夫,我发现老天似乎也在怜悯我——天开始下雨了,而且黑压压的云层越积越厚,眼见着雨还有变大的趋势。远远一辆空的出租车朝我驶来,我想也没想就伸出手去。

"其他人都是谁?"我问。

电话那边又是一阵叹息,接着她说了几个名字,这些作者个个都是比我红的,不乏一些销量很好的大作者,我心想这是怎么了?

出租车停在了我面前,我边想边拉开后门坐了上去。

她那边也说:"我也不知道怎么了,言情的项目都解约了。我这马上又要加班开个会，讨论公司发展方向的问题，你还有什么疑问，不如明天来公司找我面谈吧。"

挂上电话后，我抬头正对上后视镜中司机询问的目光："你去哪儿？"

我突然醒悟，不管她们公司发生了什么事，但是可以肯定的是，我的稿费没有了。

我犹豫了一下，去关车门的手停在半空，最后我朝司机咧了咧嘴，"哎呀，我忘了最近总是晕车，没多远，我还是走回去吧。"

下车前我看到司机匪夷所思的神情，因为雨已经很大了，而我就在他的注视下闯入了大雨中。

没办法，我抹了把脸上的雨水，按了按口袋里的钱包，像是按到了那300块，我得省着点花了。

不出意外的是，第二天我没起来，淋了那么久的雨想不生病也难。而看病又是一劫，差不多花掉了我四分之一的积蓄。所以当我在病床上奄奄一息的时候，我脑子里想的只有一件事——等我病好后，一定要去小草他们公司讨个说法回来！

小草所在的文化公司叫"双木文化"，主营出版，隶属于财大气粗的双木集团。因为这些年纸媒市场萎缩得厉害，双木文化一直处于赔钱状态，但是仗着有雄厚的财团背景，谁也不把赔的这点钱当回事。只是前不久，小草还说集团似乎要有动作，我当时听了也没当回事，想不到这动作这么快就来了。

我拖着将好未好的身体站在公司大门前，抬头朝着双木大厦望了一眼，只觉得头晕。

其实我心里没抱多少希望，但是不争取一下，我也没办法对自己交代。

小草的办公室我来过一次，还是在半年以前，有一本书上市的时候我来签名，当时签了1000册，但是反响并不好。很显然，透明作者的签名并不值钱，所以后来再有书上市也就不用我来签名了。

我熟门熟路地找到了小草的办公室，她正在等我，但她的脸色明显不怎么好看。我一问才知道，青春部要解散了，而她是部门领导，部门解散，她只有两条路可走——要么离开公司，要么去别的部门看人脸色行事。

我要说的话突然就说不出口了。

她知道我的难处，掏出一张卡推到我面前，说："这卡里有5万块钱，你先应个急，回头有了再给我。但是选题的事，我……"

我低头看着那张卡，想说不用了，但是在现实面前，我伸出了手，心里却在想，不能再过这样的生活了。

我问小草："你以后打算怎么办？"

小草叹气："现在工作不好找，我先换到社科那边去看看吧。"

连小草这样的人都低头了，我是不是也该认命了？

我俩沉默了一会儿，我想起造成这次"灾难"的罪魁祸首，几乎是咬牙切齿地问："你们这位新老板是什么来头？"

小草无奈地指了指屋顶。

我朝屋顶上看了一眼，什么都没有啊。

她翻了个白眼："是上面空降来的。"

我若有所思地"哦"了一声："他很有背景？"

她冷笑："你知道双木集团姓什么吗？"

我心想双木，莫非老板姓林？

小草白了我一眼："姓陆！来的这位叫陆朝阳！"

我心里一惊："是宗亲啊？"

小草撇嘴点头："是嫡子嫡孙，董事长的独苗。"

我"啊"了一声，转念又觉得不对劲。

"既然是董事长的独苗，那双木集团那么多有大好前途的子公司他怎么不去，反而跑这儿来了？体验生活，还是被人排挤了？"

小草神秘地朝我勾了勾手指，我侧耳过去，就听她说："我听说这人以前声色犬马、不学无术，对家里的产业一点都不关心，董事长早就放弃他了。但之前他好像受了点情伤，在家里关了差不多一年，眼下好像是好了，突然就转了性，说想做点什么。其他子公司经营得好的董事长也不敢给他，就把这半死不活的出版公司丢给他试手了。"

我了然地点点头，心里已然描绘出一副无赖二世祖的模样。当然，我把所有的账也都算在了他的头上。

小草的电话又响了，听内容大概是要开会。我知道我的事儿她是真的帮不上忙，也就不再说什么，在她挂上电话，起身告辞。

她送我出办公室，出门时我们看到几个实习生躲在前面走廊后的柱子旁探头探脑，不知在看什么。

她不屑地"喊"了一声："这帮肤浅的小妖精。"

我好奇，后来路过柱子前的那间办公室时就忍不住往里面看了一眼。

那间办公室非常宽敞，几乎是小草那间的三四倍，室内装潢豪华，一看就是公司高层的办公室。

办公室里站着一个人，低着头微微弓着腰，姿势有点奇怪。

我往前走了几步，才发现原来那人对面的皮质转椅上还坐着个人。只是坐着的那个人面对窗外，背对着门，身影又被皮质转椅的靠背遮挡了大半，只露出一截穿着白色衬衫的手臂，而男人骨节分明的手中正握着一份文件。

我看了一眼，没觉得有什么特别的，应该就是上司在对下属训话。可就在路过这间办公室门口时，我却听到有人提到了我的名字。

"这个叫莫什么浮的作者写的是什么？谈个恋爱非得你虐我、我虐你，你算计我、我算计你吗？无聊透顶！能写出这种东西的作者，内心肯定也很阴暗！"

我的笔名叫莫小浮，知道我真名的人都知道我这笔名就是随意起的。但也因为随意，所以重名的概率很小，他口中的这个内心阴暗的作者不是我又会是谁？

我抬头看了一眼门牌——总经理办公室。

真是冤家路窄，原来就是他！

我深呼吸，很克制地敲了敲门，里面的人大约正骂我骂到兴头上，完全没听到敲门声，我便直接推门走了进去。

站在大班台旁边的那位下属抬头看到我，吓了一跳："你找谁？"

我朝着背对着我的皮质转椅扬了扬下巴，回了两个字："找他。"

这话一出，那转椅便转了过来，让我有点意外的是，这人与我脑子里勾勒出的无赖二世祖模样完全不同。他英俊倜傥，眼风锐利，年纪轻轻的，微微一皱眉，就有点不怒自威的气势。

直到这一刻，我才彻底明白过来，刚才那几个实习生原来不是在看老板训人，而是在看老板本人。

我闯进来时因为怒气撑起的胆量少了一半，但闯都闯了，就没有打退堂鼓的道理。

他看着我，俊眉微挑："你哪位？"

我说："我就是你说的那个'莫什么浮'。"

02.

办公室里火药味蔓延。他笑了笑，似乎是故意的，将手上的那沓打印纸随手丢在桌面上："你有事吗？"

"有，解约的事。"

他轻轻地"哦"了一声："违约金公司会按合同要求支付，其他的事你直接找你的编辑就行。"

"我说的不是这个。"

他皱眉，露出不悦的神情。

我笑道："我好像听到有人说我内心阴暗。通过一篇文章就揣度作者内心，这么武断自负的人，想必内心也敞亮不到哪儿去吧？而且这人的耐性肯定也不好，因为这人说的话跟我写的内容，完全是风马牛不相及，他肯定没有认真看完稿子。"

他身边那下属听我这么说立刻诚惶诚恐地看了他一眼。

他却冷冷一笑，半晌悠悠地说："我内心是阴暗还是敞亮，那得看对谁，另外我的时间很宝贵。"

他言下之意就是我不值得他对我敞亮,而我写的东西也不值得他浪费时间去看呗。我想到小草说他原本是个声色犬马、不学无术的人,不禁觉得好笑。

"既然如此,那就应该把发言权留给有时间看内容的人,这是对大家最起码的尊重。"

他明显不觉得这是什么大事,不耐烦地抬手看了一眼时间:"你要尊重?我已经给过你了。"

我还没反应过来这话的意思,就见他旁边的下属已经朝我走来:"莫小姐,不好意思啊,陆总还有个会。"

我这才反应过来,他是要赶我走啊!没见过这么嚣张的人,我的火气直冲天灵盖,想到小草说他刚被人甩了,还有那些他对我的书以及我本人的评价,我脑子一热就嚷嚷道:"听说你把所有言情选题都解约了,可双木是做言情起家的,你确定你是为了公司好,还是你根本就怕看到这些情情爱爱的东西?"

这话应该是戳中了某人的痛处,因为我见他神色明显一变,而他那下属像是怕我说出更大逆不道的话似的,推推搡搡地把我轰出了办公室。

理智早就被我丢到九霄云外了,我继续道:"这么公私不分、任性妄为,请问你心理年龄几岁呀?难怪你看不懂我写的是什么!"

眼见着那下属的手就要捂到我的嘴上了,我微微一偏头,将他闪了个趔趄。

我故作淡定地低头整了整衣服,不屑道:"什么大公司?从老板到下属各个都只会耍流氓。"

这一阵争执引来了外面人的好奇围观,也引来了本该坐在会议室等着开会的小草。

不知道她从哪里冲了出来,二话不说拉着我就往门外走。

"哎哎,你拉我干什么?"

到了公司大楼外,被冷风一吹,我的脑子才稍微降了点温。

再看小草一脸生无可恋,我这才有点害怕:"不会牵连到你吧?"

~ 127 ~

"我说大姐，你知不知道我们刚才开会在讨论什么？"

我纳闷："你们在讨论什么？"

"因为这次解约的作者实在太多了，公司也担心影响不好，最后商量半天就想留下一些选题。我据理力争想保住你的选题，因为我没有把握也就没对你说。其实老板那儿已经松动了，没想到你……"

这完全在我的意料之外，我心里一阵郁闷："不会吧……"但我转念一想又觉得不对："你没听到他刚才怎么评论我的书，他把我的书批得一无是处！"

"他批谁的书都是一无是处，但是他那么说不代表公司不能做你的书啊！毕竟这么大的公司也不能只按照一个人的喜好做书。"

我彻底蒙了，那现在怎么办？指望某人大人有大量？显然是不能够了。

小草被我气得不轻，但气过之后又端着手臂打量我。

我无精打采地看她一眼："你看什么？一个'将死之人'有什么好看的？"

她依旧眯着眼睛看我："话说你最近是不是受了什么刺激？"

"我受的刺激还少吗？"

她有些无奈："也是，再老实的人被生活蹂躏久了也懂得反抗一下，你这一年的变化真不小，看来'包子浮'这外号也得改了。"

我没心情跟她谈这些，随口应道："我就恨没早点反抗。"

气消了之后，小草说："算了，事已至此，只能想开一点了，要不要我介绍其他公司的编辑给你？"

我心不在焉地点着头："你把他们的联系方式发到我手机上吧。"

说话间我还是朝着大厦楼上望了一眼，想起他说的那些话，我还是不甘心。

我问小草："你们老板平时除了来公司还做什么？"

小草冷笑："他还能干什么？无非就是奔赴酒局和一些声色场所呗。哦……不对，他最近不是转性了嘛，基本每天都会来公司上班的，如果不来最多也就是去个健身房。"

~ 128 ~

我了然地点点头。

她突然警惕地问:"你想干什么?你可冷静点,杀人放火的事儿咱可不能干!"

我白了她一眼:"我还想多活几年,放心吧。"

知己知彼,百战不殆。我回家第一件事,就是上网搜关于陆朝阳的信息。

其实搜之前我并没抱什么希望,因为以陆家这家底,在普通人里当然算是巨富,但搁在有钱人堆里真算不上什么。可或许是因为陆朝阳这人为人高调,身边的女人不是二三线的小明星就是网红,也或许是因为他那张迷惑众生的脸……反正他的花边新闻是真不少。

我一条条看下去,大多数都是一年以前的新闻,近期的确没什么新鲜事儿——除了半年以前,在某粉丝很多的博主的博文下有不少人给他转发信息。

我点进那条博文一看,这个有很多粉丝的博主就是曾在某知名网站的民意调查中被评为"最具才情女作家"和"最美女作家"的刘溪。而那条陆朝阳被提醒了很多次的博文,正是刘溪宣布结婚的博文。

我点开评论仔细看了看,从网友们的评论中我大概捋出了一些线索。

这个刘溪和陆朝阳应该是青梅竹马,绯闻传了十来年,愣是没有坐实过。而且大家都知道是陆朝阳对刘溪一往情深,结果在第十个年头上,人家姑娘宣布要嫁人了,嫁的人却不是他。

一大堆闲人在人家微博下被陆朝阳的痴情感动得稀里哗啦。我看着这些评论只是想笑,别说什么"万花丛中过,片叶不沾身",真的好男人会从万花丛中过吗?他所坚持的爱也就是得不到的不甘罢了。

我想到小草说他受了情伤性情大变,想必和刘溪嫁人的事有关。

我又按照网友指的路找到刘溪老公张柯的微博,这男人论长相肯定是不如陆朝阳,毕竟比陆朝阳长得好的男人就没几个。不过看简介,张柯也是个影视公司的老板,想必财力是差不到哪儿去的。

我暗自悲春伤秋一番，真是同人不同命，人家刘溪随便一靠都是一棵大树，而我就只能靠自己了。

八卦完毕，我开始干正事——翻遍陆朝阳的个人主页，我只发现了一个有用的信息，就是他的车，是辆黑色的保时捷帕拉梅拉。至于他常去的那家健身房的照片倒是有那么一两张，不过我完全看不出那是哪家健身房。

没办法，我先去他的公司碰碰运气吧。

因为有了上次的事儿，我被公司保安彻底盯上了，正门是进都进不去了，所以我只能到停车场的出口守株待兔，等着陆朝阳的车出现。

我连着去了几天，终于在某一天快到中午的时候，我等到了那辆黑色的保时捷帕拉梅拉。

他的车子刚出地库，车速还不快，我想都没想便冲上前去，直接拦在车头前。

车子猛然刹车，轮胎和地面因摩擦发处刺耳的响声，让我心里一颤。

我看到驾驶座上的陆朝阳似乎很愤怒，而看清是我时，那愤怒之中又多了几分不屑。

他降下车窗，八成是想开骂，我就趁着这个机会，直接拉开副驾驶的车门上了车。

03.

见我竟然不请自来地上了车，他转过头瞪着我。

我赔上笑脸，有几分讨好的意思："陆总，那天的事全是个误会。您也知道，交了全稿又被解约这种事，放在谁身上肯定都很难接受嘛，所以我当时说话有点激动，您别介意啊。"

"有点？"

我笑。他也笑，不过是冷笑。

"我听说，您对我的稿子有不少疑问，我今天就是来给您答疑解惑的。"

在我还是叶星辰的时候，虽然我在工作上也会遇到各种麻烦，免不了要迎合资方或者电视台，但是也因为在圈子里混的时间长了，有点名头，而且还是个搞艺术的，也得有点傲骨，所以即便是见到衣食父母，我也只是客客气气的就行。至于成为邹静安以后，因为医院的工作性质，而我所求也不多，所以我只需要勤勤恳恳地工作，完全不用看人脸色，活得倒是更自在点。但是在我成为莫小芙后，一切就不一样了。这一年多以来，我被生活所迫，学得最快的就是做小伏低，起初我还觉得不好意思，如今已是信手拈来。果然，人在低处时间长了，就会习惯仰望。

然而，我赔上十万分小心，却只换来陆朝阳冷冷的两个字："下车。"

不过，这早在我的预料之内，我仿佛没听见，继续说："我这不都道歉了吗？您怎么还这么不依不饶啊？"

"我不依不饶？"他像看神经病一样看着我，转瞬似乎放弃了与我正常沟通的想法，只是说，"我没什么疑问。"

"不对啊，我那天听您在办公室跟您那位下属谈论起我的稿子，您好像疑问还不少。"

陆朝阳明显已经不耐烦了，语气变得有些森冷："下车，不然别怪我不客气。"

我也是豁出去了，光脚的不怕穿鞋的，别说眼前这位还穿着"风火轮"。

我眼巴巴地望着他，知道他也不能拿我怎么着——他好歹是个公众人物，一举一动都在大家的眼皮子底下。

他似乎也意识到这一点，拿出手机恐吓我，说："你再不下车我就报警了。"

我微笑："那就在警察来之前的这段时间里，我给您说说我的稿子吧。"

我听到他沉重冗长的运气声，几秒钟过后，他发动车子，把车停在路边，看了一眼手腕上的表，冷冷地对我说："我给你三分钟。"

我暗自松了口气，心里翻出应付他之前那些刁钻问题的腹稿，开始说给他听："我分析了一下，您不喜欢我这故事，主要是因为过程太虐。其实我想说大家之所以看小说，应该还是想看到一些不同的故事，而大多数人在现实生活中都过着平平淡淡、无波无澜的生活，跟爱人的感情大约也是如此。所以，我认为虐恋小说还是有一定的市场的。"

说到这里，我注意到陆朝阳又笑了，这一次他笑得很讽刺："这么说莫小姐的生活很顺遂了？"

如果我生活美满、一帆风顺，我还用得着在这儿跟你废话吗？

我在心里翻着白眼，脸上还挂着虚伪的笑："马马虎虎吧，跟陆总您肯定没法比。"

我一句不走心的马屁，谁知他却认真地摇了摇头，难得用有点羡慕的眼神望着我："恐怕让你失望了，我刚好是那种现实生活过得不如意，所以想看轻松故事的人。"

我又想到刘美人结婚那事儿，心里不禁鄙夷。不就是被人甩了吗？整得这经历跟他自己独一份儿似的。这世界上天天都有人谈恋爱，也天天都有人分手，而分手无非就两种，要么甩人，要么被人甩，他那点经历有什么特别的！看来这陆公子一定是在温室里待久了，出门见点毛毛雨就大惊小怪。

我虽然不情愿，但还是勉强安慰他："在现实生活中，感情上的事儿无非就是好了合，不好了分，其实也都正常。身体上划破个口子，过段时间也就愈合了，何况是无形的情伤，其实没那么严重。"

他"哦"了一声，眯着眼看我："听莫小姐这么说，想必你的感情经历很丰富吧？"

我想到自己经历的那些事儿，心里一阵黯然，但还是笑着说："还行还行。"

"是吗？"他突然问我，"你谈过恋爱吗？"

这一下戳到了我的痛处。

我回忆了一下，要说这莫小芙，因为没时间也没机会扩大圈子，而且……我低头扫了自己一眼，这自身条件也的确有限，所以还真没正经谈过恋爱。但是我本人的经历很丰富啊,只不过不知道要怎么跟他说。

他像是看出了我的尴尬,勾了勾嘴角说:"你没谈过就来给我上课了?"

我牵强地说:"我的理论基础过硬啊!再说要写好一个爱情故事就必须要全身心地投入,所以我每写一本书都会和男主谈一场恋爱。"

话说到一半我的声音越来越弱了,我自己都觉得这说法尴尬又中二,更何况是他呢。

果然,他轻轻地叹了口气,一副心事重重的样子。虽然在我看来他这样还是很幼稚,但是难得的是他少了初见时的那种凛冽,我心里的小火苗慢慢燃了起来。

我小心翼翼地问:"您对我的稿子还有别的疑问吗?"

"没有了。"

"那解约的事儿……"

他立刻敛起了他方才流露出的无害那一面,抬手看了一眼时间说:"三分钟到了。"

我被赶下了车。

望着那辆绝尘而去的保时捷帕拉梅拉,我心里无比郁闷,看来今天的切入点不对。不过以后再想制造这种"偶遇"怕是难喽。

果然,接下来的几天,我如法炮制在地库出口等了几次,都没见他再露面,想必他也是有意躲着我。

后来我听说他每周六下午会去健身房,不得已,我只好转移了战场。

但是北京有那么多健身房,我要从何找起?

我重新点开他的个人主页,翻了许久,在某一张很不起眼的照片中,我终于找到了他去的健身房。健身房里的私教穿着的运动衫袖管上,有一个很模糊的标志,我放大一看,这个标志应该是属于工体附近一家高档健身会所的。

高档的健身会所都是会员制的,一般人肯定是进不去的。办卡?

我办不起。溜进去？成功的可能性很小。

我在会所的大门口徘徊了好一会儿，望着里面，我突然就心生一计。

我大大方方地走向前台："请问，陆先生是不是在里面？"

前台的小姑娘警惕地看着我："你找陆总？"

我心想他又不是你老公，你紧张个什么劲儿。不过我面上还是和和气气地点了点头："有点工作上的事儿，我打他手机一直不通。"

"嗯，他在里面，一般这时候他都不带手机。"

小姑娘还是没有放我进去的意思。

我若有所思地"哦"了一声，笑了笑说："那我在这儿等他吧。"

见她低着头没再说话，我只好又说："不过这事儿有点急，我等他出来是没问题，就怕他出来时已经误了事，我怕他到时候会不高兴。"

他会不会迁怒这家健身会所就说不准了……

果然这一招还算灵验，她皱着眉上下打量了我一眼，大约觉得我跟陆朝阳不会有除了工作以外的关系，这才点头说："那好吧，这次我就带你进去，下不为例。"

她把我带到健身房，朝着窗前一个跑步机指了指。我点头致谢，她才一步三回头地离开。

我远远地看着跑步机上的人，感慨还真有这种穿衣显瘦脱衣有肉的人存在。之前两次见他，我只觉得他身材修长，再加上皮肤白皙，总给我一种略显单薄的感觉。如今看来我真是大错特错，他的身材本就高大，宽肩窄腰显得很有力量，而且那运动背心和短裤下隆起的肌肉线条匀称，隔着几米的空气，我似乎都闻得到膨胀的荷尔蒙。

不知怎的，我突然就想到了秦悦……

我无意识地咽了下口水，走向他。

他正心无旁骛地跑步，看到我时明显吓了一跳，手忙脚乱地去按减速按钮。

跑步机的速度慢慢地降了下来，他的情绪也迅速地整理好了。

"莫小姐也来健身？"

我坦白说："我没时间，也没钱。"

他很遗憾地朝我看了一眼,然后又按了几下跑步机上的按钮,跑步机的速度很快降到了零。

他从跑步机上面下来,随手拿起搭在一旁的毛巾擦了擦顺着鬓角流下来的汗,说:"那你就更不该把时间浪费在我这里了。"

我说:"我这不是在浪费时间。"

他不以为然:"出版公司不少,你有这时间不如去找一家别的公司,说不准他们会喜欢你的作品。"

"我会的。"

他诧异地看了我一眼,好像在问:那你还来找我做什么?

我说:"不管最后您怎么决定,有些事情我得说清楚,您可以不喜欢我写的东西,但您不能说我写的东西一文不值。"

他停下脚步来回头看我。

我继续说:"您代表资本,资本有时候的确能引导潮流,但既然说是潮流了,那就意味着不是永恒的,而好的东西是经得住时间的考验的。"

我说得再清楚不过了,意思就是你不能代表大众的审美,砸再多的广告费,说一垃圾好看,别人也不会买账的。所以还是来看看我的作品吧,内容好才是王道。

我见他的神情有点松动,再接再厉地把话题引向我的稿子:"甜文看多也会腻,虐文对故事核心要求很高,还是有市场的。"

他摇了摇头:"你那稿子不单是虐不虐的事儿。"

我一听,来了精神问:"您还有什么问题?我正好跟您说说我的创作思路。"

他破天荒地没有立刻拒绝我,走到休息区的椅子上坐下来。

我跟着他坐过去,就听他说:"我不认同你表达的价值观。"

"您不认同哪点?"

"你是不是认为只要两个人真心相爱就能掌控两人未来的命运?这会不会有点太唯心了?"

我又想到他那白月光刘美人,心里不禁感慨,真是再有钱、再见过世面的人，也逃不脱这么幼稚的感情圈套。

我心里这么想着，嘴上却说："那您觉得好的结局是什么样的？一定要两个人在一起吗？"

我这个发散性的问题成功地引发了他的思考。这种问题他无论回答是或者不是，我都有一套词儿来应对。

不过此时既然他什么也没说，那我就按照自己的想法说："我觉得对于爱情故事来说，最好的结局就是两人相爱。只要在最终的时刻确定对方也爱着自己，这就是最好的结局。在书中我并不是想表达他们掌控了自己未来的命运，我的目的只是写到他们确认了彼此的爱，至于最后在一起，那只是一个美好的愿景罢了。毕竟人的一生中都是在告别，既然如此，何必要让读者在书中继续感受离别之苦呢？"

说到这里，我突然自怜了起来。自从重生成了莫小芙以后，我就意识到，这次重生对于我来说既然不是第一次，那肯定也不是最后一次。也就是说我还会重生为其他什么人，那么我的人生的确比别人更丰富，但这也意味着我要比别人经历的离别更多……

我不小心发了会儿呆，而再抬头时，我看到陆朝阳也若有所思地盯着面前茶几上的小花瓶，不知在想些什么。

我突然觉得挺没劲的，他说得也对，我何必把时间浪费在这里，不如多投投稿子，找找别的途径。

正当我落寞地起身时，却听他说："回头你重新整理一份大纲和卖点分析发到我的邮箱吧。"

我不确定地问："您是说……"

"我再考虑一下。"

04.

我没想到陆朝阳的办事效率这么高，第二天还是周日，小草就兴冲冲地跑到我家来了。

"你给陆朝阳下什么药了？这家伙竟然回心转意决定不解约了！"

我虽然也惊喜，但从昨天聊天的效果看，这结果也在我的意料之内。

"你该不会……"

说话间，小草上下扫了我一眼。因为我今天没打算出门，也不知道小草会突然大驾光临，所以我邋里邋遢地穿了一身宽大的碎花睡衣，脸是洗过了，不过因为刚才在床上躺着看书，头发还是乱糟糟的。

话说一半，她没有继续下去，大概也觉得她的想法有些荒谬。陆朝阳是什么人？什么样的女人他没见过？再怎么转性他也不可能看上我这"柴火妞"。

虽然在我心里也是认同这个想法的，但是她这么赤裸裸地表现出来就涉及了我的面子问题。

我说："这世上没有绝对的事儿，搞不好他过去阅女无数，就是为了现在发现自己竟然好的是我这口！"

小草笑了，一根手指轻佻地挑了挑我的睡衣领口："就好这口他姥姥都看不上的款式？"

她说的是我的睡衣。

没挖到八卦，小草有些意兴阑珊。

我想到正事，嘱咐她说："既然不解约了，那赶紧把书做出来，赶紧结算稿费，免得夜长梦多。"

小草懒懒地坐在沙发上："我最近没时间做你这个。"

"为什么？"

"这不学无术的陆公子不知道怎么突然就变得想法很多了。他要搞什么'书影联动'，最近做了本科幻题材的网络红文，打算顺便搞个剧。这钱投得可不少，公司上下都不敢怠慢。"

我了然地点点头，心里又开始盘算下个月的开支从何而来了……

后来好长一段时间我都没再见过小草，据说他们部门的主力军都去忙着做那大IP（知识产权）的书了，同时有关这本书改编的同名网剧也大张旗鼓地宣传了起来。

其实以双木的财力和在业界的地位，要做红一部剧并不难，更何况这本书在网站连载的时候就已经圈粉无数，用他们的话说就是有粉丝基础的。所以天时、地利、人和都在，这本书想不红都难。

不过随着这本书越来越红，另一个声音却异军突起吸引着大家的注意力——原作者抄袭！

现在的原创圈子真是如履薄冰，怕被抄袭也怕被"碰瓷儿"，所以看到这个消息时，我是持观望态度的。但是很快，随着越来越多的"证据"被曝光，之前像我一样观望的人也都偏向了掐抄袭的一方。

不难看出，双木的公关团队下了很大的功夫，但是在实锤面前收效甚微。

我问小草："出了这种事，责任在原作者吧？"

小草无奈地摇头："首先这本书是不是抄袭很难界定；其次，就算这本书是抄袭又能怎么样？如今看收视率是不指望了，还能真的要他赔钱吗？就算赔，他又能赔多少？得有个标准吧？这事儿复杂着呢，所以没搞清楚之前只能是公司赔钱了。"

那这事儿对双木来说还真是吃了个哑巴亏。理论上，这时候我应该表示一下同情，但一想到陆朝阳对我的态度，我就没那多余的善心了。

我不痛不痒地说："赔吧，反正你老板也不差钱。"

我没太多精力去考虑别人的事儿，因为我得忙着赚钱养活自己。除了给杂志写写短篇，我还要准备作家协会举办的一个写作分享活动的发言材料。其实这事我一直有点搞不清楚，知名作家那么多，主办方是怎么想的，偏偏要请我这个无名小卒去给大家分享写作经验。

不过原因是什么并不是很重要，重要的是，有劳务费。

几天之后，当我赶到主办会场时，我终于明白过来主办方为什么会请我了。当然我也免不了担心他们会临时改变主意不让我讲，那到时候我领不到劳务费不说，这几天准备材料的时间也白搭进去了。

会场门前放着一幅介绍作者的易拉宝，作者的基本信息乃至照片都是我的没错，只是那本代表作却是属于圈里另一位悬疑大神莫享福的……我猜是因为我们俩的笔名发音有点接近，所以主办方才阴差阳错地搞了个乌龙。

主办方很快也知道自己犯了错，但眼下来听讲的人都已经到了三分之二，他们一时半会儿又联系不到更有分量的作者，索性将错就错，在作者介绍的广告牌上打了个补丁，把代表作换成了我去年上市的一本书。

虽然有点名不正言不顺，但是想到那劳务费，我还是硬着头皮走上了讲台。

这材料我是下了功夫准备的，加上我这人心理素质还可以，所以很快我就进入了状态，滔滔不绝地讲了起来，而且后半程我和台下作者们的互动气氛也很融洽，总的来说活动算是很圆满。

最后去主办方那里领劳务费时，对方竟然破天荒地跟我道了歉，还说下次有机会还会邀请我，希望我不要介意他们这次的工作失误。

我说："我不介意，当然不介意。"

你出钱，我出力，大家各得其所。

晚上回到家，我像往常一样打开电脑先刷了刷微博。主页的同行们似乎还在讨论那大IP作者抄袭的事情。有不少人甚至去骚扰陆朝阳，控诉他为了钱什么项目都做，全然没有职业责任感和职业操守。

我看那部剧在网络上的评分都已经低到了4.2分，不用说，这样的口碑十有八九是无法翻盘了。

我想到这是他出任双木总经理的第一个项目，一来就坐实了败家子儿的名头，心里竟无聊地替他遗憾起来。

这时候QQ弹出来一条好友申请，我点开一看，是一个叫"闻渊"的作者。这个名字我有点印象，是个挺红的作者，而且今天他也跟我互动过，不过他长什么样我忘记了，大概是不丑也不帅的大众脸吧。

我刚点了通过，他的消息便立刻跳了出来。

我以为他是要继续今天的话题跟我交流一番，没想到关于写书的事情他只字未提，只是有一句没一句地跟我闲聊而已。

以我多年的经验来看，这宅男应该是对我有点意思，可他不是我喜欢的类型，所以我随便应付了两句，便匆匆下了线。

洗漱完我躺在床上继续刷微博，突然有一条新闻吸引了我的注意——过了这么久，之前火起来那个叫什么婷的选秀歌手的"故意杀人罪"罪名终于成立了。

我对着手机屏幕发了好久的呆，我以为我会高兴的，可是除了那种怅然若失的感觉，我感受不到一丝一毫的喜悦。

那已经不属于我的生活了，我还在意什么呢？

我随意翻了翻评论，手不由得一顿。

有好事者把我们坠湖那天拍到的照片发了出来。我看到了秦悦，是他一年多前的样子，他眼中的神情跟我记忆中的一样，紧张而忧郁。

我的心蓦然一痛，我以为时间已经治愈了那个创口，现在看来，并没有。

我立刻强迫自己停下回忆，但是心底里溢出的痛苦却渐渐蔓延开来——明知道回不去了，我只能自怜起来。

还要多久，我才能从那段过去中走出来呢？

我突然想到一句老话：忘掉一段感情最好的办法是时间和新欢，如果时间和新欢也没能让你忘掉这段感情，只能说明时间不够长，新欢不够好。

如今看来，忘掉那段感情最快的办法就是开始一段新的恋情。

只是以我现在要什么没什么的条件，从上到下、从里到外几乎没有一点能符合现在单身男青年的择偶标准，怎么去让人看上我呢？

我虽然写了很多都市童话，却从来不相信灰姑娘和王子的故事，反而对那句"门当户对"的老话深信不疑。所以当几天后我收到闻渊的晚饭邀约时，我想都没想就同意了。我的圈子实在有限，任何一次机会我都不能放弃！

这天出门前，我特意仔仔细细地打扮了一番，镜子里的人虽然还是我，算不上漂亮，但至少也沾个温婉可人的边。

只是，这大概是我这辈子遇到的最无聊的一次约会。

闻渊本人跟他QQ上表现的一样不善言辞，但让我欣慰的是，他比我想象中长得顺眼一些，而且一看他就是比较老实的人。

我们勉强吃完一顿饭，他直截了当地问我："是不是没有下一次了？"

坦白说，这句问话成功地让我对他多了点好感。

我说："哪儿的话？下次我请你。"

就这样，从饭店出来，他没提要送我，我们直接各奔东西。

闻渊离开后，我一个人往公交车站溜达，路过一家饭店时我被几个年轻男人推推搡搡的躁动吓了一跳。

我以为有人聚众打架，仔细一看应该是有人喝多了，其他几个人在照顾他。而喝醉那人中等身材，长什么样我看不清，但嗓门够大，看周围人对他的态度，我猜他应该是那群人中比较有地位的一个。

众人似乎在劝他什么，他却没当回事，依旧扯着嗓门站在路边高谈阔论，最后他似乎是看到了什么人，对着饭店大门的方向大声叫道："陆朝阳，不是哥哥埋汰你，我看你真不是干正事儿的料，你老子的钱也有个数，你就玩一玩得了，可别玩得倾家荡产了！"

我抬头一看，果然就见一道颀长的身影从饭店里面缓步走了出来。

我以为后面会上演一些暴力的血腥场面，然而就在这时，一辆奔驰从远处驶来，正停在那帮人身边，众人见状连忙七手八脚地把那男人推上了车，急匆匆地跟饭店里出来的人打了个招呼，就各自作鸟兽散了。

众人离开后，那人信步走下台阶，一张俊得略显阴柔的脸暴露在斑斓的霓虹灯下，是我认识的那个陆朝阳无疑。

他也看到了我，走到我面前，不问我为什么在这儿，也不问我听到了什么，只问："去喝一杯吗？"

今天的陆公子有点反常，我也是，不然我不会答应跟他走。

~ 141 ~

05.

　　旁边就是酒吧街，陆朝阳带着我，熟门熟路地走进了一家不算太闹腾的酒吧，比我想象中的好。

　　他象征性地问了我一句喝什么，可是还不等我回答，他就自作主张地替我叫了一杯跟他一样的马丁尼酒。我想他大概是觉得我没来过这些地方吧。

　　他问我："你是不是觉得很解气？"

　　我昧着良心说："我像是那种会幸灾乐祸的人吗？"

　　他低头喝了口酒，似乎在笑。

　　因为他那笑容，我不禁有点心虚，一时间也不知道该说些什么。

　　过了一会儿他又问我："你怎么看这事儿？"

　　我知道他指的是那抄袭的事儿。

　　眼下事情闹成这样，我特想说这是意料之中，谁让你盲目追捧什么大IP呢。

　　不过碍于他现在还是我的老板，我只好说："毕竟你是第一次……"

　　没等我说完，他就抬了抬手示意我暂停："喝着酒都套不出你一句真心话吗？"

　　"我跟你说的都是真心话。"

　　他笑意更甚，手上的酒杯被他轻轻把玩着："听说你最近等钱用，我可以跟小草说让她先把你的稿费支付给你。"

　　"真的？"

　　他就那么微笑地看着我，似乎在等待什么。

　　我有点为难，他突然对我这么好，我就更不能实话实说了，我总不能说他又贪婪又蠢吧？

　　我左思右想，斟酌半天，选择了比较含蓄的表达方式："大IP有一定的人气基础，可以说是被市场充分验证过的，选择这种小说来改编风险最小，省时省力。你刚做这个，想走点捷径无可厚非，但是这次的疏漏就是前期调研做得太少了……其实网络人气这个东西很虚无缥缈的，还是好内容更有后劲儿。"

现在的信息这么发达，我就不信那个作者抄袭的事情之前一点风声都没有，还不是某些人觊觎人家作品人气带来的衍生效应，心里抱着侥幸，以为一纸合同就能把责任分清了。不出事大家都好，要出事也是有抄袭的作者担着。可是，就像小草说的，这里头的事复杂着呢，现在看来是谁都跑不了。

陆朝阳喝了口酒，过了会儿说："你说得对……其实，你的稿子我认真看过了。"

之前得知他决定不解约时，我只是以为是我说的那些话起了作用，完全没想到，他会真的认真去看我写的东西。

我一瞬间竟然忘了我们俩敌对的立场，有点期待地问他："你觉得怎么样？"

他想了一下，难得露出几分赞赏的神色说："还不错。"

我突然觉得这陆朝阳也不是全无优点，单是实事求是这一点，一般人就很难做到。

我心情大好，继续追问："你觉得哪里不错？"

"女主的性格我挺喜欢的。"他想了一下，"很像我一个朋友。"

"还有呢？"

"对话也不错……"

"是吗？哪句不错？"

"就是那句……"

我从来没想过，有一天我会与陆朝阳这么放松地喝酒聊天，这种感觉挺不错的，仿佛回到了一年多以前，和秦悦在一起的时光。

这一高兴，我不小心就多喝了几杯，以至于后来我是怎么离开的酒吧，我都记不清了……

阳光穿过清晨的薄雾洒在我的脸上。我不自觉地皱了皱鼻子，很特别的香气，与我记忆里的任何一种都不同……

脑子里有一瞬间的空白，紧接着我所有的睡意都散了——这种熟悉又陌生的感觉让我害怕，莫非是我又变成了另一个人？

然而，当我睁开眼时，我才知道那其实并不是最可怕的，最可怕的是我还是我，是莫小芙，而我身边躺着的人，是陆朝阳。

我几乎是弹坐了起来，就是这一动，我才发现浑身上下无一处不痛。

我的脑子里很应景地冒出几个短暂而羞耻的片段——我看到自己喝大了之后不停地劝他喝，也看到自己翻出手机的通讯录一定要亲吻上面的第三个人，还有我挂在他身上不知死活、主动献吻的模样……

太惊悚，太尴尬了。

身边的人是被我惊醒的，他看到我也是一愣，旋即他那好看的眉头就皱了起来。看样子他跟我一样，对昨天晚上的事情不那么清楚，也不那么情愿。

他坐起身来，轻薄的棉被随着他的动作滑下，露出他精壮光洁的上半身。

我强迫自己把目光移到他的脸上，显得更真诚一些："昨晚……我们应该没发生什么吧？"

听我这么问，他朝床下扫了一眼，似乎想起了什么，然后用近乎生无可恋的口气问我："你说呢？"

我顺着他的目光看去，从门口到床边的地板上凌乱不堪地散落着我们两个人的衣服，从里到外的，从上到下的……而他的衬衫正挂在床边，扣子还不知去向。

不用说，我也能猜得到昨晚的情况多么激烈，而且极有可能是我主动……

他会怎么想？我的脑子里千回百转——他该不会以为我另有所图吧？

在他开口前，我连忙说："那个……大家都是成年人了，就当没发生过吧……"

听我这么说，他的表情很意外。

也是，怎么看莫小芙都不像是能说出这种话的人，但总不能因为上个床就让他跟我这"三无女"谈恋爱吧，我自己都觉得荒唐可笑。

他果然没再说什么。

只不过，后来离开酒店时，他看着我欲言又止了半天，还是问我："你确定吗？"

我愣了一下，才明白他指的是我决定不让他负责的事儿。

我发现他不像是在开玩笑，心里不免有些意外，这还是外人口中那个风流成性的陆公子吗？

或许，我们都太不了解彼此了。

我睨他一眼，笑着出门："你把我当什么人了？"

从酒店出来，我没让陆朝阳送我，自己搭了公交车回家。晃晃悠悠差不多走了半个多小时，刚到小区门口，我就看到小草神色不善地从里面出来，手机举在耳边，不耐烦地四处张望。

我这才想起来今天约了她逛街，而我的手机早就没电了。

我叫了她一声，她抬头一见是我，不客气地骂了一句："你死哪儿去了？"

我随便撒了个谎："出去吃了个早点呗，我还能去哪儿？你什么时候来的？刚才出来时我怎么没见到你？"

"刚才……"她气急败坏地指着小区里，似乎也搞不清楚自己刚才一直在这儿怎么就是没和我遇上。但很快，她又扫了我一眼，然后露出一个阴森森的笑容。

"你蒙谁呢？把我当3岁孩子了？"她一只手指勾了勾我的衣领，"衣服上的扣子？这衣服怎么这么皱啊？说吧，你昨晚去哪儿了？"

我没想到她的眼神这么毒，心里一紧张，瞎话就没编出来。

她见我这样，知道她的想法被证实，倒是不生气了，反而很激动："对方是谁啊？帅不帅？什么来头？你们都发展到这一步了，之前我怎么没听你提过？"

小草是出了名的大嘴巴，我和陆朝阳这点事要是被她知道了，也就相当于昭告天下了。

我极力挽回："你真的想多了……"

她却不理我，笑得更加无所顾忌："哟，看来还挺激烈的！"

我白她一眼："你是不是独守空房太久了，大白天出现性幻想了？"

她也不生气，从包里掏出化妆镜给我看："还狡辩？你自己看吧！"

之前我都没有注意到，我的锁骨上竟然留下了一道暧昧的红痕，别说小草，就连我自己看到这东西都免不了想入非非。

"怎么，你还不打算老实交代？你不怕我把你扒光了验明正身？"

我知道现在说什么也没用了，干脆就咬紧牙关什么也不说。

小草问了一路，最后见我死也不肯供出"奸夫"，只好作罢。只是从那之后，我时不时会收到一些没头没脑的信息。

"是不是××？

"难道是×××？

"不会是××吧？他可有老婆！"

说实话，我真的想彻底忘掉那天的事情，但是每天接受着这种来自灵魂深处的拷问，我实在无法将那天的事情忘掉。好在我并没有太多机会见到陆朝阳，或许时间久了，这事儿也就真的翻篇儿了。

我的日子没有因为一夜疯狂和一段艳遇而有丝毫的改善，我还得为生活奔波，还会因为下个季度的房租发愁。唯一不同的是，我的社会关系中，多了个闻渊。

他经常约我吃饭，或者一起写稿，我内心里觉得他和我是一类人，是那个最有可能跟我发展成恋人关系的人，所以每次他约我，我都不会拒绝。

不过我们每次见面都会尽量避着人，我倒不是觉得闻渊有什么拿不出手，主要是避着小草那大嘴巴。但是，天不遂人愿，后来还是被她给撞到了。

小草见到我和闻渊吃饭，当时就没给人什么好脸色，回头又拉着我问这问那。

"不会就是他吧？扯掉你衣服扣子的那个？在你锁骨上种草莓的

那个？"

我的心好累……

小草倒是先不高兴了："你这是什么态度啊？别这么不耐烦好不好？"

我连声说："好好好。"

她却说："以前的事儿就算了，别管谁睡了谁，反正不管和谁咱也不亏，但以后你们就不要再来往了。"

我在心中问候了她全家，什么叫"反正不管和谁咱也不亏"？！但我不懂她为什么对闻渊意见这么大，于是问："你认识他啊？"

"谈不上认识，他给我投过稿子。"

"既然算不上认识，你凭什么觉得人家不好？"

我倒不是想维护闻渊，我是单纯看不惯小草这么武断，跟她老板一个样。

她说："著名诗人惠特曼曾说过'你是什么样的人，表现出来的东西也是什么样'，相反，也是这么个道理。"

我仔细想了一下，惠特曼是说过类似的话，但好像不是这么说的。

小草说："不管怎么说的吧，那意思就是你身上具有什么样的特质，你书里的主角也差不多。"

我莫名就想到陆朝阳曾说过喜欢我的女主角，我的心里竟然泛起一丝可疑的涟漪来。

后来我试图说服小草，看人不要这么武断，搞不好人家只是写作技巧太高明而已。

但她的态度却是："你不听我的，到时候别来找我哭。"

"你放心，让我莫小芙哭的男人还没出现呢。"

不久之后，我的新书上市了，也不知道是故事的哪一点对上了读者的胃口，莫名其妙的，书竟然卖得不错，没两个月就加印了。下印厂前小草叫我去公司，要做2000册签名版。

这天我刚走进公司大楼，就看到对面电梯的门打开了。陆朝阳率先从里面走了出来，跟在他后面的有公司的内容总监和影视部的领导。看样子他们是要出去谈事情。

眼见着一行人朝我这边走来，而我的第一反应竟然是侧身躲到了一个柱子后面。

看着陆朝阳面无表情、目不斜视地从我面前经过，我才开始后悔——我躲什么？时间过去这么久了，我们哪怕当面遇上，他也未必认得出我来。

06.

给2000册书签名签得我手都快断了。小草一直在旁边陪着我，一边看稿子，一边当着我的面对这些稿子评头论足。

晚饭前我终于签好了所有的书，可小草要加班，没办法跟我一起吃饭，我只好回去自己解决。可就当我正打算离开公司时，她突然接了个电话。

挂上电话，她对我耸了耸肩："你走不了了。"

"什么意思？"

"陆总要见你。"

该来的总归还是来了……

我见到陆朝阳时，他风尘仆仆，一看就是刚从外面赶回来。

他坐到大班台后，明知道我进门也不看我一眼，低着头看一份文件，过了好一会儿才说："你对你这本书的影视改编有什么想法？"

我不由得愣怔了一瞬："影视改编？谁要改编？改编谁的书？"

他抬头看我："当然是改编你的书，不然我找你来干什么？"

"哦……"我慢慢消化着这个消息，"那是谁要拍？"

他顿了顿没有立刻回答。

我立刻心领神会，抱歉地说："如果需要保密，不方便说就算了。"

他那修长的手指却突然敲了下桌面说："如果我说是我呢？"

"哦……"没有想象中的惊喜。

"你有什么问题都可以问。"

问题我当然有。我很想问问他,他突然决定做我这本书,究竟是看好这本书的前景,还是因为这是我写的?他这么做跟之前那事有没有关系?

可是话到嘴边我又咽了回去,我怕他笑我小题大做,毕竟当时说好的,要当作什么都没有发生过。

想到这里,我笑了笑说:"那你打算怎么合作?版权入股这种提前拿不到钱的事我可不会同意;永久买断也不可以,万一你突然不打算拍了,我这本书可就一直压在你这里了,所以还是有限期的版权转让吧。至于价钱嘛,我不知道你的预期是多少,太少可不行。"

我俗不可耐地伸出一只手比画了一下:"至少这个数吧。"

他先是一愣,明白过来的时候竟然不屑地轻笑了一声。

"除了这些呢?你觉得你的故事做出来应该是什么样子?有什么成功的参考案例吗?"

说到这一点,我可以说的就太多了。从写这个故事初期,我的脑中就全是故事的画面,我已经不知道有多少次,想象过这些人物和情节被影视化之后的样子。

我立刻打开手机里一个专门看韩剧的软件,把可以参考的类型指给他:"你看,这个、这个,还有这个,都是现在很火的类型,跟我们的故事风格也契合。"

他研究了一下,把手机还给我:"好,我记住了。对了,你有做编剧的经验吗?"

我摇头。

他想了一下说:"这个项目我建议你也参与一下,因为最了解你作品的人还是你自己。你有问题吗?"

我依旧是摇头。

"那没问题的话我让法务部拟一份合同先发给你看看,有问题我们再商量。"

这就完了？我一头雾水，预期中的讨价还价的环节根本没有出现啊！还是他没明白我刚才的意思？

我低头看着自己刚才跟他比画的那只手……那可是50万啊，不是5万！

我心里正郁闷着，对面的他突然问我："你好像在躲我？"

我心里不由得一紧，但表面上还是不露声色："怎么可能？"

他的目光在我脸上停留了很久，就当我快要坐不住的时候，他却只是笑了笑："那就好，后续项目的事你肯定要全面参与，所以我们碰面的机会还多着呢。"

几天后，我从小草那里拿到了合同，我没想到陆朝阳给我开的价格会比我开的价格高不少。这对我来说是莫大的鼓励，后面写剧本的时候也就更用心了。然而我们的关系却没有因为这次合作而变得更融洽。

从资方的酒局上回来，路过传媒大学门口那家烤地瓜摊，正好我和小草就喜欢这家的烤地瓜，刚才饭局上又没吃饱，于是我就让陆朝阳停车。

我下车挑了三个地瓜，交钱时发现身上没带钱包，正要回车上拿，谁知陆朝阳已经拿出100块递给老板，可那老板却只找了10块钱。

我以为老板搞错了："你这三个地瓜要90块钱啊？"

老板面不改色："平时的确没有这么贵，但今天太晚了，所以涨价了。"

"我以前没少这个时间段来买地瓜，哪有这么离谱？"

他却说："以前是以前，今天就是涨价了，你吃不吃吧？"

我见他说话时朝着陆朝阳的车子扫了一眼，这明摆着宰大户的心态我会看不出来吗？我心里赌气想说不吃了，没想到陆朝阳却很不耐烦地说："几个地瓜而已，你至于这么斤斤计较吗？"

我不由得一愣，拎起地瓜冷笑地对那奸商说："老板，我看你还是太胆小，下次遇到这种人傻钱多的，你开价应该再翻一倍。"

说完，我也没理会脸色不太好的陆朝阳，转身上了车。反正坑的是他陆公子的钱,我管那么多干什么,为了一点小钱讨价还价反而害得人家丢面子。

小草八成是听到我们刚才的争执,出来打圆场:"算了算了,就当是给那奸商的棺材本儿了。"

我想了想,也觉得的确没必要因为这事生气——我跟陆朝阳本来就是两类人,在花钱这种事上有分歧,也该是意料之中的。

想到这里,我差不多也就消气了,等陆朝阳上了车,我什么也没再说。

谁知陆朝阳还不高兴了:"我就是想着大冷的天,你俩又饿着,没必要为了那几十块钱为难自己。赚钱是用来干什么的?不就是需要的时候买个舒服吗?你又不像之前那么缺钱了,至于吗?"

那奸商坑人还成了我的错了?

我冷笑:"这是缺不缺钱的事儿吗?再说缺不缺钱是我的事儿。"

小草怕我俩真吵起来,在一旁不停地劝和。

我后来没再跟他吵,就这样谁也没理谁沉默了一路。

这事儿虽然不大,但是也让我再次深刻地领悟到,我跟陆朝阳的确是两个世界的人。

后来再见面时,是我的项目开机那天。那天出奇冷,简短的开机仪式之后,我就躲回了车里。

我坐在商务车的最后一排低头打游戏,期间听到车门拉开的声音,我以为是小草,头也没抬地随口问了句:"我们什么时候回去?"

没得到回应,我抬头去看,却看到陆朝阳坐在前面一排的椅子上,背对着我。

他不是坐这辆车来的,不知怎么现在就上了这辆车。

我又想到刚才,就算他知道我不是在跟他说话,但这车里也没别人,他故意一声不吭,八成还在为那天的事情生气。

他生气就生气吧,我也管不了那么多,继续低头打游戏。

可过了一会儿,我却听他突然说:"我不知道你还有弟弟。"

我一怔,心说小草这大嘴巴什么时候能给我省点儿心?!

我"嗯"了一声,没有接话的意思。

他又问:"你弟弟多大了?"

这一次他虽然依旧没看我,却是侧过头说的。

"他17岁了,马上要高考了。"

"他要考来北京吗?"

"是这么打算的。"

无聊的对话。

又是一阵沉默之后,他说:"那天,抱歉。"

我握着手机的手不由得一顿,不小心送了个"人头"。

说实话,我从没想过像他这样的人会给我道歉,而且那天的事情我后来想了想,他也是一片好心。

我一时间有点不自在,表面上却尽量风轻云淡地说:"没什么,我早忘了。"

其实我一个单身女孩的开销并不大,就算以前远不如现在,但勤奋一点,一年的稿费收入也有十几万。可我还是拮据得很,主要是因为我弟弟。

我弟弟患有一种比较少见的血液病,所幸不是什么要命的病,可以通过注射凝血因子维持正常人的生活,只是成本有点高。而我爸妈都是下岗工人,收入有限,所以我的收入多数都贡献在了这里。

我很少跟别人说我家里的事儿,主要是因为说了也无济于事,无非就是多了点给别人议论和同情的机会罢了。

这时候车门被再度拉开,随着冷风的灌入,我听到小草的声音:"冻死我了,冻死我了……"

她搓着手正要上车,一抬头就看到了陆朝阳,她愣了一下又看了看我,然后退回车外:"那个……我好像落了点东西在剧组。"

说着她就关上车门跑走了。

我看着她离开的方向,只觉得生无可恋:"这回完了……"

陆朝阳笑了笑，回头朝我摊开手掌，像哄孩子一样，道完歉再给块糖，只是……我看着他手掌上那几块颜色各异的水果糖，就觉得这场景似曾相识，让我一阵恍惚，有那么一瞬间，我竟然以为坐在我面前的是另外一个人。

"发什么呆？"他微微挑眉。

我迟疑了一下，从他手上挑了一颗包着橘色糖纸的，剥开糖纸，把糖放在嘴里。

他看着我，表情中隐隐有等着看好戏的期待。

"这糖的味道怎么样？"

我把糖纸攥在手中，点了点头说："好酸。"

他勾了勾嘴角："橘色糖纸的最酸，你挑了最酸的。"

说完，他把剩下的几颗放在我旁边的座位上，也拉开车门下了车。

"你不走吗？"我问他。

"我坐另一辆车。"他说。

原来，他是专程来跟我道歉的。

陆朝阳走后没一会儿，小草和其他人也陆续上了车，车上除了司机满满登登地坐了五个人。

我和小草挤在后排。

她问我："那个人是他？"

然后还不等我回答，她又开始自我否定道："不能够啊……不应该啊……不可能啊……"

我把围巾蒙在脸上装睡不搭理她，她叽叽喳喳了一会儿也就安静了。

车里暖气十足，熏得人昏昏欲睡。我靠着车窗打着哈欠，途中瞥见窗外，是一片广袤无垠的荒野，可是这荒野竟然是银白色的。我以为自己看错了，仔细一看，才发现不知什么时候窗外竟飘起了雪花。

这是今冬的第一场雪，而我的心也莫名其妙地像那雪花一样，被风托着忽上忽下。

07.

我跟陆朝阳的关系有了明显的改善，但也仅限于普通朋友的关系，至于最初那场风花雪月的事儿，我和他谁也没再提起过。时间久了，好像那事儿真的没有发生过，甚至让我都开始怀疑，那是不是只是我的一场春梦？

年底时，某媒体平台举办了一场规模不小的年会，请了圈里不少大人物，陆朝阳也在被邀名单中。

小草如今已经晋升为内容总监，照理说是要跟着陆朝阳一起出席年会的。可小草这家伙的大姨妈突然造访，疼得她爬都爬不起来，而当时我又正好在她身边照顾她，就被她临时抓了壮丁陪陆朝阳去出席年会。

出席这种场合肯定要穿礼服，礼服自然是小草之前准备好的，她的品位，她的尺寸。所以，这还是我人生中第一次穿着座山雕同款皮草出了门。

陆朝阳接到我时，脸色明显不怎么样，但大概是碍于我也是被迫的，他也就没说什么。直到到了会场脱了外衣，我只穿了一件藕荷色的抹胸礼服时，他的神色才稍稍好转。

只是这礼服是小草的尺码，我俩虽然胖瘦差不多，可惜我胸前没货，这衣服穿在我身上显得略大一点，搞得我每隔一段时间就忍不住要把礼服往上提一提。

这动作有多不雅可想而知，后来陆朝阳终于看不下去了，问我："这衣服是谁给你选的？这不是暴露你的短处吗！"

我没好气："你以为我想这样？我是被临时抓来的，能找到一件穿得出门的衣服就不错了。"

他朝着我胸前扫了一眼，似乎有点无奈："你等我一下。"

我看他跟身边一个服务生说了什么，过了一会儿，那服务生就拿了一小包东西给他。他当着我的面打开，里面竟然是针线。

他说:"你这样不行,一会儿万一裙子被人踩掉了,你想不红都难,我们双木没必要走这种捷径,还是先缝两针凑合一下吧。"

我也害怕一会儿出丑,可是我低头比画了一下,发现自己这个角度很难下手。

此时酒会还没正式开始,偌大的宴会厅里也只有来宾二三十人。我俩正站在靠窗的一个角落,没什么人注意到。

他犹豫了一下说:"我来。"

我完全没想到他一个大少爷还会这些,这跟他的人设完全不符啊!可是眼下我已经没什么别的选择了。

我听他的话,面向窗外站着,而他站在我身后,正好能够挡住其他人的视线。

他轻轻撩起我披散在身后的长发,他冰凉的手指触到我后背的皮肤时,引得我一阵战栗。

"你当心,别扎着我!"

他的声音带着警告:"你这么动来动去就保不齐了。"

我是真的害怕,只好说:"我不动,你可别想着借机会报仇。"

他低头轻笑,灼热的鼻息喷在我的脖颈上,有点痒痒的。

"你也知道你没少得罪我?"

我感到周身已经冒出一层冷汗。

我说:"那不都是为了工作吗?绝对不带个人感情。"

他笑了笑没说话,而我只想着赶紧趁着别人没注意让他缝两针得了。

可就在这时,从光可鉴人的玻璃窗上,我看到一男一女朝我们走来。

陆朝阳显然也看到了,他立刻缝好最后一针,收了线。

"哟,还真是陆公子!"

这人的声音我认得,正是那天在饭店门前奚落陆朝阳说他干不成正事的人。不过那天我没看清那个人长相,今天一看只觉得眼熟,而他身边那美女,我一眼就认出来了,正是刘溪。我这么一联想,那男人的身份也不难猜了,应该就是她的未婚夫张柯。

想到网上那些传闻，我的第一反应是看陆朝阳。

看他望着那两人时，脸色很是平静，我心里不禁唏嘘——明明心里那么在意人家，眼下还要装出这么淡定的样子……啧啧，有钱有地位的人也不好做，因为有时候面子对他们来说比对普通人更重要。

我这边还替别人瞎操心，一回头却发现张柯的目光正落在我的身上。

他玩味地看着我，却是对陆朝阳说："是不是我们出现得不是时候？"

我对这人的印象一般，打定主意不理他。

我身边的陆朝阳说："这是作家莫小浮，她的项链开了，请我帮个小忙而已。"

这瞎话编得挺像那么回事，可张柯仿佛没听到，眉飞色舞地问陆朝阳："你现在好这口了？真是山珍海味吃腻了，喜欢清粥小菜了！"

等等，他说谁是清粥小菜呢？我想说你们复杂狗血的三角虐恋不要扯上别人好吧，没想到陆朝阳却笑了笑说："你怎么知道我不是一直这样？"

这话一出，我见对面两人的表情明显一僵，尤其是刘美人，投向我的眼神也从先前的不屑变得有点不可思议，不过那些情绪都只是一闪而过。

刘美人扯了扯张柯的袖子："人家姑娘还在，你瞎说什么？"

回过头她又对陆朝阳说："你也知道，他这人一向口无遮拦。我来是有正事儿说，年后我俩在巴厘岛办婚礼，到时候你可得来啊！"

甩了人家不说，结婚还给人发请帖，这事儿她做得够绝的。

我又看向陆朝阳。这家伙应该已经被伤成重伤了，但表面上依旧很淡定，一张祸害的脸笑得风轻云淡："一定。"

送走了刘美人和张柯，我替他抱不平："这你都能忍？"

他不解地看我："什么？"

我怒其不争地朝着那两人扬了扬下巴："如果你跟她注定没结果，那就没必要受他们这种气，该怼就怼，但如果你还喜欢她，那就趁着她嫁人前把她追回来啊！"

~ 156 ~

我这人是典型地对人不对事，自从跟陆朝阳关系好转之后，我好像已经忘了他曾经玩弄过多少女人的感情，只记得他是被刘美人甩了的那个。

他挑眉看我："你倒是挺想得开。"

这话说的，跟我又有什么关系？

"你什么意思？"

他突然伸手探到我身后，我吓了一跳，可他却只是从我身后的酒架上拿过一杯红酒，似笑非笑地说："劝跟你上过床的男人追别的女人。"

我的脸一下子就热了，这事儿我都快忘了，他怎么又突然提起来了！

这时候正好宴会厅另外一角有人朝他打招呼，他就丢下刚才那句话，去应付那些人了。

"你是莫小浮吧？"

我正心乱如麻，听到有人叫我的名字，回头一看，那人有点面熟。

她笑了笑说："我是北木菲菲呀，我们在微博上一直是互相关注的。"

"哦……"

我想起来了，这个北木菲菲是前两年刚红起来的作者，我和她互相关注那应该是更早以前的事了。不过她红了以后就再没跟我互动过，直到前不久，我那书的改编剧官方宣传之后，她才又发了个"恭喜"给我。

我这人最不爱花心思和生人打交道，一时间也没去主动找话题。好在她倒是并不介意，亲亲热热地拉着我说："你最近新上市的那本书我买了，写得真不错。"

我干巴巴地笑："谢谢支持啊。"

"我看电视剧的官方宣传都出来了，果然是双木出品，演员阵容都是一流的，到时候这剧播出来肯定大火。"

"公司挺认真的，希望读者买账吧。"我答得中规中矩。

"那是肯定的,到时候我一定向周围的朋友和粉丝推荐这部良心作品!"

外界传闻北木菲菲很高冷,如今看来也不尽然,只不过太热情的人有时候也让人无法招架,所以后来无论她说什么,我都只是笑。

直到她又问我:"对了,你认不认识闻渊?"

我没想到她也认识闻渊。

我说:"我认识,在一次作家协会的活动上认识的。"

"果然啊,我跟他挺熟的,之前听他说认识你,我还想找他替我要个签名呢,可是他不好意思。"说到这个她不满意地嘟了嘟嘴,然后又想到什么似的笑了,"这回用不着他了!"

说着她就要去找笔和纸,可我哪好意思真给她签名,连忙说:"签哪儿也不合适,不如咱俩合个影吧。"

这完全是为了应付她临时想出来的。她倒是挺高兴地拿出手机拉着我拍了好多张照片。

于是那天晚上,我就看到她发了微博还提醒了我,内容大约是"一见如故的好闺密"之类的,我没太在意,可是后来被小草看到唾弃了半天。

"我说你们女作者发照片怎么也不懂得修一下图?你们也太没偶像包袱了吧!"

我扫了一眼,想说她修过图了,只是好像忘了给我修图。但我之所以不在意,并不是因为我有多大度,而是因为我觉得我的长相修不修图都无所谓。

好不容易应付完北木菲菲,我觉得有点累,想找到陆朝阳跟他说一声早点回去。正在这时,我就听到身边似乎有人说起他的名字。

"这次陆朝阳搞的这剧是什么题材?"问话的是一个中年男人。

"他搞什么还不是一样赔。"回话这人的声音我认得,是张柯。

中年男人又说:"不一定吧?我听说上次是他被人坑了,这次他可没少做工作,说是想从内容上打动观众。"

张柯不屑地说:"那都是噱头。周总,我这么跟您说吧,他为什么要做这个剧,您知道吗?"

"为什么?"

"因为他把人原作者给睡了!"

我手上的杯子差点没拿稳,心想他怎么会知道?

那被称为周总的还不信:"真的假的?"

张柯说:"大家都是男人,他以为谁看不出来呢!"

我稍稍松了口气,看来张柯也是瞎猜的。不过这宴会我真是一刻也待不下去了,可陆朝阳这家伙也不知道跑到哪里去了,打电话又没人接,他该不会丢下我一个人先溜了吧?

我从宴会厅出来,打算自己叫个车回去,一抬头却看到走廊尽头一个人影闪过。那人的身材很打眼,貌似就是陆朝阳。

我叫了一声,他没听见,于是我便跟了过去。

走廊尽头没有路,但旁边有一个房间。房间的门没锁,我往里面看了一眼,房间里有化妆台,还有很多演出服,像是演员的更衣间。

我试着敲了下门,没有人理我,我便轻轻推门走了进去,可是目光所及的地方一个人都没有。难道是我看错了?

然而就在这时,我听到有人说话的声音——原来那一大堆衣服后面还有一个房间。

"你说你到底有没有真心爱过我?你什么时候像维护她一样维护过我?还是因为我答应嫁给张柯你不痛快?"

说话的人是刘溪,而听内容,我用脚指头想也知道她在跟谁说话。

看来就在那二傻子张柯在外面逞一时口舌之快的时候,这边为他量身定制的绿帽子都差不多做好了。

刘溪继续控诉道:"我为什么嫁给张柯,别人不知道难道你也不知道吗?你既然肯为了我改,为什么不来找我?"

始终都是刘溪在说话,而她控诉的那人却从始至终一言不发。不过刘溪的问题也是我心中的问题——这陆朝阳对她到底还有没有感情?如果没有的话他为什么会为了她改变那么多?可如果还有感情,心爱的女人要嫁给别人了,他怎么能忍?

说来说去，我认为，还是他太孬！

我心里正分析得头头是道，里面那扇门突然打开了，刘溪几乎是哭着从里面冲出来的。不过好在我反应够快，往衣服堆儿里一藏，正好外间的光线也不好，她应该是没有看到我。

我想着刘溪走了，陆朝阳肯定也会跟着出去。等他出去，我再出去，应该不会被人发现。

可就在这时，里面那位始终一言不发的人终于开口了："出来吧。"

我心里一惊，他是什么时候看到我的？

我心里正犹豫着要不要走出去，出去后说什么，却听到脚步声已近，我一抬头，他就站在我面前不远的地方，饶有兴致地看着我。

我从那堆衣服里走出来，朝他身后望了一眼："那个……里面有卫生间吗？我找半天了。"

"你躲在这儿多久了？"

我愣了愣说："什么'躲在这儿'？我路过，找卫生间，迷路了……"

他看着我："你都听到些什么？"

我飙起演技来连我自己都怕："什么'听到些什么'？我不知道你在说什么。"

他微微勾了勾嘴角："不过你听到也无所谓。"

说着他就要出去："走吧。"

我松了口气。管他怎么想，不找我麻烦就行。

而正当我要跟着他一起离开时，我一抬脚竟不小心踩到了自己的裙子，整个人刹那间失去了平衡，直直朝着他扑了过去……

伴随着"刺啦"一声，我知道，是他缝的那两针扯开了，紧接着，我整个人的重量都压在了他的身上。而他一时间反应不及，被我扑倒在地。

我摔得七荤八素，缓过来时想问问他怎么样，却发现他脸色有点异常，准确地说是红得异常。我顺着他的目光看去，不由得倒吸一口冷气——我的上半身几乎不着一物。

脑子里"嗡"的一声,我第一反应就是抱住他,用他的身体遮挡我的身体,让他什么都看不见,可是我却忽略了身下那结结实实的触感。

他缓缓地笑了:"你这是主动投怀送抱?"

我恼羞成怒:"你闭嘴!"

"那你打算一直这样?一会儿被人看到可真说不清了。"

我认命地咬了咬牙:"那你先闭上眼睛,等我起来。"

他听话照做,我立刻爬起来手忙脚乱地穿裙子。再一抬头,我发现他不知道什么时候已经站了起来,见我警惕地看他,他无所谓地一笑:"我又不是没见过,你至于吗?"

我的脸蓦然一热,这已经是今晚的第二次了,直觉告诉我有点危险,可我却没把这点危险当回事。

我不甘示弱,专挑他的软肋下手:"你也就会占我便宜,遇到别人还不是一样软弱?"

他已经走到门前,听我这么说又回头看我:"别人?哪个别人?"

我想到刚才听到的八卦,挤对他说:"你为了人家变得这么上进有什么用?人家还不是照样嫁别人。如果我是她我也会这么做,从始至终没见你争取一下,你不是软弱是什么?有种你现在把她追回来呀!"

陆朝阳定定地看着我,我以为是我的话说得太过了,可他那眼神中却又分明有几分玩味的意思。

他眯了眯眼反问我:"谁说我是为她改变的?"

我愣了愣,不是吗?

他笑了:"再说我有没有种,你还不清楚吗?"

我:"……"

这是今晚的第三次了。

08.

年会过后没多久就要过年了,我对这种举国欢庆、阖家团圆的日子没什么太多的感觉。不是我冷血,只是我现在越在意,日后就会越怀念，不如索性看淡一些。不过我在大年三十那天赶回了老家，又在大年初一晚上返回了北京，倒不是因为这个，主要是我家地方小，没有我的房间，我回去还得害得我爸睡客厅。

在回北京的车上，我百无聊赖地翻开微信朋友圈，除了晒吃的，就是晒团圆照的，反正都是一片祥和的景象，不过也有个别不合群的——几分钟前，陆朝阳刚发了一条朋友圈，文字内容就一个句号，照片内容是他养的那只宠物龟，不过看背景好像是在他的办公室。

大年初一他居然在加班？

我也没想太多，顺手给他点了个赞。

紧接着我的手机就响了，他问我在哪儿。

我说："我在回北京的火车上。"

"你怎么今天回来？"

"我舍不得北京呗，顺便回来清静清静。"

火车上信号不太好，断断续续的。过了一会儿，他问："你几点到？"

我"嗯"了一声，看向窗外。天已经黑了，玻璃窗上是我略显惨白的脸，我看到自己舔了舔嘴唇，有点焦躁不安地去看时间："半小时以后。"

他似乎笑了一下："我去接你吧。"

半小时之后，我在出站口见到了陆朝阳。他穿着长款的黑色羽绒服，戴着最简单的黑色毛线帽。毛线帽子压住他的刘海儿，遮了他小半张脸，更显得他露出来的五官深邃立体。

出站的人不多，他倒是一下子就看到了我，朝我走来，顺手接过我的行李箱。

我问他："你今天怎么在办公室？"

他在前面带路，往停车场去："就许你一个人爱清静？"

"你不用过节？"

"过啊，我跟你过。"

我知道他这句话纯属是一句玩笑，可是却忍不住有点心猿意马。

上了车，他问我："我们去哪儿？"

这意思就是不打算送我回家咯？

其实我也不愿意这么早就回去独守空房，但是这时候除了饭店，大部分场所都不营业，去哪儿好呢？

他见我犹豫，发动车子："算了，边走边想。"

可我没想到他最终把车子开到了D大。

"怎么跑这儿来了？"我问。

他停好车，熄了火："也没别的地方去了，这里挺好，下车吧。"

我却望着窗外的夜色有些迟疑。

虽然我明知道秦悦已经毕业，我不会在这里碰到他，可是这么久以来，我依旧不愿意来这里。我知道我并非是怕遇到谁，我只是怕看到过去的自己，怕对比我现在的不如意，怕忍不住缅怀。

人生的路还长，谁知要颠沛流离到何年何月，记忆就像肩上负的重，经年累月拖得人寸步难行。所以我想忘却，而最好的办法就是远离，不给自己重温的机会，久而久之也就真的忘了。

陆朝阳绕到副驾驶旁敲了敲车门，催促我下车。

我不得已，还是跟着他往校园里走。

一阵夜风吹过，我搓了搓手："大晚上的，我们跑这儿来干什么？"

"你不是爱清静吗？在这儿走走挺好。"

校园主干道两旁挂着灯笼，缠绕着彩灯，节日气氛浓郁，可是这么宽敞的路上却只有我们两个人。我踩着他的影子，跟着他沿着这路一直走，绕过礼堂，走到了暗处，我记得再往前是个篮球场。

我停下脚步叫他："别往那边走了吧，好黑。"

他头也不回："有我在你怕什么？过了篮球场就是家属区了，那边还亮堂点。"

说着他又往前走去，我跟在他的身后，开始有点心不在焉。不一会儿我就看到篮球场前面不远处有一栋楼上挂满了各式各样的灯笼，灯火辉煌，照亮了半边的夜空。而他却在篮球场边停了下来，回头朝我招招手，自己绕过铁栅栏门走了进去。

原来里面有一个不知道谁丢在那儿的破篮球,他弯腰捡起球颠了颠,可以预料的,球已经没气了。

我催促他:"好冷,我们走吧!"

却见他隔着几米远朝着篮筐将球掷出。

就着路边昏黄的灯光,我看到那只篮球在篮球板上撞了一下,沿着篮筐滚了半圈,最终落入篮筐中。

有那么一瞬间,我无法克制地想起了秦悦。

陆朝阳回头看我:"我记得你说你没谈过恋爱?"

我懒懒地往身后的铁丝网上靠去:"大过年的你说点什么不好……"

他笑了一下:"那你之前就没喜欢过什么人?"

我不知道该如何回答他,歪过头去装作若无其事的样子看周遭黑漆漆的夜。

他捡起那球又投了一次,这次是准确无误的空心入篮。

球滚出很远,他没再去捡,而是拍了拍手,缓步朝我走来。

我的目光不由得移到他的脸上,而他仿佛能从我的眼里直直地望进我的心里头。

走到距离我半米左右处,他停了下来,问我:"你还想他吗?"

我还想秦悦吗?

我也问自己,第一次毫不回避地问自己。而令我无比意外的是,曾经我那么恐惧直面的东西,如今真的摆在眼前了,我却发现并没有那么可怕,因为一切都已经过去了。

是的,想起过往,想起秦悦,我没有自己想的那么脆弱,或许是我已经接受了命运的安排,反而有一种解脱后的轻松。而对这段感情我除了庆幸曾经拥有,已再无其他奢求。

陆朝阳点了点头:"看样子是还想。"

我转身往外走:"你懂什么。"

我听到身后有脚步跟上来,他像是玩笑,却又带着点苦涩说道:"我肯定比你这个没谈过恋爱的懂得多。"

"喊。"

家属楼前面是一片湖，被家属楼上的灯光照得灯火通明。待我走到湖边，看清那湖，也总算明白过来他为什么要带我来这儿。

湖在夜色中一望无际，神秘得令人生畏，这在拥挤忙碌的都市中难得一见。更何况是今天这样的日子，让人有种错觉，仿佛这里只属于我们两个。

有风吹过，我搓了搓脸。

他看了我一眼说："别傻愣着了，沿着湖边走一走，绕过这湖，就正好回到我们进来的那个门，车停在那儿。"

我点了点头，跟上他。

我说："你球打得不错。"

他笑："谁还没年轻过……上学时我天天打，现在不行了……"

他提到上学时，我想到网友说过他和刘溪是在国外同一所大学读的书，于是随口问道："刘溪是你初恋？"

他不置可否，反而问我："如果你爱的人变了，你还会继续爱他吗？"

我一听这话忍不住揶揄他："看不出来你这么念旧啊，陆总，陆公子。"

他也不生气，只是笑。

我想了想，正色道："那要看他怎么变了。如果他只是丑了、病了，甚至残了，只要他还是他，我应该还会爱他吧。但假如他变坏了、俗了、无趣了，那可能我就不会爱他了。"

他看了我一眼，只回了我一个字："蠢！"

"喂！"

"对方毁容了、癌症了、残疾了你能接受，就只是庸俗了、无聊了你就不能接受了？两个人在一起时间长了早晚会觉得对方庸俗无聊，你有没有想过，其实不是对方变了，是你变了。"

我耸了耸肩不以为然："好看的皮囊千篇一律，有趣的灵魂万里挑一，你懂吗？"

陆朝阳笑："这么说，你还是走心的那类人？"

我耸了耸肩："反正我知道你不是走心的人！"

他却似笑非笑地看我："有时候，走心和走肾不冲突……"

我不由得有些出神，那张脸在斑驳的灯光下半明半暗，那双眼眸看着我，目光深邃而耐人寻味。空气中淡淡的糖果香流动，伴随着某种躁动的分子。有那么一瞬间，我以为他马上就会吻下来，然而就在下一秒，我耳边骤然一声巨响。我吓得一哆嗦，条件反射地低头往前凑了一步。

接二连三的巨响之后，周遭再度恢复了平静。我回过神来时，他的双手正捂着我的耳朵。我感到干燥温暖的触感，还有那来自他胸口处的心跳声，莫名其妙的稍稍加快。

良久，他的声音从我的头顶传来，喑哑低沉："是爆竹声。"

我点了点头，退出他的怀抱，可气氛已经有了微妙的变化。

我听到他说："你好像很冷……"

我的心有点乱，朝前面望了一眼："是啊，快走吧，挺晚了。"

他没再说什么，跟在我的身后。

回去的路上，我们谁也没说话，车内有安静的音乐流淌，我却感到了彼此的各有所思。

到了我家楼下，我道了谢就想下车，可不知怎么搞的，车门被我拉了半天也没拉开。

我正纳闷，就听到一阵衣料摩擦的声音——他突然探身过来，他身上特有的淡淡的糖果味刺激着我的感官，他短而倔强的头发擦着我的面庞而过。

他替我打开了门，见我出神竟然也什么都不说，只是那样看着我，等待着。

我回过神来，匆忙下车。他这才下了车，替我从后备厢里拿出行李。

我伸手去接行李，却被他绕开："我送你上去。"

"不用了。"

他坚持："我送你上去。"

我租住的房子是旧式的四层板楼，楼道破旧窄小，感应灯早就坏了,也一直没人来修。

一路摸黑上了楼,在我家门前,他站定等着我找钥匙。

可能是因为手冻得有点僵,也可能是因为被他盯着看不自在,我掏了好久都没有掏出钥匙来。

黑暗总是让人的其他感官变得尤为清晰。渐渐地,我甚至听到自己略微急促的呼吸声,还有他的。

他似乎有些不耐烦了,而正当他要靠近我时,钥匙终于被我翻了出来。

我连忙开了门,也不等人进去,就先伸手打开了里面的灯。

光亮来的一瞬间,我看清了他脸上的神情,是冷漠的,危险的,我的心还在莫名其妙地"怦怦"跳着。

他把行李放在客厅,朝着屋里扫了一眼,然后低头看我,似乎有些犹豫地说:"那……我走了?"

我不知道是不是自己的错觉,他似乎不想走。

我含糊不清地"嗯"了一声。

他没有立刻离开,而是在我面前又等了一会儿,见我真的没再说什么,才出了门。

关上门的一瞬间,我抬起头来,重重地呼出一口气。

想到刚才,我不禁苦笑,我好歹也活了快40年了,感情经历不算多,但也是经过"大风大浪"的人,怎么刚才还像个小女孩一样?我想我一定是太久没恋爱了,又正好去了D大,想起了过往,而他又是那样一个人……还好,我悬崖勒马,没犯下大错。

我心里虽然这么想着,可几分钟后,再看到门外去而复返的人时,我所有的理智在一瞬间不知了去向。

当然在抛开一切之前,我还是本能地挣扎了一下。

我说:"我们不能这样。"

他却说:"一次和两次又有什么差别?"

这话让我吃了一惊。

是啊,已经不是第一次了,又有什么关系?

他吻着我，将我推向屋内。

床单是冰冷的，在肌肤与之相触的一刹那，我不由自主地颤抖了一下。

他似乎感觉到了，吻到我的耳边，小声地说着："一会儿就让你热起来。"

或许是想着我冷，他没有去脱我的衣服，而是将手从我的衣服下摆伸进来，轻轻摩挲揉捏……

这次他没有喝酒，却比上次更加疯狂。外表看着忧郁冷漠的人，在床上却有着野性的一面。我们前后换了几种姿势，我情动不止一次。而他任我"咿咿呀呀"，却自始至终一声不吭。我觉得这很不公平，可直到最后，他也只是在一阵急促厚重的呼吸声中倒在我身上。

世界安静了。

我推他，他翻了个身躺在我身边，手依旧握着我的手。

"不冷了吧？"他问我。

我回头看他，他正半眯着眼睛似笑非笑地看着我。

我坐起身来，问他："你洗澡吗？"

"你先洗，我歇会儿。"

我趿拉着拖鞋下地："原来你也知道累。"

他缓缓勾起嘴角，起身要来抓我，而我在那前一秒已经躲进了卫生间。

温热的水流让我稍稍清醒了一些，我问自己，这算什么？我想来想去，也只能告诉自己，就当这是新年福利吧。

等我洗好了澡再出来的时候，他正端详着我桌上的照片。

"你和你弟长得挺像的。"

我没搭他的话，催促他说："你快去洗吧，一会儿水凉了还得等。"

他这才起身往卫生间走，经过我时，他在我头顶发旋的地方轻轻啄了一下，无比娴熟。我突然想起曾经在网上看到的照片，是玻璃窗中的一男一女相互依偎的身影，大约就是刚才那种姿势，而发那照片的人是刘溪。

果然，习惯是一种可怕的东西。

男人洗澡省事，大约一刻钟的工夫，他就裹着块浴巾走了出来。

我指了指床上崭新的男士内衣裤："你穿应该差不多。"

他看了一眼，明显有点不爽。

我倒是笑了："放心吧，是我弟的，他还没穿过。"

他有点别扭："我又没问你……"

我不揭穿他，只是笑。

他一向平静的脸上难得露了怯："你笑什么？"

我饶有兴致："你说我笑什么？"

"你这女人……"

话说一半，他便朝我扑了过来，又是一个绵长而深入的吻……

一吻过后短暂的分离，他气喘吁吁地低头扫了我一眼，倏地就笑了。

我低头看到自己身上的碎花睡衣，只觉得无力……早知道有今天，我一定准备一套不这么老气的睡衣。

我想起小草的话，尴尬地问他："这是不是你姥姥都不会喜欢的款式？"

他笑意更甚："我喜欢就行，脱着方便。"

说话间，我只觉得胸口一凉，他又低头吻了下来……

09.

我以为第一次和第二次真的没什么差别，可后来我发现这真是大错特错。因为有第一次不一定会有第二次，可是有了第二次就一定会有第三次、第四次……

不过这并没有给我的生活带来太多的改变，白天我们还像过去一样，他忙公司的事情，我在家写稿，我们偶尔因工作碰个面。至于晚上，无聊的时候我们也会见面，有时候他约我，有时候我约他。

而我依然把我们这种见面定义为"福利"，我一边逃避着，一边享受着，直到他爸爸突然造访公司。

他爸爸来公司倒不是偶然，毕竟电视剧的项目启动，集团投了不少钱。只不过，这是我第一次见到他爸爸。

陆董事长五官长得很精神，而且保养得也好，皮肤有光泽，头发很茂密，身材也胖瘦适宜。所以他虽然年过半百，但看着却只有40岁的样子，从外形上看是个挺有魅力的男人。

我想着陆朝阳他爸爸都这样，那他妈妈得有多美，却听小草突然悄声说："看到了吗？那是老陆的新女友，你那剧的发行。"

我愣了一下，顺着她的视线看过去。陆董事长身后跟着两个人，其中一个是双木影视的制片主任，我在开机仪式那天见过。另一位是个二十几岁的姑娘，看上去精明干练，想必就是小草说的那个"老陆的新女友"。

"那陆朝阳他妈……"

小草诧异地看我："你不知道啊？陆朝阳他妈早去世了，好像是被他爸乱搞气死的。陆朝阳一直记恨着他爸，所以传言他们父子俩关系一直不好，就是陆朝阳决定来双木工作后才有所改善的。"

我不由得又一次感慨刘溪的魅力之大，原来这么恶劣的父子关系都能被她扭转过来，可想而知她在陆朝阳心中的地位。可再想到这一点，我心里竟多了点说不清道不明的情绪。

我又看向那姑娘，她足足比她前面的男人小了二十几岁啊！虽然老陆也不错，但……她怎么想的？

小草见我这表情，只是无所谓地耸了耸肩。

已经开机的作品，内容部分基本不会有什么大的变动，陆朝阳他爸爸特意过来，八成是为了发行的事情。既然是发行的事情，那就与我无关了。

我没有参加讨论，在小草的办公室和她聊着八卦。差不多半小时之后，我看那制片主任先离开了，而那管发行的姑娘也从陆朝阳的办公室里出来，过来跟我和小草有一搭没一搭地聊着。

这女孩看上去职业干练，说起话来却是锋芒毕露，浑身上下遮不住的稚气。不过我也不意外，毕竟她也就20岁出头。

我跟她没什么话说，但小草是见什么人说什么话的主儿，没一会儿两人就熟络得像失散多年的亲闺密一样了。

我中途借口上卫生间从小草的办公室出来。路过陆朝阳的办公室时，我看到里面只有父子两人——老陆高谈阔论，小陆低头沉默。

陆董事长声如洪钟，还没到办公室门口，我就听到他"哈哈"一笑说："谁说上个床就是女朋友了？她有男朋友咯！"

听前半句时我吓了一跳，听到后半句后，我稍稍松了口气——他说的应该是他那小女友，而不是我和陆朝阳。

可不知道为什么，我明明知道这话与我们无关，我却还是忍不住去看陆朝阳的脸色。他脸上带着难得的笑意，对他父亲的话看不出一丝一毫的不赞同。

从卫生间出来，我直接给小草发微信打了个招呼，便打道回府了。

回去的路上，我接到闻渊的电话。

他支支吾吾地问我："你在忙吗？"

我心情一般，生硬地回复："你有事儿？"

"我有个新文想试着投一下双木，你……能不能帮我推荐一下？"

牵线搭桥的事儿不算麻烦，只不过我把他推荐给谁呢？小草明显很不喜欢他，可是也没有直接就把稿子发给总经理的道理。

"能不能绕过小草？她好像不喜欢我这种风格。"

还没等我开口，闻渊自己先说了。原来他也知道这事儿。

我想了一下还是说："那你发我邮箱吧，我帮你给陆朝阳，但成不成我就不确定了。"

"好，谢谢。那个……回头有空一起吃个饭吧？"

我这才意识到，我和他也有段时间没联系了。

我答应下来挂了电话。手机的邮箱很快收到一封新邮件，我直接转给了陆朝阳，并在微信给他留了言，说是一个朋友的稿子请他看看。

晚上的时候他给我回了电话。

"稿子我看完了。"

我问:"你觉得怎么样?"

"架构还不错,看得出他对历史还挺有研究,只不过……这男主角的人设不太讨喜。"

他这人一向挑剔,看来是没什么戏了。

我说:"好吧,我跟他说一声。"

陆朝阳笑:"怎么,你也不替你朋友说说好话?你当初怎么跟我软磨硬泡的,我可还都记着呢,你对朋友也太不上心了。"

我说:"那不一样。"

他笑:"嗯,看来你这朋友跟你关系一般。"

我没说话。其实我很清楚,并不是人不一样,而是时机不一样了。当初我去求他时,我和他互不认识,毫无瓜葛,我愿意为了我的梦想和生活去请他多给我一次机会。可是现在不一样了,不知道从什么时候起,我很害怕,怕欠他什么,尤其是人情。

不过陆朝阳并没有真如我想的那样立刻拒绝,而是说:"这样吧,你抽空带他来公司一趟,我们当面聊一下。"

"好。"

"对了,你今天怎么那么早就走了?"

"还要赶稿子,我就先回来了。"

电话里静默了片刻,我不知道他在想什么。

过了一会儿,他问我:"晚上有事吗?"

我悄无声息地叹气说:"我大姨妈来了。"

"这样?那你好好休息吧。"

闻渊去双木的时候我没有跟着去,不过后来听闻渊说他和陆朝阳聊得还不错。他特别高兴,还要请我吃饭,兑现之前的承诺。

我想择日不如撞日:"那就今晚吧。"

再见面时,闻渊显得很热情,比上一次热络多了,倒是让我觉得有点不适应。

"小浮,你跟陆总很熟吗?"

我不知道他为什么这么问,但不免有点心虚。

"还行吧。"

"我感觉你们俩很熟啊。"

"你为什么这么说?"

"他说你跟他说了很多我的好话,还要他无论如何也要签下我。你们不熟能说这话吗?"

我不由得一愣:"这是陆朝阳说的?"

闻渊突然有点不好意思,结结巴巴地说:"我其实没想到你会这么帮我,哪怕你们很熟,你能这么做我也很感激了。"

我突然有点看不懂陆朝阳了,他为什么要这么说?为了让闻渊领我的情?还是为了让我领他的情?

"怎么了?"闻渊问我。

我摇了摇头:"是你的文写得不错,而且他那人也挺好说话的,所以……"

"是啊,他给我开出的条件也很好,看来我以前是误会他了。"

"以前?你以前跟他接触过?"

他尴尬地笑笑:"就是那些传闻……你也知道的……"

我"哦"了一声,心里不那么舒服。

闻渊招呼服务员来点菜,一边咨询什么菜好吃,一边问我爱吃什么。我和他不是第一次见面,却像是第一次坐下来吃饭一样,莫名生分,又莫名熟络。

而这天之后,闻渊经常约我见面,聊聊天、写写东西,偶尔一起去哪儿逛一逛……但他从来没有越格之举,也没给过我压力和任何不舒服的感觉,总之他不招人讨厌。

当然,除了一点——他很喜欢提起陆朝阳,我不知道这是不是因为陆朝阳是我和他之间唯一的交集。因为他总是提起陆朝阳,就让我觉得陆朝阳一直还在我的生活中。可事实上,我和陆朝阳已经有很长一段时间没见过面了,或者说,我们已经有很长时间没有联系过了。

我以为陆朝阳出差了,后来听小草说,他一直都在北京,在公司出现的时间也像往常一样,时间非常固定。

既然一切都正常,那他怎么突然就跟我断了联系?

一句可怕的回应在我的脑子中冒了出来——我和他又是什么样的关系需要经常联系?

他从来没说过喜欢我这类的话,对我甚至连一句夸赞都没有。我们这样的关系,我不是早该做好准备,说断就断了吗?

我又想起那天老陆说的话——上过床未必就有什么关系。应该是这样的,他当时不也认同了吗?可是为什么我的心里空落落的?

我心不在焉地过了两天,连和小草的约会都忘得干干净净的。

她找上门来时,我刚从床上爬起来。

"我说你可以啊!多卖几本书是不是开始跟我耍大牌了?"

我后半夜才睡着,被她吵醒的时候,脑子都是蒙的。

我含含糊糊回了一句:"我哪敢啊……"

她嫌恶地挑了一下我的头发:"你看你这头发油的,几天没洗了?"

"见你需要洗头吗?"

我从她身边经过时不小心碰了她一下,她立刻尖叫着捧起手上的包检查有没有被我碰坏。

我不屑地轻嗤一声:"不就买了个新包吗?你瞎嘚瑟啥?"

她白了我一眼:"你懂什么!"

"好吧,我不懂。"

"不懂就学啊,一会儿姐带你见识见识去。"

"不去,我没兴趣。"

她想了一下说:"也是,你这种情况无论背个什么包人家都不会当真的。我也逛了好几天了,没意思。这样吧,一会儿我们先吃饭吧,你想吃什么?"

"我没胃口。"

"哎,你还说你没耍大牌?"

"你饶了我吧,大姐!"

她找了个相对干净点的地方把她那包供好，又跟着我进了卫生间，然后就站在门前从镜子里仔仔细细地审视我。

说实话我挺怕被她这样看的，总担心她会看出点什么。

果然，她一开口就把我惊得够呛。

"你是不是失恋了？"

10.

我正进行到刷牙的最后一个环节，听她这么问，我一时间没控制好，把一口漱口水悉数咽下。

我咂摸了一下漱口水的味道，目光对上镜子中她的目光："我恋都没恋，怎么失？"

她将信将疑地看我："是吗？那之前你脖子上……"

我擦了擦嘴巴上的沫子推开她："饿死了，我们吃饭去吧。"

"你刚才还说自己没胃口，女人变得真是快……"

后来小草陪了我一整天，却没让我的心情有所好转，反而更加沉重。

她似乎点醒了我——或许是我没有搞清楚与陆朝阳相处的规则，让自己一不小心陷入了尴尬。

我的手机振动了几下，是闻渊。

他问我："你在家吗？"

"在，怎么了？"

"我正好出来办点事，我记得你家好像在附近，要不要一起吃个饭？"

我看了一眼窗外，干枯的枝梢在夜色中摇摇欲坠，虽然听不到风声，但也感觉得到寒意。

我没有想太久，很快回了个"好"，心里却总是毛毛的，预感有什么事情要发生。

闻渊约我在一个小川菜馆见面。其实我不爱吃辣，但他是四川人，无辣不欢，我也就没说什么。

我到的时候，他已经开始点菜了，见我进门，忙让服务员复述了一下菜单，问我合适不合适。饭馆里闹哄哄的，我也没听清，直接说没问题，反正我没什么胃口。

可是等红彤彤的菜一盘一盘地端上来时，我发觉没胃口还不是最惨的，最惨的是我看着那红辣椒竟然也能觉出胃痛来。

他终于察觉出我的不对劲，问我是不是菜不合胃口。我说我本来就不饿，他坚持让服务员给我上了一碗炝锅面。虽然我不知道这里怎么会有炝锅面，但我还是挺感动的，至少喝点汤，胃就不痛了。

大约胃里一充血，脑子就供不上血了。再抬起头来时，我说出的话让我自己都惊讶得不行。

"你愿意做我男朋友吗？"

我这才明白过来，之前我预感要发生的大事就是这事。

我看到对面的闻渊被辣椒呛出了眼泪。

"你有这么意外？"我有点不解，"那你一次又一次地约我，难道不是对我有意思？"

他缓了过来，但脸还是红着的。

"我对你没意思……"勉强回答完他又立刻改口，"也不是。"

我稍稍放下心来："那你什么意思？"

他看着我问："你认真的？"

"我像不认真的样儿吗？"

他放下筷子想了好一会儿，这才抬起头无比郑重地说："那要不……我们就试试吧。"

就这样，我突然就变成了一个有男朋友的人，而第一个知道这事儿的还是小草。

那天她在外面野到很晚，偏巧家门钥匙不知去向，于是大半夜的只好来我家蹭住。没想到一向死宅的我竟然不在家，她就在门口等我，便遇到闻渊送我回来。

闻渊见到她，就像耗子见了猫，远远地连个招呼都没打，就转身冲进了夜色。

望着他离开的方向，小草悠悠地来了一句："你解释解释吧。"

我被冷风吹得缩手缩脑："解释什么？我二十好几谈个恋爱不是很正常吗？"

"你来真的？"

我挠了挠耳朵："你手下的金童玉女都找到今生伴侣了，你有什么好不满意的？"

"你你你……"她那纤纤玉指直戳我的脑门，"你少跟我废话！我就不懂了，闻渊到底给你下了什么药了，让你五迷三道一次又一次着他的道？！"

我也有点不高兴了："你不觉得你这偏见很严重吗？"

"我这是偏见吗？我这是女人的第六感！"

"还不是一个意思。"

听了我的话，小草明显更生气了，只不过我看得出她在刻意压制。

我真不懂她为什么这么看不上闻渊。没错，闻渊是有很多毛病，胆小怯懦，就连说话声音都比一般人低一个分贝。但是同时他也有很多优点呀，最突出的就是跟我够般配。

小草大约是见我不为所动，只好换了个方式来劝我。

"你该不会是认为跟他上了床就得跟他在一起吧？大姐……这都什么年代了，有必要为了一时的错误白搭更多的时间和精力吗？"

我听着有点乱："谁说我和他上过床？"

小草愣了愣："没有吗？那你之前……"

她指了指自己锁骨的地方，我陡然就明白了她为什么这么问。

那一次，我和陆朝阳的第一次，她还是一直以为是我和闻渊……

我摆手："当然不是因为那个，是因为……"

我努力组织语言，在小草咄咄逼人的目光下，硬着头皮说："因为我们有未来！"

这话一出口，不仅小草，我自己都觉得很荒唐。

未来，对每一个人来说都是分量极重的词，可我却这么轻松地把它说出了口。而事实上我并不确定我和闻渊有没有未来，但是我可以断定，我和陆朝阳是没有未来的。既然如此，不如早点了断。

可是事情总是不从人愿。

第二天晚上，我正要上床睡觉，门铃就响了。我以为又是小草来蹭住，可是门外站着的，竟然是多日未见的陆朝阳。

他似乎喝了一点酒，见到我伸出胳膊就要上来搂我。

我立刻躲到一边，他扑了个空，抬起头有点不解地看我。

我没说什么，他轻咳了一声："我吵到你睡觉了？"

"我还没睡。"

"哦，没睡就好。"

我以为他会说点什么，可他却只是点点头，像进自己家一样边往里走边脱外套："我今天也有点累，一会儿早点睡。"

我依然站在门边不动："你累了就早点回去吧。"

他回过头来看我，已经有点愠怒："你今天怎么了？"

我也不知道要从何说起，所以干脆沉默着，等着他来问。

可是他却不继续问了，而是开始打量我这套他再熟悉不过的一居室："话说我有个事儿一直想和你商量一下，你住得离公司有点远，要不要考虑换一套……"

"我有男朋友了。"

或许，还是这样更直接一点比较好。

房间里有一瞬间的死静，我看到他脸上的表情一点点地发生变化。

他回过头来跟我遥遥对视，眼神渐渐变得危险："什么时候的事儿？"

看吧，我从来不用担心他会误会我说的是他。

我说："就前不久。"

"你为什么不跟我说？"

"我现在不是说了！"

我这话里明显有些赌气的成分，这让我觉得很没面子。

我低下头，但还是能感觉到他在盯着我看。我以为他会生气的，或者还会跟我吵架。可是除了时间安静地流逝，我没有听到他一句不满。

半晌，他似乎笑了："看来我以后不方便来了。"

我在心里叹气，表面上却在笑："是啊。"

他点了点头，良久又看向我问："是那个闻渊吗？"

我没想到他竟然能一下猜中，坦白道："是。"

"难怪你会为了他专门来找我。"

这可没什么关系。一开始我想解释，但想想又觉得算了，这样也好，随他去吧。

我沉默，他重新穿起外套，经过我时他似乎想说什么，但终究什么也没说，一声不响地出了门。

刚才那一场博弈，我像是胜了，保住了尊严，还有我所谓的未来。可是我又好像败了，不然我怎么会这么难受呢？

或许在感情里，本来就没什么胜负可言，要么两全其美，要么两败俱伤。

我以为这事儿就这样过去了，毕竟堂堂陆公子，风月老手，也是见过大世面的人，不该为了我这种人再来讨没趣折面子。

但后来我才发现，凡事总有个例外，毫无道理的例外。

我新交的稿子，原本都要走出版流程了，却突然被叫停。我问原因，也只是一句"上面的意思"。

"上面"是哪个"上面"？内容总监是小草，再上面就是陆朝阳了。

我怒气冲冲地来到公司，直奔小草的办公室。她正在打电话，见我来二话不说直接把电话挂断。

"你说说吧，什么情况？我的稿子里面又没有什么敏感内容，都交了这么久了又要我大改？而且那改稿意见……"

那改稿意见我之前匆匆扫了一眼，没法说，简直就是鸡蛋里挑

~ 179 ~

骨头!

"我正要找你,说实话我也一头雾水。"

见我将信将疑地看她,她疲惫地捏着眉心:"收起你那不客气的目光好吧,我们认识多少年了,我有必要这么整你吗?"

也是,那这是谁的主意,大家心里就都清楚了。

我无奈地陷进沙发里。她小心翼翼地问:"你怎么得罪陆总了?"

"你也觉得是他故意的?"

她甩过一沓打印纸给我:"26页改稿意见,他不是故意的是什么?"

我疲惫地抚了下脸,不知道怎么跟小草说。

她问:"你什么想法?"

我想了好一会儿,人在屋檐下,不得不低头,我还得靠着这些稿子生活下去。所以这稿子不能不出,但是我可以改稿子,却不能去求他。求他算什么?我把闻渊摆在什么位置?

我拿过那二十几页打印纸问:"什么时候要?我改。"

小草无比意外:"这你都认?"

"不认怎么办?"

"就不去找他争取一下了?不过他今天好像不在,你得改天。"

"算了。"

"你这人人设可够崩的。之前你就是一包子,逆来顺受的典范。后来不知道抽了什么风终于有点主意了,现在怎么又回去了?"

既然我决定要改稿,那就没时间在这儿废话了。

我站起身拎起电脑包往门口走:"看来你还是不够了解我。"

"是啊!是啊!"门关上之前,我听小草在我身后感慨,"真是女人心海底针啊……"

嗬,男人何尝不是。

刚出门,我的手机就响了,是闻渊的短信:"你在公司?"

我四下看了看,他并不在周围,就给他发信息:"你也在?"

"嗯,我中午出来办事路过公司,顺便就把之前的合同带过来了。刚才法务那边说看到你来了。你的事情处理完了吗?"

"处理完了,我正要走。"

"那我在楼下咖啡厅等你?"

我想了一下回消息说:"好,你找个有电源的位置。"

见了面,闻渊问我:"你在写新文?"

我心不在焉,随口"嗯"了一声,也问他:"你呢,中午办什么事儿?"

"也没什么事儿,是我家里的事儿。"

我见他不想回答也就没再追问,打开电脑,打算改稿子。正在这时候,不知道从哪儿发出了"当当当"几声,我抬头一看,吓了一跳——旁边的落地玻璃窗上竟然扒着一个人。那人人高腿长,望着窗子里面的我们似笑非笑,正是陆朝阳。

我还没反应过来怎么回事,对面闻渊已经站起身来迎了出去。

过了一会儿,两人从外面进来,闻渊忙着收拾桌上的东西给陆朝阳腾地方:"陆总您坐。"

陆朝阳不客气地坐在我对面看着我。

而我连看都懒得看他。

过了一会儿,他笑了一声:"你们怎么整得跟小学生一样,见面约会还带着作业?"

我没搭话,闻渊尴尬地笑:"陆总您真逗,这不是为了早点交稿吗!公司这么卖力,我们也不能懈怠啊。"

陆朝阳点头,像模像样地说:"公司有你们这样优秀的作者,是公司的幸运。对了,小芙,那改稿意见你看到了吧?"

我朝着咖啡杯下那沓纸扬了扬下巴,依旧没有跟他说话的意思。

闻渊问:"什么改稿意见?"

陆朝阳面色和煦地看着他:"别急,你也会有的,我之前忙,所以还没来得及看你的稿子。"

闻渊说:"可我还没写完……"

"没写完我也可以先看看,然后给你提意见,省得你后面改了。"

闻渊受宠若惊:"真的吗?那太好了,我之前一直怕耽误您太多时间，毕竟您要做的事情比较多。"

陆朝阳指了指闻渊的电脑："我看看。"

闻渊连忙打开文档来给陆朝阳看。

我心里默默叹气，看着还不知情的闻渊对陆朝阳殷勤备至的样子，我能做的也只有同情他了。

"我觉得你这个吧，得加点别的元素。"陆朝阳开始了他的表演。

"我这男主人公是穿越到宋朝的，穿越算不算新元素？"闻渊问。

"穿越算什么新元素，要加就加科幻、恐怖、战争、灾难等。"

"可是陆总，我这个是历史小说啊。"

"别人写历史小说，你也写，你这个有什么过人之处吗？"

"……"

"所以要加其他元素。"

闻渊愁眉苦脸。

陆朝阳接着说："就比如，你这个男主，可以不是人类，就是一个失忆的外星人，然后穿越到了古代，这不就加上科幻元素了吗？"

闻渊似懂非懂："那这算'科幻历史'题材？"

"嗯，但还不够。你可以让女主变成一只狐妖，这样男女主相爱，但是彼此不知对方真实身份，女主困扰于人妖殊途，男主发现自己和人类不太一样，怕说出来女主会离开他。两人都藏着秘密，剧情肯定是扑朔迷离，你注意写妖的时候要带点恐怖色彩。至于战争灾难就更好说了，男主的同胞来到地球寻找他，误以为男主被地球人掳掠，于是大规模地对地球发起猛攻，造成地球的末日危机……"

陆朝阳越说越离谱，我都听不下去了，好好一个历史小说被改得面目全非，照这个方法改下去，闻渊明年交得出稿子就不错了。

我以为闻渊总会抗议一下，说说自己的想法，没想到他竟然把陆朝阳胡诌的这些当金科玉律一样，不光听着，还拿着笔记下，要多认真有多认真。

我还是头一次见陆朝阳这样，口若悬河滔滔不绝。而说到口干舌燥的时候，他直接拿起我刚喝过的果汁喝了起来，我想阻止都来不及。

闻渊看了我一眼，似乎觉得我不够懂事，朝我使了个眼色，继续虚心请教陆朝阳："陆总，还有吗？"

陆朝阳想了一下说："先说这些吧……哦对了，那女主人公的名字也不好听，最好换一个清新脱俗一点的。"

"好的好的，您看'妙可'怎么样？"

"不好，你再想想。"

闻渊低着头奋笔疾书，陆朝阳喝着我的果汁看着我。

我被他看得有点发毛，正想说他没事可以走了，却听他先开了口："没什么事儿了，你可以先走了。"

我和闻渊都愣了一下。

我见他看着我，以为他是让我走。虽然我有点不爽，但总比在这里跟他大眼瞪小眼的好。

我正要收拾电脑，又听他接着说："我和小芙还有话说。"

原来，他是要闻渊走。

闻渊看向我，但也只是犹豫了那么一瞬间，就立马站起身来："好的好的，正好我要回去改稿子，这个工作量有点大啊。"

我听着一阵心酸，还想阻止他，但他又朝我使了个眼色。

我无奈，只好说："晚上我们电话联系。"

他匆忙应了一声，逃也似的出了咖啡厅。

望着闻渊离开的背影，陆朝阳以胜利者的姿态看着我。

我冷冷地看着他："有意思吗？"

他不答反问："看见了吗？他根本不是男人。"

11.

"这跟你有什么关系？"

我质问陆朝阳，而他没有回答，他的反应如我所料。

其实我对闻渊也有点失望，甚至开始后悔自己当初草率的决定，但是我却不愿意在陆朝阳面前露出端倪。

我试着替闻渊说话,也像是在说服我自己:"他只是腼腆,性格有点软弱,人是很好的,关键是跟我很配。"

"胡扯!"

刚才还一脸平静的人,突然就动了怒。

周遭的人向我们投来探询的目光,我只能当作没看到。

我心里也有气,冷笑着问:"你在气什么?难不成几度春宵让陆公子以为我就是你的女人了?陆公子的喜好阈值还真是宽泛,喜欢美女也喜欢我这柴火妞吗?"

陆朝阳似乎有点急了:"张柯那帮家伙瞎说的你也信?"

我看向窗外,已是华灯初上,庞大奢华的霓虹灯下不时有甜甜蜜蜜的小情侣路过。

"不然怎么样,你要娶我吗?"

不出所料,回应我的是意料之中的沉默。

从擦得锃亮的玻璃窗上,我看到他看着我的目光渐渐暗淡。

我自嘲地笑了笑,低头收拾东西。

直到我起身离开,他都没有再说一句话,但在我与他擦肩而过的一刹那,我感到手腕一紧。

我回头看他,他并没有看我,和电影里老套的情节一样,他的脸上写满了内心的挣扎,而握着我手腕的力道却渐渐松了下来。

我没费什么力气便甩开了他的手,一声不吭地走出了咖啡厅。

拜陆朝阳所赐,闻渊没日没夜地改了半个月的稿子,我说这样也不是办法,不如出去走走。可是大冬天的也没地方好去,最后我们决定去看场电影。

赶上姨妈期,我的脸色白得像纸一样。出门前,我翻出一管口红涂了点,这才显得我的脸上有点生气。

刚下到一楼,我迎面和一个高个子男人撞了个满怀,我习惯性地道歉,抬头一看,我俩都愣住了。

我以为陆朝阳那么要面子,咖啡厅那事儿之后,我们应该不会再在私下里见面,他更不会来找我。可是,此时他就在我的眼前。

他上下扫了我一眼,最后目光停留在我的唇上,脸上露出一闪而过的轻蔑笑容。

"你去约会?"

我没理他,绕过他往外走。

他跟上我:"你化妆了?以前见我时怎么没见你打扮一下?"

这话说得冷嘲热讽,让人很不舒服,但我也开始后悔今天涂口红的事了。

"今天是什么节目?还是'写作业'?"

我深吸一口气停下脚步,冷着脸回头看他:"你管得好像有点宽吧?"

"你好歹是我们公司现在力捧的作者,我对你多一点关心也是应该的。"

不知是谁说过,男人至少有两张面孔,总有一张天真得像个孩子,这话果然一点不假。

我冷笑:"我是不是遇上职场性骚扰了?"

"我记得你之前还说这是'员工福利'。"

我懒得理他,加快脚步朝公交车站走去。

我们是临时决定看电影的,不巧正赶上了下班高峰。公交车上人满为患,我勉强挤了进去,想着这阵仗应该能把那家伙吓走,没想到我刚找了个位置站定,就听到身后的人抱怨:"你现在收入也不低了,有必要这么节省吗?打个车也花不了几个钱。"

我本来是想打车来着,这不是为了甩掉他吗!

我朝前挪了挪,努力跟他拉开距离,结果他也朝前靠了过来。车子拥挤颠簸,我知道他可能不是故意的,但是他这样贴着我,一低头气息正好喷洒在我的脖颈处,实在让我很不自在。我不耐烦地动了动脖子,有意避开他,但车上就这么点空间,躲也躲不开。

这时候,本来已经出站的公交车突然又停在了路边。我以为是遇到了交通事故,或者又有人要上车,却迟迟不见车门打开。

乘客们东张西望也在找原因,就听一个女人大喊着:"干什么呢?!那男的干什么呢?!"

众人都循着声源看过去,原来是司机大姐,而她的目光正是看向我和陆朝阳这边的。

见我看她,她问:"小姑娘,你身后那人你认识吗?"

我这才反应过来,从上车到现在,我一路躲着陆朝阳的小动作应该都被那司机大姐从车内监控里看到了。陆朝阳也是,一向很注意形象的他,今天就穿了件黑色长款带帽棉服,大约是怕冷,他一直戴着帽子没有摘,大半张脸都遮在帽子中,有点小动作,难免不被人误会。

我一脸坦诚地朝着司机大姐摇了摇头。

大姐狠狠地瞪了陆朝阳一眼:"光天化日的,还有没有王法了!"然后她痛心疾首地朝我招手:"你过来,站到我这儿来。"

陆朝阳完全没搞清什么状况,还想拉住我。

大姐直接怒了:"哎哎哎,干什么呢?!你还动上手了是吧?!你这是犯法,你知道吗?!我可以报警来让警察来逮你的,你知道吗?!"

陆朝阳被骂得一头雾水,有心解释,却没人给他机会。周围的人也指指点点,刚才在我们附近对着他星星眼的女高中生也立刻抱着书包躲得远远的,临走时还骂了一句"恶心"。

我忍不住想笑,再一抬头正对上陆朝阳阴森森的目光。他咬着后槽牙朝我点了点头,那意思仿佛在说:你给我等着!

人越来越多,将我和他之间的空间彻底填满。

到了西单我立刻跳下车,陆朝阳大概没想到我会在这站下车,从车里看到车外的我时,他已经来不及下车了。

我笑着对他摆摆手,朝着跟闻渊约好的见面地点走去。

虽说今天不是周末,但是西单这地方一向人不少。挤不上直梯,我只好走滚梯,一层层地上楼。我好不容易到了顶楼,就看到闻渊在电影院门前等我。

电影院附近人声嘈杂,我叫了他几声,他都没听见。我绕过人群往他那边走，正巧他转过身来，我立刻朝他招手，就见他朝我露出一个从未有过的热切笑容。

我想，"日久生情"这个词儿果然说得不错，虽然我还没有爱上他，他也没有爱上我，但我们的关系明显融洽不少。我很欣慰，看来我们相爱指日可待。

见他迎过来，我也热情地朝他小跑着过去，可是他却没有沿着预定的轨迹冲向我，而是直接绕过我，迎向我的身后。

我愣在当场，身后是闻渊惊喜的声音："陆总，您也来看电影啊？"

我倏地回头，果然就见陆朝阳瞥了我一眼，然后气息不稳地朝闻渊点着头。

我看了一眼时间，不到五分钟，陆朝阳是怎么追过来的？

闻渊问他："您是一个人？"

陆朝阳心不在焉地"嗯"了一声。

闻渊看向我，提议道："那要不我们一起看吧？"

陆朝阳点头。

我刚想说什么，又被闻渊用那种眼神看了一眼。我无奈，只好闭上了嘴。

最近上映的电影不少，可口碑好的没几部。美国动作大片总是一个套路没有新意，倒是一部国产喜剧评价不错。

"看喜剧吧。"

"看大片吧。"

我和闻渊几乎同时脱口而出。

意见不统一，闻渊试图劝服我："喜剧回去用电脑看也是一样的，来电影院当然就是要看那种场面震撼的！您说是吧，陆总？"

我想了一下，第一次一起看电影，还是给闻渊留点好印象吧。我正想说"也行"，旁边的陆朝阳却说："是啊，那就看喜剧吧。"

闻渊脸上的表情变了又变，最终不情不愿地去买了票。

见闻渊去排队买票，我去对面买爆米花和饮料。陆朝阳自始至终跟在我身边，见我要付钱，直接把两张大票递给服务员。

我说："你这是什么意思？瞧不起人？这些东西又没多少钱。"

陆朝阳收回找零，看也不看我，说："甭管多少钱，就没有让女人掏钱的道理。"

这话听着似曾相识，让我这已经死得差不多的心又回光返照似的猛跳了一下。

我想，我果然是肤浅，被男人这随随便便的一句话就唬得五迷三道的。

因为是临时起意来看电影，所以位置都不太好。

陆朝阳的位置是最靠近影院中央的，然后是闻渊，最外面、最偏的是我。

不过这样比较安全，隔着闻渊，陆朝阳也别想怎么样。

这部电影就如大家评价的那样剧情紧凑，梗也不俗，段子还都是新的，就连不想看喜剧的闻渊也时不时笑得前仰后合。

电影进行到一半，我感到有人似乎总是在看我。一次两次倒还好，但是到了后半程，那人干脆不看电影了，就一直看着我。

我怕闻渊注意到异样，也不敢说什么，但同时又盼着他能注意到什么，好让陆朝阳那家伙收敛一点。然而，闻渊也是个奇男子，竟然看得无比投入，周围的一切他仿佛都感觉不到。

最后在陆朝阳的"注视"下，我忍无可忍，倏地站起身来。

后面的几排人立刻不满地抱怨起来："干什么呢，挡着人看电影了！"

我道了歉，朝着影厅外走去。

进了洗手间，我发泄似的玩儿命洗了个手，然后对着镜子中的自己发呆，最后目光注意到我那豆沙色的唇，我有点犹豫，但最终还是没有把口红擦掉。

我凭什么要迁就陆朝阳？正经的约会，我打扮一下有错吗？

整理好心情，从洗手间出来，我却看到陆朝阳正靠在外面的墙壁上低头刷着手机。

这里空间不大，多了一个人就觉得很拥挤，而且周围没有人，就我和他一男一女，任谁见着都会多想一下。我有点紧张，死死盯着影厅门口，生怕闻渊也突然尿急出现在这里，到时候就不好解释了。

陆朝阳像是看穿了我的心事，冷冷一笑："他知道我们在外面反而不会出来。"

我问："你这什么意思？"

"我都说了，他不是男人。"

我心里陡然升起一丝不悦，我不喜欢陆朝阳这么说别人，尤其那个人是我现在的男朋友，这让我的内心充满了罪恶感。

我说："麻烦你以后别再这么说他，不然别怪我翻脸。"

我要走，却突然眼前一花，整个人被陆朝阳一把按在墙上。

"你翻得还少吗？"

又是那种糖果的味道，让我一阵心慌。

我的后背撞在墙上撞得生疼，我笑着看他："你这一次又一次的是为了什么？"

他愣了一下，似乎真的在想为什么。

我说："不就是本以为唾手可得的东西突然就失去掌控了，你很不甘心吗？"

那好看的眉头皱紧又渐渐松开，末了，那张俊俏的脸上也挂着笑："你什么时候变得这么牙尖嘴利了？"

"我一直都是这样，你不喜欢？"

"恰好相反。"

刚才我心里还气势高涨、鼓声雷动，现在好了，他轻轻巧巧的四个字，我心里那张鼓也破了。

我表面上强作镇定："所以呢？你是想好了要娶我了？"

他又皱起眉头："你今年才几岁？我没记错的话，是24岁吧？34岁结婚都不晚，你急什么？"

~ 189 ~

结不结婚对我来说的确不重要,但是他对我们之间这段感情的态度对我来说很重要。

我冷冷地推开他:"不好意思,我们乡下人就是24岁结婚,我就是急了。所以我们的目标不一样,别再浪费彼此的时间了。"

他好像彻底被我激怒了:"所以你是打算跟那个废物过一辈子了?"

"我说过不许你这么说他!"

陆朝阳被我吼得一愣。

我压下火气回答他:"不一定,但跟你是一定不可能。"

我重新回到影厅,陆朝阳没有跟我一起回去。

之前一直端坐着的闻渊此时终于靠在了椅背上,也不像刚才那么笑得无所顾忌了。他看也不看我,只是问:"你遇到陆总了吗?"

"嗯,在卫生间门口遇到了。"

他这才看向我:"那他人呢?"

我耸了耸肩:"我哪知道。"

电影已经接近尾声,没一会儿就结束了,陆朝阳果然没有再回来。

原本我和闻渊还定好看完电影去吃晚饭的,可是出来以后我们谁也没再提这事儿。我俩竟然不约而同地告别,各自打道回府。

回去的路上我很郁闷,大约是因为好好的约会被搅黄了,也或许是因为其他什么。

我想来想去,觉得应该换个房子了,这样陆朝阳就不会这么容易找到我,那今天这样的事情,也不会再发生。

12.

小草听说我要换房举双手赞成:"我早就说你该换地方住了,你那房子离我太远,这次也不用到处找了,你就在我家的小区找房子吧。"

就这样,不到一周的时间,我搬了家。

我搬家之后，跟小草厮混在一起的时间就更多了，免不了听她抱怨公司的事情。

"这年头混口饭吃是越来越难了。"她回完一条信息，忍不住骂了一句，"万恶的资本家！"

我手上拿着件新款男士夹克，价格合适，款式精神又干练，我想着给我弟挑一件。听到小草这么说，我也没太当回事："你这么懂得趋炎附势、见风使舵，活得应该比别人轻松才对。"

她对自己这点品质一直不以为耻，反以为荣，所以听我这么说也不生气："那也得看我遇到的是什么人，有的人哪，天生就是个刺儿头，难伺候！"

我手上不由得一顿，现在公司里需要小草伺候的也就一个陆朝阳了。

我本不想问，却还是忍不住，装作不在意的样子随口问她："他怎么了？"

她长叹一声："阴晴不定，难以琢磨。"

我想想，还真是这样。

"不是有句职场金句吗？千穿万穿，马屁不穿。你使出你的绝招啊！"

"快别说了，我连马屁股在哪儿都没搞清呢。"小草困惑地皱起眉，"最近也不知道怎么了，我说什么、做什么他都不高兴。不光是我，应该是公司上下所有人说什么、做什么他都不满意，不知道的还以为他又被哪个小妖精甩了。"

我的心猛地一跳，但转念又觉得自己自视太高。当初他为了那青梅竹马的刘美人浑浑噩噩痛不欲生还好理解，为了我算怎么回事？

我说："估计是每个月的那几天吧，你不知道，男人也有那几天。"

"真的假的？"

"你去问问呗。"

"去你的！"

正说着话，小草的眼睛突然直了："咦，那不是你家闻渊吗？"

~ 191 ~

我顺着她的目光看过去，果然看到一个背影酷似闻渊的男人。

他正站在一个女鞋专柜前低着头，似乎在跟坐在对面的人说话。那人被他的身子遮住，从我们这个方向看不清是谁，但是从露出的衣角颜色不难推测，那人是个姑娘。

小草显然也注意到这一点了，连忙朝旁边挪了几步，我也跟着过去看。

"这不是那个……"小草拍着脑门，一时想不起对方的名字。

"北木菲菲。"我说。

"对对对，就是她。他俩怎么在一起？"

而就在这时，闻渊已经用行动回答了我们——看样子是北木菲菲看上了一双鞋，但是因为她一手拿着冰淇淋，一手提着包，看似不那么方便，于是闻渊就在众目睽睽之下单膝跪地帮她试鞋。

这样的关系，我还用得着猜吗？

小草似乎没回过味儿来，回头诧异地看着我，那目光仿佛在问：他不是你男朋友吗？

大概见我也是意外的，她才明白过来是怎么回事。然后也不等我说什么，她就朝着两人冲了过去——准确地说是朝着闻渊冲了过去。

"哟，这么巧！"

闻渊显然没想到会在这里遇到我们，脸一下子憋得通红，又一下子变得刷白。

小草哪有心思欣赏他在这儿变脸，直接扑了上去："你怎么有脸？你怎么好意思？"

小草个子不高，倒是胜在动作敏捷，一把扯住闻渊的衣领不放。

闻渊吓了一跳，先前还是唯唯诺诺的样子，但很快，他似乎是意识到周围的人在看他，北木菲菲也在看他，他立刻沉下脸来将小草一把推开。

他的力度不大，看样子还是忌惮小草的，可偏巧小草今天穿了双不合脚的高跟鞋，一个没站稳直接坐在了地上。他在那儿扶也不是，不扶也不是，非常尴尬。

小草哪受得了这种气,差不多是从地上直接弹了起来,比上一次更凶猛地直扑闻渊面门而去。

闻渊躲避不及,但是看得出这一回他是真的生气了,抬手将小草隔开:"这是我的私事,跟你有什么关系?"

小草一愣:"哎呀,你还挺有理?你对不起小芙就跟我有关系!"

说实话小草这么维护我,我挺感动的,但是不知道为什么,面对闻渊和北木菲菲,我发觉自己还没有小草愤怒,甚至我不但不愤怒,似乎还有一丝解脱。

眼见着小草和闻渊不可开交地缠打在一起,我和北木菲菲都上去拉架。

围观的人越来越多……突然,北木菲菲大叫一声。

我们几个连忙住手,就见北木菲菲捧着自己的包一脸沮丧,她看了一眼小草,对闻渊说:"我的包被她的指甲刮坏了!"

我暗叫不好。

果然,就见小草邪魅一笑:"刮坏你的包算什么?看我不刮坏你的脸!"说着她又去扯拽北木菲菲。

这一次,闻渊难得像个男人,使足了浑身力气猛地一推,我和小草双双被推倒在地。

而就在这时候,人群中突然冲出来一个人,他从我面前一闪而过,还不等我看清是谁,就听到一声骨肉撞击的闷响,等我再抬起头就看到闻渊的脸上已经挂了彩。

"陆总?这……"他见是陆朝阳,捂着脸似乎想解释,但也只是那么一瞬,他就放弃了。

闻渊看向我,冷笑地问:"不清不白的只有我一个人吗?"

我承认,或许我对陆朝阳还存着点不该有的念想,可是跟闻渊在一起后,我从来没有也没想做对不住他的事。

我说:"你什么意思?"

"什么意思?你手上那件衣服给谁选的?怎么看也不是我的尺寸吧?"说着他看了一眼陆朝阳,回头去拉北木菲菲,往人群外走去。

我这才意识到手上还拿着刚才挑好的男士夹克。我弟虽然才高中,但是身材已经比闻渊高出一头了,倒是跟陆朝阳差不多高,难怪闻渊会误会。

不过说到陆朝阳,他怎么会出现在这里?

"你怎么在这儿?"我问他。

他愣了一下,然后若无其事地说:"我当然是来逛街。"

说着他拿过我手上的那件男款夹克:"正好想买几件衣服,我看这件就行。"

刚经历了一场闹剧,我没心情跟他周旋,扯过那件夹克就走:"要买自己买去,这种低端品牌还是更适合我弟那种中学生。"

遇上这事儿,我哪还有心情逛街。我拉着小草打算回去,可是不知道为什么,她似乎有点不想走。

我耐着性子说:"今天我真没心情,改天再陪你来吧。"

小草为难地指了指身后——陆朝阳已经跟了上来。

我见状只好说:"那我先回去了。"

陆朝阳闻言一把拉住我,但很快又松开了,应该是碍于小草在一边。

他轻咳一声,别别扭扭地说:"你没事吧?"

我摇头。

他点头:"那我送你们回去。"

我想说不用,他却已经不容拒绝地走在我和小草前面了。我回头看小草,发现她神情木木的,不知道在想些什么,不过也没什么奇怪的,要说这世上一物降一物,能降住小草的非她老板陆朝阳莫属。

13.

车里的气氛静得有点诡异,我突然想到一件事,也没过脑子就问陆朝阳:"是不是你们以后都不会和闻渊合作了?"

他像是听了个笑话似的说:"他这样的人品,我还和他合作什么?"

我说:"你这开门做生意的是不是有点太任性了?你也不能因为不喜欢哪个作者,就违约吧?"

"他因为人情进来的,我因为人情请他走,有问题吗?"说着他不满地看了我一眼,"我说你脑子是不是坏了,这个时候还帮他说话?"

我没想帮闻渊说什么,从一开始就没想,现在问这事儿也是纯属好奇。

见我不说话,陆朝阳的脸色更难看了。

眼看着快到小区门口了,他把车靠边停下,说:"小草,我就不送你进去了,这地儿车进出不方便。"

"没事的,把我放这儿就可以。"

小草下车了,我也要跟着下车,却被陆朝阳拉住:"你去哪儿?"

我这才想起来,我搬家的事儿他还不知道,于是立刻说:"哦,忘了说,我今天住小草家。"

说完我头也不回地下了车。

他没有再追过来,我猜是因为小草。这样也好,不然我也不知道要如何面对他。

往回走的路上,小草一直沉默着,还是那副若有所思的模样。我的心情不好,也没在意。

眼见着到了小草家楼下,我像往常一样跟她道别,她却突然站着不动也不说话。

我有点奇怪,回过头看她。

她看向我的目光竟然藏着隐秘的笑。

我懒懒地白她一眼:"这天都快黑了,你可别吓唬人。"

"说吧,我给你最后一次主动坦白的机会。"

"你让我说什么?"

她端着手臂,一副胜券在握的姿态:"有什么说什么啊,比如你和陆朝阳之间的奸情。"

我的心"扑通"一跳,嘴上还试图垂死挣扎:"堂堂陆公子怎么

~ 195 ~

看得上我？"

"搞不好他瞎啊！快说！上次我见到你脖子上的小草莓，是不是陆总种上去的？"

"你最近的想象力又丰富了。"

"你少来这套！之前听说你和闻渊在一起，我还以为是你思想保守，因为生米煮成熟饭才坚持和他在一起的，可我记得你当时直接反驳了我，你根本没跟他上过床。而陆朝阳对你的态度一直都很奇怪，这么算来就连他心情不好，也是从你和闻渊在一起开始的。"

"这你就有点武断了。"

"我武断？你知不知道我们公司最近出了个什么狗屁考勤政策？以前我们上下班就是打卡，现在还要分享坐标。"

我纳闷儿："这不是很正常吗？公司制度越来越完善，你得顺应这趋势，别整天想着迟到早退。"

小草咬牙切齿："工作日也就算了，可全公司上下只有我连周末都要时不时地给领导汇报我的地理位置！只有我！搞得公司上下还以为他对我有什么想法呢！而且这狗屁政策出台的时间就跟你换房子的时间差不多。你别说你换房子不是为了躲着他，不然你刚才为什么不敢告诉他？"

"你真是想多了。"

小草冷笑："是吗？但你知不知道，就在今天下午，他要我分享我的位置，之后没多久他就出现在商场了，这也太明显了吧？另外还有一点，有奸情的男女之间会有一种特殊的暧昧磁场，我小草不能说是这方面的专家，也可以说是身经百战，经验丰富，我一眼就看出来了，你别再想骗我了！"

我听完之后沉默了片刻："就你？还身经百战，经验丰富？那你怎么现在才发现？"

"哎，你什么意思？"

我转身背对着她摆了摆手，只身朝着夜色中走去。

我身心俱疲，没工夫理她，更何况我心里还悬着一个问题急需寻求答案。

回到家,我犹豫许久,还是打给了闻渊。

"嘟嘟"几声等待音过后,他终究还是接通了电话,但是却一个字也不说。

我对着毫无声响的话筒说:"我想和你谈谈……明天上午十点半,公司楼下那家咖啡厅见。"

良久,他略显干瘪的声音回了个"好"。

14.

我见到闻渊时,他一副"事已至此,无所畏惧"的表情,我从未见他在谁面前这么放松坦荡过。

不等我开口,他说:"如果你是来骂我的还是算了,咱俩一个半斤一个八两,谁骂得着谁?"

"你是说我和陆朝阳?"

"你以为我看不出来?不然就你那点人气凭什么被那么追捧?"

我对他的指责有点意外,但想想也可以理解,于是耐着性子说:"我和他之前是有点……不过和你在一起之后,我和他就没有关系了。"

"真的?"

"真的。"我直视着他,"是你一次又一次地给他机会。"

我明明都已经下定决心,要跟闻渊好好相处了,可最终还是惨淡收场。

"这不是因为他是……"

闻渊没有说下去,但气势明显弱了下来。过了一会儿,他问我:"是他甩了你?"

我没有说话。

他大约以为我默认了,略微犹豫了一下问,"假如……我是说假如,不是他甩了你,给你选择的话,我和他之间你会怎么选?"

~ 197 ~

我不知道要怎么回答他,他却又忽然自嘲地笑了笑:"算了,是我也会选择他,你当我没问吧。"

我心里苦笑,没办法告诉他,其实我已经做出了选择,跟他想的刚好相反。

我问他:"你呢?作家协会那次活动后你为什么来找我?"

他想了想说:"我就是觉得你挺有才的,抱着接触一下的想法加了你的QQ好友,结果发现你性格不错,而且……你的人气越来越旺了,这对我也有帮助。"

原来我还有这么多优点。

我说:"可你最后还是选择了她,这又是为什么?"

这一次,他没有再那么理直气壮,又像他过去一样,唯唯诺诺、支支吾吾,纠结许久,他最终还是用几不可闻的声音回答了我:"她比你好看。"

我敬现实一杯酒,现实回我一碗毒鸡汤。

事情就是这样,任凭你再有才华,任凭你再善良,在男人面前怕是也只有两种女孩,一种是好看的,另一种就是我这样,不好看的。

我跟闻渊的事情彻底解决了,虽然最初闹得很难看,但谈过之后,两人也算和平分手了。

我开始忙着写新文,而我那本书改编的剧进入了密集的宣传期,并且随着宣传越来越多,整个主创团队都成了媒体的焦点。

原本作为出品人的陆朝阳也算不上娱乐圈的人,可是因为他之前的花边消息不断,这会儿就又成了众矢之的,隔两天他就有被偷拍到的照片被传上了微博。

小草举着手机左看右看:"你确定你上礼拜没去公司?"

我吃着泡面没精打采地说:"我卡文卡成狗了,已经一个礼拜没出过窝了。"

"那这谁啊?"

我拿过她的手机看了一眼,照片上陆朝阳和一个女孩子正往一家西餐厅里走。那家餐厅出了名的高消费,他要是请我吃饭最多就是隔壁街的串儿吧。

不过这女孩的背影,我还真看着有点眼熟。

我点开评论翻了翻:"这不下面有人说了吗?"

我把手机甩给小草,就在刚才一条最新的留言下是一张评论照片,照片上的人是刘溪,她穿的那件衣服正好和被偷拍到的女孩身上的衣服是同款。

小草说:"还真是她。不说我还没注意,你跟咱刘大美人除了正脸以外的其他角度还真有点像,这身材、这发型,最近你们连穿衣风格都很像。"

我说:"你打住,我一直这个风格——被你称作'邋遢'的风格。"

小草哈哈一笑:"那就是刘大美人堕落了,她也不能因为要嫁人了就这么不修边幅啊。"

我正好喝完面汤,心满意足地用筷子敲了敲碗:"我说你对失恋中的人可不可以客气点?"

她虚伪地笑了笑:"我差点忘了你刚失恋,可是失恋不是应该借酒消愁吗?"

我不以为然:"你言情小说看多了吧?"

"是你过得太糙了!女人就是生活在仪式中的,你知道吗?喝过酒你才算彻底跟过去说拜拜了,所以这酒你早晚都得喝。"

不得不说小草在有些方面办事效率奇高。第二天,她就在KTV订了间包房。

只不过唱歌不是我的强项,尤其是最近那些新歌,我听都没听过,所以最后就成了小草负责唱歌,我负责喝酒。后来小草唱累了,我被逼无奈只好找一些20世纪80年代和90年代的歌出来撑场面。歌词我记得最全也基本不会跑调的歌只有邓丽君的那首《我只在乎你》。

我喝了一肚子酒,坐着根本唱不出来。还好包房小舞台角落里有个高脚椅,可以半坐半站着唱歌,正适合我现在的状态。

我一边看着面前显示屏上的字幕,一边努力找着旋律:"如果没有遇见你,我将会是在哪里,日子过得怎么样,人生是否要珍惜……"

其实我会唱这首歌，主要是我妈很喜欢邓丽君——当然我说的这个妈，是真正生我养我的那个妈。

以前我只觉得这歌调子好听，完全不明白这歌的意思。可是在经历了这许多次分分合合之后，我终于明白这首歌为什么可以广为流传。

"也许认识某一人，过着平凡的日子，不知道会不会，也有爱情甜如蜜……"

想到我经历过的这些人，不爱我的我留不住，可爱我的我也留不住。对过往的惋惜和对未来的迷茫，使我突然自恋起来。

酒精再一次将这些平日里被我刻意忽略的情绪放大，一首歌竟也唱得我眼眶发热。而再抬起头来时，我模糊的视线中多了一个人。

陆朝阳站在靠门口的地方，长身玉立，手里夹着半支烟，歪着头似乎正看向我。

我有点意外，我以前竟然不知道，他是抽烟的。

我低头切掉歌，偌大的包间里突然变得静悄悄的。

我对着话筒问："你怎么在这儿？"

陆朝阳很平静地回答："我来接你。"

我觉得我刚才喝进去的那些酒已经开始发挥功效了，不然我不会感觉到，他是特意为了我出现在这里的。我甚至开始怀疑，他对我真的有过超出肉体关系的情谊。

我问："小草呢？"

他掐灭了烟："她说她难受，先回去了，让我来接你。"

这话本就漏洞百出，可是现在的我没有脑细胞去思考这些。

我看了一眼时间："这间包房我们包了四个小时，现在走就亏了。"

他阴沉的脸上难得露出一丝笑容："看来在你心里还有排在那小子前面的东西。"

我口齿不清地问："你什么意思？"

"拿钱和那小子比，看来还是钱在你心里更重要。"

我听明白了，他又在嘲讽我。

我索性坦白："是啊，有些东西是藏在骨子里的，不管挣多少钱都改不了。"

"不过在你那儿能仅次于钱重要也不错了。"

我还没弄明白他这话什么意思,他又问:"你就那么在意他?"

我想到这些天的失意,我是很难过,却不是为了闻渊。

我摇头:"我不是在意他,我是在意我自己,我觉得我要嫁不出去了……"

我的眼眶又热了。

"那也是你自找的。"

我颓丧地搓了搓脸。

他说:"算了,过去了就算了,现在呢?你还要唱吗?"

我翻了翻歌单,没什么我会的歌了,不过既然他来了……

他像是知道我的想法一样,没好气地说:"别看我,我才不唱歌呢。"

我还在心疼那剩下的一个多小时,他已经过来搀扶我了。

他轻而易举地把我架在他的肩膀上说:"放心吧,这次公司报销。"

我松了口气:"你早说啊。"

说着我也就不再犹豫,顺手拿起外套靠着他走出了包间。

我今天难得穿一次高跟鞋,本来就走不好路,喝了酒就更是举步维艰,几乎走一步绊一下。我明显听到陆朝阳呼吸的声音变得粗重起来,他一定受不了我了。

好不容易走到停车场,我正要上车,又想起来一件事,踉踉跄跄地推开他跑到车头前一看……完了,这车我还不能上了。

"你又干什么?"他的语气明显很不耐烦。

"你怎么开自己的车来了?"

"我不开自己的车,那我开谁的车?!"

"你可以开公司的车啊!这下好了,这车吐脏了我可赔不起。"

我觉得自己真是了不起,喝了这么多酒,脑子还能这么清醒。

我无比庆幸地摆了摆手:"你先走吧,我打车回去。"

我正往停车场外走,突然脖子上一紧,被人拽住了后衣领,他说:"你别逼我动手!"

"喂!"我踉跄着倒退,鞋都掉了,"我的鞋!"

突然间天旋地转,我立刻闭上了眼,强压下胃里的那一阵翻涌。我再一睁眼,就发现自己已经被他扛在了肩膀上,而我刚才掉的那只鞋此刻正被他拎在手上。这绝对不是我们俩最亲密的样子,但是不知道为什么,此时的我心跳如鼓。

又是一阵天旋地转,我被他猛然扔在副驾驶位上。胃里再度翻江倒海,我觉得自己马上就可以吐出来了,连忙想推开他下车。结果面前的人非但纹丝不动,还直接压下了身,我心里一惊,翻涌起来的东西又被压了下去。

他在替我扣好安全带后,顺势在我手里塞了个塑料袋:"你随便吐。"

我怔怔地看着他绕回驾驶位上了车,发动车子,我的心里五味杂陈。

15.

车子开得很平缓,我渐渐舒服了一些。

我靠在椅背上歪头看着陆朝阳。

他的脸在斑驳的光线下影影绰绰的。我不得不承认,无论什么样的光线、什么样的角度,他都很好看。

我问:"我可以开灯吗?"

他瞥了我一眼:"开灯干什么?"

"我想看着你。"

他没有说什么,沉默半晌却还是打开了车内的灯。

原来,他在光线充足的时候更好看。

"我能问你个问题吗?"我说。

"可以。"他停顿了一下,"但我不一定会回答。"

"为什么?"

"因为你现在跟傻子没什么两样,我不想对牛弹琴。"

听他这口气,我就知道,我是真把他惹恼了。不过有些话,我怕我现在不问,就再也没有勇气问出口了。

"你是不是喜欢我?"

车里死一样地静,而最后回应我的是突如其来的黑暗——他又把灯关了。

看来他是看都不想多看我一眼了。

我自嘲地笑了笑,很自觉地闭上了嘴不再说话。直到车子停在我家楼下时,我才后知后觉:"你怎么知道我住这儿?"

"怎么,你觉得自己住的地方很隐秘?"

我不禁懊悔,正所谓"日防夜防家贼难防",有小草那个叛徒在,我对陆朝阳还有什么秘密可言?看来下次搬家之前我还得跟小草先绝交才可以。

眼看着他似乎想把我送上楼,我连忙拒绝:"不用了,我现在清醒多了。"

这大半夜的送姑娘上楼可不是简简单单地上个楼而已。他虽然不喜欢我,但我也不认为男人的上半身和下半身有什么必然的联系,不然哪来我们过去的那些事。

他像是看穿了我的想法,不齿地笑了笑:"放心,我陆朝阳还没到要乘人之危的份儿上,更何况……"

他上下扫了我一眼,我瞬间明白过来,又是我自作多情了。

我这人酒量是不好,喝一点就醉,但醒得也快。

下了车冷风一吹,又爬了几层楼,我就彻底清醒了。

我打开门把陆朝阳让进来,他四下看了看有点意外:"我以为你会换一个条件好一点的房子。"

我脱掉大衣换了鞋,边往里走边说:"我觉得这里比我原来住的地方已经好多了。"

说实在的,这房子的空间比之前的没大多少,装潢也很简陋,我之所以觉得它比之前的好很多,是因为之前的房子朝北,终日不见太阳,而这间朝南,终于也可以让我在家里晒到太阳了。

"你弟得的那个病,我也问过一些医院的朋友,开销是大,但也不至于你这样,而且你们家又不是就你一个人……"

我从厨房里拿了杯子和热水壶,刚想往杯子里倒水,又突然有点犹豫:"你喝茶吗?"

他被我打断,似乎有点不高兴:"大半夜的喝什么茶?"

我点点头,继续倒水:"那就喝点水,喝完了你赶紧走。"

"你赶我走?"

"对,我这地方小,多一个人都挤。而且,我累了。"

他沉默地看着我,过了好久,才又开口,语气很平缓:"我就是希望你过得好一点。"

心脏的一角被什么东西牵动了一下,但我是真的累了,所以刚才我不想花精力去跟一个从小家境富裕的公子哥解释什么生活艰辛。而现在我也不想再去揣测他说这话时带着的几分怜悯,更不想在未来把所有的激情都消耗在来自两个社会阶层的摩擦中。

我从来不否认,当初染指他是一个错误,但我也没有后悔过,我只是不敢奢望更多,就当和他有过那么一段,是自己赚到的吧。

房间里静悄悄的,谁也没说话,只有那杯盛满水的玻璃杯上方袅袅地浮着些许热气。直到我放在茶几上的手机突然振动起来,我们之间的沉默才被打破。

我看了一眼来电显示,是我妈的电话。

我妈平时睡得很早,从来没这个时间给我来过电话,我的心立刻就提了起来。

我连忙接通电话,听筒里传来我妈焦急的声音:"小芙啊,怎么办啊?你弟摔了一跤!"

真是怕什么来什么!

我弟那病就怕外伤,我问我妈:"出血了吗?"

"嗯。"她带着哭腔应着。

"您先别着急，我爸呢？"

"你爸今天出去跟战友喝酒了，还没回来呢，刚才打他的手机也没人接。"

我心想，完蛋了，我妈平时什么事都听我爸的，自己一点主意都没有，遇到事也不冷静，现在她肯定很慌乱。

她哭得我心烦，也不知道我弟的情况到底怎么样了。

我连忙回房间拿外套："您赶紧帮他先止血啊！我教您那几种办法您还记得吗？实在不行就打电话叫救护车去医院！"

"好的，好的。"她还是在哭，然后结结巴巴地问我，"小芙，你能回来一趟吗？"

我已经走到门前："放心，我这就赶回去。"

我妈这才挂了电话。

我拉开门正要走，就听到身后的人说："我送你。"

刚才打电话时，我还琢磨着这会儿还能不能有车票，就算是有票，算上两头到火车站的时间，等我到家怎么也要四个小时。但是开车的话，开得够快，差不多两个多小时也就到了。

我看着他，还有点犹豫，我主要是不好意思答应得那么痛快。

他拿起车钥匙先我一步跨出门去："快点吧。"

"谢了。"

我心里惦记着弟弟的事儿，上了车也一直没说话，就望着窗外黑漆漆的夜色，盘算着到底要多久才能到家。

直到上了高速公路，我收到一条信息，是来自我妈的："找到你爸了。"

简简单单的五个字，我几乎可以想到那边的情况应该已经得到了控制，于是我不由得松了口气。

我回头看陆朝阳，他正很专注地开着车，脸上没有丝毫的表情，亦如我第一次见到他时，倒是透着与生俱来的疏离和冷漠。

但现在的我知道，当时我看到的那个他，就和其他人看到的那个他一样，并不是真正的他。

~ 205 ~

"谢谢你。"我小声地说。

他匆忙地瞥了我一眼，什么也没说，只是更快速地载着我一头扎进了无尽的黑暗中。

因为我弟这次伤得比较严重，我妈找到我爸后，他们就带着我弟去了医院。

一下了高速公路，我就指挥着陆朝阳赶往镇上的医院，可还没到地方，就又接到了我妈的电话，说他们已经回家了。

他们这么快就回家了？

我突然有点无力，有点生气，但那是我妈和我弟弟。只是……拉着陆朝阳大半夜跑一趟，而事实上情况又没那么紧急，我心里有点过意不去。

他应该是听到了刚才电话里的内容，不但不生气，反而安慰我说："看来你弟没什么大问题了，这是好事儿。"

我抱歉地看着他："还害你跟我跑这么一趟。"

他无所谓地说："你回来不就是为了看到你弟平平安安没什么事儿吗？明天又不用去公司，我无所谓。"

我想着再跟他说谢谢就有点矫情了，于是就给他指了我家的方向。

16.

我家住的房子还是20年前我爸厂子里分的，直到他内退以后，我们一家都住在这户不到60平方米的小房子里。

楼道已经很破旧了，远不如我在北京租的那套房子，而且垃圾道还是老式的那种，每一层都有一个倒垃圾的口。有人不注意，时常把楼道里弄得脏兮兮的满地垃圾。

我许久不回来，一时半会儿都无法适应，更何况是陆朝阳？恐怕他一会儿进了我家的门都会忍不住感慨，这么多人住的房子竟还没有他家浴室大。

不过这样也好，让他看清我们之间的差距也好。

但让我意外的是，陆朝阳非但没有表现出丝毫的不适应，还对我父母彬彬有礼，非常客气，一副很懂事的样子。

而我父母对大半夜跟我在一起的男人也充满了好奇。

陆朝阳像是早有准备："小芙担心出事，嫌高铁太慢，就拜托我开车送她。哦对了，我是小芙的邻居，就跟着她跑一趟。"

陆朝阳话说完半响，我爸妈才回过神来，连忙道谢。

我进屋看我弟，他腿上绑着绷带，还在冰敷，看上去的确是伤得不轻，不过他的精神还不错。

见到我后，他立刻抱怨："我都跟妈说了没什么事儿，让她别给你打电话，她偏不听！"

我说："你小子少废话，还不是你不小心，害我大半夜跑回来。"

我弟的个子已经高我一头半了，人长得也不错，看着已经有点男人样了，但在我眼里他始终是个孩子。

那孩子臭着脸，不耐烦地说："行了行了，都是我的错还不行吗？"

"本来就是你的错，这下你连学校也去不成了，这么要紧的关头多耽误事。"

"喊，我现在去考也照样是清华、北大随便选，耽误这一两天算什么。"

"小子，话别说太满。"

我弟的目光突然移到我的身后，我听到脚步声，知道是陆朝阳。

我轻咳一声，跟我弟解释说："他是我邻居。"

我弟了然地点点头，脸上却露出了很暧昧的神情。

快要凌晨三点了，大家的状态都已经到了极限，可是明显我家这鸽子笼住不下这么多人。在我爸妈尴尴尬尬、犹犹豫豫不知作何安排的时候，我随便扯了个谎："明天一早公司还有个会，我这就得赶回去了。"

我妈没想到我这么急又要走，很懊恼："早知是这样，我一定不给你打电话了。"

我拍了拍她的手臂："老同志，您今天表现得不错，以后再有类似的情况就要像今天这样，第一时间打电话给我。"

我妈被我逗笑了，佯怒地骂了句"没大没小"，她知道也不方便留我们在家里住，只好又对"小陆"千恩万谢一番，然后嘱咐我们路上小心。

车子开出我家小区后，我说："停车。"

陆朝阳不解，但还是依言把车子停在了路边。

我侧过脸看他："开了这么久了，你行不行？"

"你以后别问这种问题。"

我心想这问题怎么了？

他凉凉地瞥了我一眼，没什么表情地说："我就没有不行的时候。"

我一时没忍住，笑出声来。

我说："好，我下次注意。可你这都开了几个小时了，算疲劳驾驶了吧？还是换我来吧。"

他似乎有些犹豫，我能看出他是真的又困又累。

"那你认得路吗？"

不认路真是多数女同胞的通病，我也不例外。

但我说："这不是有你吗？"

这话大约让他很受用，他痛快地松了安全带，推门下车。

我们俩换了位置，他坐在副驾驶上给我指路："前面上高速公路。"

我点了点头，扫了一眼左边的后视镜，绕过几辆大车，麻利地并线驶入高速公路。

过了一会儿，他看着我突然说："我听小草说你以前不是这样的。"

我随口问道："那我是哪样的？"

"她说你以前跟生人对话都费劲，现在……"

"那你呢？"我打断他，"你可别说那些花边新闻都是人家瞎编的。"

他愣了一下，低头笑了："人总是会变的。"

"所以……我也是。"

~ 208 ~

他没再追问，我松了口气，车子却突然报警了。

"糟糕，没油了。"

本来我们就是临时决定跑回来的，又跑了两百多公里，车早就快没油了。之前急着赶回家我们也就没把这当回事，眼下这油量真撑不了多久了，而高速公路上要找个加油站也不是那么容易的事儿。

陆朝阳立刻拿出手机搜最近的服务区，一看也要十几公里。

我问他："你这车能撑到服务区吗？"

"够呛。"他朝前面看了一眼说，"前面停车区靠边停吧，别冒险了，高速公路上不安全。"

我想也是，便依言把车子停在了路边，打上了双闪。

陆朝阳打完救援电话，车内便静悄悄的，只是偶尔有车子从我们身边疾驶过去，发处"呼呼"的声音。

我有点担心："停在这儿会不会不安全？"

他没理我，直接放倒椅背，端着手臂闭目养神。

我拿出手机，想找点东西打发时间，发现手机的电量也报警了。

今晚还真是弹尽粮绝了。

我把手机重新揣回口袋，听到身边的人突然说："这些年……你很辛苦吧？"

我一时间没明白过来他指的是什么，回头看他，他依旧斜靠在椅背上，看着我。

黑暗里，我看不清他的表情，但他的语气是柔和的。

他又说："你父母一定挺为你骄傲的。"

我从来没想过他会跟我说这样的话，意外之余只觉得眼眶发热。

我看向窗外，除了偶尔呼啸而过的车子，只有无边的夜色。

我说："有什么好骄傲的，我什么都做不好，对家里也帮不上什么忙，难得不用担心下个季度的房租了，也才是这一两年的事儿。"

说着我回头看他，不知道他能不能看得到我，但我还是很真诚地朝他笑了笑："说来这还多亏遇到了你。"

椅子里的他一动不动，我可以想象得到他在专注地看着我的样子,仿佛他在黑暗中与我对视着。

突然,"啪嗒"一声,我手肘处的支撑点突然消失了,我整个人被闪了一下,重重地跌在椅背上。

原来是他不知什么时候扣动按钮,把我的椅背也放倒了。

我什么都没想就想着坐起来,却被他一只大手按回去。

"歇会儿,你不累吗?"

累,但这样跟他并排躺着,我的心更累。

这时候他又伸手过来,我吓了一跳,心想这人不会这时候想做点什么吧?可那只手却不是伸向我,而是伸向我们后面的座位。

他扯过什么东西盖在我身上,我握着那东西的一角摸了摸,是条柔软的薄毯子。

虽然已经立春了,天还是乍暖还寒,再加上此时又是一天中气温最低的时刻,自刚才熄了火,车里就越来越冷了。

我小声说:"不知道他们多久才会来。"

没有人搭理我。

我把毯子向上拉了拉,盖住下巴,感觉好多了。

过了好一会儿,就当我以为他已经睡着的时候,他突然开口:"其实我挺羡慕你们家的。"

"我们家有什么好羡慕的?如果是前两年,说我们家是'家徒四壁'也不为过,你不笑话就不错了。"

"其实我小时候也挨过穷……"

我有点意外,但沉默着,等着他继续说。

他的声音很暗哑,不知道是不是因为太劳累了。

他说:"那时候我爸还没发迹,到处借钱做生意,起初他没经验,总是赔本,赔了就再借……这样好多年,最后谁见了我们家都躲着。所以那几年我们家的开支都是靠我妈缠皮套和纳鞋垫儿去附近早市上卖赚点钱。我那时候稍微懂点事儿了,就特别恨我爸败家,觉得他眼高手低不负责任,找个正经工厂里的工作赚份工资养活我们不行吗?我妈就悄悄跟我说我爸肯定能成功,要我等一等。现在我回想起来，她哪知道我爸会不会成，只是无条件地信任他罢了……"

"可你爸真的就成功了。"

他似乎笑了一声："是啊，但他的成功离不开我妈的支持。我妈在我的印象中一直就是那样勤勤恳恳、任劳任怨，我想她应该就是我这辈子见过最好的女人了。而我爸，跟大多数的男人一样，有了钱就变坏，身边的女人天天换……我妈早早就没了，说是被他气死的也不为过。"

我想到那天见到陆朝阳父亲时他身边跟着的那个管发行的姑娘，心里一阵唏嘘。难怪之前传闻他们父子关系不和，而他又那么不务正业、不学无术。所以说家庭教育对孩子来说真的很重要啊！

"我年轻的时候不懂事，就想着怎么混账怎么过。因为我的命是他给的，而且他年纪也大了，就我这么一个儿子，我过得不好，就是老天爷对他的报应。"

我说："可是你有没有想过你母亲？"

恰逢一辆车从我们旁边驶过，车灯照射下的一瞬间，我看到他侧过头来看着我，脸上依旧没什么表情，但眼神中情绪很多。

他笑了笑："人总是要在经历过一些事情之后才会明白一些道理，所以你看到了现在的我。"

听他这么说着，我心里有点不是滋味儿，仔细想想，这不是滋味儿的滋味儿大约是来自刘溪。

不知是谁说过，男孩总要在经历过命中注定的那个女孩后，才会从男孩变成男人，而他的那个命中注定就是刘溪。

她对他意味着什么，不言而喻。

不过他不说，我完全想不到他这样的人经历过这样的童年。难怪他见到我家的环境没有一丝一毫的不适应，更没有嫌弃。之前我单纯地以为只是他的好涵养所致，如今看来，他也曾离我的生活那么近过。

我突然很后悔自己曾把他当成一株温室里长大的风信子，如今看来，他不是风信子，更不是温室里长大的风信子。

不知不觉中，天边泛起了鱼肚白。我坐起身来，看向窗外。

天依旧是阴沉沉的,但是在公路的尽头,在远山的那一边,那抹白光越来越强烈,将天地分隔开来。

我去拉身边的陆朝阳:"你看到了吗?日出多美呀。"

那里蕴藏着宇宙神秘的力量,代表着新生,代表着希望,是我许久没有看过的日出,就如他的名字一样,陆朝阳。

"你快看!"

我去扯他的袖子,他没有回应。我回头一看,却冷不防地撞上他的视线——他目光灼灼地看着我,表情柔和,让我的心也如那初生旭日一般渐渐变得火热炽烈。

密闭的车厢内,空气的流动速度似乎都加快了。我预感他有话要说,就这么静静地等着他。

"你喜欢我吗?"他问。

听说在黎明破晓前,是人的意志最薄弱的时刻。不知是不是这个原因,我不想再顾虑什么,也不想再隐瞒什么,只想把我的感情都告诉他。

"喜欢。"我说。

"那你喜欢我什么?是我这个人,还是这副皮囊?"

他真傻,因为没有人会回答他,喜欢他是喜欢他的样子,喜欢他的家世,或者喜欢和他做爱的感觉。

但我清楚地知道,我喜欢的不是那些,或者说,那些不是全部。

我不满:"你把我当什么人了?"

他笑了一下,却说:"现在那么多新鲜词儿和快餐关系,我哪知道你把我当什么了。"

我明白他说的意思,可是连"炮友"都被他说得这么含蓄,这一定不是众所周知的陆公子。

我笑了笑,没有回答他。

天边已是霞光万丈,灿烂的朝霞裹着一轮红日跃上了地平线。

我知道他一定还在看着我,我偏不回头,我就想让他这么看着我,一直看着我……

张爱玲曾说过:"通往女人灵魂的通道是阴道。"

对女人而言,想要和某个人保持一份长久的肉体关系,如果没有哪怕一点点的喜欢都是不可能的。更何况我早就知道,我对他的喜欢,不是一点点。

这时候,他的手机突然响了,我听他接通电话,听到电话那边的人不停地道歉,但是他却没有一句责怪,甚至听不出哪怕一点点的怒气,只说赶来就行。

我们回到北京时,已经快要中午了。他把我送到楼下,我下了车后,突然有点犹豫。

他见我不走,也就不急着发动车子。

天还是冷的,我跺了跺脚,含糊地问:"你要不……上去坐坐?"

其实我只是想让他休息一下,没别的意思。不过如果他有什么想法,这时候我应该也不会拒绝。

他却朝我笑了笑,笑得让我心虚:"来日方长,你先好好休息。"

我有点没面子,但是想到那句"来日方长",心里又暖融融的。

不过自那以后我们都很忙,电视剧已经定档,公司忙着宣传,我也得配合宣传。而这段时间,我们经常联系,会发信息互道晚安,会打电话开门见山地问对方在哪儿,也会突然起意就见面约个饭……但我们没有再上过床。

有时候我在问自己,他这是在和我谈恋爱吗?但是在公司众人面前,我们又没什么亲昵的举动……实在让人琢磨不透。

到了春暖花开的五月,电视剧开播就迎来了开门红,虽然跟大火的那几部剧没法比,但是相比较作品本身的热度来说,已经是很不错的收获了。而开播半个月后,在公司这边忙着庆功的时候,一些莫名其妙的照片和信息却在网上无声无息地传播了开来。

17.

我第一次看到这些东西时是在一个有百万粉丝的娱乐博主微博

里。这位博主一般都是关注明星，头一次见他关注我们这些幕后的人。

文案中大意写的是，双木陆公子的新宠新晋作家莫小浮究竟是个什么样的人。微博配的照片竟然有我和陆朝阳第一次开房时在酒店大堂拍到的，还有后面几次他来我家被拍到的，甚至还有我和闻渊约会的照片，以及在商场里那次，陆朝阳和闻渊大打出手的照片……

我脑子里"嗡"地一下炸开了——这个时候出这些负面消息，会不会影响电视剧的收视率？

这类的帖子很多，以我的笔名莫小浮命名的话题已经冲上了热搜榜，网友肆意地谈论着。

"这种听都没听说过的作者既然能被双木这么捧，不是靠着爬上人家的床，你们以为她靠什么？"

"陆公子换女朋友了？刘溪多好啊，这个莫什么的女的根本没法比！"

"难道没有人发现这个莫小浮和刘溪有点像吗？陆少还是念旧的！"

"贵圈真乱！"

"这女的好贱！"

"她写的书我就看不下去，拍成剧肯定也好不到哪儿去，毕竟靠关系上去的没什么水平。"

"买收视买广告就能骗我们看了？抵制！抵制！"

当然也有人说电视剧确实好看，但很快这人就被当成水军，被集体围攻了。

看着这些留言，我突然感到很无力，算上我写书的时间，我和陆朝阳、小草辛辛苦苦几年的付出，收获的就是这些……是我们错了吗？如果是，我们错在哪里？

我收拾东西赶去公司，所有庆功的活动都停了下来，大家手忙脚乱，如临大敌。毕竟上一次陆朝阳投的那部剧就因原作者抄袭而一蹶不振，这次谁也不希望重蹈覆辙。

而当他们看到我时，表情中无不带着意外和其他很复杂的情绪。

我在陆朝阳办公室门前遇到公关部经理，他见我也是一愣，然后什么也没说,黑着脸与我擦肩而过。

我见到陆朝阳时,他显得有些疲惫,见到我也只是问了句"来了"。

我问:"是不是我和闻渊的事不好处理?"

如果爆料的人只是说我和陆朝阳有什么关系,那大可以承认我们在谈恋爱。我们又不是明星,尤其是我,几乎没什么名气可言,如果不是这次负面消息,大概就算是剧真的大火了,也没人注意到原作者是谁,所以观众和读者对我们这样的人不该有这么高的情绪。但问题就出在,爆料的人刻意让大家以为是我劈腿,而我这样一个"要什么没什么""自己有男友还出轨""靠巴结男人上位"的恶毒女配没有遭到报应才是观众的痛点,才会让他们愤恨谩骂甚至抵制。

所以和闻渊那段关系,我如今想起来,不是不后悔的。

可陆朝阳却说:"跟你没太大的关系,欲加之罪,何患无辞。"

我听得云里雾里的,有点不明白。

他只叹了口气说:"你先回去吧,这事儿我来处理。"

我不知道他此时究竟怎么想,但是我留下又帮不上什么忙,只好打道回府。

而两天后,我得到的处理结果是,陆朝阳要在这风口浪尖的时候给我举办一次读者见面会。

虽然电视剧收视率不算差,但是因为看剧和看小说的人群有差异,所以这对原作者的人气提升并没有显著的帮助。因此正常来看,我的人气并不适合举办什么读者见面会,更何况是在这种时候,还不知道会是什么样的场面。但陆朝阳态度坚决,我也只能配合。

见面会办在双木大厦旁边的一个书店里,书店不算大,或许陆朝阳也考虑到了我的人气不太适合更大的场地。但是让我们意外的是,这天,竟然来了不少人。

一开始我还有点高兴,直到后来,到第N个找我签名的"读者"问我究竟和陆朝阳是什么关系时,我才明白,今天来的大多数人,或许并不是我的读者。

我把签好的书推给立在我面前的那个女孩,朝她身后的人说:

"下一个。"

她却没有挪地方的意思:"我就跟你说两句话,不会耽误很久。"

碍于这么多人看着,我只好说:"你说。"

她干脆掏出一支录音笔,问我:"听说你在和闻渊恋爱期间劈腿陆朝阳,被戳穿以后,两个男人因为你大打出手,有这回事吗?"

我怔怔地看着她,原本还以为这些人多数是为了看热闹的,现在看这架势,他们好像也不是纯粹的围观群众。

小草大约是发现不对劲了,连忙过来应对,看到那人的录音笔时,她就问:"你是读者吗?"

那女孩说:"我是啊,但我也是记者。"

小草说:"记者朋友啊,你看今天是读者见面会,还有这么多人等着呢,要不你先在旁边等一等,等小浮闲下来你再问?"

没想到那人却好像没听见,提高了嗓门又问:"网上曝出的那些消息,我们都看到了,作为小浮的粉丝我们真的很想知道实情,你回答一下怎么了?我也不会占用你很多时间,后面的妹子稍等几分钟没问题吧?"

她这么一招呼,后面竟然有很多人站出来问。我想到之前陆朝阳说"欲加之罪,何患无辞",难道是有人故意制造了那些负面消息吗?

小草一开始还能镇得住场,后来闹事的人多了,她也寡不敌众。眼见着场面越来越混乱,带头闹事的女孩却突然朝我身后冲去,我回头一看,是陆朝阳。

这时候,那些所谓的"读者",很多都掏出手机拍照录像。

我想他不出现可能还好一点,他这一出现,后面更难收场了。

他却朝众人抬了抬手,示意大家安静,然后说:"大家今天的问题我都会回答,但是前提是大家要保持安静,毕竟这里还有很多读者是真的来看书的。"

带头闹事的那个女孩听出他话里有话,立刻不满地叫嚣起来:"我们也是来看书的啊,您这是什么意思?!"

陆朝阳的脸上依旧没什么表情,说出来的话也是冷冰冰的:"我的意思就是话里的意思,再有一次请你出去。"

那女孩立刻不情不愿地噤了声。

他话音刚落,立刻有工作人员上来布置,我面前摆好了几十把椅子供大家坐,没有座位的人就站在后排。台上,我旁边的位置也加了把椅子,陆朝阳坐了上去,他的面前还多了个话筒,这好好的读者见面会一下子变成了记者发布会的样子。

他对着话筒清了清嗓子,下面立刻安静了下来。

"我先回答一下刚才这位记者朋友的问题。闻渊过去也是我们的作者,之前他确实和小浮是正当男女朋友的关系,至于上次为什么我会和他动手,这事说来话长。简而言之就是,他先对我的下属和朋友动手,我作为男人,一时没有控制住自己,才替她们还手。当然我的这种处理方式是不对的,这个事情我可以向闻渊道歉,但是没有你们说的那些事。"

立刻又有人提问:"听说事后你们公司就和闻渊解约了,是因为你的一己私怨吗?"

陆朝阳脸不红心不跳地说:"这完全是两回事,我们和闻渊解约的意向其实在那之前就有了。主要是因为他的稿子涉及太多低俗敏感内容,我们请教过出版社的老师,认为他的稿子很难通过审查,所以我们才决定和他解约的。"

"那你们俩又是什么关系?开房的事又怎么说?"

陆朝阳无所谓地耸了耸肩:"成年人谈恋爱约会不就是这些项目吗?"

我脸一热,没想到他这么坦白。

那人追问:"你刚才还说莫小浮和闻渊是正当的男女朋友关系,现在又说你和她在谈恋爱,这是怎么回事啊?"

"我不知道发布这些照片的人敢不敢把拍到的照片时间发布出来,大家就会看到拍到我和莫小浮在一起的时间远比莫小浮和闻渊在一起的时间靠前。这事儿不难理解,就是我们俩分手以后,她和闻渊才在一起的。"

"那现在小浮和闻渊还在一起吗?"

我怕陆朝阳说出闻渊劈腿的事情,抢过话筒说:"没有,在商场里遇到之后我们就分手了,其实当时我们在闹分手,没想到会把我的编辑和老板也牵扯进来。我自己的私事没有处理好影响到工作,我很抱歉。"

陆朝阳瞥了我一眼没说什么。

即便是闻渊对不起我在先,可是我的心没有一天放在他的身上,别人或许不知道,但是我自己很清楚,我对他多多少少是有愧疚的。现在事已至此,他又是那么看重自己形象的人,我不能也不想再给他添麻烦了。就这样从此毫无瓜葛,是对我们彼此最好的结局。

"陆总,你当时决定力捧莫小浮,是因为你们俩的恋爱关系吗?"

陆朝阳突然笑了:"朋友们,我们又不是娱乐圈的,我们是做内容的,是做文化产业的,这个圈子里很难有谁能成就谁,她提供给我们的是真材实料的好内容,我提供给她的只是一次机遇而已。做出版、做影视除了一份情怀外,赚钱也是必需的,毕竟我们公司有这么多嗷嗷待哺的员工在等着领工资。我没理由把有市场的书冷在一边,把所有的资源都投在一本没市场的书上。这个道理再简单不过了,我相信大家都懂。至于剧好不好,书好不好,看过的人心里有数,我就不多说了。"

后面有人扯着嗓子问:"那也就是说你和我们莫大现在是非恋人关系咯?"

这个问话的应该是真的读者,他的手里还拿着我的其他书。可这个问题着实让我有点尴尬,我和陆朝阳现在到底是什么关系,就连我自己也说不清楚。

我怕陆朝阳否认,更怕他碍于媒体的关系勉强承认。

他沉默了片刻,然后说:"是的。"

我的心凉了一半。

但紧接着他又说:"但我现在在追求她,希望她回心转意……"

这话一出,场下突然炸了开来。

有我的小读者说:"他好帅,大大你就答应了吧。"

也有人问陆朝阳为什么喜欢我,他的回答却是问那读者:"那你又为什么喜欢她?"

我久久回不过神来,直到见面会结束。

我走出书店,看到他的车正等在门外。我犹豫了一下,还是走过去上了车。

他正在打电话:"我看上次原作者抄袭那风波也跟他脱不了干系,他不是喜欢制造舆论风波吗?我们礼尚往来还他一波……"

过了一会儿,他挂上电话,对我摊开手:"来,压压惊。"

他的手掌上是几颗漂亮的水果糖,我无奈地笑了一下,拿起一颗橘色的。

他看我一眼说:"你又不怕酸了?"

我说:"我喜欢酸的,酸过之后才更觉得后面的甜是真的甜。"

他笑:"我也是。"

挨过了糖果入口的那一阵酸,挨到了甜蜜充斥着口腔,我刚刚紧绷的神经也舒缓开来。我想了想,还是问他:"你刚才在里面说的那些,是真的吗?"

他说他正在追求我,说他希望我回心转意……话里话外的那些对我的青睐和爱慕,都是真的吗?

他看着我:"我有必要在这些事上对他们说假话吗?"

是的,他对说假话这种事情嗤之以鼻。

他似乎笑了笑,说:"莫小芙,你不是言情作家吗?你怎么对感情这么迟钝?我喜欢你这么久了,别说你不知道。"

我的心怦怦跳着,我问:"有多久?"

他想了想说:"很久了,我不记得了。"

我想到他最初决定做我的书、做我的剧时,我就有过的顾虑,果然,他愿意这么付出、这么下功夫,还是跟我们之前那次稀里糊涂的肉体关系有关。

想到我写文多年,如今刚有些要红的苗头,却是因为这些……

我又忍不住失落:"我一直以为我是靠才华的……可你剥夺了我

最后一点清高……"

他用看神经病的眼神看着我:"清高能当饭吃吗?更何况,在爱情面前,清高算什么?"

我正想反驳他,却突然意识到他说了"爱情"。

可我又想到刘溪,觉得有些事情说不通,于是又问他:"那你和刘溪到底怎么回事?"

"我和刘溪怎么了?"

"这事儿你问我?"

"我不问你,我问谁?不是你的话,我还不知道我突然转性是为了她,也不知道我对她情意深重到找女朋友还得找个跟她像的。"

我不由得一愣:"你是说……"

"喜欢刘溪的那些话是我说的吗?"

我摇头。

"那谁说的你去问谁吧。"

他这话虽然说得口气不善,但是我却听得很顺耳。

车子不知不觉出了五环,我才发现这根本不是去我家的路。

他说:"以前都是去你家,今天去我家。"

我的心一下子又提到了嗓子眼儿:"现在网上那事还没解决呢,这样贸然去你家,不好吧,你爸……"

我话没说完,就被他打断:"我平时不跟我爸住一起。"

"哦……"我松了口气。

他又说:"不过今天去的是我爸那个'家'。"

我急了:"喂!你耍着我玩儿是不是?"

他笑了,看上去心情很好:"你父母我都见过了,我爸你早晚也得见,这都跟全天下报备了我陆朝阳在追你,赶紧定下来免得你后悔,不然我的面子往哪儿搁?"

我没好气地瞪了他一眼,心里却是甜滋滋的。

又听这人嘀咕了一句:"以前都是老头儿往家里带女人,我这还是头一次。"

我觉得好笑，却也感动，因为他说是"头一次"。

老陆显然没想到多日不见的小陆会在这个时候回家，更没想到小陆身后还带着个我。

所以他在说完那句"你小子还舍得回来"之后，就顿住了。

陆朝阳说："这好歹也是我家，我回家有错吗？"

他的口气很不客气，但我看到老陆的眼里有温暖的笑意。

老陆又看向我，我立马叫了声："陆总好。"

陆朝阳回头白我一眼："又不是在公司，叫什么'陆总'？我还以为你在叫我呢。"

不叫"陆总"那叫什么？我一时间不知道该怎么回答。

没想到平日里眼睛不会扫一眼下属的老陆，竟然难得站在我这边说了句："这小子说话真是欠揍！"

陆朝阳脱掉外套，无所谓地说："可惜您儿子我已经长大了，再欠揍您老人家也只能想想而已。"

然后他一边欣赏着老陆尴尬的表情，一边又说："对了，今晚我们不走了。"

等等，我们？

我的脸一下子又热了，我甚至不敢抬头看老陆看我的眼神，我甚至自欺欺人地希望这一刻我可以凭空消失。

好在老陆是过来人，并没觉得这是什么大事儿，只是问："晚上吃什么？我跟李姐说一声让她准备。"

陆朝阳想了一下说："不用了，我们晚上出去吃，您要一起去吃吗？"

老陆摆手："免了，我晚上有约会。"

陆朝阳点点头，拉起我要回房间。

"那个……"

身后的老陆叫住我们，我回过头，老陆难得露出和蔼的笑："小芙，以后常来玩。"

我愣了一下，努力露出个笑容说："好的，陆……叔叔。"

我被陆朝阳拖拽着进了卧室，还不等我反应过来就被他抛到了床上。

我不自觉地惊呼一声："在这儿？"

他一边脱自己的衣服一边说："你放心吧，楼上楼下的隔音效果好得很，反正这么多年我一次都没听到过。"

我还是不踏实，想坐起身来，他整个人却压了上来。

我说："你等等，你等等……"

他抱着我，亲吻我的耳鬓，任我反抗就是不松手，直到我听到他低哑的声音在我耳边："我爱你，小芙。"

就是这句话，让我整个人像过电一般浑身麻麻的——他说这是爱。

长久以来，不管我的真实想法如何，我的理智一直告诉我，我跟他之间不可能有爱。我变得小心翼翼，害怕我真的对他存着什么非分之想，害怕自己成了那个觊觎他感情的灰姑娘。

可是爱情来了，我始料未及又无可回避。

我的身体开始发热，开始回应他，将一个绵长的吻加深。而他的皮肤也是滚烫的，结实的肌肉纹理似乎都在叫嚣着对我的渴望。

我脑子里想着，这就是跟爱的人做爱的感觉，却听自己呢喃着说："我多想在你身边多待一会儿……"

他说："我也是。"

只有珍惜才会患得患失。

其实和陆朝阳的每一次感受都不错，但是却没有哪一次像这一次这样酣畅淋漓。

我们滚倒在微微发凉的床单和被子里，汗水洇湿了我们的发丝。我们像末日狂欢一样一次又一次，从天亮到天黑，直到我彻底累瘫。

迷迷糊糊间我感受到他在亲吻我的嘴角，他的手指悄悄撩起粘在我脸上的发丝。

他好像在说永远都不想离开我，我又何尝不是，我想回应他，可是眼皮却越来越沉。

不知过了多久,也不知道是真实还是梦境,他压着我又来了一回,我迷迷糊糊地回应着他。直到一股暖流直冲脚趾尖,我这才醒过来。

天还没有大亮,我的肚子发出一阵嗡鸣。昨晚我们说要出去吃饭的,结果也没去。消耗这么多,我当然饿了。

我闭着眼睛摸了摸身边,床单是凉的,没有人,也不知道天还没亮他去了哪儿。

我迷迷糊糊地起身,想去卫生间,按照记忆摸索过去,却一头撞在了玻璃门上。

我"嗷"的一声,眼泪都撞疼出来了。

很快,我的眼前有了光亮,有人打开了房间里的灯。从反着光的玻璃门上,我看到了一张再熟悉不过的脸。终于,我又是我了,是十几年前的我——我竟然重生成了18岁的叶星辰!

不管是什么时候的我,好歹又重新回到了这个我熟悉的家,我本来应该高兴的,可是连我自己都没想到,我的第一反应竟然是号啕大哭。

想来,此生和陆朝阳的缘分,就在昨晚戛然而止了。只是,如果我知道昨晚是我们最后的离别,我一定不会让自己那样睡着。

其实之前我不是没有想到会是这样的结果,但想我几世为人,面对离别,总要比其他人更平常心一些吧,然而眼下我却难过得无法自抑。也是,人的一生都在经历着离别,可是没有谁因此就学会了告别。如果可以,我宁愿不再重生,少一些相遇,也就少一些离别。

第三卷

不曾远别离，安知慕俦侣

01.

见我哭得伤心，替我开灯的人快步走了进来："你怎么了？大半夜的哭什么？"

原来来人是我妈，是十几年前的她，是还不会因为我迟迟不嫁人就跟我闹脾气的她。我原以为今生和她最后的联系就是坠崖前的那通电话了，没想到还能再见面，失而复得的好事，可是我的眼泪就是止不住。

我妈见我哭个不停，笑了："怎么了这是？做噩梦了？"

这话让我吃了一惊。

窗外依旧是黑漆漆、浓郁的夜色，而我的心也像这夜色一样黑不见底。我有一瞬间的不确定——是做梦吗？如果是做梦，究竟哪一段是梦境，哪一段是现实？

可是一切又太真实了。所有的过往，和秦悦、陆朝阳的过往，还有我作为现在的我的过往，都无比清晰，就如昨日发生的一样，又怎么可能是梦？

然而人生如梦，梦如人生，真真假假，虚虚实实，本来就不那么容易分清。

"你这丫头，马上18岁了，怎么还跟小孩子一样，做个噩梦都能吓哭？"

这样温柔的妈妈，让我觉得陌生又久违。

回忆前世，随着我的工作越来越忙碌，年纪越来越大，她就天天因为我的终身大事跟我闹不痛快，再好的母女感情也闹生分了。直到后来我和周海在一起,我们的关系才又有好转。

说起周海,那也是我迫于年龄压力的一个选择。我对他一直谈不上多心动,但我想着人都是感情动物,总有水到渠成的一天。可是直到我们在一起六七年后,我依旧觉得我们的关系于婚姻而言好像还少点什么。

起初我不知道少的那是什么,直到坠崖的那一刻,生死一线时,我才明白,或许是我们都把婚姻看得太重,而把爱情看得太轻。在那一刻,我并不遗憾他的背叛,我遗憾的是此生短暂,我竟然没有机会好好爱过一场。

人生匆匆几十年,路并不会多长,但往往都是拐过几个弯后回看过往,人才会变得通达。

在妈妈的怀里,我的情绪渐渐缓和了下来。她劝我再睡一会儿,我也确实累了,于是重新躺回了床上。

前几世乱糟糟的人和事,让我分不清今夕何夕,在灯关掉的一刹那,往事又像一张巨大的网一样将我死死网住,而我像一只被困住的鱼一样渐渐失去了挣扎的力气,跌入深不见底的夜色中。

天还是亮了,太阳照常升起,我又成了我,却是迷茫的,不快乐的。

今天我要去大学报到,说是第一次去学校,但其实早在前世,这条路已经不知道被我走了多少回了。

我出了门就叫了辆出租车。本来只有十几公里的路程,但我的运气不好,遇上了堵车,一走就是两个多小时。等到学校的时候已经是中午,我又困又饿,再加上太阳一晒,我的体力就到了极限。

我疲惫地拖着箱子,按照记忆往我原先的宿舍走去。路过迎新区时,我无意间看到我们院的迎新横幅被风吹得鼓动起来——近日梦圆挥笔墨,明日驰骋舞乾坤!

记忆定格在我前世的18岁,也是在那个地方,也是那样的迎新标语。只是今时不同往日——那一年,我一大早就赶来了,这里来来往往的人很多,全是新鲜年轻的面孔,我对什么都充满好奇和期待,感觉人生的跑道就在脚下。而眼下,太阳毒辣地烤着那里的桌椅,那条横幅下面也只有一个人百无聊赖地在守着。

我犹豫了一下,走了过去。

那个人原本正低头看手机,大约是听到有人走近,才抬起头来,目光冷冷地扫了一眼我的行李箱,问:"新生?"

我不由得一愣,这人有点眼熟。我心不在焉地应了一声。

他又问:"舞蹈系叶星辰?"

我有点意外:"是我。"

"走吧。"

"什么?"

他看了一眼手上的表,又瞥了我一眼:"全院新生就差你一个人了。"

他说这话时,语气里有几分不耐烦,这是怪我来晚了?

我说:"没记错的话,新生报到是全天,没规定让几点来。"

他闻言瞥了我一眼,眉头微微皱了一下,也没再说其他的。

我整个人还在"失恋"状态中,而且又很疲乏,虽然不喜欢这人的态度,但也没精力再跟他计较什么。

我俩就这样一前一后沉默地走着,直到到了宿舍区,我发现他竟然带着我往男生宿舍的方向走。

"那个……同学,"我停下来叫住他,"方向错了吧?"

他闻言看了一眼手上的新生名单,又看了一眼楼牌号,只是淡淡地说了句"没错",便又往前走去,我没办法只好跟上。

走到宿舍楼近前,我无意间望了一眼楼上,这才注意到那些窗外的衣架上晾着的还真都是女生的衣物。

正在这时,前面楼道里出来了几个男生,为首那个扎小辫的看到我们,大叫一声"总算来了",便朝我们小跑了过来。

他先是拍了拍带我来的那个男生的肩膀,然后笑盈盈地看向我:"叶师妹对吧?我是美术系的丁仲谋,也是咱们院学生会主席,负责这次迎新,你是最后一个了,总算是接到你了。"

~ 229 ~

学生会主席？丁仲谋？我完全没听说过这个人……

直到这一刻，我终于可以确定，我并非回到了我原来的18岁——虽然看似是回到了我的过去，但实际上所有的一切都不同了。所以，未来会发生什么样的事，遇到什么样的人都将是未知数。这和之前的两次重生大概没什么不同，只是我不再是邹静安，也不再是莫小芙，而是18岁的叶星辰。

那个丁仲谋似乎是见我迟迟没有反应，有点尴尬，于是又对带我来的那个男生说："哥们儿多谢了啊，你难得来一趟还让你帮忙。"

"没事。"他还是那副淡淡的口吻。

"哦对了！"丁仲谋回头招呼他身后的那帮男生，"来来来，我介绍一下。"

他张罗着我和大家认识，挨个把那些人的名字告诉我，我心不在焉地听着，没有一个名字是我前世所熟悉的，所以一转眼我也就都忘干净了。但是我唯独记住了一个人的名字，就是带我来的那个男生，原来他叫林慕时。

他是这群人中唯一一个让我觉得熟悉的，但是意外的是，他的名字我却一点印象都没有。

介绍完众人，丁仲谋对我说："师妹，我先送你上去看看宿舍吧，一会儿下来吃饭。"

我说了声"谢谢"跟他往楼上走，进了楼门我又忍不住回头瞥了一眼那个叫林慕时的男生。

他穿着简单的白色短袖上衣和牛仔裤，身材修长挺拔地立在一棵高大的梧桐树旁，一手插着兜，一手拿出手机低头看。他的头发不长不短，干净爽利，因为低着头，刘海遮住了他的小半张脸，即便是这样，也看得出那是张挺讨女孩们喜欢的脸。

按理说这样一个人，如果我前世遇到过，我一定不会不记得，可是我就是想不起来在哪儿见过他。

正在这时，林慕时像是有感应似的忽然抬起头来看向我，那两道目光依旧冷冷清清的，但是却多了点探究的意味。

我没有立刻错开目光，跟他漠然对视了片刻才回过头，跟着丁师兄往楼上走去。

过了一会儿，我问丁仲谋："刚才那个林慕时，也是学生会的？"

丁仲谋回头看我，露出一个"很懂我"的笑容："他长得帅吧？不过他不是我们学生会的，刚才接你是义务帮忙。"

我了然地点了点头，没有继续问下去。

转眼到了我的宿舍门口，门是开着的，里面有一个女生在扫地，听到声音转过头来。

看到她的脸时，我松了口气。回到18岁的这一天，我总算在学校里遇到了一个熟人，正是我大学时的舍友，柳静。

02.

丁仲谋熟门熟路地走进去，对柳静说："我给你把舍友送来了，正巧也是你们系的。"

柳静热情地跟我打招呼："你好，我叫柳静，学古典舞的。"

我像老朋友见面那样朝她笑："柳静，我是星辰，叶星辰。"

柳静愣了一下，转瞬便笑着接过我手上的行李帮我放在门后一个行李架上，她回头问我："你是哪个班的？"

"民族舞。"

"啊，我喜欢。"

我们俩随便聊了几句，柳静发现丁仲谋还没走，又去招呼丁仲谋。

我简单地看了看宿舍的陈设，跟我过去住的那间差不多一样，也是朝南的，此时正是满室的阳光。

或许是因为见了柳静，或许是因为见了这满室的阳光，我的心情也跟着稍微好了一点。

窗外传来一阵笑闹声，我循声看出去，因为楼层不高，正好清楚地看到学生会那几个小男孩正肆无忌惮地打打闹闹，而林慕时格格不入地站在人群之外，沉默冷傲得有点不像他这个年龄段的人。

是因为他跟那群人不熟吗,还是他本身就这样?

"星辰!星辰?"

听到有人叫我,我回过神来。

柳静说:"你还没吃饭吧,我们跟丁师兄他们一起去吃,怎么样?"

我虽然饿,但是此时更想睡觉,于是说:"你们去吧,我想先收拾收拾东西。"

"回来慢慢收拾呗,反正你都要吃饭,不如一起去吃。"

我本来还想拒绝,但柳静又说:"走吧,不然就我一个女生多尴尬。"

既然她这么说了,我只好说:"那走吧。"

刚才柳静应该是没见到林慕时,下了楼看到同行人里有这么一位,眼睛瞬间就亮了。

我心想这家伙还是那么没出息,自小过不了男色这一关,就听她小声跟我打听:"那个帅哥是谁啊?"

我明知故问地反问她:"他帅吗?"

"这还不帅?"

"你喜欢?"

她一如既往不害臊地说:"爱美之心人皆有之,你可别跟我抢啊!"

我笑:"你放心,我家又不缺冰箱,对他这一型,我不感冒。"

如果是前世18岁的叶星辰,可能也会喜欢这种冷冷清清、长得好看的,但如今的我早已在红尘中摸爬滚打多年了,秋裤都不用我妈再逼我穿,对男人的喜好当然也变了。如今的我可能会喜欢体贴周到的,也可能会喜欢风趣幽默的,唯独对这种需要人供着瞻仰的,提不起任何兴趣。

有人问林慕时:"林师兄,你不是我们学校的吧?"

还不等林慕时回答,丁仲谋抢过话头说:"你看老林这学霸之风还猜不出来吗?他可是D大高材生!"

可能学渣对学霸都有一种与生俱来的臣服之感,听说他是D大的,立刻有人很捧场地说:"大概你的高考分数比我们这些人的加起来还高吧?"

我不由得看向林慕时，他倒是很谦虚，朝那人笑了笑说："不是这么个比法，我也不会画画弹琴。"

"你就别谦虚了！"丁仲谋拍了一下林慕时的肩膀对众人说，"老林当年是我们省的状元，就是那种连体育都能拿满分的怪咖，尤其是篮球，他打得特别好，三分球百发百中！"

这一次连那帮男生也开始"哇哦"了。

林慕时的脸上闪过一丝不自在，口吻中带着点威胁的意思对丁仲谋说："你今天话挺多啊。"

丁仲谋干笑两声："我高兴呗。"

"啧啧，林师兄又帅、又聪明、人又好……"

听柳静在一旁犯花痴，我又开始想那个问题——如果林慕时不是我们学校的，而我前世并不认识丁仲谋，也不会因此认识他的发小，那么我为什么会觉得林慕时眼熟呢？

而就在这时，他突然回头，竟是毫无预兆地朝我这边看了过来。我不动声色地错开目光，可是却感觉到他的视线久久停在我的脸上没有移开，直到过了好一会儿后，又有人拉着他说话，他才回过头去。

柳静拼命地拉扯我的衣角："他在看谁？在看我吗？"

我随口应了句："大概是吧。"

我的心里却也好奇，他刚才为什么要那么看我？

出了校门没多远就是吃饭的地方。包间里开了空调，吹干了身上黏腻的汗液，我终于舒服了一点。

丁仲谋点好了菜，问我们要喝什么，我随口点了一样，没想到店里刚好没有，丁仲谋就说要帮我去隔壁超市买。我还没来得及阻止他，林慕时却按住了他的肩膀站了起来："我去吧，顺便买烟。"

望着他消失在门外的背影，柳静立刻来了精神，去扯丁仲谋的袖子："师兄！林师兄有女朋友吗？"

众人一听她打听这事，还不避着大家，也就都不跟她客气，开起了她的玩笑。

其实我之前和柳静关系好，除了我们是舍友的客观优势外，就是我喜欢她那种大大咧咧不扭捏的性格。

"女朋友倒是没有。"丁仲谋颇有点同情地看了一眼柳静,"但我劝你还是算了。"

"为什么?"

"我和他是发小,和尿泥时就认识了,到现在至少认识十几年了吧,就没见他对哪个女孩子有不一样的。说实话,我真怀疑……"丁仲谋欲言又止,显得很是为难,"我真怀疑,他爱的人是我……"

这话一出,众人先是一愣,但很快明白过来他在开玩笑,都纷纷骂他臭不要脸,柳静也没给他好脸色。

但笑过之后,丁仲谋还是说:"不过真的,我劝你还是别打他的主意了,那小子啊……不开那窍。"

柳静明显有点失望,但还是说:"这有什么的?无非就是没遇到自己喜欢的呗,遇到了该开的窍自然就开了。"

又有人说:"万一人家就喜欢男人呢?"

柳静瞪了那人一眼:"那我就给他掰直了!"

在众人你一言我一语的嬉笑中,林慕时拎着一大堆饮料回来了。

他把装着饮料的袋子放在转盘上让大家自己取,丁仲谋找出我之前要的饮料递给我。我道了声谢,回过头本来想问柳静要喝什么,却见她只是看着林慕时。

以我对柳静的了解,我知道这家伙是不见黄河不死心的主儿,肯定是要问清楚才肯罢休的。

果然就听柳静说:"林师兄,我能问你一个问题吗?"

林慕时拧着矿泉水瓶的手顿了顿:"你说。"

"你……喜欢什么样的女生呀?"

这话一出,众人又开始起哄,林慕时愣了一下,似乎是想到了什么事情。过了一会儿,他只是淡淡地说道:"说不好。"

身边的丁仲谋冷笑:"我说什么来着?"

柳静还不死心,又问:"那你不喜欢什么样的女生呀?"

我本来就是一副看戏的心态,但柳静问出这个问题后,我看到林慕时竟然朝我看了过来。这是什么意思？

他就那样看着我，没什么表情地回答说："蠢的。"

柳静愣了一下问："什么？"

他说："我最讨厌那种没脑子的人，什么事情都做不好，被人甩了也只会哭哭啼啼、寻死觅活。可就算要寻死，也死得笨手笨脚，到头来连累别人……我最讨厌这种人……"

包间里静悄悄的，似乎所有人都不明白，为什么一个类似玩笑的问题，却被他扯上生死，而且原本一个清冷淡定的人，怎么说起刚才的话时却有点咬牙切齿的意思……只有我，越听他说，越觉得不可思议。

我抬头重新对上他的目光，此时再看，总觉得那目光中暗含了洞察一切的危险。我一阵恍然，前世临死前的那一幕又出现在我的脑海中……难怪我觉得他面熟，难怪我觉得他话里有话，他不就是上辈子害我坠崖的那个男人吗？只是他比那时更年轻、更青涩，以至于我没有第一眼就认出他。而且刚才听他说的那些话，我心底隐隐冒出一个猜测——或许他跟我一样，有着前世的记忆。

我听到自己的心脏怦怦地跳着，血液似乎都沸腾了。

在坠崖后的这几世里，我经历着种种人生，却再也找不到前世作为叶星辰的一点羁绊。直到此刻遇到林慕时，这个在前世叶星辰生命结束前最后遇到的人，我突然就有一种预感，或许他能够帮我结束这不断重生的痛苦。

03.

我和林慕时就那么对视了良久，周围的人也渐渐察觉出异样来，而就在这时，他不慌不忙地站起身来，对众人说："刚才回来时接了个电话，学校里有点事，我得先回去了，大家慢慢吃。"

丁仲谋看似还想留他一下，但终究是没留，说了声"回头电话联系"，就放他走了。

我的思绪还停留在自己刚才的那个猜测中，感到身边有人拉扯我的胳膊，我才回过神来。

其他人都已经恢复如常，该吃的吃，该聊的聊。

柳静小声问我："你怎么了？"

我看了她一眼，拿起面前的苏打水，拧开瓶盖却不急着喝："没什么，我就是觉得他刚才说的话奇怪。"

柳静"哦"了一声说："嗨，帅哥嘛，追的人多呗，搞不好真有人为了他寻死觅活让他很困扰呢。"

"或许是吧。"

因为林慕时的突然离开，大家的兴致也都去了一大半，简单地吃完饭，众人就打算回学校了。可是去结账时，却被告知我们那桌的账已经被结了。丁仲谋愣了一下，嘀咕了句"这小子"，也就收起了钱包。

我和柳静正好跟在他身后，见这情形也不难猜出是谁买了单。

柳静免不了又感慨一番她的林师兄如何如何好，第一次见面就让人请客如何如何不好意思。可我却不知道是不是天生跟某些人八字不合——自从这顿饭后，我整个人都不好了。就这样，我的大学生活从一场来势凶猛的胃病开始了。

我上吐下泻了一个多星期，吃不下、睡不好，课也上不了，不用刻意减肥，整个人就瘦了好几斤。

我躺在床上百无聊赖，拿出手机随便打发着时间。无意间看到莫小芙的那个剧已经顺利收官，总体口碑还不错，而关于当初的那些负面传言，也没人再说起了。网络上少了莫小芙和陆朝阳的八卦，但自然还有其他八卦来填补这个空白。而我呢，失去他之后心里的那个空缺，会被谁来填补？

传来开门的声音，是柳静下课回来了。

"你今天感觉怎么样啊？"她一进门就问我。

我吸了吸鼻子说："你看呢？"

我的床边出现了一颗大脑袋，她扒在床沿上看我："你怎么了？哭了？"

我没想到她会突然爬上来，连忙用手去遮挡眼睛，柳静拿走我的手机看了一眼,"哧"地笑了:"这剧我也看了,感人,虐心,好看!"

我松了口气,笑着看她:"你今天好像心情不错。"

"嘿嘿,丁师兄说要组织秋游,问咱们俩要不要一起去。"

我一听这话,第一反应是拒绝:"我还病着呢,肯定去不了。"

柳静跳回到地上,说话的声音从床下传来:"你少来吧,我看中午我给你带的饭你都吃了,病人哪有你这胃口?"

她顿了顿又问:"你是不是就想躲在宿舍刷剧啊?"

唉,我真是冤枉,但也不好说什么,可是我对跟那帮小孩一起出去玩真没什么兴趣。

"我跟学生会的那些人也不熟,还是不去了。"

"这不是有我吗?再说刷剧在哪儿不是刷?而且今年北京这么热,搞不好乌镇反而凉快点。"

"你说去哪儿?"

"乌镇啊。他们美术系那帮人说要顺便采个风。"

我第一次重生醒来的地方既不是生我养我的北京,也不是坠崖时的那个海滨城市,而是乌镇。虽然当初醒来时我也试图去寻找有关我重生的蛛丝马迹,但是一无所获,所以后来我也没再想去那个地方。然而,现在却不一样了——现在我又重生成了叶星辰,而且还遇到了林慕时,我不相信这一切都是巧合,这就好像是被冥冥之中的命运巨手安排好的一样。

想到这里,我总觉得,应该再去乌镇看看,说不准这一次就和几年前不同了。

可是,我没想到的是,当我和柳静赶到机场的时候,林慕时也在。

柳静显然也看到了林慕时,隔着老远也不管人家看没看到她,就朝人家挥了挥手,然后回头对我又激动又有点后悔地说:"早知道林师兄也来,我就化化妆了!"

我看了一眼手腕上的表,剩下的时间不多了,我边在周围找值机的地方,边心不在焉地应了一句:"你确定你没化妆吗?眼线都画到外面去了。"

柳静夸张地叫了一声，立刻掏出小镜子来照："哪里？哪里？"

我看到前面有人在排队值机，也不管她说什么，拉着她就往那边走："他都看不见你这个人，更别说你的眼线了。别磨蹭了，我们还得值机呢。"

果然，我们来得够晚，轮到我们时，一扫登机牌，发现不多不少只有两个位置可以选，一个是前排靠窗的，还有一个是最后一排三连坐中间的位置。

柳静郁闷："你说这丁师兄怎么这么迷糊？这都快登机了才说没帮我们值机……现在可怎么办啊？"

也就两个小时，一晃就过去了。于是我也没多想，直接给自己选了后排中间的位置："你坐前面吧。"

柳静似乎有点不好意思，我安慰她说："我喜欢坐后面，正好离卫生间近一点。"

她抱歉地看了我一眼："我坐哪儿倒是无所谓，就是郁闷咱俩不能挨着，连个聊天的人都没有。"

"少女，就俩小时，忍忍吧。"

我们刚进了安检没一会儿，就听到广播说可以登机了。于是我们一行年轻人浩浩荡荡地上了飞机。

柳静先找到自己的位置坐下，我拎着行李往机舱后面走去。走到最后一排时，我不由得一愣，林慕时明明来得比我们早，怎么也坐最后一排？

林慕时似乎没有注意到我，正专注于手上的阅读器。我居高临下地扫了他的阅读器一眼，满屏的英文，多看一眼我都觉得头疼。

"劳驾让一下。"

听到声音，他抬起头来，见是我，脸上依旧没什么表情，然后动作缓慢地站了起来，让到一旁。

我正要进去，才想到我那小行李箱还没放到行李架上。这一次，让我比较意外的是，他竟然先我一步很有风度地主动帮我把箱子放了上去。

~ 238 ~

我刚想说声"谢谢",却听他说:"知道你够不到。"

我愣了一下,几乎要被气笑了。这家伙要么不理人,要么说出来的话气死人,也不知道柳静喜欢他什么。

想到柳静,我朝她座位的方向扫了一眼,正好见她朝我龇牙咧嘴地比画着什么,看大意好像是她想换座位。其实我也求之不得,但是身边的林慕时已经坐了下来。本着能不跟他说话就不跟他说话的原则,我朝前排的柳静无奈地耸了耸肩。柳静耷拉着一张脸,恋恋不舍地转过身去。

飞机起飞后,林慕时一直在看书。我百无聊赖地翻完飞机上的杂志,没事做只好试图睡觉。但是我却怎么也睡不着,因为我到现在还没想好,要怎么从他身上找到我感兴趣的线索。

就这样大约过了一个小时,他像是有点累了,合上阅读器,靠着椅背闭目养神。我这才大大方方地去看他。

不得不说,他这时候要比他十几年后好看很多——明明是个男孩子,皮肤却比一般女孩子都要白皙,两簇眼睫毛也像小扇子一样又密实又长。还好他的鼻梁挺直,下巴也有棱有角的,透着英气,整张脸倒不让人觉得女气。

他似乎真的睡着了,两簇浓密的睫毛抖都不抖一下。

于是我的胆子更大了,刚才只是斜眼去瞄他,现在虽然我也是靠在椅背上维持着"睡姿",但是头却干脆转了过去,大大方方地观察他。而就在这时,他却像有感知似的倏地睁开眼,竟是直直看向我。

我们两个人的距离不过半臂,我还是面朝着他,他突然睁眼,脸好像就在我的面前一样。

我的脑子里突然就出现了当初坠崖时的那一幕,他看着我的神情有着微微的错愕和恼怒,就和现在如出一辙,让我好像又置身于当时的情境中。

但是很快,那种被窥探的错愕和恼怒就从他的脸上消失了,取而代之的是不屑的一笑:"好看吗?"

我这才回过神来,免不了老脸一红。但是想到刚才那种熟悉的感

~ 239 ~

觉，我还是硬着头皮对他说："我觉得你很眼熟。"

他微微挑眉："所以呢？"

"那你觉得我眼熟吗？"

"扑哧"一声，这笑声来自前排座位上的人。前排那人笑过之后，还不忘探头探脑地回头看我们一眼，原来是我们同行的另一个男生。

我没好气地白了那人一眼，可是等回过头再想追问林慕时时，我发现他已经再度闭上了眼，似乎是不打算再理我了。

我盯着他看了好一会儿，还是不甘心地叫了声"林同学"，但他好像根本没有听见。就当我打算放弃找他说话时，却听他不紧不慢地说："下次再跟人搭讪时，最好换个更自然点的方式。"

"扑哧"，又是来自前排那位。

我狠狠地瞪了前面那人一眼，也没再和林慕时说话。就这样没过多久，飞机顺利着陆萧山机场。

林慕时把我的行李箱从架子上取下放在我的脚边，一句话也没说，顺着人流朝舱门走去。

下了飞机，又坐上大巴，我们一行人直奔乌镇。而这一过程中，我再没找到机会单独跟林慕时说话，但是前世坠崖时看到的那张脸却在我的脑海中越来越清晰，让我再也无法忽视。

天擦黑的时候，我们终于到了提前订好的酒店。因为大家奔波了一天也都很累了，所以草草吃过饭就各自回了房间。

我洗漱好，躺在床上，琢磨着明天究竟要从哪儿找起，就听身边的柳静问我："星辰，你们都说什么了？"

我回过神来："什么？"

"你和林师兄啊，飞机上你俩坐在一起，不会一句话也没说吧？"

我回想了一下，还真不如一句话都不说。

"我们基本上没说什么。"我说。

柳静本来兴致勃勃的，听我这么一说，立刻又耷拉着脑袋好像很失望。我看她这样，心中立刻涌上一股恨铁不成钢的愤慨："你怎么就喜欢他这种人？他又没礼貌，又没意思。除了那张脸能勉强看一看，他还有其他优点吗？"

听我这么说，柳静狐疑地看着我："我怎么觉得你对林师兄的成见有点深啊？"

我说："这是成见吗？这不是事实吗？"

她想了想也没回我的话，而是肯定地点了点头说："不过林师兄对你好像确实是这样。你看来乌镇的大巴上，他跟大家聊得挺好呀，还有上次迎新那天我们去吃饭的路上，他虽然不爱说话，但是我没觉得他很傲慢，唯独对你好像……你们之前是不是认识？"

听了柳静的话，我更加确信自己之前的猜测——林慕时一定有前世的记忆，而且就是因为他记得前世的事情，所以对我把他拉下山崖的事情怀恨在心，以至于如今他见到我才会是这个态度。

我越想越觉得就是这样，或许真应该找个机会好好跟他聊一聊了。

04.

第二天我们醒来时，房间里的光线昏沉沉的，我朝着窗外一看，才发现是下雨了。雨不算大，并不能阻止游人们的好兴致，我们一群人简单收拾了一下，就浩浩荡荡地朝着古城的方向去了。

乌镇古城，亦如我上次来时一样，烟柳画桥，小桥流水。看着这灰墙白瓦的民宿和过往的大小木舟，我动荡了整夜的心终于松缓了下来。大家都沉浸在乌镇的美景中，走走停停的就过了大半天，不知不觉中雨也停了。

不过起初我们还是一群人在一起，但是傍晚过后，天色稍稍暗了下来，我们原本的一群人，也不知道什么时候被其他游人冲散了，当我注意到时，身边只有丁仲谋和柳静。

柳静发现她的林师兄走散了，急着催丁仲谋给林慕时打电话。

丁仲谋却推托着不想打："马上就要到景区关门的时间了，互相等浪费时间，不如约个时间和地点，到时候玩儿完了再碰头。"

其实我早看出丁仲谋好像对柳静有点意思，于是就配合他说：

"丁师兄说的有道理，给他们发个信息约一下会合地点和时间就行，要等人也不知道要等到什么时候。"

柳静还是有点不情愿，丁仲谋又看了一眼时间说："咱先吃饭吧，说不定一会儿就遇上了。"

我们找了家看上去还算热闹的小饭馆，点了几道当地的特色菜犒劳自己。可是说是特色，往往味道都是马马虎虎的。我没什么胃口，吃了一点就放下了筷子。抬头再看外面的天色，竟然不知不觉地全黑了。

柳静问我："星辰你怎么不吃？"

"我不饿。"

她顺着我的目光也望向窗外，看到窗外乌镇的夜景，好像已经忘了跟林慕时走散的不悦，有点兴奋地说："一会儿吃完饭我们也去坐船吧！"

丁仲谋说："好像又下雨了。"

柳静说："怕什么？这才有意境。"

华灯初上，斑驳的橙色灯火在江南水乡的氤氲中显得有些缥缈。我望着脚下河道中缓缓行过的小船，想到多年前的那个夜晚，也是这样的雨夜，我从那样一艘小船上醒来，迷茫而无措。可是这晃眼间，竟然已经过去了整整四年。

时间过得真快，不知道邹静安和秦悦过得好不好，莫小芙和陆朝阳又过得怎么样……

后来，我被柳静拉着上了一条小船，因为下雨，我们只能坐在船舱里，好在舱里有窗，不妨碍观赏外面的夜景。

时不时有其他游船与我们的游船擦肩而过，湿润的空气中隐约传来船上游人操着家乡话赞美着乌镇夜景的声音。

而就在这时，借着斑驳的灯光，我看到前面船上有个熟悉的身影。那船已经在靠岸，那人站起身来，高高瘦瘦，正是消失了小半天的林慕时。

柳静还在一旁感慨："这么好的景色要是能跟喜欢的人一起看就好了。"

对面的丁仲谋的眼睛是亮亮的,而我看到林慕时,本想提醒柳静的,但想了想还是没说。

不一会儿,我们的船也靠了岸。柳静他们又被岸边的一池子锦鲤吸引了注意力,围在池边看了很久。

我确定林慕时没走远,在人群中找他的影子,正好被我看到他穿越人群朝着旁边一个没什么人气的巷子走了过去。我回头看了一眼柳静,她正在翻找吃的喂鱼,旁边的丁仲谋陪着她。我也没多想,立刻回头朝着林慕时刚才消失的地方走去。

巷子里没什么景色,也就没什么人,虽然跟刚才的地方只隔着一条街,但是却像两个世界。

细若游丝的小雨还在下着,我身上这件棉布裙子,已经透着很浓重的潮气了。这倒不算什么,最让我郁闷的是,我刚刚明明看到林慕时往这里走的,可等我追过来人就不见了。这巷子很幽长,但是也空得一目了然,一眼望过去竟然一个人都没有。

我心烦意乱地往前追了几步,担心因为他走得快,已经从前面出去了。

突然间,在我经过一扇门时被人猛地拽了进去。

一声没来得及叫出来的惊呼声被堵在了口中,一只温热干燥的大手正捂在我的嘴上,带着淡淡的烟草味,还有某种我熟悉的糖果香。

那人朝我"嘘"了一声,听到声音,我安静了下来。

我扫了一眼四周,这里应该是景区工作人员放置杂物的地方。杂物成堆贴墙放着,留下的空间很小,也就够一个人转身的余地。我和林慕时不得不离得很近,我的额头距离他的下巴也不过一拳的距离,而且他的一只手还停留在我的手臂上。但是,最让我心猿意马的,是他身上的味道。

这时,门外传来一阵低语,在空荡荡的巷子中显得异常清晰。我这才想起来,自己是莫名其妙被他拉进来的。见他正看向门外,我顺着他的目光看过去。就在我们的斜对面,在一棵粗大的古树的遮蔽下，竟然有两个人。

那两个人此时正拥在一起……重点是，我依稀可以辨认得出，其中那个男生好像是和我们同行的刘伟，但那女的——我们同行的人中只有我和柳静两个女生，所以她应该是刘伟到了这里才认识的。

如果刚才不是林慕时把我拉过来，我和那俩人肯定会撞上，有多尴尬就不用说了。

我抬头看了一眼林慕时，他松开了原本握着我手臂的手，从那两个人身上收回视线，却也不看向我，而是把目光停在我身后的某个地方，神色漠然。

我知道他是在等，等那俩人亲热结束。

"你怎么一个人跑到这儿来了？"我压低声音问他。

"我要回酒店，这条路人少。"他顿了顿又看我，"你呢？"

我随口胡诌道："我迷路了。"

他似乎笑了一下，虽然只是一瞬而逝，但我却感觉到了那笑容里的讥讽。他一定知道我是追着他过来的。

一阵风吹过，他身上那种似有若无的糖果味又钻入了我的鼻中，让我有点心烦意乱。

"你用什么牌子的香水？"我问，"男士香水也有糖果味的吗？"

他微微皱了下眉，完全没有要回答我的意思。

"挺好闻的。"我讪讪地说。

看得出他根本就不愿意跟我说话，但是我却不能做个太"识趣"的人，毕竟我要找个机会跟他好好谈一谈前世那事的。

想到这里，我仰起头看他："你好像挺讨厌我的？"

他不置可否。

我继续说："我们认识的时间不长，而且我自认没有得罪过你，但是你却这么明显地讨厌我。"

他有点不耐烦："你到底想说什么？"

"你真的不认识我？"我看着他。

"北京两千多万的人口，我非得认识你吗？"

"你也不觉得我眼熟？"

"你想多了。"

这时候门外又有人声响起，来人大概两三个，声音很大，"噼里啪啦"地说着一般人听不懂的方言。我和林慕时齐齐看向门外，刘伟和那女孩正在整理身上的衣服，在那几个人经过他俩时，手牵着手从树后走了出来。虽然那几个游人被突然出现的两人吓了一跳，但也没说什么，很快又恢复如常，继续有说有笑。

这帮人前脚刚离开，林慕时就推开我，出了门。我跟着他出去，刚回到巷子中，就听到身后有人叫我的名字。

柳静朝我小跑着过来，丁仲谋跟在她的身后。

到了我面前，柳静说："你跑哪儿去了？我一回头你人就不见了。"

"哦，我以为你俩往这边走了。"

柳静郁闷地跺了下脚："我们刚才根本就没离开码头，看锦鲤呢！"

丁仲谋走上前来："这不是又遇上了吗，急什么？我们还找到了老林。"

听丁仲谋这么说，柳静像是才注意到她的林师兄，甜甜地打了个招呼。

丁仲谋直接勾住林慕时的肩膀往巷子外走去："已经到约定好出去的时间了，快走吧，免得让大家等。"

我和柳静只好跟上。

等我们赶到约定的地点时，其他人，包括刚才那个刘伟都已经到了。等我们一到，丁仲谋就张罗着大家回酒店。

酒店离古城不远，我们边往回走边讨论明天的行程。

丁仲谋说："我本来是规划在这里玩两天的，谁知道这地方这么小，一天就逛完了。你们看是明天再停留一天在周边逛逛，还是直接打道回府？"

刘伟说再玩一天也不错，反正不赶时间。而我本来就不是来玩的，只是想来这里找找关于我重生的蛛丝马迹，但是逛了一天，也没发生什么特别的事情，于是我说："要不还是回去吧，我们后天还有课。"

丁仲谋还在等其他人表态，林慕时说道："我也有事，不过你们可以继续留在这儿玩，我先回去。"

柳静闻言立刻说："那哪能行啊！一起来的就得一起走，既然逛完了，我们明天就回去吧。"

于是众人就决定明天一早赶回杭州，再搭乘下午那班飞机回北京。

一整天下来毫无收获，我多少是有点沮丧的，一回到酒店，就躺在床上回忆着和林慕时在小巷子里的对话，揣摩着是不是我自己想错了。

柳静跟我一间房，磨磨蹭蹭地洗脸、敷面膜。

"想不到这么匆忙就要回去了……"

我说："你舍不得走刚才怎么不说？"

她咂嘴："美景和美人面前，我当然是选美人喽。"

提到林慕时，我想了想，问她："你说他到底是个什么样的人？"

听我这么问，柳静也陷入了沉思，然后她说："我不知道……不过听丁师兄说，他人挺好的，聪明仗义，就是表面上总是冷冷清清的。"

"你没问问丁师兄，他一直是这样吗？丁师兄有没有觉得他的性格变了，或者喜好不一样了？"

"应该一直是这样吧……"说到这里，柳静狐疑地看着我，"你问这么多干什么？你不会也喜欢他吧？"

我白了她一眼："少女，放心吧，我跟他不可能的。"

"为什么？"

"这有什么为什么的？不可能就是不可能，再说你不是喜欢他吗？我更不可能跟他有什么了。"

柳静闻言喜笑颜开："你最好了！"

"对了，你为什么说林慕时一直是现在这样？"

"因为丁师兄说，他最初还因为觉得林师兄傲慢故意欺负人家来着，不过后来也是不打不相识，就做了这么多年的朋友，所以我就猜他应该一直是这种性格吧。"

这么说来，难道真是我猜错了？

柳静还在一旁夸赞她的林师兄如何如何好，我却一脑子糨糊。如果真是我猜错了，他没有前世的记忆，那他又为什么那么明显地抵触我呢？

想不明白，就暂时不想了。我催着柳静赶紧上床睡觉，就在这时我收到一条短信："天气预报说要降温了，晚上盖好被子哦。"

是个陌生的号码，我问柳静知不知道这号码是谁的，柳静往手机里一输，发现她也没有存这个号码。

"怎么了？"她问我。

"没事，大概是骚扰信息。"

05.

第二天，我们赶到机场时刚到中午，而飞机起飞的时间是下午四点。我们找了家快餐店，各自点好吃的，三三两两地找位置坐下。

丁仲谋找了个四人空桌，安顿好我和柳静，又回头找其他人。

这时候林慕时刚取了餐，丁仲谋正要朝他招手，突然有个声音响起："这地方没人吧？那我坐这儿了！"

我抬头看，那个刘伟正看着我。

"没人。"我说。

柳静和丁仲谋明显有点不乐意，不过刘伟已经乐呵呵地坐下来吃饭了，大家也都没再说什么。而林慕时只朝我们这边看了一眼，最后在我们隔壁桌找了个空位坐了下来。

这个小插曲很快就过去了。吃完饭，丁仲谋看了一眼时间，还有好久，于是他叫人收了我们桌上的盘子，拿出早就准备好的扑克牌："来两局，打发时间。"

我对棋牌这些一向没什么兴趣，前世为了给柳静凑牌搭子才学过。丁仲谋此时是投其所好，柳静肯定第一个赞成，而且非拉着我跟她一起。

我们这儿开了牌局,其他同行的人吃完了也搬着椅子过来观战。我心思不在这儿,出错了几次,被柳静骂得够呛,但是对家刘伟也不知道是不会打还是怎么的,几次明明可以打过我,他却没有。后来丁仲谋直接扔了牌说"不玩了",说完他却立刻去抢刘伟手里的牌,看了一眼大呼小叫地说:"你果然在放水啊!哥还没来得及给柳静放水,你倒是先给星辰放水了!"

柳静也扒开看刘伟手上的牌,他却故意把牌打散在牌堆里不让人看。

听着众人七嘴八舌地打趣刘伟,我悄悄退出人群,却发现林慕时已经不在座位上了。

丁仲谋刚才说不玩了,明显是想借机看刘伟的牌。闹了一会儿之后,他又找人顶替了我和刘伟的位置,开了局。

从快餐店出来,我去了趟洗手间,再出来时却在门前的走廊里遇到了刘伟。

我对这人的印象很微妙,刚才他究竟是不是给我放水,我也懒得琢磨。略打了个招呼,就打算离开,却被他叫住。

"今天降温,你怎么也没多穿点?"

我一愣,原来昨晚那人是他,现在的小孩可真会玩。

"没事,我不冷。"

我的态度已经很明显了,这人也不知道是看不出来还是怎么的,挡在我面前就是不让我过去。

我有些无奈地抬头看他:"你还有事吗?"

他低头,暧昧地朝我笑了笑:"其实,我是专门出来找你的,有些话想跟你说。"

我以为他突然来找我,极有可能是昨晚看到我了,担心我出去瞎说,心里正想一会儿怎么跟他说,没想到他却说:"其实,我从第一次见你,就挺喜欢你的。我跟丁师兄打听过,知道你没有男朋友,所以……你看,可不可以考虑一下我?"

这倒是让我颇为意外,现在的孩子都怎么了?虽然我知道,昨天他们那种快餐式的关系不会被他们太当回事,但是这也太突然了……

"谢谢你的喜欢,不过我现在没有找男朋友的想法。"

"你是不是有喜欢的人了?"刘伟有点紧张地看着我,倒像是真的很关心我的感情状况。

我略微沉吟了一下,如果实话实说搞不好他还会继续纠缠我,于是我只是不置可否地看了他一眼。

他的神情有些沮丧:"是谁?不会是林师兄吧?"

"啊?"我是想胡乱编那么一个莫须有的人,但是他这脑洞的确让我有点措手不及。

问完之后,刘伟又很肯定地点了点头,像是在确认自己的猜测:"我就知道!其实从报到那天我就注意到了,你总是偷偷看他,这次出来玩也是,你总想跟他往一起凑。我承认,他的确很优秀,但是这一路下来你也应该看出来了,那人的眼睛长在头顶上,根本看不上咱们这种人。"

"等等,等等……"我连忙打断他,"要说就说你自己,别总'咱们咱们'的。"

他愣了一下,继而无所谓地笑了一下说:"我只是想说,你和他是没有可能的,但是你和我就不一样了。"

说着,他又朝我走近了一步,我想往后退,可后面已经是墙壁了。

他靠近我,居高临下地摆出一个标准的壁咚架势,故意压低声音,透着丝暧昧地对我说:"只要你愿意了解我,你就会发现,我还是有很多优点的,比如……"

"咳咳!"正在这时,旁边传来一阵咳嗽声,林慕时从后面的卫生间里走了出来。我不由得心里一惊,不知道这家伙已经在那儿偷听多久了。

见是林慕时,刘伟立刻从我身前弹了开来,还不等别人问,先此地无银三百两地解释道:"林师兄,你也在啊?我出来找卫生间,正好遇到星辰,说几句话。"

林慕时点了点头,好像什么都没看见的样子,指了指身后:"卫生间在那边。"

刘伟看我一眼,跟林慕时道了谢,然后就朝卫生间的方向走去。

"谢了。"他走后,我对林慕时说。

林慕时却恍若未闻地继续往前走,但走了几步他突然又停下脚步回头看我:"你不会真对我有什么想法吧?"

"啊?"

他看了我片刻,又点了点头说:"没有就好,以后离我远一点。"

望着他离开的背影,我简直要被气笑了,这人还真会自以为是。

再回到学校,我的日子开始忙碌了起来。一是因为之前生病落下的课要补,还有一件很重要的事,就是学期末的汇报演出要开始准备了。

排练课上,刘老师放了一首曲子,告诉我们这是我校音乐学院的一位老师创作的,这就是我们接下来要排练的曲目。因为是讲述一对双生姐妹的故事,所以老师选出我和另一个叫王淼的姑娘来跳领舞部分。

这当然是一次难得的机会,而且我们院的人都知道,这样每年一度的汇报演出其实意义非凡。

在外人看来,这可能只是一次学院内部的成果展现,但是对我们这些人而言远不止这样。因为各大著名舞团就是通过这种汇报演出从我们学校选拔人才的,年年如此。今年更是,据说来的会是法国的莫嘉娜。

莫嘉娜是国际上最好的舞团之一,年底时会有一部舞剧在北京上演。据说,在编排舞剧时,他们为了迎合亚洲市场,专门设计了一个东方面孔的角色。而他们这次来我们学校找的,就是能够担当这个角色的人。

那可是莫嘉娜啊,在我还没有上大学之前就已经听说过的舞团。如果真被选中了,表现得好说不定就可以留在舞团,就算不能留下,这绝对也会是简历里最辉煌的一笔。

这段时间,柳静也很忙,除了跟我一样也要准备汇报演出外,就是早出晚归地忙着约会。

起初偶尔几次我听到她打电话,"师兄师兄"地叫着对方,我还以为对面是林慕时,心里还隐隐觉得有些不可思议,可后来才知道,她那师兄并非林师兄,而是丁师兄。

我问她:"你不是对林慕时死心塌地的吗?怎么才不到一个月就换成丁仲谋了?"

柳静叹了口气:"其实我当初花痴林师兄也就是一时兴起,说有多了解他吧,完全谈不上。而且他那人总是给人那么强的距离感,让人亲近不起来。这种人当男神看一看还行,当男朋友,还是丁师兄那种知冷知热的好。"

这事我是替她高兴的,先不说我和林慕时的个人恩怨,就单说他这个人,也不像是个会对女朋友好的。

"我也觉得丁仲谋不错。"我说。

"那你呢?"她忽然问我。

"我什么?"

她深深地看我一眼说:"我一直想问问你,他们说的是不是真的?"

我一头雾水:"他们说什么了?"

"说你对林师兄……"

"谁说的?"我有些无奈。

"还能是谁?学生会那些人呗……"

我猜也就是刘伟那些人,原本我并不在意这些,但想到那时候柳静还在花痴林慕时,如果让她以为我那时候也对林慕时有想法,搞不好她的心里会别扭。于是我耐心解释道:"没有的事。我跟他说的话加起来也不超过十句,这种事情有一个人说,别人就会当真,但事实上我对他确实没什么想法。"

我解释了一大堆,柳静却好像更不信了:"你不会是因为我吧?我当时就是自己一个人犯花痴,林师兄看都没多看我一眼。你可别因为这个有所顾虑,如果你真的喜欢他,我和丁师兄肯定都会支持你的!而且丁师兄跟他是发小,你要追他的话,丁师兄也能帮上忙。"

这话倒是提醒了我——我和林慕时唯一的交集就是丁仲谋了。想了解他、接触他，只能是通过丁仲谋。想到这里，我也就没再说什么。

大概就是因为我的这次沉默，让柳静认为我确实是喜欢林慕时的。那之后，只要听到点关于林慕时的风吹草动，她准会第一时间跑来找我汇报。不仅如此，她还想方设法地给我和林慕时创造各种见面机会。

就比如这一次，这场生拉硬拽凑起来的篮球赛。

虽然我们学校和D大是邻校，但我们是艺术院校，即便不乏那种因为对某门艺术情有独钟才报考我们学校的人，但是大多数人都是像我一样，因为文化课成绩不好，才不得不走这条路。但是D大就不同了，名满天下的最高学府，聪明孩子挤破脑袋也要进去的地方。所以多年来，向来是他们瞧不上我们放浪形骸，我们瞧不上他们呆板守旧。但是这次，两边竟然摒弃前嫌，莫名其妙地组织了一次篮球友谊赛，据说牵线的人就是丁仲谋。

比赛地点在D大，柳静得到确切的比赛时间后，早早就把我从排练教室里拉了出来。

06.

自从上次从乌镇回来，我就再也没有见过林慕时，而且因为他的那句"离我远点"，搞得我连一个找他聊聊的合适机会都找不到，就怕一个不小心又被他误会我"别有用心"。正好我又忙着排练，所以关于他究竟有没有前世记忆的事情，我也只好先放一放了。

被柳静拉出了校门，我才知道是要去看林慕时打球。我一想到那种场合，应该是不会有机会让我和他单独说上话的，顿时就不太想去了，但是柳静和丁仲谋的一番好意也不能辜负，我便想着看上一会儿就赶紧回来练晚功。

但是我没想到，他们比赛用的篮球场，竟然就是礼堂旁边那个小球场。我依稀记得，正是今年伊始，大年初一的晚上，陆朝阳也曾带我来过这里。

彼时偌大的校园空空荡荡，仿佛只有我们两个。他在这小球场中捡了只破篮球，对着篮筐投掷出去。当时路灯孤冷，他被拉长的身影也显得孤孤单单，但是在那个晚上，当时的我却觉得那个身影那么亲近熟悉。

我听到篮球撞击橡胶地面的声音，而那每一次都恰好合上我心跳的节拍。

然而此时，过去不到一年，同一个地方，球场上人声鼎沸，男孩们挥汗如雨，女孩们放声尖叫。林慕时个子最高，动作也最灵活，带球穿梭于人群中。

我抬眼看他的时候，他正扯着篮球服前襟擦拭下巴上的汗珠。

这天的天气很好，碧空万里无云，微风习习，是夏日过后难得的一个不太黏腻的午后。有那么一瞬间，我看到有我熟悉的身影与他的身影重合——这是离开陆朝阳后的第一次，我在别人的身上看到了他的影子。

我想，我一定是太想他了。

比赛刚刚开始没多久，林慕时所在队伍的比分早已领先了丁仲谋他们，胜负已见分晓。我突然觉得挺没趣的，趁着柳静没注意，退出人群，按照记忆里的那条路，朝着园中湖的方向走去。

与上一次冰封的湖景完全不同，此时秋风吹过，微波粼粼，偌大的湖面显得静谧又安详。有几片发黄的梧桐树叶被风吹进湖面，随着湖波一荡一漾。

原来所有的一切，包括这湖景在内，都是岁岁枯荣，有着自己的轮回。可是我呢？我仿佛陷入一个死循环中，不知哪个是今天，哪个又是明天，什么时候启程，什么时候停下……这么想着，我原本那颗因为充实的生活而趋于安稳的心，又变得不甘起来。

我早晚还是要和林慕时聊一聊的，如果没有合适的时机，那就得创造时机。

我沿着湖岸一直走，不知不觉爬上一座小山。山坡上灌木丛生，夏天里这些植物应该也很繁茂，只是这个时节显出几分萧瑟来。草木中间，有一条一米来宽的土路，明显是被人走出来的。我就沿着那土路一直往山坡上走，走了不知多久，直到走到没有路了，我被眼前的景象惊住了。

我以前就知道，D大的校园的确离一处野山不远，以前我也曾跟我爸妈去那野山上踏过青。但是我没想到那山竟然离校园这么近，而且还可以从校园里上到山上。不过这山在校园里的部分只是一个小山头，就像是它伸向湖面的一只指点江山的手指，而我现在所在的地方就是这手指的指尖上。

一阵风吹过，带着潮湿的味道，我惬意地闭了闭眼。然而一种熟悉的感觉袭上心头，前世坠崖前的一幕幕却忽然无比清晰地出现在我的眼前。

脑子里突然就冒出一个念头——如果场景重现，林慕时会不会记起什么？或者他本来就记得什么，而如果场景重现，他愿不愿意对我坦露他所记得的东西？

我睁开眼想了想，觉得可以试一试，但是要重新把他带到我们当年坠崖的地方肯定是不现实的，不过叫他来这里就容易很多了。

他对我一向爱答不理，如果我直接叫他来，他肯定不会来。还好有了前几世的经历，我想不到的办法，有人想到过。

打定主意后，我拿出手机，拍了张这里的照片，然后附带一行文字，发给了林慕时。

信息发出去后，我就在旁边找了块平整的石头坐下来等他。过了一会儿，手机响了，我拿出来看了一眼来电显示，直接放在脚边的地上没有接。后来，手机接二连三又响了几次，我统统没有接。

我静静地等着，有风吹过枯草发出的沙沙响声，没一会儿又有了由远及近的脚步声，还有人气息不匀地喘气声，看样子他还是小跑着来的。

我站起身回过头，林慕时看到我时明显松了口气，接着就没好气地骂道："你有病吧！"

他这反应在我的预料之内，而且比我想象的要温和多了。

我刚才就是想到了渣男的那个小情人，当初为了见我，她就选择了在微博直播自杀。本来她应该是我最不想看到的人,但是在那种情形下,我宁可把和秦悦的约会改期,也不得不去见她。所以刚才我就告诉林慕时,给他半小时的时间来见我,他不来,我就从这里跳下去。

能干出这种事的的确不像正常人,但是我如果不这样,怎么能让他这么快就来呢?

他问我:"你到底想怎么样?"

我说:"你放心,我也讨厌那种什么事都做不好,被人拒绝就寻死觅活的人。我找你来,就是想跟你聊几句。"

林慕时紧锁的眉头渐渐松了松。他身上还穿着宽大通风的篮球服,应该是刚从球场上下来,直接跑过来的。

我突然觉得,这个人也没那么讨厌了。

我转过身去,面朝着湖面。

我说:"这里让我想起我曾经去过的一个地方,在舟山。海风一吹,浪很高,那山崖也很高,当然景色比这里壮美很多。但是如果可以,我宁愿我从没去过那里。"

身后静悄悄的,他没有说话,但似乎也没有要离开的意思。

我继续说:"那天我在那儿遇到了一个人,在遇到他之后,我开始经历了一些奇奇怪怪的事情,他就像个开关一样替我打开了新世界的大门。可惜我并不喜欢这个世界,所以我现在想回去了,我需要找到他。"

"这是你的事,跟我有什么关系?"他的声音冷冷地在我的身后响起。

我回头看他:"那人跟你很像。"

"所以你想说什么?你想问我是不是那个人?"

"你是吗?"

"我看你真的是病得不轻。"他冷笑一声,"虽然我不知道你究竟想说什么,但是刚才听你说话那意思,就是把你自己经历所有事的原因都归结在了别人身上,你不觉得你很自私吗?"

他的话让我不由得怔了怔,真的是我想错了吗?

我突然意识到我之前想到的那些他能帮我摆脱重生的原因,好像都很站不住脚。这一世我虽然还是遇到了很多我前世不认识的人,但是我遇到的前世熟人也不少,比如柳静就是一个,所以我认为只有林慕时能帮我的理由突然就不那么充分了。难道就因为他是我前世最后见到的人?

还有我认为他有前世记忆的原因,如今想来好像也很模糊。他说的那些话,似乎都有合理的解释,或许只是我自己一厢情愿地认为他是有前世记忆的,所以才会一直往这个方向去想。而他对我的抵触……可能只是单纯的不喜欢我吧,如果他真的因为前世恨我,这一次又怎么会出现在这里?

想到这些,我有点失望,却听他问我:"所以你大费周章地把我骗过来就是说这些无聊的事情?"

"是啊,真无聊。"

他微微挑眉看了我一眼。

我又扫了一眼他身上的篮球服,突然有点过意不去。不过他能赶来的确说明他是个挺不错的人,他既然不愿意看到我,那我以后还是少出现的好。

想到这里,我叹了口气说:"你走吧。"

他却迟迟没有离开的意思,反而是向前走了两步,停下来望向湖面:"不过也没白来,我也是才知道学校里还有这样的地方。"

我不由得看向他,他的脸上已经没有了刚才不屑和嘲讽的神情,反而换上了一脸豁达的平静。

我顺着他的目光望向湖面:"是挺美的,不过这里不安全,应该建议你们学校加点防护措施,或者严禁学生来。"

他却没理我这茬,反而是破天荒地说:"你心情不好。"

不是问句,而是陈述句。

我怔了一下,勉强挤出个笑容:"嗯,不好意思,因为我一时发神经把你从球场叫到这里。"

他闻言看了我一眼,又继续望着湖面说:"人总会因为一些小事闷闷不乐,其实只要过去之后,你就会发现,那根本不算什么。"

我从来不敢想，林慕时会对我说出这一番话，他是怕我真的会想不开跳下去，还是纯属好心开导我？

但是对他这番话，我也并不完全认同。毕竟我活了将近40年了，对于一个长寿老人来说也过了一半的人生了，难道我还不如他看得透吗？

我笑着看他："那是你没体验过那种你明明很努力，但是却什么都做不好的感觉。你数学考过38分吗？物理考过24分吗？我也特别想好好学习，但是小学毕业以后，我就对我的成绩无能为力了。"

我看到林慕时的表情起初还算淡定，听到我的成绩后他的脸上也露出了惊讶，但也只那么一闪而过，取而代之的又是那种不符合他年龄的冷清。

我说："所以别总是摆出一副过来人的姿态教育别人，每个人都经历着不同的人生，你没经历过的，就没有发言权。"

难得这一次，他没有因为我的话而不高兴，反而还认同地点了点头："也不知道是谁在教育谁。"

我看着他，突然很想知道前世的林慕时是什么样的人。我那天也只是匆匆扫了一眼，印象中的他是很斯文又风流的模样。不难看出，他至少是事业小成的男人了，可是却因为我这个陌生人掉下了山崖……那么高的地方掉下去，不死也伤了吧。

"走吧。"他说。

我回过神来，应了一声。

然而就在他转身离开的那一刻，我对着他高大的背影，几不可闻地说了声："对不起。"

虽然这么久以来，我一直在怪林慕时在前世出现得不是时候，害我坠崖，但是今天这一番话过后，我也就释然了。所以我应该对他说声抱歉，如果没有机会说给前世的他，那就说给今生的他好了。

林慕时的脚步微微一顿，回头看我，脸上依旧没什么多余的情绪。

我若无其事地说："你的比赛还没结束吧？"

他说着"没有"，却又朝我走过来……原来他是去捡被我刚才放在地上的手机。但他过来时不知怎的被脚下的石头绊了一下，眼见着就朝我这边的崖边冲了过来。

我的第一反应是担心他直接冲到崖下,想替他挡一下,可是他却中途刹住了脚步。我的手伸也不是收也不是,身体一下子失去了平衡。

林慕时的表情从平静变得震惊,而我挣扎了片刻后,便认命地闭上了眼,朝后面的湖中倒去。

历史总是惊人的相似,我招谁惹谁了,在多年之后,竟然又一次在他眼前坠下崖去。

再醒来时,我躺在医院里,腿上打着石膏,被高高吊着,姿势滑稽可笑。

"你终于醒了!吓死我了!"说话的是柳静,她的声音里还带着哭腔。

我的脑子还蒙蒙的,浑身上下没有一处不痛的。我勉强抻着脖子看了一下四周,除了柳静,丁仲谋和林慕时也在。

林慕时站得离我最远,宽大的运动外套里还是那身与这时节不相符的篮球衫。只不过,从他的头发丝到那身篮球衫,看上去都湿漉漉的。

丁仲谋说:"所幸那小山头没多高,老林反应也够快,有惊无险。"

柳静也说:"对啊,不然你这旱鸭子早就小命不保了,还好有林师兄在。"

我又看向林慕时:"谢谢。"

他扫了我一眼,只是冷冷地说了句"没事"。

几个人陪着我坐了一会儿,丁仲谋系里有事不得不先离开,柳静就跟他一起走了。

病房里只剩下我和林慕时。

我问他:"你的衣服还湿着吧?"

"已经快干了。"

我想到今天这出闹剧,也忍不住叹了口气:"你当初说得对。"

"什么?"

"你让我离你远点是对的……"

"不是一回事。"他不耐烦地皱了皱眉头,"其实……你当时可以拉住我的,那样你也不用掉下去。"

我当时也知道抓住林慕时或许我就没事了,而且那是人求生的本能,是我第一时间就生出来的念头,但是经历过前世,这一世我不想再连累他了。

我随口胡诌道:"那时候我哪顾得上想那么多……算了,这不是也没事吗。"

他却深深地看了我一眼,不知在想什么。

"你能过来帮我把床支起来吗?我想坐起来。"

林慕时闻言向我走过来,半蹲在我身旁,去转动我病床上的那个把手。可他弄了半天,都没什么用。

"可能是坏了。"他又试了试还是不行,"我去找护士来。"

"算了。"我叫住他,"你帮我在身后垫两个枕头也行。"

林慕时闻言又折了回来,手臂伸到我的肩膀后,试图将我扶起来。我也努力配合着支起上半身,但是不知道是不是我伤到了手肘,刚一用力,就疼得厉害。

我一松手整个人失去了支撑又跌回到了床上。林慕时一时没防备,被我带着朝前一扑,整个人扑在了我的身上。

而就在这时,我听到病房的门被人推了开来。

07.

听到开门的声音,林慕时连忙从我身上弹了起来。我看向病房门口,真是怕什么来什么,门口站着的正是我妈。

我妈大约是完全没想到进门看到的会是这种情形,先是一愣,然后眼神飞快地在我和林慕时身上扫了个来回。

"这位是?"

我妈打量着林慕时,而我的脑中千回百转。我要怎么跟她介绍林慕时?说他是同学或朋友?那我为什么会从小山上掉下来,刚才她进门时我们又为什么那样就不好解释了。

来不及想太多,我索性心一横说:"这是我的男朋友,林慕时。"

这一次,连林慕时看向我的眼神都是意外的。

我默默叹了口气,继续说:"我今天就是去找他,然后在他们学校逛了逛,结果就……"

我妈这才把注意力从林慕时身上又移到我的腿上:"你这个不省心的孩子!"

我被我妈妈足足数落了十几分钟,她说今天这事有多危险,让她多后怕,如果我有什么不测她就如何云云……终于说到没什么新鲜词儿了,她才停了下来。

她又看向林慕时:"你们年轻人啊,做事从来不替我们老的着想。"

这话虽然像是在责备林慕时,但她的语气明显缓和很多。

林慕时从善如流地说:"是我的疏忽,阿姨,我以后会多注意。"

我不由得看向他,完全没想到他会这么配合我。再看我妈,她的神色果然缓和许多。

我妈叹了口气说:"不要嫌阿姨话多,你们都是父母的宝贝,又教养得这么好,做父母的这下半辈子的心都系在你们身上呢。你们要是有个三长两短,父母多难过可想而知。今天真是不幸中的万幸,以后无论干什么都千万要注意安全,别让我们做长辈的操心。"

林慕时乖乖地应了声"好",我妈终于没有继续说下去的意思了。

我趁机赶紧朝林慕时使了一个眼色,他倒是不笨,找了个借口先回了学校。

只剩下我和我妈时,我妈开始肆无忌惮地盘问林慕时的情况。我早知道她会问,也就做好了准备,她问什么,我答什么。

终于我妈看着我露出一个颇为得意的笑容:"要不说这女孩子啊就得长得好看,只要长得好看,再傻再笨也有优秀的男孩子喜欢。"

原本听到我妈夸我,我还挺高兴的,可听到后面我才听出不对劲:"等等,等等,什么叫再傻再笨?"

我妈讳莫如深地一笑:"知女莫若母,你什么底细你妈还不清楚吗？"

因为有轻微的脑震荡，我在医院观察了三天。这三天，我妈一直陪着我，中间柳静来看过我一次，但林慕时自那天离开后再也没有出现过。

我妈虽然没说，但是明显已经有点不高兴了。

我把从丁仲谋那儿打听来的事情说给她听："他已经在提前做毕业设计了，他那导师挺看重他的，给他安排了不少事情，所以他最近都很忙。再说了，这不是有您在吗？他来了反而拘谨。"

我妈闻言横我一眼："这才几天，你就开始嫌弃你妈了？"

但是她说完也没再说别的，应该是没有起什么疑心吧。不过这一次被我蒙混过去了，下一次未必这么顺利，我还是得早点酝酿个"分手"才好，但是以我妈那种保守的观念来看，恋爱谈得太短也不行，怎么也得个半年、一年的。

出院回学校的路上，我妈说："学校那边我已经替你打过招呼请过假了，你安心养伤。"

她不提这个还好，提到这个，我又得感慨真是飞来横祸。摔一下，住几天院都是小事，关键是接下来的这段时间我都没办法参加排练了。

"看来期末的汇报演出是泡汤了。"

我妈也叹了口气："事已至此，也没别的办法了。你才大一，以后有的是机会。所以你还是安心养伤，别以后落下毛病不能跳舞，那可就麻烦了。"

我妈说的我都懂，可是这么好的机会错过了，实在太可惜了。我表面上答应着，心里盘算着还有四个月才演出。我这么年轻，恢复得肯定也快，到时候我慢慢增加练习，说不准还有上台的机会。不过，好不容易争取来的领舞肯定是没戏了。

我们院有个规定，像我这种因为受伤不能参加排练的，上课时人也必须要到场旁听。所以我非但没能因为这次受伤而变轻松，反而更麻烦，因为坐轮椅出行实在太不方便了。

我们宿舍没有电梯，我从宿舍下来就很不方便，等到了排练教室，那边虽然是二楼，但还是没有电梯，我这上课就成了大问题。

受伤后的第一次上课，柳静和丁仲谋一起来接我上课。好不容易把我和轮椅从宿舍里弄下来，两人又商量着一会儿等我下了课谁去接我。

因为我上排练课的时候，柳静正好也有两节基本功和两节排练课连上，而我上课的地方在西区体育馆的二楼，柳静上课的教室在东区，让她中间下课跑回来接我再返回西区显然是不可行的。丁仲谋下午也有课，但即便他没有课，他好歹是我闺密的男友，我哪好意思总麻烦他。

而正当大家为我上课的事情发愁的时候，丁仲谋的手机响了。

他走到一旁接通电话，过了一会儿，又朝我走过来，把手机拿给我。

我抬眼询问他什么意思。

他说："是老林。"

我脑子蒙蒙的，想不出来林慕时为什么会找我。

我接过手机"喂"了一声。

那边静默了几秒，然后林慕时问："你几点下课？"

我愣了一下，才反应过来，大概刚才丁仲谋已经把我上课的麻烦一五一十地告诉他了。

虽然他突然莫名其妙地愿意跟我化干戈为玉帛让我挺欣慰的，但我还是说："不用了，其实也用不着他们，我想想办法可以克服。"

林慕时却恍若未闻，还是那句话："你几点下课？"

我无奈，只好说："三点半下课。"

"好，你下了课就在教室等我。"

挂上电话后，柳静激动地问我："是林师兄吗？他一会儿来接你下课吗？"

我不确定地说："我不知道，他就问我几点下课，让我等他。"

"哇！"柳静猛地拍了一下我的肩膀，"叶星辰，你因祸得福了！"

08.

会不会因祸得福我还不确定,但是我刚到教室,就听说老师已经按照去掉我之后的人数重新排了舞蹈。

王淼见到我立刻跑了过来:"哟,你好像伤得挺严重的,这么大的事儿怎么也没跟大家说一声,同学们好去看看你啊。"

王淼说话一向是这个口气,一惊一乍,让人头痛。

我说:"不是什么大事儿,小伤。"

"小伤?"她瞥了一眼我打着石膏的腿,还用手指在上面戳了戳。

她的力道不大,隔着石膏不会有任何感觉,但是我却有点不自在。说实在的,我有点忌惮这小丫头——其实,我主要是忌惮她结交的那群小混混。

也不知道为什么,从开学开始,她就看我不太顺眼。平时有我在场时她说话就阴阳怪气的,排练时也时不时地撞我一下、绊我一下,然后又一脸"自己是不小心"的样子跟我说抱歉。

小姑娘这点小伎俩,我看在眼里也不点破。但是就在不久前,在老师确定我和她两个领舞之后,我甚至还听说,她竟然扬言要找人打断我的腿。

这世界上最可怕的既不是笨人也不是凶恶的人,而是那种又蠢又凶的人。所以这消息传出来,也曾搞得我一度不敢单独出门。不过现在好了,没用她动手,我的腿自己断了。

"医生有没有说多久才能好?"她问我。

"三四个月吧。"

"排练你肯定是参加不了了。"她啧啧摇头,"你说你何必呢,为了追个男生跑到人家学校去以死明志。"

听到这话,我不由得一怔:"你说什么?"

"不是吗?这消息都传遍了。"王淼同情地看我一眼,"不就是个男人吗?他有多优秀至于你那样?"

我的头更疼了。

正在我身边的这群小女生毫不避讳我在场，七嘴八舌地议论着关于我的八卦时，门口传来一阵轻咳声，刘老师走进了教室。

她看到我，"哦"了一声说："星辰来了。"

"刘老师。"我跟她打了个招呼。

她脱掉外套，边准备音乐边说："王淼跟你说了吧？你不用参加这次汇报演出了，领舞部分就改成由王淼一个人来完成，改过之后的动作主要是你之前的那部分……"

说到这儿，刘老师笑了笑："那段动作你熟，回头你也可以帮着指点指点王淼。"

我看向王淼，她正勾着嘴角，笑盈盈地看着我。

我说："指点就算了，她肯定比我跳得好。"

音乐响起，刘老师满意地点了点头，没再说话，组织大家开始排练。

我百无聊赖地熬到下课。王淼又过来找我："刚才我跳得怎么样？刘老师说让你指点指点我呢。"

一个礼拜的时间，王淼练成这样已经很不错了，看得出她也的确下了功夫。不过她的动作虽然做得到位，但是却少了点感情融入。跳舞这东西又不是广播体操，带不带感情，差别很大。但我知道这小丫头肯定听不进去，也就没说。

我说："你在这么短的时间练成这样，已经很不错了。"

王淼笑了："真的假的？我也就练了两三天吧。"

说话间，我发现教室里的几个女同学在小声议论着什么，眼神还时不时地瞥向门外。我这才意识到，可能是林慕时来了。

我回过头，果然就见他站在门外，面对众人或明目张胆，或小心翼翼投去的目光，林慕时难得地有些不自在。

"那是谁？"问话的是我身边的王淼。

我没有回答她。林慕时正抬起头来，对上我的目光，然后他顿了顿，朝我走了过来。

艺术学院多得是俊男靓女，但舞蹈系男女比例失衡得夸张，男生本来就少，而且我们学校那帮男生，好看的是不少，但一个个流里流气的，很少能见到像林慕时这种好看又干净清爽的男生。难怪那群女孩子会想看他，此时见他迎着光朝我走来，我都忍不住有片刻的失神。

"可以走了吗？"

我愣了一下，说了声"好"，仰头再看王淼，却发现她还在盯着林慕时看。而林慕时仿佛根本没有看到她，径自过来屈身在我面前，拉起我的手臂，让我整个人的重量都压在他的身上。

他把我从轮椅上转移到旁边的另一把椅子上，然后把轮椅折叠好说："我先把轮椅送下去，一会儿上来接你。"

他出门后，王淼这才看向我，还是那句话："那是谁？"

我想到她说的那个传言，无所谓地说："你不是说我的事都传遍了吗？说我为了他以死明志。"

"他？怎么可能？那你们……"

王淼没有说下去，我也没再跟她说话。

过了一会儿，林慕时折了回来，这一次大约是见王淼还没走，他倒是略朝她点了点头，算是礼貌地打了个招呼。他还像刚才一样拉着我的一只手腕，将我架在他的肩膀上。他的个子比我的高很多，为了迁就我还得半弯着腰。不过这一次走得有点远，他另一只手拖着我的腋下，稍微一用力，差不多就能将我整个人抬离了地面。

他身上那股似有若无的糖果香再一次袭向我。

他这样带着我下了楼，引来我那帮同学的纷纷侧目。他仿佛看不见，我也无所谓。

"你怎么会来接我下课？"

沉默了片刻，他回答说："丁仲谋打电话给我，推不掉。"

我仔细想了一下，不是他打给丁仲谋才知道我上下课不方便吗？

这人还真是别扭，想做点好事还要做出迫不得已的样子。

我不由得瞥了一眼近在眼前的这张脸，明明天气已经转凉了，我也没那么重,可是他的脸却有点红。

"你们那边怎么说的?"我问他。

"什么怎么说的?"

"学校的湖里掉进去个人,还差点淹死,肯定有各种传言吧。刚才我同学还说我是为了追你以死表真心呢。"

听完我说的,他只淡淡地回了两个字:"无聊。"

"不过我看马上又要有新的谣言了。"

"什么?"他微微挑眉。

"我刚回学校,你就来接我下课,那肯定就是你被我以死明志感动了呗。"

这一次他什么也没说,不过却笑了笑。

又是那种熟悉的糖果香,我在他身上闻到好多次了。

我循着那味道嗅了嗅问:"你身上到底是什么味道?挺好闻的。"

"你老实点,否则别怪我欺负残疾人。"他说话时语调没什么波澜,但是却警告性地松了一下托在我腋下的那只手。我突然失去支撑,整个人往下滑了一下,我连忙勾住他的脖子。不过也就那么一瞬间,转眼就到了一楼,他扶我坐到了轮椅上。

送我回宿舍的路上,他问我:"你现在这样不能正常上课,对你有什么影响吗?"

"能有什么影响?无非就是领舞的位置没了,我也参加不了汇报演出,也就没机会被选到好的舞团里历练了呗。"

我说得轻描淡写,但是身后的人却久久没有声音。

我回头看他,发现他微微皱着眉,脸色也不太好。

我笑了:"跟你又没关系,全是我自己作的,你郁闷个什么劲儿?"

见他还是眉头紧锁,我只好说:"我也不见得完全不能参加汇报演出,这不是还有四个月左右的时间吗,我想休息两个月就开始慢慢加大练习量……"

我又想了想,笑着说:"等我演出的时候请你来看。"

他的脸色稍微缓和了点,语气还是不冷不热的:"这件事情就是提醒你，以后少干点蠢事。"

  我的宿舍在四楼，可比上课的地方要高多了，而且上楼本来就比下楼要费劲。他扶着我上到二楼时，我就已经出了一身汗了。

  我气喘吁吁地叫停："歇一会儿再走。"

  他看了我一眼，又往楼上看了看："还有几层？"

  "两层。"

  他似乎犹豫了一下，不太情愿地说："干脆我抱你上去吧。"

  别说他不情愿，我还不情愿呢。这楼里来来往往不少人，但是一般情况是不许男生入内的。不过我腿上打着石膏，他扶我上楼，就像之前丁仲谋和柳静扶我下楼一样，大家也不会多想，但要是他抱着我上楼，那感觉可就变了。

  "别。"我示意他打住，"这是女生宿舍，虽然我是腿受伤了，但要是让别人看到你抱着我上去，还不知道会怎么说呢。"

  听我这么说，他也没再说什么。

  "反正都走了一半了。"我朝他招了一下手，"走吧，继续。"

  之后，林慕时又弯下腰让我勾着他的肩膀继续慢悠悠地往楼上走。

  受伤以后，我在床上躺了好几天，本来就没什么力气，刚才爬那两层楼早就体力透支了，后面我走得越来越慢。

  所幸还剩一层了。我正要再歇一下，林慕时却突然弯腰将我一把横抱起来，一步两三个台阶，快速爬完最后一层。直到他把我放在我们宿舍的门口，我才回过神来，连忙看向身后，还好他刚才的动作够快，也没人经过，应该没被别人看到。

  他说："你自己能进去吧？我去拿轮椅。"

  "好。"

  我打开门，单脚跳着进了房间，没一会儿，就听到门外"噔噔"的脚步声传来，转眼林慕时已经单手夹着折叠好的轮椅，到了房门前。他把轮椅展开推进屋里，局促地扫了我一眼说："那没什么事我先走了。"

  "等一下。"

他回过头，我从地上的纸箱子里拿了瓶气泡水递给他。

"折腾半天，你渴了吧？"

他没说什么，接过水，另一只手伸到裤子口袋里，拿了什么东西，然后在我面前摊开手掌。

我怔怔地看过去，他修长宽大的手掌间有四五块糖。差不多黄豆大小的水果硬糖，包裹着不同颜色的半透明糖纸，在午后余晖中折射出异样的光彩。

这场景似曾相识，一定在过去的某个瞬间也发生过，可是我却不愿意去细想，或者说是不敢去细想。

似乎是见我久久不动，他不自在地咳了一声："你不是一直说我身上的味道好闻吗？"

我缓缓笑了："原来还真是糖果的味道。"

我拿了一块包着橘色糖纸的糖，然后剥开糖纸把糖放进嘴里。我再抬头看他时，发现他正看着我出神，然后缓缓露出个笑容："酸吧？"

我吸了吸鼻子点点头："酸哭了。"

他把剩下那几块糖放在我旁边的桌子上："那我先走了。"

眼见着他要出门，我又叫住他："那个……今天谢谢你。"

"没事。"

"今天是回来后第一次上课，准备不充分，下次我自己可以去，就不麻烦你了。"

他又看了我一眼，却没说好或不好，只说了句"再说吧"就出了门。

09.

林慕时刚走，我妈的电话就来了，除了问我这些天能不能适应学校生活，还有就是打听我和林慕时的事。

我瞥了一眼窗外，正见林慕时离开的背影。

我说："他刚把我送到楼上，刚走。"

我妈听了立刻八卦兮兮地问:"他现在每天都接送你上下课吗?"

"就是上排练课的时候,我和柳静不在一起,他过来接我一下。"

"这孩子不错,上次妈见了就知道。"我妈顿了顿说,"周末妈去看你时,你把他也叫上吧,咱们一起吃个饭。"

我一听这个,一个头立刻变成两个大:"不用了吧,多别扭。"

"有什么别扭的?之前又不是没见过,再说上次光顾着担心你,我也没跟那孩子说上话。"

"真不用了……再说您不是不赞成我大学谈恋爱吗?"

"我不赞成,你不还是一样不听话吗?事已至此,妈也不是不通情达理,肯定要支持你的。"

林慕时虽然主动提出接送我上下课,但这并不代表他就不反感我,或许只是因为我是在他们学校出的事,他心里不安吧。而且我也不想再跟他有过多的接触,所以让他和我妈坐一桌吃饭,这肯定是不行的。但是我妈这人又很喜欢做主,如果不找个合理的理由说服她,她肯定不会善罢甘休。

我想了想,干脆顺着她说:"我不让您掺和也是为了我们俩好。我们才在一起几天,您一个长辈就要请他吃饭,搞得姿态很低……"

果然,我妈一听这话就有点迟疑了。

我继续说:"您要是真想找个机会多了解了解他,也不是不行,但是最好搞成偶遇,自然地遇到什么的……专门请他吃饭实在太刻意了。"

我妈沉默了片刻说:"你说得也对,你们学院汇报演出不就可以请家长去观看吗?如果你能参加演出就好了,到时候你请我和小林都去,这就自然多了。"

我愣了一下说:"也是,可惜估计我是参加不成了。"

一提到这茬,我妈的好兴致也没了:"算了,别想那些了,好好养你的伤吧。"

挂上电话后,我开始发愁,汇报演出我肯定是要争取参加的,那到时候怎么应付我妈呢?

晚上，柳静回来就问我今天和林慕时进展如何。

我说："就接我下个课，能有什么进展。"

"这就是很大的进展了好吗！你又不是为了他掉下湖的，他不但救了你，学校里那么忙还特意跑来接你下课，这不是对你有意思是什么？"

"你真的想多了，他对我什么态度你又不是没见过。不过通过这件事看得出，他还是个挺善良的人，因为知道我会出现在那里是为了他，所以我出了事他心里不安。"

"不管怎么样，反正这是个好的开始。对了，"柳静突然想到什么，"今天我听丁师兄说那个刘伟还打听你来着，听说你上下课不方便他要来帮忙。"

乍一听刘伟这名字，我还没反应过来是谁，等想到是谁的时候，我莫名就有点紧张，我是真怕那小孩再来一次表白。

"丁仲谋怎么说的？"我问柳静。

柳静嘻嘻一笑，拍着我的肩膀："放心吧，你和林师兄好不容易走到这一步，哪能让他搞破坏，我已经让丁师兄应付过去了，以后你见他也离他远点。"

我不由得松了口气："那就好。"

隔天下午又有排练课，我本来都打算出门了，又收到林慕时发来的信息，说他就在我楼下。

正要送我下楼的柳静听说他来了比谁都高兴，一会儿嘱咐我好好把握机会，一会儿又抱怨怎么我的排练课一周才两节。

我下了楼，看到林慕时手上拿着一样东西，等他走近我才看清楚，是一副拐杖。其实我妈也给我准备了拐杖，但是那是她临时从医院旁边的医疗器械店买来的，又大又笨重，既不方便使用，也不方便携带。而林慕时拿来的这一副一看就是适合女孩子用的，黑色铝合金的肘拐，长短还可以伸缩，好用又好带。

柳静对林慕时的细心体贴大赞了一番，然后就把我交给了他，自己开溜了。她走之前，还朝我挤眉弄眼地握了握拳，我权当没看见。

他推着我往教室走。今天阳光很好，也没有风，我脚下的青砖路上是一立一坐两个交叠在一起的身影。

想到能让他一次又一次跑来这里接送我上下课的原因，我再一次意识到，不管他平时做事风格如何，但是他骨子里应该是个挺不错的人。

想到这里，我说："其实你真的不用介意。"

"什么？"

"我这次受伤跟你没关系。我这几年运气都很差，总是遇到这种事，这次就算不是在D大也可能是在别的地方，所以你完全不用有心理负担，以后也不用来接送我上下课了。"

身后的人沉默了片刻才说："但他们说你是因为我才出现在D大的……"

"他们"是谁不用问我也猜得到，想到柳静临走前的样子，我就头大。

我还想再解释什么，身后的人突然又开口："你怕什么？"

这一次，他说话的语气有点轻，我虽然看不见他的表情，但总觉得他话里带着揶揄。

"我有什么好怕的？"

"你不是害怕就好。你的腿最多一个月也就可以拆石膏了，一周两次课，反正也没有多少次。"

或许根本用不了一个月，那他最多也就会再来五六次，想到这里，我也就没再推辞。

"那就谢了。"我回头看他一眼，这才注意到他手上还拿着本书，于是又问，"你刚下了课过来的？"

"不是。"他看到我指着他手上的书，顿了顿又说，"一会儿我在旁边等你下课。"

我上课的时间是一个半小时，他来回跑显然不现实，所以他这是想一边看书一边等我下课？看来他真的很忙，又是这么惜时的人，让他把时间浪费在我这里，我真是……

我正不知道要说些什么,就听他又说:"反正在哪儿看书都是看,你没耽误我什么。"

听他这么说,我只好把想说的话又咽了回去。

刚到体育馆一层,就听到有音乐声传来,我以为是老师提前来了。可是等到我被林慕时扶进教室后,就看到偌大的教室中央,王淼一个人正跟着音乐翩翩起舞,而其他人只是围在角落看着她。

还没到上课时间,她却把大家热身的场地都占了,什么意思?课前练习,还是故意跳给谁看?

我不由得看向林慕时,发现他就像完全没看到一样,只注意着我的脚下。

把我安顿在椅子上,他才抬起头说:"你在教室也不走动,轮椅暂时放楼下吧,一会儿下课我来接你。"

说完他便一刻不多停留地出了教室。

林慕时走了,但是音乐还没结束,可是王淼却不继续跳了。她朝门口望了一眼,脸色不太好,但转过头看向我时,她已经又挂上了笑容。

我一看她这笑,就知道她肯定又要来找我麻烦了。识时务者为俊杰,在她开口前,我就说:"你比上次跳得更好了。"

王淼得意地笑了笑:"我这两天都没怎么练,也就刚才热热身。"

我故意表现出有点诧异:"我看你刚才跳的,还以为你最近一定加强练习了。"

王淼依旧笑着,看得出是心情真的好了点。我想着她心情一好,应该就能放过我了。

可她话锋一转继续说道:"我说你啊,别以为自己做的事别人都不知道。"

这话说得我莫名其妙。

我问:"我做了什么?"

王淼极其不屑地瞥了我一眼:"不是以死逼迫就是借病要挟,那些不入流电视剧里的恶毒女配的手段你倒是都清楚。可惜林学长太单纯了,看来我有必要找个机会提醒他一下了。"

说完她以胜利者的姿态又看了我一眼,再没说什么就走开了。

林学长?短短两天,她就连林慕时的名字都打听到了?不过想到她刚才说的那些话,我忍不住笑了,也不知道现在谁才是恶毒女配。

刘老师准时走进了教室,像往常一样让大家排好队形,先练习了几遍上节课学的,再继续教后面的几节动作。

窗外一阵风吹过,还隐约传来鸟鸣声。我心不在焉地朝外看了一眼,也不知道他现在在哪里看书。

或许就是想着林慕时还在某个地方等我下课,我心里一直惴惴不安,有一种说不清道不明的感觉。总之我很不安,但是不安中好像还有点别的什么。

好不容易熬到下课,我见王淼迟迟不肯走,知道她是在等林慕时。果然,林慕时一出现,她就凑了过来,关切地问我:"你就这样回去吗?这里离宿舍挺远的,你怎么没带轮椅?"

我真怕她下一句就说要和林慕时一起送我回去,于是连忙说:"我的轮椅在楼下。"

林慕时完全没有要搭理她的意思,只是扶着我往外走。

但王淼哪会那么容易放弃,我们刚出门,就听她在身后问:"星辰,这位就是你说的那位林师兄吧?"

听到这话,我不由得怔了一下,我什么时候跟她说过林慕时?每次都是她来问我。

林慕时听王淼这么说,第一反应也是看我,我只能朝他做出一个不知所措的表情。

王淼到了我们面前:"上次见到也没来得及自我介绍。林师兄,我叫王淼,之前跟星辰一起排练领舞的。"

"哦,你好。"

很冷淡客气的一句,不过能让他对初次见面的人说这么一句已经是破天荒了,想想当初我报到时,他的第一句话是什么……

"新生?

"舞蹈系叶星辰?"

的确哪一句都要比对王淼说的这句不客气，看来真像柳静说的那样，之前他对别人的态度或许一直都过得去，只是对我尤其恶劣。

王淼继续说："对了林师兄，听说你是D大的，专门为了星辰上课跑来跑去也挺麻烦的，其实你完全不用这样，我们是同学又住同一栋宿舍楼，我顺便送她就可以了。"

我一听这话，心里暗叫不妙，我现在已经"残疾"了，落在她手里还不知道她要怎么整我。

我立刻说："不用了吧，我挺沉的，一般人架不住我。"

王淼那双漂亮的眼睛满含威胁地看了我一眼："你要是平时人缘好点哪至于麻烦别人？还好我不跟你计较之前的事情。"

我继续推辞，王淼继续数落我多么会给人添麻烦，而林慕时自始至终一言不发，直到扶着我下了楼，将我放到轮椅上，这才抬头看向王淼，口气淡淡地说："我的事就不麻烦别人了。"

他说完也就没再理王淼，推着我朝体育馆外走去。

我总算松了口气，忍不住回头去瞧那小丫头的脸色，她的脸色果然很不好看。

"满意了？"

又是那种轻飘飘的声音。

"什么？"我问。

他却没有再回答。

回宿舍前，路过一个小花坛，有几只小猫在那儿懒懒散散地晒太阳。

我一直都没养过什么小动物，但是柳静很喜欢，之前我还没受伤时就总被她拉着来喂这几只猫。时间长了，我自己路过时也会主动来逗一逗它们。

我立刻叫林慕时停下来，从包里翻出之前买好但是一直没来得及喂给猫咪们的火腿肠。

林慕时看我这举动，也不阻止我，可当我剥开火腿肠的包装，正要喂猫时，我的脑子里突然冒出个念头——他既然愿意帮我这么多次,那让他再帮我一次应该也不算过分吧。

我指着花圃中那两只猫对林慕时说:"你看到那边那两只小猫了吗?一只黑猫,一只花猫。"

林慕时顺着我手指的方向扫了一眼,淡淡地"嗯"了一声。

"不如我们打个赌吧,你猜一会儿我用火腿肠勾引它们时,哪只猫会先跑过来?"

他先是说了句"无聊",顿了顿又问:"赌什么?"

"如果我赢了,我想请你帮我一个忙。当然如果你赢了,我也可以帮你一个忙。"怕他先蒙对"正确答案",我紧接着又说,"我猜是那只花猫。"

他看我一眼,似乎没有异议。

我便弯下腰朝那两只猫"喵"了几声,见它们看向我这边,我晃了晃手上的火腿肠,果然小花猫第一个跑了过来。

我高高兴兴地喂猫,身后林慕时问:"你要我帮你什么忙?"

我回过头看他:"期末汇报演出我想请你来看。"

"就这事?"

我伸手去摸小花猫的脑袋:"顺便做一天我的男朋友。"

10.

拖着沉重的右腿又过了二十来天,我终于熬到拆掉石膏的日子。我以前没什么概念,以为石膏一拆就能和正常人一样行动自如了。可是拆了之后才发现,右腿依然使不上力。林慕时给的小拐杖正好派上了用场,不过他倒是像之前说的那样,接送我到拆了石膏,就再也没出现过。

而就在我和林慕时没有联系的这段时间里,刘伟这个人又死灰复燃般地活跃了起来。

起初只是隔几天发条微信给我,大多是问问我腿伤恢复得怎么样。后来又说要为乌镇那次的事情向我道歉请我吃饭。其实他不提我已经忘了是什么事了,但是他坚持要请客,还请了丁仲谋做说客,最后我和柳静不得不去。

　　本来我想着，吃一顿饭缓解一下之前的尴尬，以后就像普通同学一样相处也好。谁知道那天吃完饭回来，我就发现不知道他什么时候拍了张我的照片，还专门发到了朋友圈里，并且附加一段矫情又暧昧不清的话，真是每一个字都让人毛骨悚然。

　　我自此以后再不敢随便搭理这个人，奈何人家依旧热情无比。

　　听到门外有人喊我的名字，我打开门，就见柳静正站在三层半的窗子边靠着窗喘着粗气，见我出来有气无力地朝我招手。

　　"来搭把手。"

　　她脚边立着一个差不多一米见方的东西，用包装纸包着，看上去像是相框之类的东西。

　　我走下楼帮忙："这是什么？"

　　柳静没好气地瞪了我一眼："能不能告诉你那爱慕者，下次送点实惠值钱又小巧的，这破玩意儿是能吃还是能用啊？"

　　原来这是刘伟送给我的。

　　回到宿舍，我们拆掉包装纸，是一幅裱好了的油画。只是那画上的内容，有点一言难尽。

　　就是一些红色和黑色的色块堆积在画布上，也看不出是什么。

　　柳静问："据说这画的名字叫《被剖开的心》，你看出来了吗？"

　　"大概那红色的就是'心'吧？"

　　"你的意思是有四颗心？"

　　要说艺术这东西，真不是随便谁都能鉴赏得了的。我心里正琢磨着要怎么处理这东西，但转念又想到了一些可怕的事。

　　我连忙打开手机看朋友圈，果然刘伟最新发布的图片就是这幅画，配的文字是："被剖开的我的心"此时正飞向你！

　　我顿时就觉得头疼，想着无论如何也得把这人的"心"给他退回去，但是又不想自己去见他，就想求柳静帮我把这幅画退回去。

　　柳静直接作挺尸状："我这么费劲把它弄上来你又让我退回去？快算了吧。又不是什么值钱的东西，退不退无所谓的。"

我想想也是，不过……

"你不是一向支持我和林慕时吗？怎么现在愿意帮刘伟了？"

"我依然支持林师兄，不过……家门不幸啊，丁仲谋叛变了，他现在成了刘伟那边的人了。"

"你们两口子还真是为我这点事操碎了心啊。"

"那可不。"柳静突然翻了个身从床上探出头来，"不过这段时间我也观察了一下，感觉刘伟也不错。长得不错，家境不错，听说他妈妈还是个什么司长，我们校领导都得巴结着他妈妈。最重要的是他稀罕你啊！如果林师兄那儿实在没戏，刘伟也是个好选择。"

"算了吧，我的事还是不劳您老人家操心了。"

柳静闻言倒是一反常态地有点严肃："其实我也看得出，你还是喜欢林师兄，可是，你们都多久没联系过了？"

我在心里默默算了一下，我们差不多已经一个半月没联系了吧，确实很久了。

柳静说："要不你就主动点，免得被有些人捷足先登。"

"什么'捷足先登'？"

"别怪我没提醒你，我听说王淼常去D大找他。"

我不由得一怔："王淼找他干什么？"

"她能干什么？又是送情书，又是送礼物的，女版刘伟。"

原本我也看出来王淼对林慕时有点想法，但没想到她真的会付诸行动。

"她那干哥哥呢？感情破裂了？"

柳静嘿嘿一笑："感觉有好戏看了。"

柳静等的"好戏"迟迟没有上演，不过我的腿已经恢复如初，可以慢慢做一些基础练习了。

我默默算着日子，按照这个恢复速度，到了学期末应该也能将老师教的所有动作都练好了。

一节排练课结束，教室里只剩下了我一人。

音响里还在重复循环着《两生花》的旋律。据说作曲老师的灵感来自一对性格迥异的双胞胎姐妹，所以最初刘老师编舞时，才设计了两个领舞，一个姐姐，一个妹妹，我是姐姐，王森是妹妹。

虽然都是领舞，但是姐姐的表现空间明显大很多，因为妹妹在开场没多久就去世了，后面都是姐姐在展现自己的懊悔和对妹妹的追思。这部分节奏很快，要求舞者有很好的基本功，同时能融入丰沛的感情进去。

但是后来我受伤之后，老师没找到合适的人代替我，只好把两个人的领舞变成一个人领舞。由王森来展示姐姐的部分，直接把妹妹的部分砍掉。这样显然没有最初那样好，不过也是没办法的事。

旋律进入到高潮部分，我仿佛看到姐姐在挣扎，在与命运抗衡。这段旋律是我听过无数次的，我一边听着，一边就忍不住慢慢舒展四肢，跟着音乐将脑海中的动作呈现出来……

太阳马上就要落山了，空荡荡的排练室内只有一抹夕阳余晖，那暗红色的光芒，和镜子中我黑漆漆的柔软身影一明一暗相得益彰。

我努力将每一个动作做到位，起初我没觉得什么不适，还暗自庆幸自己恢复得够快，但做到单腿旋转的部分时，我分明又感受到来自伤处的不满和反抗。

曲子已经接近尾声，我想着坚持一下跳完就好。可是小腿突然就疼得很厉害，在旋转动作后的下一个动作开始时就支撑不住了。

"唑……"我坐下来，伸手去摸伤过的地方，就这么一下，我发现我的小腿竟然已经肿了。

那一抹余晖渐渐消失，教室里黑漆漆的，好像在故意配合着我此刻的心情。

突然，我的身后传来一声不大的咳嗽声。我被吓了一跳，回头看，一个修长的身影正倚在门边。

虽然我看不清那人的脸，虽然距离上次见面已经过去很久，但我还是一眼就能认出，那是林慕时。

他怎么在这儿？

我们在黑暗中对视了片刻，他缓步朝我走来，到我面前，向我伸出手。

黑色外套袖管下那只修长的手在黑暗中显得异常白皙。也不知道怎么回事，我的脑海中突然就羞耻地浮现出秦悦吻我时托着我下巴的那只手，还有和陆朝阳亲热时他抚过我胸口的那只手。

原来，我还是个手控？

这个念头把我吓了一跳。倒不是真因为手控什么的，而是我竟然会把他和秦悦、陆朝阳联系在一起，这岂不是说明，在不知不觉中，我已经对眼前这人上了心？

"发什么呆？"

林慕时明显已经不耐烦了，我这才把手递给他，借着他的手臂站起身来。我刚一站稳，他突然弯下腰，在我的小腿处摸了摸。

"哐……"

"医嘱怎么说的？"

医生说伤筋动骨一百天，我至少也得三个半月后才能跳舞。

我说："听他的黄花菜都凉了。"

"你不听他的，现在也凉了。"

"刚才是个意外，没什么大事。"

"我看你是以后也不想跳舞了。"

他话里隐隐透着莫名的怒意，但是想到刚才那样，我自己也有点后怕，也就没再跟他争执这个。

我岔开话题问他："你怎么在这儿？"

"丁仲谋让我来接你，去他的新家，晚上一起吃饭。"

丁仲谋在学校外面租了个房子，也是最近刚收拾好。经林慕时一提醒，我才想起来，前两天柳静跟我约过时间的，只不过这两天一忙我就给忘了。

"那发个地址给我就行，怎么还专门让你来接我？"

"我去早了也没事。"说完，他又补充一句，"柳静托我来的。"

有这句话我就大概猜到是怎么回事了，不过柳静想撮合我和林慕时这心思怕是没人看不出。这么想想，我也挺尴尬。

他低头又看了一眼我的腿，问我："你能走路吗？"

"肿了一点点，问题不大。"

他点点头，往体育馆外走，但我明显感觉到他刻意放慢了速度，在配合我。

本来正常情况下十分钟的路程，我们俩足足走了二十分钟。期间他不说话，我也没有刻意没话找话。虽然我也会觉得尴尬，但是只要想到对方是最不怕尴尬的他，也就无所谓了。

走进一个小区后，我猜是快到了，也就随口说了一句："不知道丁师兄今天还叫了谁去？"

我真的就是随口一说，林慕时却看了我一眼，慢悠悠地问："你希望他还叫谁？"

这话问得有点莫名其妙，但是不知怎的，我就心虚地想到了刘伟。难道继乌镇那次之后，他又听到什么风声了？

林慕时像是看穿了我的想法，不屑地笑了笑："我想不看见都难。"

我先是一愣，很快明白过来，难道他是指刘伟的朋友圈？也对，在乌镇的时候我见那帮学生会的人都曾和他交换过联系方式。

关于刘伟这事，我本来想解释两句的，但刚想开口又觉得我犯不着跟他解释，搞不好还会让他觉得我自作多情。于是我开玩笑地说："看不出来，你还挺关心我的事的。"

林慕时却冷笑一声说："我之前只觉得你是心大，现在看，倒是我想多了。"

说完他也没再顾及我的腿伤，快步走到我前面去了。

到了丁仲谋家，果然刘伟也在。要是平时，我对他绝对是退避三舍的，但是想到刚才林慕时那态度，还有他说的那些话，莫名其妙地，在丁仲谋安排刘伟坐我旁边时，我就没拒绝。

不过除此之外，刘伟也没让我太尴尬，就跟其他人一样，吃吃饭、聊聊天，偶尔替我加一下饮料。只是在说起我汇报演出这事时，他问我要不要他妈妈跟我们院长打个招呼。

~ 280 ~

我想也没想就客气地拒绝了:"不用了,舞都已经排好了,再改也来不及。"

刘伟却说:"这不是还有两个月吗?舞排好了有什么,让我妈去说,一句话的事。"

众人都看向我,像是意识到什么,开始有人打趣起来:"你们俩的关系不对劲哦,都让父母知道了,看样子进展很神速。"

有人开了头,其他人也跟着起哄,柳静让那些人闭嘴,说没有的事。刘伟却只是看着我,竟然也不澄清一句。

到了此刻,我对这小孩的那种反感和忍耐,大概已经到了我的极限状态。

我笑了笑说:"上面有人照拂的感觉确实好,但欠人情总要还的,就这么点事,不值。"

听我这么一说,场面突然冷了下来,我看到沉默了一晚的林慕时也抬眼看向我。

丁仲谋像是没搞清楚状况,继续劝我:"刘伟他妈妈我见过,人很好的,回头你见了就知道了。"

柳静立刻瞪他一眼:"就你话多!"

11.

吃完饭,我和柳静进厨房收拾碗筷。

柳静说:"你刚才是不是有点太不给人留面子了?刘伟就是有点幼稚,但如果不是跟林师兄放在一起对比,也还过得去。万一林师兄真的不开窍,你要不要考虑考虑刘伟?"

这已经不是柳静第一次说这样的话了。然而,我要是真能像她这样想,我前世也不会耗到35岁还没嫁人。

我说:"这又不是找工作,没找到理想的,还有个保底的,要知道除了这些还有一种选择叫单身。"

柳静悻悻地没再说什么。

~ 281 ~

我想到刚才大家在饭桌上的表现，总觉得有点奇怪。照刘伟那么高调的性子，还有他故意营造的那种感觉，其他人不是早就该认为我们俩有什么关系了吗？怎么刚才学生会那些人的表现好像都有点意外呢？

我问柳静："你有刘伟微信吗？"

"有啊，怎么了？"

"他最新一条发的是什么？"

柳静在围裙上蹭干手上的水，拿出手机来给我看："他好像不怎么爱发朋友圈，最近一条还是一个多月以前的。"

还真被我猜中了。在今天之前，其他人好像并不知道刘伟在追我，而且刘伟发那些东西到朋友圈时，我也的确没有看到其他人的互动。也就是说，他发的那些疑似是对我表白的东西，其实只分组给了我和林慕时？

想通这些，我被自己吓了一跳。不得不说啊，现在的孩子，套路好深！

柳静问："他发的这个有什么问题吗？"

我洗完最后一个碗放在碗架上说："以后快别说什么拿人家当保底之类的话了，搞不好我才是那个可有可无的。"

从厨房出来，时间已经不早了。我看丁仲谋和林慕时在玩"实况"，其他男生在旁边围观。柳静今晚要留下来住，我和大家打了个招呼，打算先回去。

丁仲谋一见我要走，连忙让刘伟送我。

刚才饭桌上被我那么说，刘伟好像也不生气，又笑盈盈地朝我走了过来。我看了他一眼，没有拒绝。

临出门前，我扫了一眼林慕时，他手上拿着游戏手柄，脸上一贯的没什么表情，目光停留在电视屏幕上，好像从未离开过。

回宿舍的路上，刘伟为了吃饭时那事跟我道歉，说什么考虑不周，没顾虑我的感受。我有一句没一句地听着。

就这样一直到了我宿舍楼下，他还没有要走的意思，我正好也有

~ 282 ~

话想对他说。

见我不急着走,他可能是会错了意,突然上前一步,看着我说:"星辰,其实你也知道……"

"你又要表白是吗?"

"啊?"他愣了一下说,"我对你的心,你一直都知道的。"

"那好,我又拒绝了。"

"什么?你……"

我打断他:"刘伟,我知道你挺聪明的,但是这世上的聪明人多了去了,你根本不算什么。所以想做好一件事,靠小聪明其实并不牢靠,不如真诚一点,虽然结果不一定是你想要的,但至少大家还会对你保留一份尊重。今天我就跟你说这么多,以后你也别再找我了,不然丁师兄的面子我也不会再给了,就这样。"

说着我就要转身上楼,刘伟却一把将我拉住:"你怎么突然说这些?是不是有什么误会?你跟我说,我解释!"

"没误会,你放手。"

"肯定有!"

我简直要被气笑了:"我不喜欢你这种事我还能误会?"

他拉着我的力气更大了:"你是不是还在生气?"

"放手。"

刘伟似乎还想再说什么,却突然意识到什么。

我也愣了一下,因为刚才那句"放手"并不是我说的。

林慕时从浓郁的夜色中走了出来,走到我们面前,朝刘伟抓着我的那只手看了一眼,重复道:"放手。"

刘伟松开了手,但对林慕时的态度却并不好:"你以为你是谁啊?什么都想管?我也就是看在丁师兄的面子上不跟你计较,赶紧回你们D大去吧。"

林慕时没理他,而是看向我:"你可以报警,你们校警的电话是5510110。"

我抬头看刘伟:"你走吧,下一次我可能真的会报警。"

"星辰你听我说……"

我没有听他说,而是低头拿出手机。

刘伟见状,只好恶狠狠地留下一句"那你们别后悔",这才转身离开。

看着他走后,我问林慕时:"你怎么在这儿?"

他抬起手,手上是我的围巾。我摸了摸空落落的领口,原来我把围巾落在丁师兄家了。不过也不是什么非得现在就要的东西,明天柳静回来时给我带回来就行,林慕时真的不用特意送过来。

我接过围巾说:"谢谢。"

又觉得他好像还有什么话要说,于是围好围巾,我就那么站着。他也一动不动,陪我站着。

过了一会儿,他看了一眼我身后的宿舍楼才说:"上去吧。"

"嗯。"我犹豫了一下,还是说,"谢谢,我是指刚才。"

林慕时点了点头,没再说话。

我转身走进宿舍楼,阿姨正好来锁大门。已经十一点了,女生们都忙忙碌碌地洗漱,打算睡觉。我打开宿舍房门,柳静的电话就打了过来。

"林师兄追上你了吗?"

"你说他给我送围巾吗?追上了。"

"然后呢?"

"什么然后?"

"你不知道!你刚走,我就发现你围巾没戴,我本来想说明天带给你的,但我话还没说完,他就立刻从沙发上弹了起来,游戏打到一半也不打了,说给你送过去。"柳静激动地说着,"凭你姐姐我阅男无数的经验来看,林师兄对你绝对有意思!"

她后面又说了什么我听不见了,因为我心跳的声音实在太吵了。

我的腿开始恢复后,我试图跟刘老师谈过参加汇报演出的事。领舞我是不敢指望了,哪怕跳个群舞也好,也是一次锻炼自己的机会。

可是碍于舞蹈已经编排完了,我争取了半天,最后也只给自己争取了一个"备份"的位置,基本上就是谁有个意外无法上场的,我就去顶替谁。虽然跟自己想要的有些差距,但是这也是我唯一的机会。

因为腿伤还在恢复期,我不适合长时间地练习,需要每练一会儿,就休息一会儿。所以我每天开始练习的时间要比别人早,结束的时间也要比别人晚。

我打开音乐,还是那首《两生花》。我边听边做热身,突然想到王淼跳舞时的样子,总觉得还是欠点什么——就像是在规规矩矩地完成每一个动作,而非表演,那种角色内心的矛盾和情感的碰撞在她的舞中是看不到的。其实之前我们俩一起跳领舞部分的时候她表现得要比现在好很多,但是变成她一个人领舞后,那种感觉就差了好多。这或许就像演戏一样,缺少一个对手,没有互动,也就少了情绪的刺激吧。当然我也不知道,如果是我,能不能比她做得更好。

曲子进入高潮部分,我看着地上的影子,好像看到了另一个人,与此同时脑海中突然出现了新的画面。画面里的人物是矛盾的、冲突的、抵触的……地上的影子随着我的身影而舞动,像是有了生命,也在表达自己的情绪。

音乐渐渐舒缓下来,我蜷缩在地,把脸埋在小腿上,等着略快的心跳渐渐平缓下来。

空荡荡的教室里突然有掌声响起,我没想到刘老师会在这时候出现。

我站了起来:"您今天不是没课吗?"

"嗯,过来拿点东西。你刚才跳得不错。"

我其实有点不好意思,毕竟我改了她编的舞,要是一般人肯定会生气的。

不过她虽然没表现出生气,但还是问我:"你刚才跳的那段是从哪儿学的?"

"不是学的,就是我随便跳的。"

"随便跳的?"

"嗯,我现在不需要参加集体排练,闲着也是闲着。"

~ 285 ~

"怎么会想到这么改？"

"也没什么特别的，就是想象了一下故事的原貌。妹妹去世后，姐姐因为内疚放不下她，才使得她就像影子一样伴随着姐姐，同时也困扰着姐姐。"

"影子？"老师端着手臂想了一下，"你这想法倒是不错。"

原本只是我自娱自乐的一段舞，没想到会引起她的兴趣，我听她这么一说突然意识到我真正的机会可能来了。

我立刻打起精神："这个舞最大的特点和难点就是展现人物的矛盾心理，多重演绎展现，说不准效果更好。"

"你也发现王淼的情绪表达不够了吧？"

她怎么就突然扯到王淼了？我可没这么说。

老师扫了一眼我的腿："你恢复得不错啊。"

"还可以。"

她满意地点点头，但明显还是在犹豫："可是，现在如果改王淼那部分我怕来不及，她的领悟能力啊……"

她说到一半没有说下去，而是又说到我的腿："而且你这情况我也不是很放心。"

"不过……"她又话锋一转，"不过也不是完全没办法。她的那部分可以不改，只给你加个角色。"

"是妹妹那个角色吗？"

她摇头："是姐姐的影子。"

"影子？"

"嗯，你来跳王淼的影子，替她来表达内心的复杂情绪。"

我原本是想说服老师让我去跳妹妹那个角色的，没想到最后争取来个影子。

刘老师解释说："这样安排就可以做两手准备，你的部分不需要别人配合，哪怕临上台时你觉得状态不好，我们都可以随时拿掉，最差也就是现在这个样子了。但如果你表现得好，虽然只是影子的部分，可你终归是有上场的机会了。"

是啊，无论如何是比"备份"强多了。

我点点头说："没问题。"

老师又说："不过，有些事情还是要先说清楚，这可跟你之前领舞的情况不同，我这个安排追光灯可都打在王淼身上，观众的注意力肯定大多还是在她身上，而且别人也未必看得清影子是谁跳的……"

"这没关系。"

老师满意地点点头："另外，我听说你俩好像不太对付，你没问题吧？"

我无奈笑了笑："只要她没问题就行。"

然而，担心的情况还真发生了。别看我只是跳个不露脸的影子，王淼依然觉得是我在老师面前说了她坏话，迫使老师临时决定给我加了角色。但她怎么想我已经管不了了，毕竟如果我没受伤，也不会有她什么事。

我把我又能参加汇报演出的事情告诉了妈妈，妈妈恭喜我之余，还不忘提醒我："别忘了把小林也叫上。"

我这才想起来之前喂猫时跟他打过的那个赌，虽然胜之不武，但他一个男人也该愿赌服输。

这么想着，挂上我妈的电话后，我发了个信息给他："1月12日汇报演出，我给你留票。"

12.

几天后，莫嘉娜舞蹈团的人来京，他们要在汇报演出上选人参加舞剧的事，也是板上钉钉的了。

我格外珍惜老师给我的这次机会，几乎把所有的时间和心思都用在了排练上，所以除了上次请林慕时来看表演外，再也没有联系过他，直到演出当天。

演出是下午一点开始，林慕时的票已经提前让丁仲谋给他了，但是我妈却突然有事来不了了。

原本叫林慕时来就是为了给我妈做个样子，但眼下她突然来不了了，我也不好跟林慕时说让他晚点再兑现承诺。

我这边正犯难，那边柳静催我赶紧吃饭。我看了一眼时间，的确有点来不及了。

我们俩匆匆吃了一点，便收拾东西下了楼。刚出了宿舍楼门，就看到林慕时等在前面不远处。

对上我的视线，他缓步朝我走来。

我没想到他会在这个时候出现在这里，我怔了怔说："票上有地址，你没去礼堂，在这儿做什么？"

柳静似乎也好奇，等着他回答。

他看着我，轻描淡写地说："来做男朋友该做的事。"

"哇哦……"柳静不可置信地捂着嘴。

我的吃惊程度绝对不亚于她，但是很快，我回过味儿来——关于我们的赌约，他是没忘，只不过这人，入戏真快。

只可惜正经的"观众"没来，倒是让我有点不知所措。

我讪讪地笑了笑："那咱们一起过去吧。"

林慕时扫了一眼我身上的单肩挎包，朝我伸出手："我来拿吧。"

那包看着挺大，但其实里面只装了演出服，并不沉，但见他坚持，我只好把包递给他。

他接过背包，轻轻松松搭在肩膀上，朝着礼堂方向走去。

他在前面走，我和柳静在后面跟着。

我的手腕已经快被柳静掐断了，她压低声音在我耳边说："叶星辰，你太不够意思了啊，这么大的事竟然一点风声都没给我透露。"

我真不知道这事要从何说起，想了想敷衍她说："这个说来话长，先准备演出，演出结束我肯定一五一十向您老人家汇报。"

柳静这才满意地点了点头："这还差不多，不过星辰你真是太幸福了！"

进了礼堂，林慕时把包递给我，他的指尖触到我的手掌心时，我感觉到他顿了顿，应该是有话要说。

也是，正常情况应该说些打气的话吧。

林慕时似乎想了想，在我看向他时，他略微不自在地清了一下嗓子说："小心跳，别摔跤。"

"扑哧"，声音来自身后的柳静。

我握起背包带，点了点头说了句"谢谢"，便拉起柳静往后台方向走去。

刚走远一点，柳静就肆无忌惮地笑了起来。我怕林慕时听见，连拖带拽把人拖进了后台。

我问她："你家丁师兄呢？"

提到这个柳静就不笑了："他们系有事，来不了了。"

这是我上大学以来第一次比较正式的演出，尤其是知道还有莫嘉娜的人在，多少会有点紧张。

在后台换好衣服化好妆，我悄悄溜到舞台侧边看台下的观众席。

本来这么大的礼堂我是没抱任何希望能看到什么的，但是此时观众席靠前排的灯还亮着，前排靠中间位置那两个欧洲面孔的人，并不难找。还有林慕时，他就坐在离舞台不远处的左手边。

现代舞的节目快要结束了，他却始终低着头看手机，好像对舞台上的这些都没什么兴趣。

我稍稍松了口气，但不知怎的也有点怅然若失。

有人在我身后叫我的名字，下一个节目就是我们的了。

终于轮到我们上场了，人墙渐渐分开，王淼穿着一袭白裙出现在镁光灯下，像个天使一样。而我蛰伏在她的身后，在她安静的时候几乎一动不动。我相信在开场很长一段时间里，大家都不会注意到我的存在，直到音乐渐渐进入高潮部分，我的身上才多了一束追光，相对暗淡的，只是为了让观众看到我的存在，而我的脸依旧隐没在黑暗中。

不过这对我来说是件好事，因为知道别人看不见我的脸，所以可以更放纵。我听到自己赤着的双足和地板摩擦的声音，还有忽远忽近、忽高忽低的音乐声……

有人天生适合处理复杂的公式，有人天生适合讲好听的故事，而我想，我或许天生就该这样用肢体来表达我自己。

一曲结束，台下掌声雷动，或许跟之前的几次没什么不同，只是因为站在台上听得格外清晰。然而就在我谢完幕，转身走下台的那一刹那，我竟然看到了观众席上的林慕时，他正看着我，目光仿佛穿越周遭的喧闹，只看着我。

到了后台，柳静不知道从哪里钻了出来，拉着我的手激动地说："哇，你不知道，你美呆了！"

"我吗？"

难道不应该是王淼吗？

柳静笑嘻嘻地说："你都不知道，林哥哥看得多认真，早知道能一舞定终身，就早跳给他呀。"

我没有去看后面的演出，换好衣服卸了妆，走出礼堂，林慕时正在礼堂外等我。

其实刚才是他发信息给我，问我可不可以提前出来的。

我走到他面前问："怎么了，你着急回去？"

"刚才，我们院里来了个电话。"

"这样啊……"

说是要做我一天的男朋友，但看这样子，也就只能到此为止了。不过本来也是骗他来应付我妈的，我妈没来，也就无所谓了。

我正想说点大方的话，想着这样下次再求他也不难。

没想到他却说："你能陪我回去一趟吗？"

我愣了一下，就鬼使神差地说："反正已经出来了，那就走吧。"

去D大的路上我俩有一句没一句地聊着。

我问他："我刚才跳得怎么样？"

"嗯。"

"'嗯'是什么意思？"

他似乎犹豫了一下说："你比那个叫什么淼的跳得好。"

说到王淼，我突然想起从柳静那里听来的八卦，忍不住问："听说她追你来着……是不是真的?"

他没有说话,我以为他没听见,又问:"刚才我看她看见你了,你们俩怎么没说话?"

他这才不冷不热地瞥了我一眼:"你非要在这几个小时里讨论她吗?"

这几个小时?是他做我男朋友的这几个小时吗?他这人果然很认真,做什么事都很认真。

很快,进了林慕时他们院的办公楼,他在前面走着,我在后面跟着,渐渐地我发现楼里来来往往的学生看似行色匆匆,却总是免不了多看我们几眼。林慕时是学院里的风云人物,认识他的人多我可以理解,但是我没想到还有认识我的人。

"这不是上次那个为了林慕时跳湖的女生吗?"

"是她吗?"

"论坛上的那张照片你没看啊?"

"她还没死心?你看她还跟着人家呢。"

"好可怕,我要是林慕时我就报警了。"

我这才意识到,关于我上次意外坠湖的事情早已在D大发酵成了林慕时的丑闻,而我的名字也成了这些学生茶余饭后的谈资了。

早知道我就不来了。

我心里正郁闷,前面林慕时突然停下脚步回头说:"快点。"

我没精打采地"哦"了一声加快了脚步,而人还没走到他跟前,他却一伸手牵住了我的手。

他的手心温热干燥,是和这个季节不太相符的温度,而我的心跳也不自觉地漏了一拍。

我回头看,刚才那两个女生已经缩着脖子走远了。

我说:"要不我就在楼下等你吧。"

他看了一眼人来人往的走廊,犹豫了一下说:"你还是跟着我吧,你一会儿在我导师办公室门前等我一下就行。"

我没办法,只好跟着他上楼。

进电梯的时候，我不小心被里面出来的人撞了一下。那人立刻跟我道歉，但看到我身边的林慕时时，他惊喜地叫了声"师兄"，可当他再看到我们牵在一起的手时，那表情就从惊喜变成了不可置信。

林慕时显然没打算跟他多说，只说了句"这是我女朋友"，就拉着我进了电梯。

电梯门缓缓关上，里面只有我们两个，他才松开握着我的手。

我轻声咳嗽了一下问："刚才那人是你师弟？"

"嗯。"

"你们关系很好？"

"还行。"

"哦。"我想了想又说，"看来我之前坠湖的事情在你们学校影响挺不好的。"

他淡淡地瞥了我一眼："你操心的事还挺多。"

"我不关心别的，我是说对你影响不好。"

他沉默了片刻说："我无所谓。"

"是吗？有谣言会很烦吧，就像我不喜欢听别人提刘伟。其实刚才你也没必要当着他们的面那么做，也不用说我是你女朋友。毕竟就这一天，等今天过了，日后还得花功夫解释，多麻烦。"

"叮"的一声，电梯门重新打开，他率先走出去："以后的事以后再说。"

林慕时进去的那间办公室外有个小的休息区，此时正空无一人，我走过去，坐在沙发上，等着他出来。

这时候，我的手机响了起来，是柳静。

"我的演出结束了，你在哪儿呢？"

"在外面，怎么了？"

"丁师兄定了地方庆祝咱俩演出成功，你赶紧来。"

我瞥了一眼前面紧闭的办公室大门，犹豫了一下说："我有点事，可能过不去。"

柳静那边乱糟糟的，也不知道我说的话她听到了没有，末了她只是说了个酒吧名字，让我赶紧过去，就挂断了电话。

我刚挂上电话，林慕时就从那间办公室里走了出来："你一会儿想去哪儿？"

我犹豫了一下说："刚才柳静给我打电话了。"

"有事？"

我正要说不去也行，他的手机也响了，他抬手示意我等一下，然后接通了电话。也不知电话那边的人说了什么，他看了我一眼，对电话那边说："好吧。"

等他挂上电话，我问他："怎么了？"

"丁仲谋定了地方要庆祝……"

"庆祝我和柳静演出成功？"

林慕时摇了摇头，有点为难地说："庆祝我和你'有情人终成眷属'。"

我的头又开始疼了。

我想了想说："去就去吧，正好跟他们解释清楚。"

只不过今天的约会肯定是要泡汤了，想到这里，我被自己的想法吓了一跳，我竟然……有点失望。

13.

到了酒吧门前，我正要进去，林慕时拉住我："要不还是算了。"

我朝里面看了一眼，他们人已经到了："都到这里了，不进去了？"

"不是。"林慕时看了我一眼说，"我说今天先别解释了。"

"为什么？"

"怕尴尬。"

我愣了愣，这才反应过来。也是，人家丁仲谋专门为我们摆了个局，我们到了才说是忽悠大家玩的，那肯定尴尬。

我还在琢磨一会儿要怎么办，林慕时已经拉开门走了进去："一会儿他们要怎么样，就配合一下吧。"

丁仲谋请的人，除了柳静，美术系的那帮人也在。有男有女，挺热闹的。

我们一出现，立刻就成了众人的焦点。

丁仲谋拍着林慕时的肩膀："兄弟行啊，什么时候搞定我们星辰的？老实交代！"

柳静也添油加醋地说："就是啊，我今天知道这消息的时候都惊呆了，你们是没看到林师兄当时那霸气侧漏的样儿……"

柳静像模像样地学着林慕时说话的样子："'做男朋友该做的事！'哇，帅呆了！"

众人听了鼓掌的鼓掌，吹口哨的吹口哨，我心虚地赔笑。而跟我形成鲜明对比的是林慕时，不管大家说什么做什么，他都只是垂眼微笑岿然不动，倒给人一种在默认的感觉。

大家调侃了一会儿，丁师兄又张罗众人："来来来，继续刚才的游戏。星辰和老林也加入吧。"

原来在我们进来之前，他们就在玩真心话大冒险。这类游戏规则都大同小异，就是掷骰子，谁的点数最小就要被点数最大的那个人要求回答问题或者去完成任务。如果遇到点数最小的那个不愿意履行，喝酒可以抵消惩罚，只不过，第一次喝一杯，第二次就是两杯，第三次三杯，依次递增。

本来也是入乡随俗，就想着跟着玩一会儿。可是今天也不知道中了什么邪，我和林慕时几乎包揽了全部的最小点数，尤其是林慕时。

丁仲谋摇到最大的点数，问摇到最小点数的林慕时："说说吧，你什么时候发现自己喜欢上我们星辰妹妹的？"

身边众人"嗷嗷"起哄，我看着林慕时，不确定他会怎么说。说根本就不喜欢我吧，这就彻底穿帮了，随便胡诌一个骗骗人当然没问题，但是就太没有娱乐精神了。

结果就见林慕时直接将面前的酒喝了个干净，然后看着我说："这事儿她得第一个知道，要么你们现在回避，要么我下次再跟你们说。"

虽然没有听到答案,但是他的这句话也足以让大家沸腾了。

众人起哄的时候,我抬头看对面的他,难道聪明人就连演技都胜普通人一筹吗?

后来又有几次,林慕时喝完酒,丁仲谋好像还不打算放过他,摆出一副不挖到点内幕就不会罢休的样子。

"你觉得我们星辰哪一点最吸引人?"丁仲谋问。

"没有哪一点。"林慕时说着,同时又是两杯酒。

柳静在我耳边嘀咕了一句:"没有哪一点,就是全部都很吸引他喽?啧啧,林师兄这人啊,深不可测。老实说,你现在是不是有点期待他被盘问了?"

我摇摇头,其实我真希望他别再说什么了。这些话,还有他今天做的那些事,真真假假的,已经让我有些分不清楚了。我真担心自己也会不小心入了戏,想再出来,怕是难了。所以后来哪怕是我也抓了他两次,但也不敢再问任何问题提任何要求了,只说先欠着。

我和林慕时都喝了不少酒,后来还是因为一个柳静喜欢的歌手登台,我们这才有了片刻的"中场休息"。不过下半场,我俩都心照不宣地没再加入,只是坐在旁边看着大家玩。

中间林慕时去了趟卫生间,回来的时候走到我身后拍了一下我的肩膀。

我回头看,他弯下腰附在我耳边小声说了句:"我在门口等你。"

他离得那么近,我又闻到他身上那似有若无的糖果香,还混合着淡淡的酒气,甜蜜又醉人的味道。

我趁着众人不注意,悄悄溜出了酒吧。

天早就黑透了,出去时我看到他倚在门外的墙上抽烟。昏黄的灯光斜斜地打在他的身上,在酒吧前的青砖地上镂刻出一道修长的剪影。

他一定是喝多了,如果不是,他那么爱干净的人肯定不会随随便便靠在墙上。

我问他:"你怎么出来了?这里挺冷的。"

他指间那抹猩红在夜色中忽明忽暗,犹如他的眼睛。

他望了我一眼,又抬起手腕看了一眼时间:"今天快过去了。"

我不知道是不是自己听错了,竟然从他这句话里听出了些许遗憾和不舍。

我迎风捋了一下自己的头发,含糊地"嗯"了一声。

他掐灭烟,朝巷子的一头扬了扬下巴:"走走吧,醒醒酒。"

或许是因为有风的缘故,夜空竟然干净得连一丝云都没有,一轮圆月明晃晃地挂在黑色夜幕中,将我们前面的路照亮。

我看着他的手,垂在身侧,修长的,有力的,而且潜意识里觉得应该是干燥温热的。

或许我们该牵手的,或许吧。

然而正当我悄悄盘算着占他便宜的时候,他突然停了下来,我一时没刹住脚,差点撞到他的身上。

"怎么……"

一句话还没有问出口,我已经顺着他的目光看到巷子前面站着的四五个人。为首的是一男一女,看模样打扮就知道应该是这附近一带流窜的小流氓。不过那女的好像有点眼熟,虽然浓妆艳抹,但仔细看看,还是可以看出来的,是王森。

我立刻就想到了那些关于王森和她干哥哥的传闻。

唉,我真是流年不利,什么时候遇到不好,怎么偏偏是今天?

这边我和林慕时一动不动,对面王森已经像念戏词一样大叫一声:"真是冤家路窄啊!"

她回头拉旁边那小混混:"坤哥,就是她!我跟你说的那女的,成天在学校欺负我,还抢我领舞的位置,说什么你也要好好教训一下她。"

那个被称为"坤哥"的小混混抬起头来,似乎在看我,但是林慕时不知道什么时候挡在了我前面。

我轻轻地扯他衣服的下摆,小声地说:"要不……我们跑吧?"

我尽量放低声音，然而大半夜的，空巷子里所有的声音都被放大了几倍。王淼听到了我说的话，朝我们邪魅一笑："跑？跑得了吗你？我早就警告过你了，小心你的腿！"

说完又放缓语气对林慕时说："林慕时，这事儿跟你没关系，你让开。"

我大致评估了一下敌我力量，实在悬殊，林慕时就算再厉害也对付不了这么多混混。而王淼恨的人是我，好在我只是个女生，又是她同班同学，就算她想教训我应该也不会太过分，但是如果林慕时加入进来，那这个事件恐怕就要升级了。

我又去扯林慕时的衣服，示意他快走，回酒吧去叫丁仲谋他们来，应该也用不了多久。

可是林慕时跟我完全没有默契，不但不走反而还成功地激怒了王淼："她的事就是我的事。"

我差点被他气死，压低声音说："这时候就不要演了啊……"

王淼杏目圆睁："你……你们……"

"你"了半天，她索性一咬牙又对那"坤哥"说："这男的也欺负我，反正都不是什么好东西，你得好好帮我教训这对狗男女！"

后排的非主流们闻言开始摩拳擦掌跃跃欲试，还有人不停地动脖子，发出"咯吱咯吱"骨骼错位的声音。

眼见着一场能够登上社会新闻的打架斗殴事件即将被触发，奈何林慕时竟然像个木头人一样在那儿站着，既不害怕也不愤怒。

他该不会真的吓傻了吧？

我朝后面看了一眼，胡同后面肯定有出口，不如博一下，说不准能逃走。

就在"千钧一发"之际，我大叫一声"跑"，拉起林慕时就往巷子的另一头狂奔而去。

他一开始还是被我拖着跑，后来大约也反应过来了，开始跟着我狂奔。

这附近的胡同弯弯绕绕很多，我们一路东拐西窜一刻不停，跑着跑着竟然跑进了一个死胡同。

我回头看，所幸坤哥他们没有追上来。

林慕时问我："你跑什么？"

我气喘吁吁地白了他一眼："不跑等着挨揍吗？"

刚才跑得太快，他还有些气息不平，听我这么说只是笑了一下，就要往回走。

我连忙拉住他："等一会儿吧，别出去又遇上他们，我可跑不动了。"

他听了我的话回头看着我，也不说话。周遭静悄悄的，而我的喘气声在这宁静的夜中显得无比尴尬。

我试图让我的声音小一点，但这种压抑的感觉更奇怪。

脖颈上突然传来温热的触感，是他把手放在了我的颈动脉上。

"你心跳好快。"他淡淡地陈述着一个事实。

我愣了一下，便一动也不再动，气息渐渐平稳，神志却又被他按在掌下。

我鬼使神差地问了一句："刚才在酒吧里，你欠我的两次真心话大冒险，可以兑现了吗？"

我从来没有听过自己这样的声音，低哑的，魅惑的，是我不熟悉的。

他点了点头，手依旧停在我的脖子上。我知道自己像只任人宰割的羔羊一样，把自己最脆弱的部位展露在了他的面前，但是我却被这末日狂欢的味道刺激得无比兴奋。

我轻轻靠近他："第一个真心话，你的手机通话记录中第三个人是谁？"

他看着我，微微一怔，但还是缓缓掏出手机来看……而再对上我的目光时，我看到了他眼中的不可置信，还有一些说不清道不明的东西。

我依着自己的感觉继续说："第二个大冒险，亲吻这第三个人……"

我话还没有说完，就被一双凉凉的、带着些酒气的唇覆了上来。

原来这就是他的味道，果然这就是他的味道。似曾相识的感觉，又是无比新鲜的感觉。

他轻轻吮着我的唇瓣，试探地、不确定地、被引诱地。

"你这个小贼……"

他是在怀疑我偷看他的手机吗？

我想笑，可这一笑就给了他机会。

他趁势而入，温柔地、缠绵地吮着我的舌尖，酥酥麻麻，像过电一样。

我的双腿似乎都在发抖，浑身上下一点力气都没有，软在他的怀里。

这是我和林慕时第一次的亲密接触，唇齿纠缠，羞耻又心动。

14.

在我快要窒息之前，林慕时终于松开了我，额头靠着我的额头，微微喘着气。

"为什么？"我问他。

他为什么吻得这么投入？

"愿赌服输。"他说。

而话音刚一落，我的嘴又一次被狠狠地堵上了。入眼的是他低垂的浓密睫毛，还有高挺的鼻梁。我只想说，我怕是入戏太深。

我不知道今天过后，我们的关系会朝哪个方向去，但是可以肯定的是，谁也无法忽视今天的存在。

我情不自禁地勾着他的脖子，将这个漫长的吻再度加深。

有人不愿意睡去，就像有人不愿意分开。

我们手牵着手在二环里的胡同中漫无目的地穿梭着，冷风掠过，他握着我的手揣进他的上衣口袋里。

他说："我们学校放假了，我买了明天的机票回家。"

他家在南京，我早听柳静说过。

我"哦"了一声："今天汇报演出结束，我们也放假了。"

在外面走了太长时间,我的脚已经冻得没什么知觉了,而林慕时也没说要带我去哪儿。

快走到学校时,我说:"我们宿舍关门了,你们的呢?"

"我们的应该也关门了。"

又是一段长时间的沉默,不过在走过一家小旅馆时,他停住脚步,犹豫地看我:"要不,在这里凑合一下?"

"好。"

他松开了我的手,推门走进去。

宾馆前台睡眼惺忪地扫了我们一眼:"开房?"

林慕时"嗯"了一声拿出钱包。

前台麻利地办好手续把房卡递给他,他看了一眼说:"两间。"

那前台闻言目光在我们俩的脸上扫了一圈,末了面带讥诮地笑了笑:"再交300块押金。"

林慕时把钱递给她,拿起两张房卡带着我往楼上去。

我们俩的房间是挨着的,走到房门口,我想着该说个"晚安"什么的,却见他将手伸到我面前,手掌摊开来,上面有几块水果糖,跟以前的是一个牌子。

有些记忆还有情绪突然开始翻江倒海,本来被冷风吹僵了的心绪又开始变得不宁。

似乎是见我不动,他轻咳了一声说:"压惊。"

我小心翼翼地拈起一颗,剥开糖纸放入口中。柠檬味的糖果入口,连带着鼻子都觉得酸了。

他收回手,把剩下的重新揣进口袋里:"那你早点休息吧。"

说着他就要转身离开,而我就在他要离开的一刹那鬼使神差地拉住了他。

他回过头看我,高大的身影挡住了他身后屋顶的灯光。

"好像少点什么。"我说。

"什么?"他不明所以。

我一伸手,勾着他的脖子压向我自己:"晚安吻。"

他先是一愣,反应过来后,开始热情地回应我。当我们吻得七零八落长吁短叹的时候,他终于松开了我,但是他望着我的那双眼睛还是亮亮的。

他抽走了我手里的房卡,替我刷开了房间的门,又将房卡插入取电槽:"进去吧,今晚别再出来了。"

这话说得莫名其妙,在我还没反应过来的时候,他又说:"不然真要出事了。"

话音刚落,他已经从外面替我关上了门。

看着被关上的房门,我不由得笑了。

房门外久久没有动静,过了好一会儿,我才听到脚步声响起,还有隔壁开门关门的声音。

许久之后,我也曾想到这一天,如果那么笃定还有未来,又何必像末日来临前一样患得患失。或许是早有预感,我们终究不会走到一起,所以才会珍视,才会贪婪。

因为晚睡又是宿醉,我一觉睡到了第二天中午,醒来时看到时间吓了一跳,可看到手机里的那条信息时,又淡定了。

林慕时早上发给我的:"看你没起床,就没叫醒你,我赶飞机,先退房了。"

我磨磨蹭蹭洗漱好出了门,回到宿舍时,柳静正端着手臂倚在书桌旁,不怀好意地笑着:"夜不归宿。说说吧,你昨晚去哪儿了,和谁在一起?"

我的头还在疼,也没想到怎么应对,不答反问她:"你什么时候回来的?"

"别想转移话题。我都打听过了,林师兄昨晚也没回去!你们……"她笑意更甚,"是不是那个了?"

"没有。"

我回答得痛快,倒是让柳静不由得一愣。

我半真半假地说:"昨晚出来遇到王淼和她那干哥哥了,追了我们一晚上。"

柳静听了一阵唏嘘："一晚上？她可真够有病的。"

我笑了一下不置可否。

她又问："那你和林师兄就真没发生点什么？"

我想到那几个让我心跳过速的吻，还有他摊开手掌给我糖的情形，心里有点乱。

"没有。"

柳静有点失望："对了，你说要跟我交代你俩的事，要交代什么？"

我想了想，把让林慕时假扮一天我男朋友的事情简单说给柳静。脱了鞋爬上床前我又说："所以，我们现在什么关系都没有了。"

"就这样？"柳静意外又遗憾。

"就这样。"

我躺在床上算着时间，想着他此刻应该是在飞机上了。

过了好一会儿，柳静问我："你什么时候回家？"

"我方便，随时可以回家，你呢？"

柳静叹了口气："也不知道莫嘉娜那边什么时候能有消息，不过我应该没什么希望，打算下午就走。"

下午，我送柳静离开，刚回到宿舍，就接到了刘老师的电话，说是莫嘉娜的团长正在她的办公室等我。

莫嘉娜培养着一批世界上最著名的舞者，是舞者的理想殿堂。我不是没有期待过这份幸运，只是当这个结果真的摆在我面前时，我还是有点难以置信。

事情发展得出奇顺利，和莫嘉娜团长谈好我的借调合约之后，我给我妈打了个电话，巡演的日期已经定了，过年是没办法回家了，我要马上加入他们的排练。

事实上，莫嘉娜这事让我兴奋了好长一段时间，因为前世我虽然跳了十几年的舞，但也没什么机会跟世界上顶级的舞者一起演出。直到住进舞团替我安排的宿舍，我还激动地拍了几张照片发给柳静和我妈。

跟她们俩分别聊了一会儿后，我犹豫了好久，觉得还是跟林慕时说一声好。虽然也在告诉自己，我和他已经没什么关系了，但是那晚的事就像是衬衫上的褶子，出现了就抚不平了。

我发了微信给他："前天路上顺利吧？"

很快，他回了过来："嗯。你回家了？"

我说："没有。我被莫嘉娜选中了，假期要排练，然后参加巡演。"

"恭喜。"他回复。

我不知道该回些什么。我又把我们这几句对话看了一遍，回复了一个"胜利"的表情，就把手机丢到了一旁。

我以为我们的对话就这么结束了，可过了一会儿，我的手机突然振动了起来，竟然是林慕时打给我的电话。

"怎么了？"我接通电话问。

他顿了顿说："等你巡演结束，我有话对你说。"

我的心跳仿佛漏掉了一拍。他要和我说什么？答案好像已呼之欲出。

"先这样吧，晚安。"

"晚安。"我说。

半个月后，我重生后第一次登上了国家大剧院的舞台，因为紧张，也出了点小小的失误，但是好在影响不大。所以团长对我的第一次登台还算满意。

两天后，我跟着舞团又在北京演了第二场，有了第一次的经验，自然比第一场要发挥得更好。过完年我们又去了上海、深圳还有香港，可惜没有南京……这段时间很忙碌，林慕时没有联系我，我也没有主动联系他，但是每天睡觉前我总会看一下日历，算算距离开学还有几天。

这天下午，团长把我叫去，说是他们在中国的巡演就快要结束了，问我愿不愿意留在团里，继续跟他们去欧洲演出。

这无疑是个好消息，可我却有点犹豫了。

我知道一旦我同意，那我绝大多数时间应该都在国外了，只需要每年回学校一两次，走个程序保住学位而已。

我问团长："可以等我开学以后再给您答复吗？"

团长笑："你是担心学校那边不放你走吗？放心，我们都会说好，不用你操心这个，不过如果你坚持，等到那时候也可以，我们暂时还不会离开中国。"

刚刚立春的天气乍暖还寒，刚结束一场演出，我比团里其他人早走一步，先从广州飞回北京，因为第二天就是开学日。

我半夜到了北京，一整个冬天都没下雪的北京，竟然在这时候下了一场雨，气温接近零度，可谓冰雨交加。

我拎着行李箱，在熙熙攘攘的机场旅人中穿行。从广州到北京，突然的温差让我很不适应，而且还在等车的时候意外淋了点雨，好在最后打到了车子回学校。

任何时段的机场高速公路都是拥堵得惊人，我迷迷糊糊地坐在车上。我摸着自己温度超高的额头不禁懊恼，一定是这段时间太忙了，免疫力也降低了，才淋这么点雨就会发烧，而且感觉温度还不低，没有四十摄氏度也有三十八九摄氏度了。

就这样晃晃悠悠地到了学校，下车时就觉得脚下都是轻飘飘的。渐渐地，整座校园在我眼前开始模糊扭曲……

15.

"星辰！星辰！"我听到有人叫我的名字，是我妈。

有脚步声，很多人的脚步声。

有人强行扒开我的眼皮，有那么一瞬间，我看到白色的墙壁，白天里也亮着的日光灯，还有挂着两袋透明液体的输液架。但也只有那么一瞬间，我的世界再度陷入黑暗。

"星辰啊，你醒来看看妈妈吧！"

"妈知道周海不好，你不想嫁人我再也不逼你了。"

周海？我重生之后的世界里并没有遇到过周海，难道我又做了一个关于前世的梦吗？

断断续续都是我妈的声音，只是她的声音略显干涩和沙哑，听上去倒是显出几分疲惫和苍老。

"妈就希望你能早点醒来，希望那孩子也能早点醒来，如果你们都能醒来，妈折寿也愿意的……"

那孩子是谁？除了我还有谁？

我想再仔细听一听，可是我妈的声音越来越遥远了。我就像掉入了一口枯井中，被人封上了井口，与外面的世界隔绝了开来。

"同学！能听见我说话吗？同学！"

我睁开眼，依旧是白色的墙壁和开着的日光灯，只是没有输液架，我妈也不在我身边。入眼的是一个漂亮女孩，她是医生，见我醒来，她似乎松了口气。

"你坐着，我给你处理一下伤口。"说着她回身拿过来清理伤口的药水和纱布。

"嘶……"额角有丝丝的刺痛感。

她说："你这几天都得按时来换药，天气热了，处理不好要留疤的。"

听她这么说我才注意到，她身上的白大褂竟然是短袖的。窗外还有虫鸟声隐约传来……可我明明记得，我是寒假结束时回到学校的。

"怎么回事？"我一开口才注意到，我的声音都是哑的。

她愣了一下，表情有点古怪："你从操场主席台上摔下去了，还好有人看到把你送过来。我刚才给你做了个简单的检查，你摔得不严重，不过如果不放心还是去大医院看看吧。"

我拿着女医生开给我的药走出了校医院。外面阳光耀眼、绿树成荫，分明已是盛夏了。

我像一个跟家人走散的孩子一样，担心、恐惧、迷茫充斥着我的每一个细胞。周遭还是熟悉的人和物，可是又好像都是陌生的，有人在笑，有人在闹，仿佛都与我无关了。

我满脑子都是寒假结束时我赶回北京的情形，还有之前做的那个梦。

就这样昏昏沉沉地走到宿舍，门是开着的，我推门进去，柳静本来正在打电话，回头看到我，手机直接掉在了地上。

这个声响仿佛彻底把我从梦中惊醒。

柳静也变了，比以前更瘦了点，而且原来只是齐肩的长发如今快要垂到腰际了。面容倒是没什么变化，只不过神色中多了几分成熟，总觉得不再是初见时的小女孩模样了。

柳静回过神来不确定地叫了声我的名字："星辰？"

我怔怔地站在门口，对这一切都感到莫名的陌生。

"是我。"我说。

她突然抱住我："叶星辰！我以为这辈子再也见不到你了！快毕业了，你终于回来了！"

快毕业了？我明明只是病了一场而已，怎么再一睁眼竟然就快毕业了？

柳静看着我，眼睛都红了，狠狠地在我肩膀上捶了一拳："加入莫嘉娜了不得了是不是？竟然一点联系都没有了！"

"怎么会？"我喃喃地说着。

"你不知道，我们找了你很久！林师兄当年找了你好久！"

经她这么一提醒，我才想起来，林慕时说有话要对我说。

我连忙低头找出手机，电话拨出去，听筒里却传来一个女声："对不起，您所拨打的号码不存在，请查证后再拨。"

我重拨了一遍，结果依旧如此。我不可置信地看向柳静，她却神情古怪地看着我，然后小心翼翼地问："你到底怎么了？"

我不明白她这话是什么意思。

"你说林慕时找我？"

"嗯。林师兄疯狂地找你，找了你足足半年，但你就像从人间蒸发了一样，我们后来还试图联系莫嘉娜，想确认你是不是跟团出国

~ 306 ~

了，不过也不顺利，没有联系上。你可真狠心啊，不管去哪儿了至少跟我们说一声，你就这样断了所有人的联系！你不知道林师兄当时多伤心，原本要保研留在学校的，但是他临时决定去支教了。"

"他去支教了？"

"是啊，虽然他什么也没说，但明显被你伤透心了。"

"我不是有意的……我也不知道，我就是回北京的时候生了场病就什么都不记得了……"我纠结了半天，只觉得头更疼了，"算了，我也说不清楚……你有他现在的联系方式吗？"

柳静叹气："他头一年在库尔勒的时候还和我们有联系，后来听说他离开库尔勒了，就没联系了，没人知道他去哪儿了。他可能是回南京了，也可能去了深圳，具体是哪儿不清楚。"

这到底是怎么回事？

"对了，"柳静问，"你刚才说什么都不记得了？"

"我不知道怎么就从操场主席台上摔下来了。"我指了指额角的伤口，"受了点皮外伤，但是好像有些事情不记得了……"

我把寒假结束时到我再次醒来的事情讲给柳静。

她听了我的经历也是难以置信："想不到还有这种事情……要不是你说，我都不会相信。真可惜啊，你们俩就这么错过了。不过你的意思是你没有加入莫嘉娜？"

我茫然地摇了摇头。

"如果你没有加入莫嘉娜那你后面打算怎么办？快毕业了，大家都在找工作了。"

"我不知道。"

我说的是实话。我确实不知道，对这一切，感觉就像在做梦。

柳静叹了口气："先别想那些了，你是因为今天摔伤所以失忆的？这太奇怪了，明天我陪你去大医院看看吧。"

我心不在焉地点点头，心里却还惦记着一件事——已经过去三年多了，我要去哪儿找他呢？

我重新回到学校,除了已经过去几年这事让我一时半会儿无法接受外,其他看似都很正常。不过还有一些让我觉得很意外,就是在我"消失"的这几年里,校方竟然为我保留了学位,我妈也没觉得丢了女儿,他们一直认为我在大一那年寒假就跟着莫嘉娜离开了中国。可是,只有我自己清晰地记得,我回了北京。

医院的检查没显示出任何不妥,这值得庆幸。然而不幸的是,当我问起林慕时的时候,所有人都告诉我,这个名字早在几年前就彻底消失在大家的生活中了。太久远了,谁也不知道他在哪儿,他如今怎么样,就如同当初大家不知道我在哪儿一样。我终于开始无奈地接受我真的失去了三年多的光阴,也失去了林慕时。

生活仿佛一下子失去了目标,我对一切仿佛都失去了兴趣。最后,在即将离校时,还是在柳静的推荐下,跟她签了同一家歌舞团。

柳静说我长情,林慕时走了这么多年都能对他念念不忘。其实只有我知道,对我而言这所谓的"这么多年"无非就是几朝几夕。

我早就不是十几岁的我了,对于一场擦肩而过的感情,不至于大悲大恸,但遗憾会出现在人生的任何一个拐点。林慕时于我而言,就是其中的一个拐点。

我遗憾没有听到他最后要对我说的那些话,也或许根本不是我期待的那样,但还是遗憾。我也遗憾没有机会告诉他,其实我早就很不争气地、落入俗套地对他动了心。而感情就像这世界上最难治愈的癌,因为扩散速度极快,一念起,便深入骨髓。

工作以后的生活没有我想象的那么忙碌,团里一个月会有几次演出,偶尔要出差,去的地方多数是北上广深这样的城市,当然也有例外的。

这一次团里接到一个教育公益项目,去慰问一些偏远地区的师生。所以最近这一个月来,我们去了云贵川藏的二十几所学校演出,前两天刚回到北京。但也只是稍作休整,今天一早还要赶赴阿拉善,完成最后三场演出。

北京没有直飞阿拉善的航班,还得先飞到银川,再从银川坐两个小时的大巴车才到阿拉善。同行的除了团里的人,还有一些负责教育工作的领导,这一次带头来的是一个姓吴的书记。这位领导没什么架子,一路上大家有说有笑,倒还算轻松,直到大巴车窗外的景象变得越来越荒芜,众人的说笑声才渐渐停了下来。

"就听说这次来的地方条件不怎么样,没想到竟然这么差。"柳静小声地在我耳边嘀咕了一句。

大巴车刚才经过了一个小县城,虽然比不了大城市,但是也有楼房有公路,跟我们之前去的几个地方差不多。可是那不是我们的目的地。

我们在出了县城,还没到戈壁的地方停了下来。听带路的人说,这里离牧区很近,为了让附近的孩子都能就近入学,几年前在这里建了一所小学校。而我们这次第一场演出的对象,就是这所学校的师生。

柳静望着窗外的漫天风沙哀叹道:"据说要在这儿待一个星期,我现在就想掉头回去了。"

我们刚下车就迎头撞上一股强劲的风。风沙打在我的脸上,像刀割一样疼。

"这是什么鬼地方!"柳静还在抱怨。

我把纱巾蒙在头上,又替她把帽子扯上:"小心吃一嘴沙子。"

因为是为小学的师生表演,所以团里安排我们住在了教职工公寓里。说是公寓也就是一排二层楼的砖房。没有单独的卫生间,也没有热水。据说洗澡还要去后面的公共澡堂。

柳静听闻后又是一阵抱怨:"我这辈子可都没去过公共澡堂的,大家一起脱光光多尴尬啊!"

我也不习惯,但还是说:"人生就是要多种体验,你应该庆幸,把你的第一次贡献在这个地方,多有意义。"

教职工宿舍里是高低床的格局,一个房间能住四个人,因为房间还算充裕,我和柳静两人住一间。团里安排我们到的第一天先休息整顿,第二天才是第一场演出。

我们团这次来的人不少,所有节目下来差不多两个小时。我的节目是最后一个,是一个集体舞,我领舞。因为来了内蒙古,所以团长定了蒙古舞。

第二天化完妆换好衣服,我闲着无聊,就跟着团里其他两个姑娘跑去台侧看观众席上的人。其实只是想看看来了多少人,但这场景似曾相识,好像一下子回到了大一那年汇报演出的时候。

我又不自觉地想起了那个人,幻想着如果时间倒流,重新回到那一刻该有多好。

观众席上人头攒动,但是光线不好,大部分的人看不清脸,只有坐在前排的领导和学校的教育骨干们被舞台上的光照着勉强看得清谁是谁。

我看到吴书记,还是一副津津有味的模样,但其实这节目他早就看了不知多少遍了。而正在这时,我的视线被一个突然站起来的人挡住了。

那人个子很高,站起身来时似乎又被身边人拉住说了句什么,这才转身要往观众席外走,而就在他转身出来的一刹那,我看到的是一张无比熟悉的侧脸。

是他吗?时间真的倒流了吗?

16.

我不管不顾地直接追了出去,众人可能是没想到会有演员突然从后台跑出来,都纷纷看向我。但此时的我只想求证一件事——那人,到底是他吗?

我追出报告厅,又追出两条小路,追到无路可走,我不得不停下脚步。

与报告厅里的热闹不同,这里让我感受到了西北真正的夜。天黑漆漆的,风依旧很大,不费吹灰之力地吹透了我轻薄的演出服。而朝四周看去,竟是一个人影都没有。难道刚才真的是我的幻觉吗?

我意兴阑珊地往回走,快走到报告厅时,远远地看到门前有人在张望。见我走近,那人小跑着过来,是我们团长。

她念了句"阿弥陀佛",没好气地叮嘱我:"你想吓死我?马上就轮到你们上场了,可别给我掉链子!"
　　我说了声"抱歉",跟着她重新回了后台,稍微休整了一下,等着上台。
　　我大学学的就是民族舞,蒙古舞是民族舞里最好看的,也是我最喜欢的。这舞跳了很多次,对我而言早就没什么难度,还能时不时地引来台下的掌声,而整台晚会也在我顶着五个碗绕着舞台跪转一圈的喝彩声中,顺利结束。
　　表演结束之后,校方要张罗着请我们团吃饭。
　　柳静因为昨晚在公共澡堂洗澡时,被站在她身边的裸体大妈吓出了心理阴影,于是演出一结束,就跟着团里其他几个女孩搭一个老师的顺风车进县城住宾馆去了。以至于最后我们团里留下来参加饭局的也没剩几个人。
　　这附近没什么像样的饭馆,校方就在教职工食堂开辟出了一个"包间"。吴书记他们、我们团的演员,还有小学校的领导和老师刚好围坐了一桌。
　　我今天累得够呛,想着赶紧吃点就回去休息,但是人却迟迟不齐。
　　校长旁边空着一个位置,我本以为也是个什么领导,才让大家这么等。可是当他急匆匆赶来坐在我对面时,我脑子里立刻冒出一个念头:我的幻觉又出现了。
　　林慕时看了我一眼,并没有很意外,给在座的领导说着抱歉。
　　校长笑着拍了拍他的肩膀:"我刚才早跟吴书记说过了,你情况特殊,还要照顾晓军,本来想替你请假,但吴书记说一定要见见你,我也没办法啊。"
　　林慕时笑了笑,拿起桌上的茶杯以茶代酒敬了吴书记一杯。
　　我自始至终都是蒙蒙的,难以置信的。
　　这就是众人口中消失了四年的林慕时!
　　直到听到有人提到我的名字,我才回过神来。
　　校长赞道:"小叶的舞跳得不错!"

我随口应了两句，目光再扫向林慕时，他始终垂着眼，对大家说的，好像并不在意。我想到柳静曾说在我消失的头半年里他发疯一样到处找我，最后还是因为伤了心才决定去库尔勒支教。如今想来，他大约还在怪我吧。

我心里无比酸楚，不过既然老天爷又给了我机会见到他，我就要将当年的事都跟他解释清楚。只是，我要怎么解释？我的离奇经历，他会相信吗？

有人轻轻推我胳膊，我们团长凑近我压低声音笑着问："看呆了？"

她笑得暧昧又揶揄，我只是问："那个晓军是怎么回事？"

团长低声给我解释。原来晓军是林慕时的一个学生，妈妈早逝，爸爸常年在外打工，之前一直跟着奶奶生活，但前年奶奶也去世了。他只能跟着爸爸去外地，但这样就得辍学。为了让他继续读书，林慕时把照顾孩子的生活起居揽了下来，刚才他就是回去给那孩子做饭的。

"要说这林老师人真的不错，把青春都奉献在这里了……"

原来我在北京心安理得虚度光阴的这些年，他已经离我越来越远了。

这世上果真没什么岁月静好，无非是有人替你负重前行罢了。

再抬起头来，我的视线恰巧与他撞上，可是还不等我有所反应，他已经漠然地移开了视线。

这一顿饭下来，我的心因为林慕时的一举一动而忽上忽下。我相信在场的所有人都看出了我的异样，但是那又怎么样？我本以为今生都不会再见到的那个人，他此时就在我面前，其他的一切就都不算什么了。

后来见他提前离席，我也立刻找了个借口提前退出了饭局。可还是晚了一步，从食堂里出来，外面早就空无一人，林慕时不知去向。

阿拉善的春夜依旧寒冷，我裹着大衣在黑漆漆的校园里走着，突然很庆幸，这次来了阿拉善——这学校不大，今天他躲掉了，那明天后天呢？其实我也没想好真的见到他要说点什么，但就是想听听他的声音，问问他过得好不好。

我心不在焉地往回走,走到宿舍楼前时,被身后一阵窸窸窣窣的声音吓了一跳。我回头一看,才发现在暗影处站着一个人。

那人见我回头,慢慢从阴影中走出来,他的脸暴露在凉薄的月光下,英俊得依旧如多年前一样。只是脸色有不自然的白,像是在寒风中伫立已久。

他在等我,林慕时在等我。

这让我阴郁了许久的心情有了一丝光明。

"好久不见。"他说。

经历了这么多事,我以为自己会很淡定的,可是鼻子却突然酸了。

但我怕他看出来,依旧勉强笑着说:"是啊,没想到你会在这儿。"

"我知道。"

这话什么意思?他是说我不知道他在这里所以才会来吗?他莫非以为我在躲他?

我说:"如果我知道你在这儿,我可能早就来了。"

这话明显让他有点意外,他站在不远处与我对视着,久久不再说一个字。

夜色中传来女孩子的说笑声,我猜大约是饭局散了,大家正往回走。

我朝着二楼我的房间望了一眼,不确定地问:"要不……上去坐坐?"

他似乎也注意到有人往我们这边走来,于是说了声"好",跟着我上了楼。

屋子里的陈设特别简陋,只有一张凳子,但上面还放着脸盆。我倒水回来时才注意到他还站着。

我说:"就坐床上吧,没事。"

他依言坐了下来,可是因为是上下铺格局,他又很高,还不能坐得太直。

我把茶杯放在靠近床头的那张书桌上,就隔着一个人的距离坐在了他的旁边。

他回头打量我:"我们有多久没见了?是三年,还是四年?"

"四年多。"我说。

我这才意识到,对他而言我们已经阔别四年多了,然而对我来说,距离汇报演出的那个夜晚,才过去不到一年的时间。

我想起那年的事,于是说:"其实,大一那年,我寒假结束就回北京了,但是我……"

"你们这次要在这里停留多久?"不等我说完,他就打断了我,好像对那段过往根本就不太在意。

我愣了一下,回答他说:"一周。"

"还要去别的学校演出吗?"

"嗯,还有两场。"

"那也快了。这里条件一般,你有什么需要的,如果学校那边不方便解决,可以直接来找我。"

说完,他似乎就打算起身,我却鬼使神差地按住了他的胳膊。

他低头看了一眼我按住他的手,又慢慢将视线移到我的脸上,只是那目光,像是在询问,又像是在拒绝。

"林慕时,你当初要和我说什么?你说等我巡演结束有话要对我说。"

他就那样沉默了片刻,然后无所谓地笑了:"这么久远的事,我不记得了。"

我早知人生中有太多的岔路口,只是没想到我阴差阳错地走错了一步,竟然就再也回不到最初的那条路上了。

我抬眼看着眼前这个男人,突然有点难过,毕竟对他而言已经有四年多没有我的消息了。这期间可能会发生很多事,或许他已经放下过往爱了别人,甚至已经结婚了。

我松开了按住他的手说:"你不愿意说过去,那就说说现在。你在这儿过得好吗?"

他没有立刻回答我,好像是有意活动一下之前被我按住的那只手似的,端起我之前给他倒的茶,喝了一口,这才说:"挺好的,这里人都比较简单,日子过得很安稳。"

"有多安稳？你结婚了吗？"

他闻言看了我一眼，似乎有点意外我会这么问。

过了片刻后，他说："没有。"

"那你有喜欢的人了吗？"

这一次，他沉默着，似乎不愿回答。

我说："我也没结婚，但我有喜欢的人了。"

说到这儿，我见他又抬头看向我。

"你可能觉得有点奇怪，我为什么会突然对你说这些。但不是突然，我已经准备好久了，从那年寒假开始，一直到现在，只可惜我没有机会说。"

他看着我，神色又变得清冷了许多："你要说什么？"

我笑了一下："你以为我要说什么？我消失是因为喜欢上其他人了？不是的，我的消失是一个意外，如果你愿意听，我就解释给你，但是有件事我必须告诉你，从那年在二环胡同起，我就意识到我可能是喜欢上你了。虽然在你看来我们分开了很久，可在我看来，却不是那样，所以我对你的感情还像多年前一样。我喜欢的是你，不是别人，是林慕时。"

突然间，伴随着"啪嗒"一声，屋子里陷入了一片黑暗，连着窗外也是，除了月光，再无一点灯光。

但我和林慕时都没去管这些。他依旧看着我，一双眼睛在夜色中亮亮的。

时间好像被这漫无边际的夜色无限拉长……我想，连老天爷都在帮我，如果不做点什么，那真是太对不起他老人家了。

我的视线从他的眼睛滑过他高挺的鼻梁，流连在他薄薄的唇角。我想到了那年冬天在二环胡同里的那个吻，即便所有的事情都忘掉，那个吻的感觉却如烙印在我心尖上一样无比清晰。

"你有想过我吗？"我问他，"这几年，哪怕一次也好。"

他如水般的黑色眼眸仿佛在夜色中起了涟漪，但他依旧什么也没有说。而我就当他是默认了，大胆地伸手去摸他的脸，告诉他："我也是。"

我说："我想你，想太久了，太多次了。"

我勾着他的脖子去吻他，他睁着双眼看着我，看似是冷静的、自持的，但是我却瞥见他垂在身侧的手渐渐握成了拳。当我再一次吻向他时，那只握着拳的手，便带着我狠狠按向他。

门外有女孩子们抱怨着不知道什么时候才能来电，而我已将被我渴望已久的男人拥在怀中。

他的吻如雨一般落在我的唇上、肩头，还有胸口，又急又重，后来好像吻不够，又好像是发泄不够，他干脆用牙齿磨着。

我的头发披散在床边，睁眼可以看到头顶上窗外明晃晃的一轮月。

我没想到，在阿拉善的春夜里，我会有这样的际遇，但我知道，在心底里，我是高兴的。

电迟迟没有来，那几个女生索性就在走廊里聊起天，聊阿拉善的风沙，聊在这里还要待上几天，也聊什么时候才能来电。

我倒希望就这样，我怕有光来的一刹那，所有的一切又回归原本的模样，而我现在经历的也不过是一场旖旎无比的美梦。

他将我折起翻转折腾许久，似乎终于累了，这才停了下来，又伸手去摸我的膝盖。

我一开始不明所以，后来听他问我："疼吗？"

原来他是看到我今天跳的那段顶碗跪转了。

"不疼，这靠的是技巧。"

他闻言似乎不信，轻轻俯下身，抬起我的腿，亲吻我的膝盖。

17.

我们后面的两场演出一场在牧区，另一场在县城里的中学，但是为了方便，我们这些人还是住在原来的地方。演完最后一场回去的路上，柳静问我打算什么时候回北京。

因为团里可能会根据领导的行程，晚一天再走。而我和柳静来之前就商量好,三场义演一结束就先回北京,可是此刻我却犹豫了。

林慕时从那晚过后再也没有出现过,但是我们彼此都不再是只停留在对方记忆中的人了。他已然知道我对他的心,临走前也互留了电话号码,所以如果他有心,自然还会联系我。

可是毕竟我们分开这么久,我还是我,而他的生活却有了翻天覆地的变化,他早就不是当年D大无人不知的才子林慕时,他如今扎根大西北,只是这里再平凡不过的一名小学老师。但我从来不怀疑他是个有大志向的人。别看这里常年风沙清贫艰苦,但或许就是他的志向所在。而对我呢,我们真正意义在一起的时间不超过24个小时,又经过岁月打磨,他即便还会心动,可是又还剩多少感情呢?这也就是我为什么没去对他有所要求的原因,因为我没有那种自信。

可是还是不舍得就这么离开,我犹豫了一下对柳静说:"也不差那一天时间,不如跟着团里一起走。"

我们的大巴车晃晃悠悠地朝着学校的方向驶去。一出县城风沙更大,狂风卷着豆大的石子狠命地拍打着车窗。路也不是马路,是坑坑洼洼的土路,我们整个车子摇摇晃晃噼里啪啦像是在逃亡。

柳静压低声音抱怨:"我真是一天也待不下去了,你看看这风沙,再说就洗澡这事儿实在太难克服了。"

"你什么时候那么爱干净了?"

她见我突然这么想留在这儿,有点好奇地问:"你是不是有事瞒着我?"

我看向窗外,窗外是灰蒙蒙的天空,可见度不超10米。

我听到自己平静地说:"我见到林慕时了。"

"什么?他从库尔勒来了阿拉善?"

我点了点头:"具体的我没问他,大概是这样吧。"

说话间我们的大巴车已经进了学校,矮矮的小砖房在漫天黄沙中摇摇欲坠。

"你是说,他一高材生在这鸟不拉屎的地方耗了三四年?"

我没有回答柳静,她也没有再说什么。车子停稳后,我们蒙上纱巾下了车。

回到宿舍我立刻整理洗澡用的东西,问柳静:"你要不要一起去?"

柳静有点犹豫:"可我这心里还有阴影啊。"

"随你吧。"

"哎哎哎,等等我,一会儿你可得给我挡着。"

柳静一边走一边问:"你什么时候见到他的?"

"演出之后的聚餐上。"

"你们当时说什么了吗?"

"没有,人太多。"

柳静叹了口气:"那他后来有没有来找你?"

"有。"

"哇,然后呢?然后呢?"她突然兴奋起来,"你有没有好好跟他解释一下当年的事。"

"没有,他好像不愿意提。"

柳静有点失望:"那你们见面都干什么了?"

我看了她一眼说:"快走吧,一会儿没热水了。"

洗完了澡回到宿舍,柳静又开始抱怨:"这刚洗完又是一头沙子,也不知道林慕时那么爱干净的人怎么忍了这些年的……"

她有一句没一句地说着,我拿出手机看了一眼,什么都没有,算着日子马上就要走了,他是打定主意让我们继续像之前那样天各一方了吗?

第二天是难得的好天气,温度不算高但是没有风。

今天领导们会去各个学校走访一遍,然后明天一早坐车去银川,这次阿拉善之行就彻底结束了。

我和柳静一直睡到中午,柳静想见林慕时一面,但又听说林慕时下午有事就没约上。后来听说阿拉善盛产玛瑙,她就跟着团里其他人到附近的市场去逛了。我对这些东西没什么兴趣,留在宿舍里补觉。

下午的时候,外面广播里开始放音乐,我站起身推开窗,孩子们的笑闹声由远及近传来。

我在楼上看了一会儿,孩子们丢沙包的丢沙包,跳皮筋的跳皮筋。时间好像一下子拉回了二十年前的北京,让人觉得久违。

房间是朝北的,此时没有太阳。我索性换了衣服下楼,在操场旁边找了块太阳地,边晒太阳边看着几个孩子丢沙包。

在没有风沙的日子里,阿拉善的天蓝得犹如画中一样。我想,林慕时或许就是冲着这片蓝天留在这里的吧。

丢沙包的几个男孩子中,有一个个子不高,但是动作非常机敏,每次躲避沙包和接沙包都非常精准,有他在,其他人几乎别想上场。

突然有人叫了声"晓军",那孩子才停了下来。我脑子里闪过那天饭桌上领导们的对话……原来,他就是那个晓军。

叫他的孩子说:"林老师回来了。"

晓军朝着我的身后看了一眼,也不再管其他人,兴高采烈地冲了过去。

我站起身回头,正看到林慕时拎着两个装满蔬菜的塑料袋站在不远处。

晓军很懂事地去接他手上的一个袋子,他却看着我一动不动。

晓军好奇地看过来,看清是我,立刻咧嘴一笑:"跳舞的阿姨!"

我走过去,扫了一眼林慕时拎着的菜:"你要做饭?"

"嗯。"

"你连做饭都学会了。"其实我也不知道该说些什么。

"要不要一起?我买了很多菜。"他说。

晓军也说:"对啊,多一个人吃饭热闹,阿姨一起吃吧!"

我一想到明天就要走了,出于私心是想多跟他待一会儿的,所以也没管他是真客气还是假客气,就答应了下来。

我在家从来不做饭的,最多也就是煮个面,所以对做饭的程序基本上一窍不通。我看晓军都很自觉地帮着林慕时择菜洗菜,有点不好意思。

我问:"用不用我帮忙?"

~ 319 ~

"不用，你去看电视吧。"

林慕时说完又低头对晓军说："你也出去吧，陪阿姨看电视。"

晓军得了特赦令兴高采烈地跑出来。

这地方不比县城，数字电视还没通过来，也就七八个台，换来换去也没什么能看的节目，我索性就和晓军聊起了天。

晓军问我："阿姨，你是不是很早就认识林老师？"

我不知道他为什么这么说，于是问："你怎么知道的？"

他贼头贼脑地瞥了一眼厨房，确认电视声音能盖过我们说话的声音，才又小声问："你是不是他以前的女朋友？"

我更好奇了："为什么这么说？"

他不怀好意地笑了："我之前看到林老师的手机里有一张照片，就是一个女生跳舞的照片，跟你可像了。"

可我不记得自己给过林慕时什么照片啊，而这孩子说像而非肯定就是我，说明那照片也不一定是我。

想到这里，我问他："你怎么确定是我？"

"那个人的侧面跟你很像，我当时看到就问林老师那是谁，他说是他以前的女朋友。"

我的呼吸不由得一窒，林慕时什么时候多了个跳舞的女朋友？

晓军还在夸他的林老师如何如何的好，如果我真是他的前女友可不可以原谅他，继续和他在一起……可说完这些后，他又很后悔。

"你原谅他就好，但是可不可以不要带他走？"

我愣了一下问："为什么？"

"因为这里不能没有他。我刚上学那会儿，我们学校刚建好，全校总共四个老师，林老师差不多教我们班所有的课程。你不知道他有多好，课讲得好，人也好，我奶奶在的时候他就经常照顾我们家，我奶奶去世以后，他差不多就是我唯一的亲人了。他像哥哥，也像父亲。"我完全没想到晓军这孩子会说出这样的话，刚才还活蹦乱跳古灵精怪的，此时竟然抹起了眼泪。

我突然有点不知所措，过了好一会儿，我摸了摸他的头说："你都多大了，还哭鼻子？再说谁也没说要带走你的林老师啊。"

"真的？"他眼中还有泪，一双眼睛亮晶晶地看着我。

我点了点头："我就是……他大学时的同学而已，并不是你说的那个女朋友。"

"真的吗？"晓军笑了，露出一颗小虎牙，"我现在看也觉得阿姨你比那照片上的女孩子更好看。"

厨房里烹炒的声音已经结束，林慕时正在装盘。

晓军跳下沙发："我去帮忙端饭。"

很快三菜一汤都摆上桌，晓军又帮着摆碗筷，跑进跑出的很懂事。看得出林慕时对他很喜欢，吃饭时不停给他布菜，看他只吃肉不吃蔬菜还会说他挑食。而晓军，被林慕时说两句，就会乖乖去夹青菜吃。

自始至终都是晓军在跟我聊天，问我北京的生活是什么样，说他以后也要去北京，而林慕时最多也就是附和晓军两句，对我的一切都表现得漠不关心。

晓军说他像哥哥又像父亲，如今看来，真是如此。倒是我，像一个多余的人。今天晚上是最后的机会了，可是我想对他说的那些话，却怎么也说不出口了。

吃完饭林慕时提出送我回去，我推说没多远不用了，但他坚持。

临走前还很不放心地嘱咐晓军："等我回来检查你作业。"

晓军朝我挥手："你放心送星辰阿姨回去吧，我一定乖乖写作业。"

出了门，林慕时看我："你不高兴？"

"没有。"

"那小子跟你说什么了？"

我想了想看向他说："说你以前的女朋友。"

"什么？"

"晓军说她很漂亮，也会跳舞……我怎么不知道？"

林慕时却突然加快了脚步说："我不知道你在说什么。"

从他住的地方到我住的地方，也就几百米的距离，没一会儿就到了我宿舍楼下。他抬头朝二楼望了一眼，我也顺着他的目光看过去，灯是亮着的，柳静已经回来了。

他说："今天太晚了，我就不见柳静了，你帮我跟她说一声吧，下次去北京，我一定联系她和丁仲谋。"

我点点头，又到了分别的时刻了，可他似乎没有立刻离开的意思。我想着再见面已经不知道什么时候，总要说点什么吧。

可是末了他却只是说："明天我去送你。"

我微微垂着头，说了声"好"，不敢抬头，是怕他看见我已经湿润的眼睛。

第二天一早，我们一行人就到校门口集合坐车。

校领导带着几个老师来送行，林慕时也在送行队伍中。

校长跟我们一一握手道别，又对吴书记他们千恩万谢一番，风很大，众人都赶时间，这场送别就算是结束了。从始至终，我没机会跟林慕时说一句话，就被推上了车。

我坐在车窗旁，遥遥看着送行人群中他的身影，心里无比落寞。

柳静掐了掐我的手："你要是真舍不得，就下去跟他说几句，反正时间也来得及。"

我看吴书记他们已经上了车，于是摇了摇头说："算了。"

如果从始至终都是我的一厢情愿，那说与不说又有什么关系？

可是就当我们车子要启动的时候，我看到林慕时突然从人群中跑了出来拍开了车门。

他和前排的吴书记不知道说了句什么，吴书记竟然笑盈盈地回头看向我。

我还不知道怎么回事，就见林慕时站在车门处对着我说："叶星辰，你出来一下。"

我不由得一怔，在我遇到他之后，那种期待、失而复得的喜悦，又一股脑儿地涌上了心头。这么多年来，我对待感情一向隐忍克制，怕的就是希望越大失望越大，但是这一刻，我顾不了那么多了，在众人或好奇或诧异的目光中下了车。

显然校长他们也不知道林慕时为什么会突然拦下我们的车，站在远处既不方便上前，也不敢走开。

我问林慕时："怎么了？"

他垂眼看了我片刻，在众目睽睽之下，问我："你真的还喜欢我吗？"

从我见到他之后，我所做的一切，所说的一切，难道还不足以诠释一个区区的"喜欢"？

他并不是不明白的，他只是不愿去明白。如果他心里没有我，装傻是再好不过的选择，可如果不是那样，那未来要怎么办？他愿意离开这里吗？他能离开吗？

所以此时他问我，大约是一时冲动，也或许是真的动摇了，但是我却不能自私地因为一句喜欢，把他从这里带走。

我扫了一眼他身后的小学校问："你离得开这里吗？还有晓军。"

果然，他没有回答我，和过去的每一次一样，遇到不想回答的问题，他就选择沉默。

我告诉自己，就这样吧，就这样吧……

于是我什么也没说，转身上了车。

车子发动，摇摇晃晃地驶出了小学校的范围。我没再回头，前方的路还长着呢，我知道，得我独自走完了。

18.

戒掉一段感情的过程，大约和戒烟差不多。如果从想戒的那一天起便再也不去碰触，说戒可能也就真的戒了，但如果中间有了反复，那这个过程就会变得艰辛十倍。

林慕时于我而言就是如此，在和他失去联系的那段时间里，我都没有像现在这样想念过他。理智可以把我们分开，可以让我在被他问到是不是还喜欢他的时候，轻描淡写地说出拒绝的话，但是却不能阻止我想念他。

我依旧继续着我之前的生活，但是在电影散场后、在午夜梦回时、在朋友酒局之后，那种因为挂念一个人而生出的孤独感无形之中被无限放大。

我知道，对阿拉善之行，我是不后悔的，也是后悔的。

周五的时候柳静叫我吃晚饭，说是还有丁仲谋。我正好下班没事，也不想太早回家，就答应了下来。

等晚上到了吃饭的地方，才发现除了丁仲谋，还有个我不认识的男人。经丁仲谋一介绍，知道他叫刘杉，D大毕业的，现在在一家会计师事务所工作……当然这些都不重要，重要的是，他曾经和林慕时一起去库尔勒支教了一年。

我这才明白过来，柳静今天为什么要叫我来。

看得出刘杉和丁仲谋关系不错，但是应该不常见到，两人从彼此近况一直聊到读书时候的事，除此之外就是万年不变的房价和股票。我对这些都不太感兴趣，偶尔插上两句，意兴阑珊。

柳静大约是看出来了，嚷着让刘杉讲在库尔勒的事情。

但刘杉对这个话题兴致不高，只说了几句。

"我当初去支教纯属是怕考不上研，你也知道我们学校有个规定——去支教一年，回来直接可以保研，我就是冲着这个名额去的。"

柳静问："支教不是谁想去就能去的吗？也有名额限制？"

"那是当然了，要不然岂不是个人就能保研了？所以你别看支教辛苦，每年这名额大家都是挤破头抢的，尤其是我们那届，竞争特别激烈。"

"为什么？"我问。

"本来一年就那么几个名额，我们那届多了个林慕时，就相当于少了个名额。"说着，刘杉像是想起什么似的看向丁仲谋，"你那兄弟我真是没话说了，稳稳地保研，系里的导师随他选，库尔勒又不是什么好地方，也不知道他是怎么想的，到头来还是放弃了回北京读研。"

"谁都不知道他怎么想的。"丁仲谋笑了笑，又意味深长地看了我一眼，"不过你们去支教到底是什么样？给我们讲讲呗。"

刘杉点了支烟，漫不经心地吸了一口，笑着看我和柳静："你们之前不是去义演了吗，还问我？"

柳静说："我们没去库尔勒，再说台上下来也没什么机会接触他们师生，还真不知道平时什么样。"

刘杉想了想说："其实现在库尔勒大部分地方都发展得挺不错的，但是几年前还有不少地方穷着，我们去的那地方又是最穷的一个县。从北京过去的第一天晚上，看那环境我就在想，改革开放都这么久了，如果不是亲眼所见，真想象不到还有这么穷的地方，还有这么多人在温饱线上挣扎……偏偏人穷还喜欢生孩子，那么多孩子能养得活就不错了，就别提什么小孩教育了，那里的孩子辍学是常有的事情。"

丁仲谋挑眉："老林的学生有辍学的吗？他能不管？"

刘杉笑："你也知道，他不可能不管。举个例子吧，他们班上有个成绩还不错的女孩，在他去的第二个月就要辍学了。林慕时为此家访好多次。最初女孩家里说没钱供她读书，他就出钱让那女孩继续读。虽然说学杂费、书本费没几个钱吧，但是我们那时候的补助也才几百块。好不容易说好了，那女孩回来上学了，结果没几天又说要照顾弟弟，还是没办法继续读书。他弟弟当时才五岁，不够上小学的年纪，那女孩来上学，家里就她那个生病的妈在照顾她弟弟。林慕时又大费周章地找校领导把她弟弟也弄进学校，当然学费还是他出。因为这事儿家访了几次，林慕时又看到她妈病得可怜，还特意带她妈去市里大医院看了几次病，后来也时不时地接济他们家，总算是让那女孩读完了小学。"

刘杉讲完，众人沉默了一会儿，还是丁仲谋先开了个玩笑打破沉默："完了，那小姑娘肯定觉得他们林老师更帅了。"

柳静白他一眼："没个正经。"

刘杉笑了笑说："可不是嘛，我们一起去支教的那个女生还因此爱慕林慕时很久。"

丁仲谋说："你就没学学他？"

刘杉摇头："起初看他那过分热情的样儿，其实我是有点不屑的。大城市来的嘛，没见过这种情况，哪像我们农村出来的，什么没见过？我原本猜他这热乎劲也坚持不了多久，等时间长了应该也就习惯了，毕竟他一个人能帮得了几个孩子？"

听到这里，我不由得笑了一声。

丁仲谋也对刘杉说："那你可太不了解他了。"

刘杉点头："是啊，所以后来啊，我发现他还真不是做做样子的。至少在我在的那一年里，他是一直如此，倾其所有。我听说他家境不错的，但那一年他过得特别节俭，比当地一些条件稍好点的还不如。我记得他以前是抽烟的吧，在那种环境下愣是戒了。"

刘杉本来刚抽完一根烟，说到这里又摸出一根，在烟盒上敲了敲说："至少能戒烟的人，都不简单。"

抽烟的人，都知道戒烟难。林慕时能为了他的学生戒烟，我却不能为了他的学生将他戒掉。

最后刘杉感慨道："以前我总觉得人和人都差不多，只有见过之后才知道，还是有差距的。"

刘杉说完这句话后，大家都沉默了下来。我想到我从阿拉善回来前林慕时问我的那句话，想必他是下了很大的决心才问出来的吧，可是我却给了他那样的回答，他应该是失望的吧。

回去的路上，柳静劝我："林师兄的想法跟我们不一样，女孩子还是找个知冷知热的人过小日子吧，反正你们也见了一面，总算是对当年的事情有个交代了，以后还是向前看吧。"

窗外街灯林立，霓虹闪烁，是北京城繁华的夜色。可是生活在哪儿，日子过得清贫与否，真的有那么重要吗？对于有些人来说或许是，但是对我而言，明天在哪儿还不一定，有钱没钱就更不重要了，最重要的还是陪伴在身边的那个人吧。

这样辗转想了一夜，第二天天还没亮我就爬起来写了辞职信，然后估摸着团长在的时间，去了团里。

可团长看到我的辞职信后死活不肯收，打听我是不是有了更好的去处，听说我并没有跳槽的计划，就问我是不是发生了什么事。

我说:"您之前要把您表弟介绍给我的时候,我说我有喜欢的人,您还记得吗?"

"记得啊,但这和你留在团里有什么冲突吗?"

"上次去阿拉善见过的那位林老师,您记得吗?"

"记得是记得……"

我接着说:"我喜欢的那个人就是他,他人在阿拉善,我怎么能留在北京?"

团长吃惊地看着我不说话。

我把辞职信递到她的手里:"您这儿要是没问题,我这几天就办手续去了。"

她低头看了看手上的东西,无奈一笑说:"既然是这样,我也不好再强留你了,但是你看现在团里正缺人,吴书记他们又临时加了几场演出,要不你就当帮帮我,把剩下这几场演完,总没问题吧?"

我想了想,林慕时能为那些学生做到那种程度,我因为义演的事情晚几天去找他,应该也没什么问题,于是就答应了下来。

这一次团里要去的地方是陇西。我在出发前把家里的东西打包好,能送回我妈那儿的都先送了过去,留下一小部分日常要用的,等着下次回来一起送过去。

处理好在北京的一切,我跟着团里踏上了去陇西的火车。

陇西差不多是甘肃最穷的地方,但那里也是我们最后的两场义演地点。有了之前的经验,我们对这地方的情况也早有心理准备了。尤其是柳静,不管这次遇到什么情况,她都表现得无比淡定。我还打趣她怎么突然转了性,她却说是上次听了林慕时的事,再看这些也就不觉得怎么样了。

在陇西的演出只有两场,也因为随行的领导还有其他的事情,我们在当地待了三天就返回北京了。回来时是坐飞机,先从陇西到天水,再从天水飞回北京。但是因为航班延误,飞机在首都机场着陆时已经是午夜时分。等我拖着行李箱到家门口时,就差不多一点半了。

为了离团里近点,我住的地方在一个老式小区里。小区里都是2000

年左右建成的六层板楼,没有电梯,走廊里的感应灯也大多是坏的。

我拖着行李箱上楼,边走边伸手到口袋里翻找出一串钥匙。钥匙有四五把,我借着昏暗的月光分辨哪个是家门钥匙。然而就在这时,本就很差的光线突然消失了。我抬头一看,旁边的楼梯上竟然坐着一个人,见我出现,他站了起来,正好挡住了窗外投进来的月光。

此时这里怎么会有个男人?电光石火之间,我的脑子里闪过很多念头,这个人是色狼、入室抢劫的,还是纯属路过?

然而就在这时,却听那人说:"是我。"

一天的疲惫,还有刚才的紧张、害怕,在听到这句"是我"后,都化成了一声难以形容的呜咽。

"怎么是你?"

"你不是问我离得开那里吗?我想过了,那里没有我还会有别人,但我,不能没有你。"

19.

我的眼睛渐渐适应了黑暗,在夜色中看着他的脸,依稀可以看得清,是他,是我记忆中的那张脸。

我问他:"你什么时候学会这些的?"

"什么?"他不明所以地微微挑眉。

"甜言蜜语。"说着我便吻了上去,不再给他说话的机会。

这些天的茶饭不思、夜不能寐,到了此刻,终于找到了宣泄的出口。

我俩跌跌撞撞地进了门,行李箱倒了,鞋被踢掉了,茶几旁的垃圾桶也被不小心撞翻了……一切来得猝不及防,就在客厅的沙发上,他拥着我,我拥着他,在浓郁的夜色中,我们赤裸相对。

但使两心相照,无灯无月何妨。

许久之后,他渐渐平息下来,躺在窄小的三人沙发上,让我伏在他的身上。

他问我:"我怎么觉得这房间里空荡荡的,说话都有回音。"

我闭着眼睛说:"我把东西都送到我妈那儿去了。"

"你要搬家?"

"嗯。"

他似乎松了口气:"还好我来得及时,差一点又找不到你了。怎么要搬家?"

我想了想,没有回答,却是问他:"你真不打算走了?"

"嗯。我也在那儿待了几年了,看着那边从什么都没有变成现在这样。其实从你们这次去就能看出,政府很重视那边孩子就学的问题。这几年接二连三出台的好政策不少,也有越来越多的人愿意去那儿教书了,所以不是我去,也会是其他人去。之前我是一直在等晓军爸爸处理好外面的工作回去,前天他刚到,我昨天就回来了。"

听到他这么说,我也安心不少。

"那你以后就打算在北京了?"

"嗯。"他顿了顿又说,"除非你不在这儿了。"

"那学校那边的手续呢,都办好了?"

"嗯,北京的工作也定下来了。"

这倒是让我很意外。我从阿拉善回来到现在也就不到一个月的时间,他就连北京的工作都找好了?

我爬了起来,光着脚下地,在行李箱中找出一条睡裙胡乱套上,这才打开了灯。

他不明所以地坐起身来,找到短裤套上,问我:"怎么了?"

我一边把行李箱里的脏衣服拿出来放到洗衣机里,一边说:"我还以为你是为我回来的。"

他笑道:"我确实是在你去之前就想离开了,但是没想回南京,也没想去上海,就想来北京,不是为了你是为了谁? 不过当时我也没拿定主意,加上这么久以来也没从事与我专业相关的工作,不知道自己回来能干点什么,就抱着试一试的心态投了简历。没想到还有个不错的律师事务所愿意接受我,但我也没给那边准信儿。"

他从我身后轻轻揽住我："是你去了之后，我才彻底决定要回来的……"

"真的？"

"千真万确。"

我原本也就是逗逗他，没想到我们分别多年，他在做每一个重要决定的时候却都能想到我，这样一个人，我一点都不后悔自己也刚刚为了他任性一次。只不过想到之后还要再去找工作，我就有点头疼。

林慕时从地上拿起他那件T恤重新套上，又问我："你还没说，为什么要搬家？"

我环顾了一下空荡荡的房子，想了想又说："哦，今天新找的房子那边又告诉我搬不成了，所以还是继续住在这里，明天你没事的话，陪我去我妈那儿把我的东西再拿回来吧。"

"好。"

第二天跟我妈约好了时间，我俩开车去拉东西。这些年林慕时虽然瘦了、黑了，但是我妈还是一眼就认出了他。认出是他，我妈又惊又喜，趁着他帮我搬东西的空当拉我到厨房，问我究竟是什么情况。

"这很难猜吗？"我回头看了客厅里的男人一眼，他也恰好抬起头，对上我的视线，眼中满是只有我能读得懂的甜蜜情绪。

"旧情复燃了呗。"我说。

我妈当年就觉得林慕时能看上我是他眼神不太好使，如今时隔多年，知道我们又在一起了，我妈除了高兴就是高兴，一定要我们留下来吃午饭。我和林慕时暂时还是俩无业游民，正好也没什么事，就留了下来。

正陪着我妈择菜时，柳静的电话打了过来。我这才想起来，她还以为我明天要走，说好今天要给我饯行的。

"突然……又不走了。"

"你耍人玩呢？"柳静气冲冲道，"你在哪儿？我现在去找你。"

"在我妈这里，你来吧。"

饭菜差不多都上桌时，柳静姗姗来迟。一进门瞥见客厅里的林慕时，她先是一愣，然后又看了看我，像是明白过来什么，脸上的表情变了又变，最后傻呵呵地笑了出来。

我妈听到开门的声音就从厨房里迎了出来："柳静来了吧？快进来，洗手吃饭。"

我爸还差两年退休，年纪越大反而越忙，平时都是我妈一个人在家，家里很少有像今天这样热闹的时候。

"上次你们的行程太满，时间不凑巧，一直也没机会单独聚聚，不过以后有的是机会了。"林慕时对柳静说。

"没关系，我知道你是大忙人，顾不上我们这种无关紧要的人。"柳静笑呵呵地说着，还不忘暧昧地瞥我一眼。

我妈比较关心林慕时的情况，问他："听说你刚回北京，是打算留在北京了吧？"

林慕时点头。

我妈满意地笑了笑，转瞬又有点担心地看我："那团里给你安排的那个去外地长期交流的活动能不能推了啊？"

林慕时闻言一愣："去外地？"

我妈说："不然她怎么把东西都存我这里了。"

柳静说："还去什么啊？你赶紧回去问问团长，离职手续办到什么阶段了，能不能叫停啊！"

林慕时几乎是和我妈同时看向我。

"你辞职了？"

"你辞职了？"

还不等我说话，柳静就抢着替我回答："林师兄你不知道啊？星辰半个月前就辞职了，就是准备去阿拉善投奔你的。你俩还真是心有灵犀，她还没来得及走，你就来了。"

我本来想拦着柳静，但是拦不住了。林慕时突然回来，在我意料之外。他既然回来了，我自然就不走了。那之前为了他辞职的事情也就没必要说了，免得他因此有心理负担，没想到现在还是被他知道了。

我妈的脸色明显差了点："现在想找个好点的团也不容易，你回头好好跟你们团长说说，能留下来还是尽量留下来吧。"

柳静大概是没想到连我妈都不知道我辞职的事，才知道自己说错了话，偷偷地朝我吐了下舌头，乖乖地低头吃饭。

林慕时的脸色也不太好看，一顿饭下来也没再说什么。

吃完饭柳静去找丁仲谋，我和林慕时开车回家。

路上，我故意逗他："林慕时，说老实话，你长这么大是不是只对我一个人动过心？"

他闻言先是一愣，继而不自在地"嗯"了一声，问我："怎么了？"

"没有前女友？"

"没有。"他的表情还是有点不自在，"你到底想问什么？"

"不对吧，晓军明明说过，你还留着人家照片，而且那女孩子也会跳舞。"

林慕时怔怔地想了一会儿，突然就笑了。在一个红灯前停下，他拿出手机给我看："是这张吗？"

竟然真是我的照片！看背景就是在体育馆二楼那个排练教室，阳光虽好，可惜我是背着光，又是一张侧脸，难怪晓军只是说照片里的人和我像。

"你从哪儿弄来的？"我问他。

他收回手机，并不回答。但是我又怎么会不知道答案呢？我记得我腿伤好了之后，曾有一次丁仲谋请客吃饭，但是柳静为了撮合我和林慕时，就让他去教室接我过去，这张照片想必就是那时候拍的。只是我没想到，他那时候对我就已经有了感情。

我说："你这是偷拍啊。"

他无所谓地说："你就别得了便宜还卖乖了。"

我"哼"了一声："那你也不能骗晓军说我是你女朋友吧。"

林慕时不以为然："谁规定一天的女朋友就不算女朋友？"

时间仿佛一瞬间被拉回到当年。

虽然心里已经有了答案，但是我还是想当面问问他："你那时候到底想跟我说什么？"

"还能有什么？"他似乎想到了什么，无奈地笑了笑说，"我在网上泡了大半夜，看别人怎么对女孩表白……结果……"

他没有说下去，但我知道他想到了什么，车里一下安静了下来。

过了许久，我说："当时在阿拉善时，我就想跟你解释一下的，但是你当时不愿意听，那现在呢？"

他看了我一眼说："你愿意说，我就听着。"

我组织了一下语言，把当年我演出结束连夜赶回北京，淋了雨生了病，然后再一睁眼时已经过了几年的事情告诉了他。

他有点不敢相信地问我："你这几年的记忆都没了？"

"是啊，大概是烧坏脑子了吧，所以那段时间我究竟去了哪儿，我自己都不知道。听起来匪夷所思，但事实就是如此。"

他眉头紧锁，表情沉重，不知道究竟想到了什么。直到到了我家楼下时，他的表情才略微松缓了点："别多想了，反正我们现在走到一起了，虽然晚了几年，但所幸结果是好的。"

我点点头，跟着他下了车，把行李一点点搬上楼。

林慕时只在家里休息了一天，第二天就去律师事务所报到了。虽然他的基础不差，但一切都是从零开始，所以比读书时更加拼命。而我不想再回团里庸碌度日，打算自己开个舞蹈工作室，又联系了之前的同学和师妹，开始承接各种类型的商演。我们俩的日子，也就此忙碌了起来。

但是越是幸福，我就越是不安，因为根据以往的经验，每到这种时候，我可能就会变成另一个人，然后重新开始"我"的生活。只是这一次，好像没有之前两次那么快。

我想了许久，觉得有两种可能：第一种是林慕时并不是真心爱我；第二种则是因为他和秦悦、陆朝阳不同，他是我前世就认识的人。

我一直觉得自己几世为人，对看穿人心这件事还是有点经验的，更何况我们经历了这么多年的分别还是走到了一起，也该日久见人心了。所以这么分析来看，第二种的可能性更大一点。

我正出着神，突然听到有人叫我的名字，声音很近，像是我妈。

我回头看,身后并没有人,店外是一如既往的车水马龙,而面包店大门前的那个风铃依旧纹丝不动,根本没人进来过。

"小姐,您点的东西打包好了。"

我点了点头,拿起纸袋子,出了门。

20.

我回到家,看到门口鞋柜上的鞋,知道林慕时已经回来了。我走进去推开书房的门,他像往常一样正在研究案件资料。桌上除了摊放着的各种文件,还有一小把水果糖散在马克杯旁。

我走过去,拈起一颗,剥了糖纸放到嘴里。他笑着抬头看我:"你又不怕酸了?"

这场景,还有这句话,以及他说话时的语气、神态,都似曾相识。太像秦悦……不,是陆朝阳,太像了!我知道我不该想他们,而事实也是,在过去还没和林慕时在一起时,我也的确不怎么想起秦悦和陆朝阳了,可是在我们重新走到一起,生活在一起的这些日子里,我却总是时不时地想起他们。

"你最近怎么魂不守舍的?"林慕时问我。

"大概是累的吧。"我笑着趴在他的肩上。

他看了看手上的文件,犹豫了一下,像是下了什么决心一样说:"好吧,今晚不谈工作,只谈风月,陪你好好放松一下。"

我笑嘻嘻地拉着他往客厅走:"晚上吃什么?"

"你不是想吃牛排吗?我都已经准备好了,就等你回来煎一下。"

"那好,我给你打下手。"

"你摆摆碗筷就好,不用你进厨房,省得你越帮越忙。"

不一会儿,林慕时就把牛排端了上来,还有沙拉和意大利面。客厅里的电视还开着,但也只是充当陪衬的角色,我们边吃边聊着白天工作上的事。

短暂的沉默时,刚好电视里开始播放一则娱乐新闻,又是一次不雅照风波,我和林慕时不由得都去看电视。

我在意这新闻不是因为什么不雅照,而是因为新闻的男主角是张柯。这不是刘美人的老公吗?他怎么跟一个十八线小明星搞到一起去了?

我突然有点好奇,对林慕时说:"你能不能从男性的心理角度帮我分析一下,他老婆又漂亮又有才华,据说对他也不错,怎么他还会对这种整容脸女明星感兴趣?"

林慕时似乎对我说的话颇不以为然:"你说刘溪?漂亮吗?"

"不漂亮吗?当时双木那个陆公子还喜欢她好久的。"

林慕时却笑了:"那你可真是高看刘溪了。"

林慕时这话着实让我意外了。我当然知道陆朝阳不喜欢刘溪。但是他那样的男人,明知道刘溪借着他炒作,却还想着顾全她的面子,对媒体并不点破。这事儿估计连张柯也是这么认为的,林慕时一个两耳不闻窗外事的人怎么会对这种边角料的八卦这么清楚?

他抬起头,看着我问:"怎么了?"

我摇摇头:"你那种水果糖在哪儿买的?好像是挺小众的牌子。"

"嗯,偶尔吃到,觉得挺好吃的。"

"还真巧,我以前有个朋友也爱吃这种糖。"

他看了我一眼:"怎么我吃几块糖你好像也有意见?"

我笑:"就是觉得这种糖跟你这大男人形象不符。"

他无所谓地笑:"那是你对大男人误解太深。"

吃完晚饭,林慕时又回到书房去看文件。我在卧室里百无聊赖地刷剧,本来是想等着他一起睡,可不知不觉还是先睡着了。

梦里我只觉得浑身酸痛,痛到想赶紧醒来,但怎么挣扎都醒不来。迷迷糊糊间,我看到房间里的灯还是亮着的,后悔自己临上床前没先把灯关了。

脑子里像糨糊一样混沌不清,我想去摸摸身边有没有人,却感觉手上好像覆着另一只手。那只手干涩粗糙,轻而骨节分明,可以想象得到,是一只干枯瘦小而掌纹繁复的手。这不是林慕时的手!

我猛地倒吸一口凉气,可还是没有醒来。耳边的声音被清晰放大,是女人低泣的声音。

"星辰啊,我刚才听医生说,那孩子好像情况不太好。妈真是担心,你呢?你不会那么吓唬妈吧?你快醒来吧,妈好像看到你笑了,你是不是做了什么美梦不愿意醒来?你可不能这么自私地抛弃妈妈啊!"

这分明就是前世里我妈的声音。

我猛地坐了起来,所幸入眼的是黑漆漆的夜色,而我所在的地方,是我的卧室。

"啪嗒"一声,卧室里有了灯光,原来林慕时不知什么时候已经回了卧室,此刻正坐在我身后,担忧地看着我。

"做噩梦了?"他轻轻地帮我拭去额角的汗。

我心有余悸地点了点头。

"你最近是怎么了?"

我也不知道,我最近究竟是怎么了。

我看了一眼床头柜上的闹钟,刚刚两点:"吵到你了吧?快睡吧,明天你还得上班。"

他却看着我,似乎是想从我的脸上看出什么端倪来,但最终还是放弃了。他关了灯,重新躺下,伸手将我揽入怀中说:"这样睡吧,你就不怕了。"

而这一夜,我却再也没有入睡。

我妈说的"那孩子"究竟是谁?而我为什么总会做同一个梦?还有在病房中,我妈为什么总是叫我醒来,她说我在做梦……我望着黑洞洞的天花板,感受着林慕时强有力的心跳……这一切怎么可能是梦?

第二天,我没有去公司,一方面是整夜没睡,我不在状态;另一方面是我心里乱。昨夜那个梦我不是第一次做,还有最近……我好像总是听到有人在叫我的名字,只是那声音有时候很远,有时候很近,轻又飘忽,现在仔细想想,可不就是我妈的声音!

我回忆着前生今世的种种,之前就有却始终不敢深想的那个猜测又浮上心头——当年坠海后,我到底死了吗?而我以为的重生,是真

~ 336 ~

的重生吗？还有，我既然经历了这匪夷所思的一切，那么跟我一起坠海的林慕时，是不是也会有同样的经历？

问题太多了，我需要一一去求证。想确定林慕时是不是跟我有一样的经历，这最简单，只要去看看秦悦还是不是当年的秦悦，陆朝阳还是不是当年的陆朝阳就知道了。

原本我以为陆朝阳的行踪最好确认，毕竟莫小浮算半个公众人物，找到她也就能找到陆朝阳了。可是我这才注意到，莫小浮从半年前开始就很少更新微博，没有读者知道她的近况。她最多就是新书发布的时候，用微博转发一下，配合宣传。

我没办法，只好去双木碰碰运气。

路上，手机响了，我一看是林慕时的电话，就立刻接通。

"起床了？"

"嗯，你呢？昨晚没睡好，今天状态不好吧。"

"我没事，怎么听你好像在路上？"

我关上车窗："我想到公司还有点事，得去一趟。"

"哦，在开车？那还是先挂了，回头联系。"

"好。"

挂了林慕时的电话，我已经到了双木大厦，到前台说我要见陆朝阳，前台小姐很诧异地看着我。我立刻递上我的名片："有个演出投资的事情，要和他谈一下。"

前台小姐看我的眼神更怪了："你确定是陆总让你来的吗？他早就不在这儿办公了。"

"什么意思？那他去哪儿了？"

"那我就不知道了，总部安排了新的总经理过来。"

我一阵失望，这北京城这么大，要找个人可太难了，尤其是他们两口子现在这么低调，想找到真跟大海捞针差不多。

我想了想又问："那小草呢？"

"谁？"

我"哦"了一声，报出小草本名。

~ 337 ~

前台小姐问我:"你有预约吗?"

"见她也需要预约?"

前台小姐看了我一眼,好像有点不高兴,也就没再理我,去忙别的事了。

其实早在之前,我偶然路过小草家,就想着去看她一眼,但当时就被告知她已经搬了家。所以现在要找到小草,我只能在双木守株待兔。

我在大厅找了个位置坐下,想着她总会出现,只是没想到一等就是大半天。晚上六点左右,双木大厦门口停了一辆商务车,车门大敞着,司机立在车外抽烟,看样子是在等人。然后没一会儿,我就看到电梯门打开,小草穿着一身剪裁合体的职业装出现,与以往不同,此时是前呼后拥好几个人陪着她一起。

我见状也顾不了许多,连忙冲过去,叫了声"小草"。她闻言停下脚步,回头看见我,脸上满是疑惑:"您是……"

我愣了一下,拿出名片递给她:"是这样,我们想做一个舞剧。莫小浮有一本书,内容我很喜欢,可是一直联系不到她,我听说她的版权都是公司帮着打理,所以来咨询一下。"

小草闻言立刻笑着跟我握手:"小浮前不久移民了,所以不常在国内,她确实是把版权都委托公司打理了。"

"移民?什么时候的事?"

"过完年才走的。"小草指了指她随行的人,"不过不好意思,我现在正好有点事。这样吧,我这就跟版权部的人说一声,让他们联系您,您看行吗?"

"好。"我点了点头,目送着他们离开。

看来想见陆朝阳一面,几乎没有可能。

手机响了,是林慕时,我这才意识到,他应该是要下班了。

"晚上想吃什么?"他问我。

"都行。"我边听电话边往外走,脑子里还在想着要怎么确认那几件让我疑惑的事。在外面等了一天,最后就是这个结果,我也挺不甘心的,不如去看看秦悦。

想到这里,我说:"那个……我突然想起来有点事,晚上不能回家吃饭了。"

"哦……那你自己也一定要吃饭。"

"放心吧。"

我正要挂电话,又听林慕时叫我。

"星辰。"

"嗯?"

"你……是不是遇到了什么事情?"

我不由得一愣,半晌勉强笑了笑说:"能有什么事?放心吧。"

挂上电话,我也没想太多,出了门,直奔邹静安家。

21.

我赶到邹静安家时,才过七点。我看房间里没有灯光,还暗自庆幸他们两人应该都还没有下班,就坐在楼下的车里等。夜色渐渐浓郁,我又担心我离得远错过了他们回家,干脆下了车在单元门前等。然而,这一等,就等到了深夜。

今天还真是诸事不顺。我无力地望了一眼楼上,虽然不甘心,但还是决定先回家,改天再来。

然而,就在我打算离开时,忽然听到身后有脚步声。我吓了一跳,一回头,一个高大的身影就站在我身后不远处,有那么一瞬间我以为是秦悦,当那人走近,我才看清是林慕时。

"你跟踪我?"这是我的第一反应。

他的目光在我脸上停留了片刻,并没有太多意外或者不快。

"我担心你。"他说。

我愣了一下,正想着怎么跟他解释今天的事情,却听他说:"走吧。"

我本来以为他是说回家,没想到他却走进了我面前那个单元楼,我见此情形，疑惑地跟了上去。

出了电梯，我看他熟门熟路地走到邹静安家门前，手指在密码锁上轻轻点了几下，门应声而开。

这一切都让我觉得恍惚，他为什么会认识邹静安？甚至知道她家门锁的密码！之前我一直想要求证的答案似乎就在眼前了！

他进了门，回头望了一眼还在门外的我，像进了自己家一样说："快进来吧。"

我朝门里看了一眼，确定没人，这才跟着进去把门关上。

"他们现在住在秦悦新买的房子里，偶尔才回来一次。"他边说边走进厨房，一边烧水，一边从顶柜里拿出两个茶杯，又倒了点茉莉花茶在杯子里，等着水烧开了沏好茶端了出来。

"等了一晚上，渴了吧？"

"你认识秦悦？"

他把茶杯推到我面前："你想知道什么？为什么不直接来问我？"

我没办法告诉他我觉得自己的想法多么匪夷所思，但是到了这一刻，我才意识到，再匪夷所思的事情都有可能是真的。

"你早就知道了？"

他低头喝茶，不置可否。

"你是怎么认出我的？"我问。

"几年前，在我们学校的湖边，你说的那些话，让我意识到，你或许跟我有一样的经历。联想一下前后不是没有可能。"

"你那时候就想到了？"

他微微笑了笑没说什么。

我说："可是就凭我那几句话，你会让自己相信这么荒诞的事情？"

他沉默了片刻，看着我说："我认识的邹静安不会用几年的时间才识破一个男人的本性，我认识的莫小芙也不会几年如一日地坚持写一些不知所云、没有营养的东西。所以我早就知道邹静安不是原来的邹静安，莫小芙也不是原来的莫小芙。事实证明，你不是什么都做不好，相反你把每件事情都做得很好，让原本对你失望的人也能对你改观,只是有些事情的结果不是我们能左右的……"

果然,林慕时就是秦悦,也是陆朝阳。这个真相果然匪夷所思,但是可能还有更匪夷所思的。

我看着周遭的一切,看着面前这个真切又熟悉的男人……如果,这一切都是梦,那么在梦里还有什么是不可能的呢?只是,他虽然知道我是邹静安,是莫小芙,可是他到底知不知道这一切极有可能并不是真实存在的?而我和他此时很有可能都还躺在医院的病房里,他更是生命垂危。

我的心里突然冒出一个可怕的念头,如果现实中的他突然死去了,那么梦里这个他还能像现在这样好好地活在我身边吗?

想到这里,我忍不住去握他的手,却被他反握住。

他笑了笑说:"我一直以为我只是喜欢某个特定类型的女孩,可是到了今天,我才意识到,我喜欢的不是邹静安,也不是莫小芙,而是你,叶星辰。"

我突然有点难过。

他的拇指轻轻摸过我的眼下:"怎么还哭了?"

我摇了摇头,不知道怎么解释。

他笑着哄我:"我以前听过一句话,当时不觉得怎么样,现在想起来,还真挺应景。"

"什么话?"

"好看的皮囊千篇一律,有趣的灵魂万里挑一。"

我抬眼看着他,不管他究竟是谁,那种温柔始终是我熟悉的感觉。如果可以,我真希望时间永远停在这一刻。可是,这终究是个梦,梦也总有醒来的那一刻。

"说实话,之前我还一直担心我又会变成其他什么人,但是经历了几次,我发现总会遇到你、爱上你,我也就不怕了。不管我是谁,你是谁,只要我们在一起,那就够了。"

我低声重复着他的话:"只要我们在一起就够了。"

"嗯,回头我想个好点的暗号,我们下次见面就对暗号。原本人生匆匆几十年,正常夫妻在一起的时间也不过如此,我们却可以生生世世在一起,这么想,也是赚了。"

他边说边托着我的手放到唇边吻了吻,而我心里,却是又甜蜜又酸楚。

过了一会儿,他看了一眼时间说:"走吧,刚才是怕你又渴又累,现在歇好了,该走了。万一他俩回来了,我们就真成私闯民宅了。"

林慕时收了茶杯,仔仔细细洗干净放回原处,带着我出了门。

开车回去的路上,我依旧在想,如果我告诉他这是一个梦,我们会不会就此醒来?那样,现实中他的情况会不会也能有所好转?

窗外星空璀璨,可以想见明天会是个大晴天,而我却仿佛又听到我妈在我床前低低哭泣的声音。

我回头看着夜色中开车的林慕时,努力将这张英俊的脸深深地烙在我的脑海中。

他似乎感受到了我的目光,回过头笑了笑问:"看什么?"

我说:"如果可以,我真希望可以早点遇见你。"

那么我就不用蹉跎年华,到死都是孤身一人。

他不由得笑了,看着我说:"如果时间可以倒流,我一定从幼儿园就开始追你,到你的城市欣赏你熟悉的风景。"

脸上湿湿凉凉的,不知道什么时候,我早已泪流满面。

"如果我说,这一切都是梦呢?我消失的那几年,你不想知道我实际去了哪儿吗?"

我看着他脸上的笑容渐渐消失,转而变为错愕和疑惑。而正在这时,一道刺眼的白光闪过,当我反应过来时,我们的车子已经直直地朝着前方一辆重型卡车驶了过去。

22.

"星辰!你醒了?你醒了!"

"快去叫医生!快去叫医生!"

我缓缓地睁开眼,是那个白色的房间,和梦里的一样。有人伸手在我眼前晃了晃,她泪眼婆娑地看着我,一脸的期待。我张了张嘴,喉咙竟然干涩得发不出一个音节来,但是为了让她放心,我只好眨了眨眼。

　　她笑了,眼泪随着她的表情变化涌了出来:"那你能听见妈妈说话吗?"

　　我又眨了眨眼。

　　我妈克制地小声哭了起来,低头掩面时,她鬓边的白发正好落入我的眼中。

　　周遭的一切变得越来越近、越来越真实,包括我浑身的酸痛和那似有若无的消毒水味儿……

　　苏醒后的第一天,我觉得很疲惫,想说话开不了口,醒不了多久又会睡着,睡好了又醒来。我做了梦,梦到林慕时、梦到我妈,还梦到二十几岁的我和三十几岁的我。时梦时醒,真真假假……

　　第二天,得知我醒来的亲戚朋友们纷纷来看我。我的精神状态比前一天好了一些,但依旧很虚弱。从大家和我爸妈说的那些对话里,我大概听出来,果然我坠海后并没有死,而是被救下,但是一直昏迷,到醒来的时候差不多过了两个月了。

　　我强打着精神听着,等最后一个亲戚离开后,朝我妈张了张嘴:"他……"

　　我妈只听了这一个字,眼泪又掉了下来。她轻拍我的手说:"知道他不是好人,咱远离他就行了,这世上谁没了谁会活不了?你还为他连命都不要了,真是太傻了!"

　　我妈以为我在问周海,我其实想问的是林慕时。

　　说到这里我妈似乎又想起什么,满面愁容:"要不是你傻,你不用遭这罪,也不会让救你的人生死未卜。你啊,这条命捡回来不容易,以后可要爱惜自己。"

　　原来,我妈以为林慕时是见义勇为。

　　我努力又张了张嘴:"他……"

她干脆打断我:"别想周海了,你好好养身体,有什么事等你好了再说。"

我无力地叹了口气,也不再开口。其实我只是想问问林慕时怎么样了,但是我妈刚才说他生死未卜,想必就是既没有像我这样醒过来,也没有死掉吧。想到他还活着,我就松了口气。

第三天,我是被医院里吵吵闹闹的说话声和哭声吵醒的。我睁开眼,病房里除了我没有其他人。外面人声不断,我企图坐起来,但是一点力气都没有。还好这时我妈回来了。

我见她泪眼婆娑、神色黯然,暗叫不妙。

"他怎么了?"这是我苏醒后说出的第一个完整的句子,但是声音喑哑粗糙得如同70岁老妇,把我自己都吓了一跳。

我妈怔了一下,飞快地用手擦了一下眼角说:"想救你的那个孩子……听说是不太好了……"

我的心猛地一沉,什么叫"不太好了"?

我无论如何也要去看看林慕时,但是我没有力气,差点从床上滚了下去。

我妈连忙过来扶我,明白我的意思后,本来还想劝我别去了,但见我坚持,只好推着我去看看。

然而我什么都没有看到,抢救的医生和护士刚进去,门就被关上了。附近穿着病号服的人听到刚才的动静也好奇地围了过来,透过病房门上的小玻璃窗朝里望了一眼,然后便不住地摇头。

我去扯我妈的袖子,想问问她有没有看到什么。

我妈叹了口气:"回去吧,我们留在这儿也帮不上忙。"

我被重新推回了病房,心却好像留在了走廊上。我开始等着隔壁传来消息,祈祷着林慕时能撑过去。

不知从什么时候起,外面竟然下起了雪,我听到有人开窗欢呼,喜迎北京城今年的第一场雪。而我,之前没有留意,此刻却感觉到,天竟然这么冷。

我妈很快注意到我的不对劲,伸手一摸我的额头,立刻说了句